TACHELES

Andreas Pittler

echomedia

I.
Samstag, 30. Juni 1934

So ist das also. Merkwürdig, ich hätte gedacht, man würde den Schmerz fühlen, ihn ganz stark empfinden. Doch es ist weniger schlimm als beim Zahnarzt. Ja, eigentlich hat nur der erste Schlag wirklich wehgetan. Er kam von hinten, und ich donnerte mit aller Wucht gegen die Ziegelwand. Ich denke, da ist schon die Haut auf der Stirn aufgeplatzt, denn ich konnte ab diesem Zeitpunkt nicht mehr richtig sehen. Vielleicht habe ich aber auch eine Gehirnerschütterung davongetragen, oder der Hieb hat den Sehnerv beeinträchtigt. Ich weiß jedenfalls, dass ich sofort nach der Attacke in die Knie gegangen bin und mir dachte, es sei seltsam, dass der Fall auf die Gelenke mehr Schmerz verursachte als der Aufprall des Kopfes. Aber ich bin ja nicht viel zum Nachdenken gekommen, denn der Angreifer hat mich unmittelbar danach in die Nieren getreten. Und das verursachte eigentlich auch noch eine ziemliche Pein, und ich glaube, zu diesem Zeitpunkt habe ich das erste Mal aufgeschrien. Ich habe dann irgendeine Schimpfkanonade gehört, ich solle mein Maul halten, ich Schwein, oder so etwas in der Art, und eine zweite Stimme sagte, ich würde nun endlich bekommen, was ich längst schon verdient hätte, ich parasitärer Schmarotzer. Dabei spürte ich nochmals einen heftigen Schlag auf den Kopf, der von rechts ausgeführt worden war, sodass ich seitlich wegknickte und nun erstmals zur Gänze auf dem Boden lag. Und immer wieder trat man mir in die Nieren und die Bauchgegend. Es war seltsam, aber es tat mit jedem Tritt weniger weh. Einmal traf einer der Schläge meine Intimteile, und mir blieb für einen Moment die Luft weg, doch gleich danach prasselten ein paar Schläge auf meinen Oberkörper, und die lenkten von dem Schmerz in den unteren Regionen ab. Ich weiß, es klingt unglaubwürdig, aber mir war, als würde ich hören, wie meine Haut aufplatzte. Ich kann natürlich nicht sagen, ob meine Kleidung durch meinen Angstschweiß oder durch austretendes Blut durchnässt wurde, aber ich spürte, wie sie an meinem Körper zu kleben begann. Und wieder traf mich ein Stiefel voll in der Seite. Einer der Angreifer redete sich richtig in Rage. Er beschimpfte mich immer wüster und begann, nun auch gezielt meinen Kopf mit Tritten zu bearbeiten. Ich versuchte ihn so gut es ging mit meinen Händen zu schützen, doch ein Tritt kam durch meine Deckung durch und schlug meine Lippen blutig. Die warme Flüssigkeit breitete sich in meiner Mundhöhle aus und ich hatte das Gefühl, als verschluckte ich mich, weshalb sich ein heftiger Hustenreiz einstellte. Als ich eben meinen Mund öffnete, um das Blut, das sich darin gesammelt hatte, auszuspucken, bekam meine Nase einen Treffer, und ich hatte elementare Atemnot. Sicher ist das Nasenbein gebrochen, dachte ich mir noch, als ich versuchte, irgendwie Luft zu bekommen. Ich muss dabei wohl gestöhnt haben, denn die Angreifer überschütteten mich mit Hohn und setzten ihre erniedrigenden Beleidigungen fort.

Nach einigen Minuten fühlte ich mich wirklich am Ende, und ich weiß noch, ich dachte, jetzt müssten sie bald von mir ablassen, denn sie hatten sich abreagiert und ihren Spaß gehabt. Ich lag merkwürdig verkrümmt auf dem Boden und zuckte nur noch ab und zu, wenn mich ein weiterer schwerer Tritt traf. Es war unschön. Rund um mich entstanden kleine Lacken, ein unappetitliches Flüssigkeitsgemisch aus Blut, Speichel und, ja, warum soll ich es verheimlichen, auch Urin breitete sich aus.

So, das dauert jetzt schon eine ganze Weile. Sie sollten eigentlich langsam müde werden. Ich wehre mich nicht und zucke nur noch bei besonders harten Schlägen. Eigentlich müsste ihnen mein Verhalten doch allmählich den Spaß verderben. Sie haben doch gesagt, sie wollten mir eine Lektion verpassen. Nun, die habe ich doch mittlerweile gelernt, oder? Warum hören die nicht endlich auf?

Ich bekomme laufend Tritte ab, ohne, dass sie irgendwohin zielen würden. Es ist ihnen anscheinend egal, wo sie mich treffen – und mir mittlerweile auch. Ich bin nur noch erschöpft. Ich spüre keinen Schmerz mehr und habe das Gefühl, als wäre mein ganzer Körper in Watte gepackt. Von ganz weit weg höre ich die Schimpfkanonade des Schlägers, doch ich verstehe seine Worte nicht mehr. Irgendetwas von „Blutsauger“ und „Parasit“ meine ich zu hören, doch ich kann mich nicht mehr richtig konzentrieren. Ob ich ohnmächtig werde?

Es muss eine Ewigkeit her sein, seit ich vor dieser Pein zu fliehen versuchte, um vielleicht in den eigenen vier Wänden Sicherheit zu finden. Doch da erwischte es mich. Ich hatte mit dem Schlag gerechnet, und doch kam er überraschend. Wann das wohl war? Ich habe jedes Zeitgefühl verloren. Warum lassen die nicht endlich von mir ab? Was wollen die denn noch? Sehen die nicht, dass ich vollkommen fertig bin? Nur noch ein Klumpen blutendes Fleisch? Ob etwas gebrochen ist? Das Nasenbein wahrscheinlich, und ein paar Rippen ziemlich sicher. Es soll endlich aufhören, bitte. Aufhören! Ich möchte schreien, doch ich kann nicht. Und ich wollte sie fragen, was es denn noch bringt, auf jemanden einzudreschen, der sich ohnehin kaum mehr bewegen kann. Warum tun die das?

Die wollen mich richtig fertigmachen! Ja, das ist es, die werden erst aufhören, wenn ich wirklich tot bin! Oh Gott, das gibt es doch nicht, das kann doch gar nicht wahr sein! Hilfe, zu Hilfe! Warum hilft mir denn niemand? So etwas kommt doch im wirklichen Leben nicht vor! Es wird doch niemand totgeprügelt. Nicht hier in Wien. Aufhören! Um Himmels willen aufhören! Wenn ich mich nur irgendwie wegschleppen könnte, wenn nur jemand käme, der diesen Wahnsinn beendet, bitte, das ist doch alles ganz unwirklich, wie im Alptraum, da muss ich doch endlich aufwachen, in meinem Bett, und es ist einfach ein neuer Tag, und alles an mir ist heil. Ich glaube, jetzt ist etwas gerissen. War das die Lunge? Ich bekomme ohnehin schon keine Luft mehr, weil mein Mund und meine Nase vollkommen mit Blut gefüllt sind. Und jetzt auch noch dieser stechende Schmerz in der Seite. Ob eine Rippe in die Lunge eingedrungen ist? Wann hat das alles endlich ein Ende? Ich will leben, bitte, leben! Hört denn niemand in diesem Haus den Lärm, holt denn niemand die Polizei? Die prügeln mich wirklich tot. Nein, die hören nicht auf, solange sich noch irgendetwas in mir regt. Gott im Himmel, lass das nicht zu, hilf mir in meiner Not, ich will nicht sterben. Nicht jetzt, nicht so. Vielleicht habe ich wirklich etwas falsch gemacht in meinem Leben, doch welchen Nutzen hätte diese Erkenntnis, wenn ich diese Fehler nicht mehr korrigieren könnte? Bitte, lieber Gott, lass mich nicht so enden, gib mir eine Chance, rette mich, bitte! Ich bekomme keine Luft mehr, ich kann nicht mehr denken, ich … ob ich ein weißes Licht sehen werde … zieht mein Leben an mir vorüber? Nein, das darf nicht sein … aufhören … merkwürdig, ich spüre gar nichts mehr … ich … nicht auf den Kopf … nein … nicht … Kopf. Gott, du kannst das … nicht zulassen … Ich habe doch immer versucht, nach deinen Geboten zu leben … es kann nicht recht sein, was diese Mörder tun, gebiete ihnen Einhalt … Ob man mich vermissen wird, wenn ich nicht mehr bin? … Nein, so darf ich nicht denken! Ich werde überleben! Ich muss überleben! Alles andere wäre völlig widersinnig. Ich will all meine Kraft zusammennehmen, um diese Prüfung zu bestehen. Sie werden ihren Willen nicht bekommen, ich stehe das durch. Egal, wie sehr sie sich in Rage gebracht haben, ich werde ihnen die Stirn bieten. Ich bin …

II.
Sonntag, 1. Juli 1934

Polizeioberst David Bronstein stand, wie er es gewohnt war, Punkt sieben Uhr früh auf. Natürlich wusste er, dass er am Sonntag nicht zu arbeiten brauchte, doch er legte schon seit vielen Jahren Wert darauf, Tag für Tag sein besonderes Ritual einzuhalten. In früheren Zeiten freilich, da er noch in Hernals auf Zimmer-Küche-Kabinett gewohnt hatte, war dieses sein Ritual ein wenig spartanischer ausgefallen. Er hatte sich damals noch mit einem normalen Lavoir behelfen müssen, in das er einfach aus einer bereitstehenden Karaffe Wasser hineingegossen hatte, um sich Gesicht, Hals und Nacken zu waschen. Anschließend pflegte er fünfundzwanzig Kniebeugen zu machen, ehe er sich seines Nachthemds entledigte, um sich sodann, ganz dem jeweiligen Tag entsprechend, anzukleiden. Erst danach setzte er sich an den Küchentisch, wo er ein Glas Kuhmilch zu sich nahm und sich seine erste „Donau" gönnte. Dieses Zeremoniell hatte er im Wesentlichen auch noch in Margareten beibehalten. Nun aber, da er endlich standesgemäß in der Walfischgasse residierte und sich sogar eine Zugehfrau leisten konnte, fiel diese morgendliche Verrichtung ein wenig pompöser aus. Er hatte nun ein eigenes Badezimmer, in dem er sich umfassend reinigen konnte, ehe er sich zu Tisch begab, wo der Hausgeist wochentags dafür Sorge trug, dass Kaffee und ein Brioche bereitstanden. Auf diese Weise vergingen immer dreißig bis vierzig Minuten, ehe er tatsächlich das Haus verließ, bereit, sich den jeweiligen Tagesaufgaben zuzuwenden.

An diesem Sonntag verspürte er jedoch wenig Lust, auf die übliche Weise den Tag zu beginnen. Vor dem Schlafengehen hatte er im Radio noch atemberaubende Geschichten aus Berlin gehört, wo es offenbar zu einem Putsch der SA gekommen war, den die Nazis jedoch mit Hilfe der Wehrmacht niedergeschlagen hatten. Bronstein war begierig, mehr über diese Sache zu erfahren, und so verzichtete er auf den Kaffee zu Hause, legte vielmehr nach der Morgentoilette rasch einen weißen Sommeranzug an, um dann eilig das Haus zu verlassen. Vor der Tür wandte er sich nach rechts und trabte flott am Hotel Sacher vorbei zur Augustinerstraße, um nach wenigen Minuten den Michaelerplatz zu erreichen. Von dort waren es nur noch wenige Minuten, ehe er sein Stammcafé, das „Herrenhof", erreichte. In diesem Etablissement, das vor allem dafür bekannt war, die literarischen Größen des Landes zu beherbergen, war er in den letzten Jahren heimisch geworden, und er hatte dem „Herrenhof" auch noch die Treue gehalten, als er vom Bezirkskommissariat Innere Stadt in das Sicherheitsbüro versetzt worden war, das direkt im Polizeipräsidium am Ring einquartiert war. Bronsteins Wege waren dadurch zwar länger geworden, aber seinen großen Braunen ließ er sich nicht nehmen. Jeden Morgen machte er im „Herrenhof" gleichsam Zwischenstation auf seinem Weg ins Präsidium, um dort die Tagespresse zu studieren. In aller Ruhe zumal, da die Herren Literaten um diese Uhrzeit noch tief und fest zu ruhen pflegten und sich daher kaum Gäste in das Café verirrten.

So wollte es Bronstein auch an diesem Sonntag halten. Wenige Minuten vor acht Uhr morgens traf er im „Herrenhof" ein, nickte dem Zahlkellner kurz zu und steuerte seinen Stammplatz an, wo schon die „Wiener Zeitung" und die „Reichspost" für ihn bereitgelegt waren. Bronstein holte eine „Donau" aus seinem silbernen Etui, zündete sie genussvoll an und nahm dann die „Wiener Zeitung" zur Hand, um die Titelseite in Augenschein zu nehmen. In der Zwischenzeit war der Kellner lautlos an ihn herangetreten und stellte beflissen den großen Braunen nebst einem Glas Wasser ab. Bronstein dankte beiläufig und stürzte sich auf den Leitartikel, der in fast marktschreierischer Form den Titel „Der Hitler-Tragödie zweiter Teil" trug. Es schien, als wunderte sich die Redaktion des amtlichen Blattes weit weniger über die Ereignisse rund um den mutmaßlichen Putsch der SA als darüber, dass die Nationalsozialisten sich überhaupt noch an der Macht halten konnten. Von blutigem Dilettantismus in Politik und Wirtschaft war da die Rede, davon, dass unverschämter Nepotismus und Byzantinismus wilde Orgien feierten, ein parteipolitisches Sodom und Gomorrha, und Bronstein kam zu dem Schluss, dass die Redakteure der Zeitung einfach keine Ahnung hatten, was sich am Vortag wirklich in Deutschland zugetragen hatte, sodass sie sich nun einerseits in Mutmaßungen ergingen und andererseits, ganz im Sinne der Regierung, eine Philippika gegen den nördlichen Nachbarn vom Stapel ließen. Laut „Wiener Zeitung" seien Röhms Verfehlungen doch schon lange allgemein bekannt gewesen, es gebe also keinen Grund, erst jetzt entsetzt zu tun. Unwillkürlich musste Bronstein schmunzeln, als er sah, dass es den Zeitungsmachern auch in diesem brisanten Fall gelang, den Hauptgegner der Regierung anzuschwärzen, sei doch die ganze Angelegenheit in Deutschland der Versuch der sozialistischen Elemente in der NSDAP gewesen, die Macht im Lande zu ergreifen. Also doch ein Putsch? Noch dazu von den Roten unter den Braunen? Die eine Verschwörung anzettelten, seien allerdings Hitlers engste Vertraute gewesen. Hitler, umgeben von lauter Roten? Merkwürdig, dachte Bronstein. Wieso saßen dann so viele Rote in irgendwelchen Lagern? Vollends in einen Strudel von Widersprüchen schrieben sich die Leitartikler allerdings in der zweiten Spalte, als sie einerseits behaupteten, Hitler habe durch diese Verschwörung an Macht eingebüßt, andererseits aber konstatierten, er gehe aus dieser Auseinandersetzung gestärkt hervor. Der Mann aus Braunau war zwar ohne Frage ein politisches Talent, aber diesen Spagat würde nicht einmal er zuwege bringen, resümierte Bronstein, der aus der Zeitung aufblickte, die Tasse hochhob und dem Kellner signalisierte, er wolle noch etwas bestellen. „Noch einen kleinen Braunen", sagte er dann, als der Ober nah genug an ihn herangetreten war. Dabei verkniff sich Bronstein ein leichtes Lächeln nicht, da ihn der seiner Bestellung innewohnende Wortwitz amüsierte.

Der Rest des Leitartikels bestand aus Lobhudeleien auf die heimische Regierung, die wie ein Fels in der Brandung stehe, während der Nationalsozialismus eben seine Götterdämmerung erlebe. Es sei nicht die Vaterländische Front, sondern vielmehr Hitler, der vor einem Trümmerfeld stehe. Doch, so wusste Bronstein, dafür, dass die Nazis vor ihrem Untergang standen, waren sie in Österreich noch überaus lästig. Als Beamter des Sicherheitsbüros kannte er die Zahl nationalsozialistischer Anschläge und Attentate, und die war gerade in den letzten Wochen nahezu dramatisch angestiegen. Von einer Beruhigung der Lage konnte keine Rede sein. Insofern schien Bronstein die Aussage seines obersten Chefs, Sicherheitsminister Fey, doch etwas verwegen. Dieser behauptete nämlich, wie Bronstein herausfand, als er umblätterte, in Österreich sei die öffentliche Sicherheit gewährleistet. Natürlich, Fey war der oberste Sicherheitsbeamte des Landes, und ihm, Bronstein, stand es ganz sicher nicht zu, die Erkenntnisse dieses Mannes in Zweifel zu ziehen. Doch sein Arbeitsalltag ließ ihn eher zu dem Schluss kommen, dass die Sicherheit in Österreich bestenfalls teilweise gesichert war – und manchmal nicht einmal das. Immerhin konzedierte der Minister, dass die zahlreichen Attentate der letzten Zeit manche Bevölkerungskreise verzagt gemacht und eingeschüchtert hatten, dennoch habe die Exekutive die Lage vollständig im Griff. Nun ja, diese Formulierung hätte er, Bronstein, an dieser Stelle nicht gebraucht, doch er wusste aus einem Vierteljahrhundert Staatsdienst, dass einem Beamten eine eigene Meinung bestenfalls im privaten Kreise anstand, und selbst dort enthielt man sich ihrer nach Tunlichkeit. Die politischen Systeme, so hatte er im Laufe der Jahre gelernt, kamen und gingen, und alle mussten sie sich darauf verlassen können, dass der Beamtenapparat loyal zum Staate stand. Denn ohne eine effiziente und tugendsame Verwaltung war im wahrsten Sinn des Wortes kein Staat zu machen, egal, ob es sich um eine Monarchie, eine Demokratie, eine ständische Ordnung oder selbst um eine Diktatur wie in Deutschland handelte. Insofern musste man als Beamter eigentlich gar nicht flexibel sein. Den Anweisungen der Vorgesetzten war Folge zu leisten, und zwar ungeachtet der Person. Ob es sich um einen kaiserlichen Baron, einen sozialdemokratischen Gewerkschafter oder um einen Militär handelte, in der Verwaltung galt das hierarchische Prinzip – und würde auch immer gelten. Und im Zweifelsfall kam das alte Soldatenwort zum Tragen: Dienstgrad entscheidet.

Und so gesehen mochte Fey Recht haben, wenn er mit den Worten schloss, es liege keinerlei Ursache zur Beunruhigung vor. Bronstein trank seine zweite Tasse Kaffee aus und überlegte, ob er eine dritte bestellen sollte. Er zündete sich eine weitere „Donau“ an und nahm die „Reichspost“ zur Hand. Wollen wir sehen, wie die Parteizeitung die Dinge bewertet, dachte Bronstein und warf einen Blick auf die Titelseite. Dort wurde von einem Komplott gesprochen. Ein großer Teil der SA sei im Begriff gewesen, sich gegen den Führer und die Partei zu erheben. Bronstein las den „Völkischen Beobachter“ aus Prinzip nicht, doch er war sich sicher, anders hätte es auch das Leibblatt des Nationalsozialismus nicht ausgedrückt. Immerhin aber erfuhr man aus der „Reichspost“, dass sich Röhm am Abend selbst entleibt habe. Auch in diesem Punkt, so war sich Bronstein sicher, folgte die „Reichspost“ der offiziellen deutschen Darstellung. Es überraschte ihn aber, dass auch der ehemalige Reichskanzler Schleicher in die Verschwörung der SA verwickelt gewesen sein sollte. Der preußische Junker und die pöbelnden Braunroten, das passte so gar nicht zusammen, meinte Bronstein, der wachsenden Unglauben hinsichtlich des Berichts der „Reichspost" an sich registrierte. Angeblich hatte Schleicher versucht, sich mit der Waffe in der Hand gegen die Verhaftung zu wehren, weshalb nicht nur er, sondern auch gleich seine Frau erschossen worden seien. Bronstein war viel zu sehr Polizist, um dieser Darstellung Glauben schenken zu können. An dieser Stelle war die „Reichspost" ohne Frage nationalsozialistischer Propaganda aufgesessen, und das würde für sie regierungsintern sicherlich Konsequenzen haben. Doch das konnte ihm, Bronstein, rechtschaffen gleichgültig sein, denn er gehörte weder der „Vaterländischen Front" noch sonst irgendeiner Regierungsorganisation an, denn parteipolitisches Engagement, gleich welcher Richtung, ziemte sich für einen Beamten nicht, auch wenn es in der alten Verfassung sogar expressis verbis erlaubt gewesen war. Doch dieses Dokument war vor zwei Monaten ohnehin außer Kraft gesetzt worden, sodass sich Bronstein in seiner stets beibehaltenen Grundeinstellung wenigstens in diesem Punkt bestätigt gefühlt hatte.

Bronstein dämpfte die „Donau" aus und rang immer noch mit sich, ob er nun einen dritten Kaffee bestellen sollte oder nicht. In genau diesem Augenblick, da Bronstein noch zögerte, betrat der Amtsdiener seiner Abteilung das Kaffeehaus.

Bronstein wusste sofort, dieser Besuch konnte nur ihm gelten, denn ein derart subalterner Mensch wie der Amtsdiener hätte sich das „Herrenhof" in jeder Beziehung niemals leisten können. Instinktiv richtete sich Bronstein den Schlips und blickte den heraneilenden Mitarbeiter erwartungsvoll an.

„Untertänigst einen guten Tag zu wünschen, Herr Oberst", begann dieser, „so ein Glück, dass ich Sie hier treff. Das ganze

Präsidium sucht schon ganz heftig nach Ihnen. Es ist nämlich ein Mord passiert.“ Der Amtsdiener wagte es erst jetzt auszuatmen und sank förmlich in sich zusammen, da er seine Aufgabe, wie er meinte, achtbar und untadelig bewältigt hatte.

Bronstein ließ sich Zeit. Als Ranghöherer durfte man gegenüber Untergebenen keinesfalls eine unnötige Eile erkennen lassen, denn das schadete nur dem Ansehen. Man hatte prinzipiell immer die Contenance zu wahren. Bronstein legte also in aller Ruhe die „Reichspost“ beiseite, richtete die Schachtel „Donau“ parallel zur Tischkante aus und sah dann den Amtsdiener wieder direkt an.

„Hat nicht Major Cerny Dienst? Wenn dem so ist, dann wäre es doch zweifelsfrei sein Fall, oder nicht?“

„Der Herr Oberst hat selbstverständlich Recht“, beeilte sich der Amtsdiener, ganz der Hierarchie entsprechend, mit seiner Antwort, „es steht ganz außer Zweifel, dass der Herr Oberst heute nicht im Dienst ist. Es handelt sich nur um einen derart delikaten Fall, dass der Herr Major unbedingt nach Ihnen schicken ließ, um die Meinung des Herrn Obersten zu hören.“

„Soso.“ Jetzt schien die Zeit reif für eine weitere „Donau“, denn die konnte man im Zweifelsfall auch im Gehen weiterrauchen. „Hat er g’sagt, worum es genau geht, der Cerny?“ Ein etwas informellerer Ton schien Bronstein an dieser Stelle angezeigt, um den Amtsdiener dazu zu ermuntern, frei von der Leber weg zu berichten, was sich tatsächlich zugetragen hatte.

Dem war der Sprachwechsel des Obersten nicht entgangen, und so verfiel nun auch er auf sein eigentlich gewohntes Idiom. „In da Innenstodt ham s’ an Fabrikanten g’mocht. Und wäu der a Jud woa, hot der Major g’mant, es tät net schodn, waun se der Herr Oberst die Gschicht anschaun tät.“

Bronstein zuckte unwillkürlich zusammen. Es irritierte ihn jedes Mal aufs Neue, wenn man ihn, den Polizeioberst Bronstein, so degoutant in Verbindung brachte mit irgendwelchen

Personen, die dem mosaischen Glauben anhingen. Ja, es stimmte schon, sein Urgroßvater Mordechai war vor hundertfünfzig Jahren ein kleiner Bader in Galizien gewesen, und sein Großvater Nahum hatte sich erst taufen lassen, als er sich in Wien ansiedeln und auch hier seinen Arztberuf ausüben wollte. Aber das waren längst vergangene Geschichten, die doch wirklich niemand mehr aufzuwärmen brauchte. Immerhin hatte sein Vater dem Kaiser vierzig Jahre treu gedient, und er, David, stand nun auch schon fast dreißig Jahre im Dienste der Wiener Polizei. Da war es doch wirklich nicht zu viel verlangt, nicht länger mit irgendwelchen verschrobenen Männlein im Kaftan in einen Topf geworfen zu werden. Allerdings hatte der Amtsdiener von einem Fabrikanten gesprochen, und der war sicherlich auch nicht mit Schläfenlöckchen und Hut durch die Gegend gelaufen. Die Ignoranz des Volkes war wirklich einzigartig. Diese deutschtümelnden Toren! Sie hatten keine Ahnung von Goethe, Wagner oder Friedrich, ja sie sprachen nicht einmal ein Deutsch, das den Namen verdient hätte. Und trotzdem fühlten sie sich jenen überlegen, die seit Jahrhunderten durch ihren Fleiß und ihre Rechtschaffenheit bewiesen hatten, welch wertvolle Mitglieder der Gesellschaft sie waren – was man von den maulfaulen Vertretern des Pöbels nun nicht gerade behaupten konnte. Herrenmenschen! Ständig mit einem Fuß im Kriminal, aber zur Weltherrschaft berufen. Was für ein absurder Witz!

Bronstein fiel jetzt endlich auf, dass der Amtsdiener immer noch in devoter Stellung vor ihm stand. Der schuldbewussten Miene des Mannes entnahm er, dass auch diesem nicht entgangen war, dass er einen Fehler gemacht hatte.

„Das sagt er, der Cerny“, meinte Bronstein endlich.

„Ja“, beeilte sich der Diener mit einer Antwort, „er lässt höflichst fragen, ob sich der Herr Oberst nicht zum Tatort bemühen möcht, der was ganz in der Nähe ist. Vielleicht könnt der Herr Oberst dem Herrn Major ein paar wichtige Hinweise geben, hat der Herr Major g'meint."

„Und wo ist das Ganze passiert?"

Der Amtsdiener zögerte plötzlich, und es schien Bronstein, als begänne der Mann zu transpirieren.

„Jetzt reden S' schon!"

„Am ... Judenplatz."

Auch das noch.

Zehn, vielleicht auch fünfzehn Minuten später stand Bronstein vor dem Haustor des mondänen Jugendstilgebäudes, in dem der Fabrikant gewohnt hatte. Es war tatsächlich kein weiter Weg gewesen. Bronstein hatte sich von der Herrengasse zum Platz Am Hof begeben, hinter dem sich der Judenplatz anschloss. Schon aus einigen Metern Entfernung konnte er die zahlreichen Polizisten sehen, die offenbar den Tatort absicherten und allfällige Schaulustige in die Schranken wiesen.

Bronstein war im Wortsinne amtsbekannt, und so hielt ihn niemand an, als er das Haus betrat. Ein Uniformierter nahm ihn in Empfang und führte ihn sofort zu Major Cerny. Dessen Gesicht erhellte sich, als er Bronstein erblickte. „Herr Oberst, das ist wirklich überaus freundlich von Ihnen, dass Sie sich die Mühe machen, an Ihrem freien Tag ... ich meine, dass Sie uns mit Rat und Tat unterstützen." Cerny wusste nicht so recht, was er sagen sollte, und so sah er Bronstein einfach nur an und wartete, wie dieser reagieren würde.

Bronstein beschränkte sich auf ein Nicken und besah sich dann die Leiche, die merkwürdig verkrümmt auf dem Bauch in ihrem eigenen Blut lag. Keine Frage, dieser Mann war buchstäblich erschlagen worden. Auch wenn die Kleidung den Körper immer noch bedeckte, so konnte es niemandem entgehen, dass der Leib über und über mit Hämatomen und ähnlichen Verletzungen übersät sein musste. Rund um den Toten hatte sich ein kleiner

See aus Wasser, Blut und wohl auch Urin gebildet, wahrscheinlich hatte das Opfer angesichts der Qualen, denen es ausgesetzt war, noch seine Blase entleert, ehe der Tod eingetreten war.

Bronstein ging umständlich in die Knie und besah sich den Kopf des Toten näher. Fraglos befanden sich hier die entscheidenden, weil letalen, Verletzungen. Auch ohne Autopsie erkannte Bronstein, dass dem Opfer die Schädeldecke eingedrückt worden war. Vermutlich durch einen heftigen Tritt, wenngleich auch ein gewaltiger Schlag mit einem schweren Gegenstand nicht auszuschließen war. Doch dem Zustand der Leiche nach zu urteilen, rührten die Wunden größtenteils von festem Schuhwerk her, von genagelten Stiefeln vielleicht oder von Wanderschuhen. Angesichts dieser Erkenntnis konnte man davon ausgehen, dass der Tote recht lange gelitten hatte, ehe er endlich gestorben war. Und dieser Tod war alles andere denn ein leichter gewesen.

Bronstein richtete sich wieder auf und blickte in die Runde: „Irgendwelche Zeugen?“, fragte er dann.

„Eigentlich nicht“, kam Cernys zögernde Antwort.

„Wer hat die Tat gemeldet?“

„Das, bitte schön, war ich.“

Ein glatzköpfiger Mann um die fünfzig, der bislang unbeteiligt daneben gestanden war, trat wie aufs Stichwort vor. Bronstein musterte ihn und bedeutete dem Mann sodann mit einer leichten Bewegung seiner rechten Hand, er möge fortsetzen.

„Höller mein Name, Josef Höller. Ich bin hier der Hausmeister. Ich hab ihn gefunden, den Herrn Kommerzialrat. Gleich heut in der Früh, als ich meine übliche Runde drehen wollt. Und da is er dann g’legen, der Herr Kommerzialrat. Ich hab natürlich sofort g’wusst, da geht nix mehr, der is hin, ich mein’, der ist tot. Das sieht ma ja, net wahr. Und da bin ich dann zum Wirten ums Eck, weil der a Telefon hat, und von dort hab ich dann das Kommissariat verständigt.“

Bronstein wartete einen Augenblick, ehe er auf Höllers Aussagen reagierte. Die Frage, die er nun gleich stellen würde, kam ihm banal vor, und doch schien sie ihm unvermeidlich: „Ist Ihnen, Herr Höller, etwas Besonderes aufgefallen?“

„Naa – ich meine nein. Alles war wie immer. Bis auf die Leich halt. Es ist auch keine hausfremde Person da gewesen oder so.“

„Waren Sie die ganze Nacht über zu Hause?“

Höller wurde verlegen und druckste herum. Einer der Uniformierten fühlte sich bemüßigt, die Frage des Obersts zu wiederholen: „Ob du da warst, will der Herr Oberst wissen.“

„Sehen S’, des is net so leicht zum Beantworten“, meinte Höller schließlich, „irgendwie ja und nein.“

„Na was jetzt?“

„Um ehrlich zu sein, Herr Inspektor, ich war beim Wirten. Die ganze Nacht. Wir haben Karten g’spielt und auch a bissel was trunken. Und auf einmal war’s fünfe in der Früh. Wissen S’, die Leute da im Haus, die wissen des, dass i oft amal beim Wirten bin, und wenn wirklich wer den Hausmeister braucht, dann klopft er afoch an die Fensterscheiben vom Wirtshaus, und i komm dann auße. Wegen dem Aufsperren, wissen S’ eh. Aber das kommt nie vor, eigentlich. Und der Herr Kommerzialrat hat eh seine eigenen Schlüsseln g’habt, weil des war ja der Hausherr, gell.“

„Das heißt“, schloss Bronstein, „Sie waren, als der Mord hier geschah, nebenan in der Gaststätte.“

„Ja, so könnt’ ma sagen.“

Bronstein verdrehte die Augen und wandte sich ab. Cerny übernahm die Initiative: „Herr Höller, im Augenblick brauchen wir Sie nicht mehr. Aber halten Sie sich bitte zu unserer Verfügung. Wir werden sicher noch einige Fragen an Sie haben.“

Höller nickte und schickte sich an, in seine Wohnung zu gehen, als Bronstein sich nochmals vernehmen ließ.

„Herr Höller, wie viele Parteien wohnen eigentlich in dem Haus?"

„Das ist schnell g'sagt. Da im Erdgeschoß nur ich mit meiner Frau. Kinder haben wir ja leider keine. Oder Gott sei Dank, je nachdem, wie man's sieht. Im ersten Stock lebt die alte Hawranek, eine echte Kanaille, kann ich Ihnen sagen. Die Witwe vom seligen Fleischhacker in der Teinfaltstraßn. Na, und ihr gegenüber ist die Wohnung vom Herrn Kommerzialrat, die was er bewohnt … hat … mit seiner Gattin, bildhübsche Person, aber sehr launisch, wenn S' mich fragen. Im zweiten Stock dann der Beranek, a pensionierter Beamter und Privatgelehrter, Witwer. Die Hawranek hat si eh immer nach ihm umdraht, wenn sie sich im Stiegenhaus begegnet sind, aber für einen Hofrat oder was der Beranek is, is die Hawranek natürlich keine Partie. Die zweite Wohnung steht leer. Da hat ein Börsianer oder so was g'wohnt, aber der is im Neunundzwanzigerjahr abbrennt und hat sich dann was Billigeres suchen müssen. Im dritten Stock wohnt auf 7 ein Künstler, was ma halt so nennt, net wahr. In meine Augen is der ein Saubartel, weil bei dem die Huren aus und ein gehen. Modelle, sagt er, san des, aber des glaubt eam ka Mensch. Mit dem Zins is er dauernd im Rückstand, und der Herr Kommerzialrat hat eam, glaub i, unlängst kündigt. Aber wohnen tut er immer noch da. Na, und auf 8 lebt jetzt die ehemalige Gnädige, die g'schiedene Frau Kommerzialrat. Eh schon seit zwei Jahren, seit der Herr Kommerzialrat die Orchidee g'heirat' hat. Im vierten Stock schließlich, auf 9 und 10, leben die zwei Söhne vom Herrn Kommerzialrat, mit ihre Familien. Sie seh'n also, viele Parteien hab'n ma net da. Des woa freili net imma so, früher hat der Herr Kommerzialrat nur auf Nummer 4 g'wohnt, und alle anderen Wohnungen haben echte Parteien g'habt. Aber in die letzten Jahre hat si des grundlegend g'ändert, und i glaub, der Herr Kommerzialrat wollt des Haus überhaupt für sich allein. Unlängst hat er noch g'meint, er macht aus die Wohnungen Büros, für sei Firma oder so. Aber des wird er jetzt wahrscheinlich nimmer machen."

Bronstein hatte Höllers Vortrag aufmerksam gelauscht. Instinktiv schied er die Witwe und den Witwer aus dem Kreis der Verdächtigen von vornherein aus. Die Familienverhältnisse des Opfers aber waren ebenso eine nähere Betrachtung wert wie der verkrachte Künstler. Und den Hausmeister würde man sich wahrscheinlich auch noch ansehen müssen.

„Danke, Herr Höller, das ist jetzt vorläufig wirklich alles. Wir melden uns, wenn wir noch etwas brauchen. Einen schönen Tag noch." Höller schien nun seinerseits noch etwas fragen zu wollen, doch schließlich schluckte er nur und verschwand in seiner Wohnung.

Mittlerweile war der Polizeiarzt eingetroffen, der sich sogleich über die Leiche beugte, um wenig später zu erklären: „Der Mann ist erschlagen worden."

„Sagen Sie uns etwas, das wir noch nicht wissen", entgegnete Cerny knapp.

„Na, mehr kann ich Ihnen erst sagen, wenn ich ihn auf der Pathologie genau untersucht habe. Aber so wie das da ausschaut, wurde keine Tatwaffe verwendet. Da waren nur Hände und Füße am Werk, würde ich sagen."

„Brauchen wir ihn noch?", fragte Bronstein in die Runde, „Beweisaufnahme abgeschlossen? Gut, dann in die Gerichtsmedizin mit ihm, Sie können ihn gleich mitnehmen." In die Uniformierten kam Bewegung, während Bronstein und Cerny sich anschickten, die einzelnen Hausparteien zu befragen, ob sie etwas gehört oder gar gesehen hatten. In diesem Augenblick wurde beiden bewusst, dass wohl sie es waren, die nun der Familie die schlimme Nachricht überbringen mussten.

Getragenen Schrittes nahmen Bronstein und Cerny die Treppe in Angriff. Instinktiv wollten beide den Moment hinauszögern, in dem sie die junge Witwe mit der fürchterlichen

Wahrheit konfrontieren mussten. Viel zu schnell waren die Stufen zu Ende, und die beiden Polizisten standen vor der großen, dunklen Wohnungstür, an der sich ein erstaunlich unscheinbares Messingschild befand, auf dem nur der Name „Demand" zu lesen war. Cerny sah Bronstein kurz an, atmete dann durch und klopfte an.

Dass es sich bei der schüchternen kleinen Frau in schwarzweißer Dienstbotentracht um die Zugehfrau handeln musste, war offensichtlich, und so fragte Bronstein: „Ist die Hausherrin zugegen?"

Die Bedienstete wollte wohl fragen, wen sie melden dürfe, doch als ihr Cerny seine Marke entgegenhielt, da nickte sie nur und meinte, sie werde die gnädige Frau sogleich holen.

Bronstein blieb trotz seiner fünfzig Jahre die Luft weg. Er konnte sich nicht erinnern, wann er zuletzt einem derart schönen Wesen begegnet sein mochte. Sofort fiel ihm das wallend lange kastanienbraune Haar auf, das die Schultern der jungen Frau sanft umschmeichelte. Ihr anmutiges Gesicht wurde von ungemein ausdrucksstarken und großen Augen geprägt, die Bronstein unwillkürlich an jene eines scheuen Rehs erinnerten, wiewohl er nicht zu sagen gewusst hätte, jemals einem Reh begegnet zu sein. Die Frau trug ein eher konventionell geschnittenes Kleid, das ihre wespenähnliche Taille ebenso betonte wie ihren ansprechenden Busen, der bei Bronstein ähnlich kitschige Assoziationen hervorrief wie die Augen der Witwe. Er ertappte sich dabei, wie sein Gehirn Wortketten à la „formvollendete, apfelförmige, feste Brüste" bildete, und er benötigte geraume Zeit, um sich angesichts dieses Anblicks wieder halbwegs in den Griff zu bekommen.

Die Witwe, die noch nicht wusste, dass sie eine solche war, trat ganz nah an die beiden Beamten heran und blickte sie mit diesen wunderschönen dunklen Augen an, sodass Bronstein abermals verlegen wurde.

„Die Herren wünschen mich zu sprechen? Womit kann ich Ihnen dienen?"

Die Frau war nicht nur atemberaubend schön, sie besaß auch noch eine anheimelnde, wohlklingende Stimme, die Bronstein endgültig zu verzaubern schien. Cerny wartete einen Augenblick, ob der Ranghöhere etwas entgegnen wollte, doch der stand nur dämlich da und starrte unverwandt auf die junge nunmehrige Witwe.

„Frau Demand?" vergewisserte sich Cerny schließlich.

„Ja."

„Wir sind Oberst Bronstein und Major Cerny vom Morddezernat. Es tut uns aufrichtig leid, Ihnen mitteilen zu müssen, dass Ihr Mann offensichtlich einem Verbrechen zum Opfer gefallen ist. Vielleicht dürften wir hereinkommen?"

Die Frau erbleichte trotz ihres ohnehin schon blassen Teints und rang sichtbar um Fassung. Sie benötigte geraume Zeit, um die Bedeutung der Worte des Majors vollinhaltlich zu erfassen, dann erst trat sie einen Schritt zurück und bat die beiden Beamten in die Wohnung. „Folgen Sie mir bitte in den Salon", sagte sie mit belegter Stimme.

Bronstein und Cerny taten, wie ihnen geheißen.

„So nehmen Sie doch Platz, kann ich Ihnen etwas anbieten? Kaffee? Tee? Ein Stück Gugelhupf?"

„Kaffee wäre gerade recht", antwortete Cerny für beide, während er sich setzte. Die junge Demand gab die Information an die Hausgehilfin weiter, ehe sie sich selbst schwerfällig niedersetzte.

Cerny hatte Derartiges schon oft erlebt. In einem solchen Moment agierten die Menschen wie in Trance, sie weigerten sich, der Nachricht Glauben zu schenken, wähnten sich in einem Traum, aus dem sie sicherlich alsbald aufwachen würden. Ohne Zweifel traf dies nun auch auf Frau Demand zu.

„Wie ist das nur möglich?", brachte sie endlich hervor.

„Wie es aussieht, wurde Ihr Mann erschlagen, als er auf dem Weg zu Ihnen war. Derzeit tappen wir noch völlig im Dunkeln, haben nicht einmal ansatzweise eine Theorie, weshalb wir umso mehr auf Ihre Hilfe, Frau Demand, angewiesen sind." Cerny versuchte, diese Sätze so mitfühlend wie möglich auszusprechen, während Bronstein immer noch vollkommen abwesend wirkte.

Erst als ihm die Hausgehilfin den Kaffee vor die Nase setzte, kam wieder Leben in Bronstein, der sich jetzt erstmals selbst zu Wort meldete.

„Verzeihen Sie, gnädige Frau, aber damit wir auch ganz genau wissen, mit wem wir es zu tun haben, könnten Sie so gütig sein, uns Ihre genauen Daten zu geben? Name, Geburtstag und -ort, Lebenslauf und so weiter. Wir benötigen das für den Bericht, müssen Sie wissen."

Cerny schickte einen kurzen Blick zu Bronstein. Er hielt es für taktlos, eine junge Frau, die eben erfahren musste, dass sie Witwe geworden war, mit solchen Formalitäten zu behelligen, doch die junge Dame antwortete mittlerweile ziemlich gefasst: „Ich heiße Alwine Demand, geborene Edle von Krieger. Ich kam am 24. November 1906 in Johannisthal nahe Spindlermühle in Böhmen zur Welt, wo meine Familie ein kleines Gut besitzt. Nach dem Zusammenbruch beschloss mein Vater, in Wien zu bleiben und den Familienbesitz durch einen Verwalter betreuen zu lassen. Ich maturierte 1925 an der Höheren Schule für wirtschaftliche Frauenberufe auf der Wieden und begann danach ein Studium an der hiesigen Universität. Mein Vater machte seit längerem intensiv Geschäfte mit Emanuel, und so ergab es sich irgendwann, dass sich Emanuel in mich verliebte. Ich gab diesem Werben lange Zeit nicht nach, weil er ja verheiratet war und es mir unmoralisch erschien, sich zwischen zwei Eheleute zu stellen. Zudem gab es da ja noch den nicht unbeträchtlichen Altersunterschied. Aber mein Vater überzeugte mich schließlich davon, dass die Ehe der Demands ohnehin vollkommen zerrüttet war und es der Familie zu großem Vorteil gereichen würde, wenn ich Emanuel erhörte. So gab ich dann irgendwann einmal nach und im Mai 1932 haben wir geheiratet. Ich denke, dass Emanuel sich von mir Kinder erwartete, aber dazu ist es nicht gekommen ... und wird es auch nicht mehr."

Es schien, als würde Alwine Demand neuerlich vom Schmerz überwältigt. Ihre Stimme brach, und einige Tränen bahnten sich ihren Weg über die Wangen der jungen Frau. Cerny sprang behände auf, holte währenddessen sein Stecktuch aus dem Jackett und reichte es der Demand, die es mit einem Ausdruck inniger Dankbarkeit entgegennahm, um sich damit sodann das Gesicht abzutupfen. Eine Pause breitete sich im Raum aus.

„Ist es Ihnen, gnädige Frau, nicht seltsam vorgekommen, dass Ihr Mann gestern Abend nicht nach Hause kam?"

„Offen gestanden nicht", sagte die Demand, dabei ein Schluchzen unterdrückend, „denn das kam immer wieder einmal vor. Mein Mann lebte voll und ganz für seine Geschäfte. Selbst am Wochenende kannte er nichts anderes. Im Gegenzug ließ er mir viel Freiraum, ich durfte meinen Studien nachgehen und mich auch mit Freundinnen treffen, ohne dass er genauere Auskünfte von mir begehrte. In gewisser Weise führten wir, wenn Sie so wollen, eine moderne Ehe."

„Die aber wesentlich von den Geschäften Ihres Mannes geprägt war", hakte Bronstein nach.

„Nun, ist das nicht sehr oft der Fall?", entgegnete die Demand. Cerny wollte die Unterhaltung wieder auf den eigentlichen Fall zurückführen: „Fiele Ihnen, gnädige Frau, jemand ein, der Ihrem Mann übelwollte? Hatte er Feinde?"

„Ich vermute einmal, jeder erfolgreiche Geschäftsmann hat Feinde. Alle, die nicht so erfolgreich sind wie er, könnte ich mir denken. Sie wissen, dass es mit der Wirtschaft schon seit einigen Jahren nicht zum Besten steht, doch die Firma meines Mannes hat zuletzt sogar expandiert, das könnte einige Neider auf den Plan gerufen haben. Außerdem galt mein Mann, der privat ein sehr fürsorglicher und feinsinniger Mensch war, im Geschäftsleben als eher hart und kompromisslos. Erst vor kurzem hat er einen Teil der Produktion nach Ungarn verlagert, weshalb er in seinen niederösterreichischen Niederlassungen Arbeiter abgebaut hat. Das hat für viel böses Blut gesorgt, und er bekam unverhohlene Drohungen zu hören. Und außerdem ..."

Die Frau sprach nicht weiter.

„Und außerdem ...", ermunterte sie Cerny weiterzureden.

„Und außerdem ist mein Mann, wie Sie sich vielleicht denken können, mosaischer Abkunft. In der gegenwärtigen politischen Lage ist das nicht gerade von Vorteil."

Cerny sah unwillkürlich zu Bronstein hin und meinte ein kurzes Zucken zu erkennen. Doch es war offensichtlich, dass sich der Oberst nichts anmerken lassen wollte, und so blickte auch Cerny sofort wieder in die Richtung der Demand.

„Könnte es sein, dass Ihr Mann auch hier in seinem eigenen Haus Feinde hatte? Wir haben da etwas von einem verkrachten Künstler gehört."

„Ach der", lachte die Demand kurz auf, „der ist völlig harmlos. Ein Krakeeler, ja, aber ansonst eine sensible Seele, die um Anerkennung ringt. Er hat keinen Erfolg mit seinen Bildern, weil sie viel zu epigonal sind. Zumal in Zeiten, wo die Leute ihr Geld für andere Dinge brauchen als für unbekannte Maler. Mein Mann wollte ihm kündigen, weil er seit geraumer Zeit mit dem Zins in Rückstand ist, doch ich habe ihm gut zugeredet, ihm noch eine Frist einzuräumen. Der arme Mann lebt ja ohnehin vom Fensterkitt, und wenn er jetzt noch auf die Straße müsste, dann würde er endgültig jeden Halt verlieren."

„Und wie ist ... war das Verhältnis zwischen Ihrem Mann und seinen Söhnen?" Bronstein ärgerte sich über seinen Fehler und bemühte sich darum umso mehr um Haltung.

„Die beiden jungen Herren waren anfangs sehr nervös, sie könnten durch mich um ihr Erbe kommen“, gab die Demand unumwunden zu, „und wie Sie sich vorstellen können, wurden sie durch ihre Mutter in ihrer Haltung bestärkt. So gesehen war es ein Segen, dass uns jedwede Nachkommenschaft verwehrt blieb, denn das hat meine Stiefsöhne allmählich ein wenig beruhigt. Zudem hat mein Mann testamentarisch verfügt, dass die beiden jungen Herren nach ihm zu gleichen Teilen die Firma übernehmen sollten.“

„Es gibt also ein Testament?“, fragte Cerny nach, „kennen Sie dessen Inhalt?“

„Natürlich, wir alle kennen ihn, denn mein Mann hat es im Beisein seiner Söhne, seiner ehemaligen Gattin und mir vor einem Notar vorgelesen, ehe dieser es entgegennahm.“

„Und was steht in der Verfügung?“ Das war nun wieder Bronstein.

„Ich bekomme das Haus, die Söhne die Firma und alles, was damit verbunden ist. Der ehemaligen Gattin ist wie mir eine Leibrente ausgesetzt. An sonstige Bestimmungen könnte ich mich nicht erinnern.“

Ein kleiner Moment des Schweigens dehnte sich aus. Cerny und Bronstein wechselten einen kurzen Blick, dann umklammerte Bronstein die Lehnen seines Sessels, sammelte Schwung und erhob sich: „Gnädige Frau, ich denke, das ist vorerst alles. Bitte seien Sie noch einmal unseres aufrichtigen Beileids versichert. Wir werden alles in unserer Macht Stehende tun, um den oder die Täter zu fassen. Wer immer für diese grauenhafte Tat verantwortlich ist, er wird noch sehr bitter bereuen, sie begangen zu haben.“

Auch Alwine Demand stand nun auf und unterdrückte nochmals ein Schluchzen: „Ich danke Ihnen, meine Herren. Wenn Sie noch etwas brauchen sollten, ich stehe jederzeit zu Ihrer Verfügung.“

„Danke, wir dürfen uns jetzt empfehlen." Bronstein und Cerny verabschiedeten sich mit einem formvollendeten Handkuss und ließen sich von der Haushälterin zur Tür geleiten. Wieder auf dem Gang stehend, atmeten sie beide einmal durch.

Bronstein bemühte sich um ein Lächeln: „Bemerkenswert schönes Frauenzimmer, was?"

„Zweifelsohne. Aber für den Fall wohl unerheblich. Es sei denn, die gnädige Frau hatte heimlich einen Liebhaber, und wir haben es hier mit einem Eifersuchtsmord zu tun. Doch das schließe ich, ehrlich gesagt, aus."

Bronstein verzog keine Miene, doch innerlich kochte er. Cerny war in seiner Perfektion manchmal wirklich unerträglich. Warum konnte dieser Mann nicht wenigstens das eine oder andere Mal ein wenig Verständnis dafür aufbringen, dass auch er, Bronstein, menschliche Empfindungen hegte? Musste Cerny immer gleich alles auf die Goldwaage legen?

Cerny ließ seinem Vorgesetzten keine Zeit zum Grübeln. „Gehen wir gleich rüber zur Hawranek, oder willst du der restlichen Familie Vorrang einräumen?" Bronstein entschied, man solle die Wohnungen der Reihe nach aufsuchen, ohne auf familiäre Verbindungen Rücksicht zu nehmen. Und so klopften die beiden Beamten wenig später an die Tür der alten Hawranek.

Schon auf den ersten Blick wusste Bronstein, diese Person konnte man aus den Ermittlungen heraushalten. Sie war sichtlich weit über siebzig, gebrechlich und zudem kaum in der Lage, auch nur einer Fliege etwas zuleide zu tun.

„Guten Tag, ich bin Oberst Bronstein von der Mordkommission, das ist mein Kollege, Major Cerny. Wir hätten ein paar Fragen an Sie, denn kürzlich wurde der Hausherr Opfer eines Gewaltverbrechens", begann Bronstein.

„Nerozumim", antwortete die Alte kurz angebunden, „kdo jste? A co chcete?"

„Ob Sie Zeit für ein paar Fragen hätten", wiederholte Bronstein sein Begehr, wobei er seine Lautstärke beträchtlich angehoben hatte.

„Meine Deitsch nicht besser", stammelte die Hawranek.

„Co Pan Oberst chce je ... on chce vědět, jestli vite, že Pan Demand je mrtvy. Videli jste něco? Nebo poslouchali jste?"

Bronstein war ehrlich erstaunt. Natürlich wusste er, dass Major Cerny tschechischer Herkunft war. Aber dass er die Sprache noch beherrschte, war dem Oberst neu. Cerny wurde Bronstein immer suspekter. Der Mann war das, was man unter seinesgleichen wohl einen Feschak nannte, hatte eine wunderbare und schöne Frau zu Hause, war mit neununddreißig Jahren im besten Mannesalter, stets höflich und zuvorkommend, ebenso gebildet wie klug, und jetzt konnte er auch noch Tschechisch. Zum Glück galten im Staatsdienst Leistung und Können wenig, denn sonst wäre Cerny der Vorgesetzte und nicht er.

Während Bronstein seinen Untergebenen von der Seite ansah, bekam er mit, wie die Alte – wie aufs Zauberwort – förmlich aufgelebt war. Bronstein verstand von diesem slawischen Kauderwelsch natürlich kein Wort, und er musste sich beherrschen, sich nicht andauernd in die Unterhaltung mit Sätzen à la „Was sagt sie?" einzumischen.

Es war auch ohne Kenntnis der tschechischen Sprache offensichtlich, dass die alte Hawranek eine richtige Bassenatratschn war. Cerny kam kaum zu Wort, dafür war die Hawranek in ihrem Element. Wahrscheinlich erzählte sie dem Major ihre gesamte Lebensgeschichte, so ausführlich waren ihre Schilderungen. Und doch war es vergebene Liebesmüh, denn diese Frau taugte nicht einmal als Zeugin, geschweige denn als Tatverdächtige.

Diesen Eindruck bestätigte schließlich auch Cerny, nachdem er sich ausführlich für das Gespräch bedankt und der alten Frau noch ein paar überaus schmeichelhafte Komplimente gemacht hatte. „Sie weiß überhaupt nichts", sagte er wie erwartet zu Bronstein, „hat nichts gesehen und nichts gehört. Sie ist gestern Abend früh zu Bett und hat dann bis gegen acht Uhr geschlafen. Danach hat sie sich ein Frühstück gemacht und Radio gehört. Das sei das einzige Vergnügen, das ihr noch bleibe, hat sie erklärt, bevor sie mir detailreich schilderte, welchen Vergnügungen nachzugehen sie früher in der Lage gewesen sei. Ich habe ihr dann gesagt, dass früher wohl noch nicht allzu lange her sein kann, worauf sie ihr Bestes tat, hold zu erröten. Sie versicherte mir, uns jederzeit wieder zur Verfügung zu stehen – vor allem aber mir. Dann hat sie mir noch Škubanky angeboten, die ich aber, dein Einverständnis vorausgesetzt, abgelehnt habe."

„Was ist denn das?"

„Eine tschechische Spezialität. Sehr kalorienreich."

„Du hast die richtige Entscheidung getroffen", erklärte Bronstein aufgeräumt und zog unwillkürlich seinen Bauch ein. Dann machten sie sich an den Anstieg in den zweiten Stock.

Wie erwartet brachte auch die Befragung des pensionierten Beamten Beranek nichts. Der Mann war schwerhörig und litt unter Schlafstörungen, weshalb er in der Nacht zuvor schwere Schlafmittel eingenommen habe. Es hätte eine Granate neben ihm einschlagen können, er wäre nicht munter geworden. Bronstein und Cerny äußerten Verständnis für die Lage des Mannes und begaben sich sodann in den dritten Stock.

Obwohl es mittlerweile beinahe Mittag war, brauchte es einige Zeit, ehe der Künstler die Tür öffnete. „Sie haben mich aufgeweckt!", protestierte er, ohne zuvor irgendeine Begrüßung abgewartet zu haben.

Bronstein und Cerny stellten sich dem Mann vor und forderten ihn dann auf, ihnen seine Personalien anzuvertrauen. Der Maler kam langsam zu sich und bat die Beamten erst einmal in die Wohnung.

Beide registrierten sogleich das unermessliche Chaos, die furchtbare Unordnung, die hier herrschte. Offenbar hatte der Künstler in der Vornacht kräftig gefeiert, denn überall lagen leere Flaschen herum, zudem quollen sämtliche Aschenbecher, die sich in der Wohnung befanden, nahezu über. Schließlich lagen auch noch Kleidungsstücke, Zeitungen, Farbtuben und mancherlei Gerätschaften zwanglos auf dem Boden verteilt. Der Mann führte sie in sein Wohnzimmer, das er wie einen Salon ausgestaltet hatte. An der Tür prallten die beiden Beamten richtiggehend zurück. Auf einem großen Doppelbett lag, vollkommen nackt, eine Frau von leidlich dreißig Jahren, die, wie Bronstein sofort konstatierte, wohl ein klein wenig Übergewicht hatte. Denn obwohl sie auf dem Rücken lag, zeichnete sich deutlich ein nennenswerter Bauch oberhalb des üppigen Schamhaars ab, während die großen und schweren Brüste schlaff links und rechts vom Oberkörper nach unten hingen. Doch Bronstein hatte wenig Zeit, diese Details zu registrieren, denn er war völlig gefangen von der Körpermitte dieser Frau. Am liebsten hätte er sich die Augen gerieben. Doch das wäre zu auffällig gewesen, und so beschränkte er sich darauf, sie einen Moment lang zu schließen, um dann noch einmal auf den Schambereich der Frau zu starren. Ein Zweifel war nicht mehr möglich: Aus dem Spalt der Frau ragte eine Gurke. Die Frau selbst schien tief und fest zu schlafen, ohne dass sie das in ihrem Körper steckende Gemüse im Geringsten störte.

„Jessas!“, hörte Bronstein nun den Künstler, der sich an die Stirn gegriffen hatte, „Die hob i jo ganz vergessen!“

Er ließ die beiden Beamten einfach stehen und eilte zum Bett, wo er die Frau wachzurütteln versuchte. „Lintscherl, heast Lintscherl, woch auf.“

Die so Angesprochene kam langsam zu sich. Sie griff, noch immer halb im Schlaf, nach der Gurke, um sich diese rhythmisch in die Scheide zu stoßen. „I moch eh weida“, murmelte sie, während ihre Hand augenblicklich wieder erschlaffte, um wenig später zum Stillstand zu kommen. Dem Künstler war die ganze Szene höchst peinlich, und er wusste nicht, wie er sich verhalten sollte. „Wir warten im Vorzimmer", hörte Bronstein Cerny sagen, ehe er von diesem sanft nach draußen gedrängt wurde. Noch im Gehen warf Bronstein erneut einen Blick auf die Frau und spürte, wie sehr ihn diese Szene erregte. Und wieder ärgerte er sich über Cernys Taktgefühl. Dieser schloss leise die Tür und besah sich sodann die im Vorzimmer aufgehängten Bilder.

Durch die Tür drangen spitze Schreie. „Bist deppert?", hörte Bronstein, und „Wos? Mit dreiß'g Schlei wüst mi abspeisn. Di haben s' woi ois Kind z'haaß bod't? Schleich di, du Krippelg'spü. I hoi de Heh, heast."

Bronstein folgte einer spontanen Eingebung, und noch ehe Cerny einschreiten konnte, riss er die Tür auf: „Die Heh is scho do", sagte er und grinste breit.

Die Frau schnappte eilends das Leintuch und bedeckte ihre Blöße damit. „Wos soi nocha des? Jo wo samma denn? Sapperlot no amoi!"

Nun war auch Cerny wieder ins Zimmer getreten. „Meine Verehrteste, es wäre besser, wenn Sie sich zurückzögen. Wir haben dem Herrn hier routinemäßig einige Fragen zu stellen, wofür Ihre Gegenwart nicht erforderlich ist. Wir würden es lediglich begrüßen, wenn Sie uns für alle Fälle Ihre Personalien geben und uns sagen könnten, seit wann Sie sich hier in der Wohnung befinden."

„Die ganze Nocht scho, und der Pülcha wü ma nua dreiß'g Schülling geb'n", entfuhr es der Dame der Nacht voller Empörung.

„Nun, Ihre Geschäfte fallen nicht in unser Ressort, vielleicht regeln Sie diese Frage später."

Es war offenkundig, dass es die Frau nicht darauf anlegte, sich mit einem Polizisten zu streiten, und so zog sie sich eilends an und dann zurück, nachdem sie zuvor noch Cerny ihren Namen und ihre Adresse bekanntgegeben hatte. Der Künstler blickte ihr wehmütig nach und dann voller Unbehagen auf die beiden Beamten.

„Und nun zu uns", richtete Cerny das Wort an ihn, „Sie heißen?"

„Karl Krämer."

„Und wurden wann geboren?"

„17. August 1892 in Linz."

„Seit wann sind Sie hier wohnhaft?"

„Seit ... ich weiß gar nicht ... seit fünfzehn Jahren oder so ... Hören Sie, um was geht es eigentlich?"

„Der Hausherr wurde heute ermordet. Und wir haben gehört, dass Sie sich mit Herrn Demand hinsichtlich der Miete in einem Konflikt befanden?"

„Ja schon, aber ich hoffe doch sehr, dass Sie nicht glauben, deswegen hätte ich zur Gewalt gegriffen. Der Herr Demand war kein Freund der Kunst und stand meinen diesbezüglichen Bemühungen verständnislos gegenüber. Es war ihm nicht begreiflich zu machen, dass ein echter Künstler sich nicht um banale Geldsorgen kümmern kann, sondern dass er vielmehr für die Kunst leben muss. Wenn es nach ihm gegangen wäre, müsste ich schon geraume Zeit unter der Brücke schlafen, doch zum Glück hielt die gnädige Frau ihre schützende Hand über mich, sodass ich mich weiter voll und ganz der Kunst widmen konnte."

„Ja, das haben wir eben gesehen", meinte Bronstein lakonisch.

„Kommen Sie jetzt bitte nicht auf falsche Gedanken, meine Herren. Die Dame war mein Modell, und weiter nichts. Irgendwann hat sie dem Alkohol zu viel zugesprochen und schlief dann ein, was mich weiter nicht störte, weil ich so Zeit fand, meine Skizzen auszuarbeiten."

„Und was sollte die Nummer mit der Gurke?“, belferte Bronstein, der dafür ein begütigendes Kopfschütteln von Cerny erntete. „Ich glaube nicht, dass diese Sache etwas mit unserem Fall zu tun hat.“ Dann wandte sich Cerny wieder an Krämer: „Ist Ihnen irgendetwas aufgefallen in dieser Nacht?“

„Nein. Ehrlich nicht, ich war so in mein Malen vertieft, da lasse ich mich nicht ablenken.“

„Außer durch eine Gurke“, maulte Bronstein, immer noch irritiert darüber, dass ihm Cerny als der Niederrangigere in die Parade gefahren war.

„Herr Krämer, das war's vorerst“, beendete Cerny die peinliche Szene, „sollte es noch etwas geben, werden wir uns bei Ihnen melden, und sollte Ihnen noch etwas einfallen, dann setzen Sie sich bitte mit der Mordkommission in Verbindung. Einen schönen Tag noch.“

Cerny hakte sich bei Bronstein unter und schob diesen aus der Wohnung. „Was sollte das eben?“, fauchte dieser, kaum dass sie wieder auf dem Gang standen.

„Ich glaube nicht, dass es uns etwas angeht, wenn erwachsene Menschen in den eigenen vier Wänden ihren Vorlieben nachgehen. Wir sind nicht von der Sitte, und selbst die hätte hier wohl keinen Grund zum Einschreiten, solange nicht der dringende Verdacht besteht, dass die Dame der geheimen Prostitution nachgeht.“

„Aber eine Gurke? Das ist doch abartig?!“ – Bronstein war immer noch erregt.

„Mein Geschmack ist so etwas auch nicht. Aber ich kümmere mich nicht weiter darum. Und das würde ich, mit Verlaub, auch dir raten.“

„Eine Gurke“, wiederholte Bronstein nochmals, diesmal allerdings schon mehr für sich.

„Statten wir doch nun der gewesenen Frau Demand einen Besuch ab“, schlug Cerny vor.

Sie überquerten den Gang und klopften an. Eine ältliche und dickliche Frau, der die Verbitterung bereits auf den ersten Blick anzusehen war, öffnete die Tür. Bronstein und Cerny stellten sich vor und dann die Frage, ob es sich bei ihrem Gegenüber um die erste Frau Demands handle, was ihnen von der alten Frau bestätigt wurde.

„Könnten Sie uns Ihre Personalien geben?“, ersuchte sie sodann Cerny.

„Ich heiße Madeleine Demand und bin am 13. Dezember 1878 hier in Wien geboren. Ich habe meinen Mann 1901 geheiratet und wurde nach dreißig Ehejahren schuldlos geschieden, weil sich mein Mann, benebelt von beginnender Alterssenilität, plötzlich zu einem jungen Ding hingezogen wähnte. Aber darf ich fragen, weshalb Sie das überhaupt wissen wollen?“

„Verzeihen Sie“, beeilte sich Cerny, den Fehler wiedergutzumachen, „wir müssen Ihnen leider mitteilen, dass Ihr ehemaliger Ehemann in der Nacht auf heute einem Gewaltverbrechen zum Opfer gefallen ist.“

Die Frau erbleichte, rang sichtlich um Atem und begann zu taumeln. „Und das sagen … Sie … mir einfach so“, stammelte sie, ehe sie zurück in ihre Wohnung wankte und sich auf einen Fauteuil fallen ließ, der sich im Vorzimmer befand. „Mein Riechsalz!“, stöhnte sie und deutete vage in eine Richtung, in der die Beamten die Küche vermuteten.

Während Bronstein ratlos in die besagte Richtung blickte, ergriff Cerny rasch die Initiative und begab sich in den angegebenen Teil der Wohnung. Tatsächlich fand er das begehrte Fläschchen exponiert auf einem Regal stehen. Er ergriff es und eilte damit zurück in das Vorzimmer, wo die Frau heftig stöhnte, während Bronstein umständlich im Raum stand. Cerny öffnete die Flasche und hielt sie der alten Demand in angezeigtem Abstand unter die Nase. Diese schnupperte ein wenig, und schon beruhigte sich ihr schwerer Atem ein wenig. Die Frau machte schließlich eine abwehrende Handbewegung, die Cerny als Aufforderung wertete, die Flasche wieder zu verschließen, während sie ihren Kopf ermattet in die Sessellehne sinken ließ. „Wer … tut so … etwas?“, keuchte sie endlich.

„Um das herauszufinden, sind wir hier“, entgegnete Bronstein, willens, endlich auch wieder in das Geschehen einzugreifen.

„Das war sicher sie“, zischte die alte Demand plötzlich mit unerwarteter Klarheit. „Diese geldgierige Schlange.“

„Sie meinen die gegenwärtige Frau Demand?“, vermutete Bronstein und erntete einen giftigen Blick von der geschiedenen Demand und einen leicht tadelnden von Cerny.

„Die hat sich hier eingeschlichen, um meine Söhne um ihr Erbe zu bringen und mich um mein Lebensglück. Und weil mein geliebter Gatte noch so rüstig war, und weil sie nicht länger warten wollte, hat sie eben ein wenig nachgeholfen.“

„Gnädige Frau, Ihr Mann wurde erschlagen“, hielt Cerny dem entgegen, „ich glaube nicht, dass eine Frau so viel Kraft aufbringen kann, jemanden wie Ihren Mann auf diese Weise …“

„Natürlich hat sie es nicht selbst getan!“, brauste die Demand auf, „sie hat jemanden für diese Schandtat gedungen. Ihren Liebhaber wahrscheinlich.“

„Sie meinen, die Dame hatte eine Affäre?“, wurde Bronstein hellhörig.

„Sie glauben doch nicht, dass so eine junge Nymphe sich darauf beschränkt, die treu sorgende Gattin zu sein. Die hat sicher nichts anderes gemacht, als den ganzen Tag lang Männerbesuch zu empfangen, diese vulgäre Person. Da kann sie noch so auf ihre adelige Herkunft verweisen – ohnehin nur Beamtenadel, wenn Sie verstehen, was ich meine –, sie selbst ist durch und durch verdorben. Ohne Moral, ohne Anstand, ohne die geringste Sittlichkeit. Eines von diesen obszönen Frauenzimmern, die sich ihrer verderbten Wollust ohne die geringste Hemmung hingeben.“ Die alte Demand hatte sich in ihrem

Sessel hoch aufgerichtet, ihre Hände verkrampften sich in die Armlehnen, und ihr stechender Blick ließ Bronstein unwillkürlich frösteln. „Wenn ich nicht so gut erzogen wäre, würde ich die Dinge noch viel offener beim Namen nennen, meine Herren. So aber mögen Sie die Güte haben, es mir nachzusehen, wenn ich mich nicht weiter über diese ... Dirne ... äußere. Leider war mein Mann blind und verblendet. Und jetzt ist er tot. Nur wegen ihr." Jetzt erst sank die Frau wieder in den Sessel zurück. Eine bühnenreife Vorstellung, dachte Cerny.

„Die junge Frau De..., sie hatte einen Liebhaber?", fragte Bronstein nochmals nach, „wissen Sie zufällig Genaueres?"

„Natürlich nicht, sonst hätte ich meinen Mann sofort mit diesem Wissen konfrontiert. Doch leider war sie zu geschickt, um sich erwischen zu lassen, dieses schamlose Luder."

„Das heißt, Sie haben nur einen vagen Verdacht, aber keine konkrete Kenntnis", fasste Bronstein diese Aussage zusammen, wofür er neuerlich einen flammenden Blick der Demand erntete. „Sie, mein Mann wurde gerade ermordet, ich darf wohl um ein klein wenig mehr Takt bitten!"

Während Bronstein unwillkürlich zusammenzuckte, ergriff wieder Cerny die Initiative. „Abgesehen von Ihren Vorbehalten das ehemalige Fräulein Krieger betreffend, könnte Ihr Mann sonst noch Feinde gehabt haben? Menschen, die ihm übelwollten?"

„Mein Mann war zeitlebens ein überaus erfolgreicher Geschäftsmann. Da macht man sich automatisch nicht nur Freunde. Besonders in so schwierigen Zeiten wie den unseren. Man ist ja förmlich umzingelt von lauter Bosheit. Diese waffenstarrenden Arbeiter zum Beispiel. Sie glauben doch nicht, dass die Gefahr, die von diesen Revoluzzern ausgeht, gebannt ist, nur weil man ihre Partei, die freilich gar nicht erst hätte genehmigt werden dürfen, endlich verboten hat. Im Gegenteil. Umso gefährlicher sind jetzt die Parteigänger, weil sie im Untergrund agieren und man sie nicht mehr so leicht überwachen kann wie ehedem. Das muss ich ja wohl gerade Ihnen nicht sagen. Und die Krakeeler von dem Herrn aus Braunau waren sicher auch keine Sympathisanten meines Mannes. Wie heißt es so schön? Viel Ehr, viel Feind."

„Aber einen konkreten Verdacht haben Sie nicht?", hakte Cerny nach. Die Frau schüttelte nur wortlos den Kopf.

„Wissen Sie, ob Ihr Mann ein Testament aufgesetzt hat?", fragte nun wieder Bronstein.

„Seinerzeit gab es sicher eines. Aber das hat er ohne Frage geändert, seit er dieser Circe verfallen ist. Wahrscheinlich erbt jetzt alles sie, und meine armen Buben gehen völlig leer aus." Sie seufzte theatralisch.

Bronstein sah kurz Cerny an und überlegte, ob er die geschiedene Witwe mit der Aussage der anderen Witwe konfrontieren sollte, was das Vorhandensein eines Testaments anbelangte, beschloss aber dann, dieses Thema vorerst auf sich beruhen zu lassen. Weiters fragte er sich, ob es ziemlich wäre, sich an dieser Stelle noch formal nach einem Alibi zu erkundigen, doch das erschien ihm unpassend. „Das wäre, gnädige Frau, vorläufig alles", erklärte er somit aufgeräumt, „seien Sie noch einmal unseres Mitgefühls versichert, wir werden einen Ihrer Söhne darum ersuchen, dass er Ihnen in dieser schweren Stunde Beistand leistet. Gnädige Frau, einen guten Tag."

Bronstein zupfte Cerny kaum merklich am Ärmel, und die beiden verließen unter einer angedeuteten Verbeugung die Wohnung. „Jetzt noch die beiden Söhne?" fragte Cerny, nachdem er die Tür geschlossen hatte.

„Jetzt noch die beiden Söhne", bestätigte Bronstein.

Die beiden begaben sich in das oberste Stockwerk und klopften an die erste Tür. Nach einer kleinen Weile wurde ihnen von einem Knaben aufgetan, der kaum älter als vier, fünf Jahre sein mochte. Er starrte die beiden Männer einen Augenblick mit offenem Munde an, dann schrie er aus Leibeskräften: „Mami!"

Es war aber nicht „Mami“, die prompt herbeigeeilt kam, sondern ein sportlich aussehender Mann um die dreißig, der, wie die Kriminalisten bemerkten, schwarze Halbschuhe, weiße Stutzen, Breecheshosen, einen weißen V-Pullover über einem ebenso weißen Hemd und ein graugrünes Tweedsakko trug. Die flachsblonden Haare trug er hinten betont kurz, vorn hing ihm eine Strähne leicht ins Gesicht, bedingt durch den überaus exakt gezogenen Mittelscheitel. Bronstein zuckte unwillkürlich zusammen. Er meinte, einen Nazistudenten vor sich zu haben und nicht den Sprössling eines jüdischen Fabrikanten. „Darf ich fragen, was die Herren wünschen?“

Bronstein und Cerny stellten sich vor und fragten dann ihrerseits, um wen es sich bei ihrem Gegenüber handelte.

„Hermann Demand“, entgegnete dieser knapp.

„Könnten Sie vielleicht ein wenig ausführlicher sein?“

„Könnte ich. Doch dazu sehe ich keine Veranlassung, solange Sie mir nicht sagen, weshalb Sie derlei von mir zu wissen wünschen.“

Cerny übernahm es, dem Juniorchef zu erklären, was sich letzte Nacht zugetragen hatte und weshalb sie also hier nun tätig seien. Der junge Herr ließ sich keine Regung anmerken.

„Sie verstehen nun hoffentlich, weshalb wir hier sind. Ihre Daten brauchen wir für das Protokoll“, schloss Cerny.

„Wie gesagt, Hermann Demand. Geboren am 19. April 1904 in Wien. Verheiratet seit 1929 mit Frau Edeltraud, geborene Kohn. Ein Sohn Friedrich Wolfgang, geboren 1930. Sonst noch etwas?“

„Vielleicht können Sie uns noch ein paar Informationen zu Ihrem Lebenslauf geben, damit wir ein möglichst vollständiges Bild bekommen?“

„Ich sehe schon, das wird länger. Kommen Sie also herein.“ Der Gesichtsausdruck Hermann Demands verriet Ärger und wohl auch eine Portion Resignation. Mit einer matten Handbewegung bat er die Beamten in die Wohnung. „Geh wieder spielen, Fritz!“, forderte er seinen Sohn auf, um sodann auf zwei Stühle zu deuten. „Nehmen Sie Platz, meine Herren. Soll ich Ihnen etwas aufwarten lassen?“

Die Art, wie Demand die Frage formuliert hatte, ließ Cerny und Bronstein ablehnen. Demand setzte sich nun selbst. „Was wollen Sie noch wissen?“

„Erzählen Sie einfach ein bisschen aus Ihrem Leben“, gab sich Bronstein jovial.

„Ich bin hier geboren und aufgewachsen, habe nach der Volksschule ab September 1914 das Gymnasium bei den Schotten besucht und dort auch im Sommer 1923 maturiert. Danach war ich einjährig freiwillig bei der Armee, wo ich auch heute noch Reserveoffizier bin. Im Februar 1925 immatrikulierte ich mich an der hiesigen Universität und studierte bis 1927 Jus, danach bis 1929 Wirtschaftswissenschaften an der Hochschule für Welthandel. Im Sommer jenen Jahres lernte ich Traude kennen, die ich dann drei Monate später heiratete. Ein halbes Jahr später, im Jänner 1930, kam Fritz auf die Welt, womit Sie wohl auch wissen, weshalb ich Traude geehelicht habe. Seit Jänner 1930 bin ich auch in der Firma meines Vaters tätig.“

„In welcher Funktion?“

„In keiner bestimmten. Ich bin, wenn Sie so wollen, sein Stellvertreter.“

„Sie allein?“

„Ich allein. Mein Bruder interessiert sich nicht so für die Firma. Er ist mehr ein … forschender Geist, jedenfalls kein Kaufmann.“

„Werden Sie jetzt die Firma Ihres Vaters fortführen?“

„Natürlich. Gemäß seinem Testament werden zwar wir beide Eigentümer des Unternehmens, aber es ist zwischen mir und Siegfried schon lange vereinbart, dass er quasi ein mehr als stiller Teilhaber sein wird, während ich der Direktor bin. Solange er seine Rendite bekommt, ist es Siegfried ziemlich gleichgültig, was ich mache und wie ich es mache."

„Ihre Stiefmutter hat keine Rechte auf die Firma?"

„Stiefmutter! Machen Sie sich nicht lächerlich! Das simple Ding ist ja jünger als ich! Nein, nein, wir haben mit Vater definitiv vereinbart, dass sie mit dem Familienunternehmen nichts, aber schon überhaupt nichts zu tun hat. Sie wird das Haus erben, soviel ich weiß, wir werden ihr wohl auch eine Pension zahlen müssen, aber das war's auch schon. Von Frau Alwine Demand wird man im Unternehmen auch weiterhin rein gar nichts hören. Genauer gesagt, noch viel weniger als gar nichts."

„Es bestand also keine Gefahr, dass Sie um Ihr Erbe gebracht werden könnten! Durch eine allfällige Testamentsänderung zum Beispiel?" Bronsteins Frage war durchaus delikat, aber er hatte gefühlt, wie es ihn zu ärgern begann, dass Demand auf all seine bisherigen Fragen so herablassend reagiert hatte.

„Nicht, dass ich wüsste. Papa hätte Derartiges sicher verlauten lassen und in jedem Fall mit mir besprochen."

Vielleicht hatte er das ja, dachte Bronstein, das wäre immerhin ein Motiv, denn Demand junior stünde ohne die Firma wohl vor dem Nichts, hatte er doch offensichtlich seine Studien nicht abgeschlossen und außerhalb der väterlichen Unternehmungen auch keinerlei Erfahrungen gemacht. Bronstein speicherte diesen Gedanken vorerst in seinem Gedächtnis und beschloss, ein wenig auf den Busch zu klopfen konnte an dieser Stelle nicht schaden.

„Haben Sie diese Nacht irgendetwas Verdächtiges bemerkt? Etwas gesehen oder gehört? Ab wann waren Sie denn zu Hause?"

„Fragen Sie mich jetzt wirklich nach einem Alibi?" Demand lächelte spöttisch. „Ich bin gestern gegen 20 Uhr zum Abendessen zu Hause gewesen und habe das Haus seitdem nicht mehr verlassen. Sie können gerne meine Frau fragen, die auch die ganze Zeit hier zugegen war."

Ein Alibi durch die eigene Frau war eigentlich keines, dachte Bronstein, laut aber sagte er: „Ich denke, das ist nicht nötig, Ihr Wort genügt uns völlig." Das war natürlich eine Lüge, aber vorerst brauchte man nicht mit aller Gewalt auf Konfrontationskurs zu gehen, sagte sich Bronstein.

„Ganz wie Sie meinen", entgegnete Demand aufgeräumt, „aber ich bestehe darauf, dass Sie meine reizende Gattin wenigstens kennenlernen. Entschuldigen Sie mich einen Augenblick."

Behände war Demand aus seinem Sessel aufgesprungen und im hinteren Teil der Wohnung verschwunden. Doch noch ehe Bronstein und Cerny ein Wort wechseln konnten, war der Hausherr wieder erschienen, mit einer überaus aufreizenden Blondine im Arm. Dieser war ihr Auftritt sichtlich unangenehm, zumal sie offenkundig nicht auf Besuch eingestellt gewesen war. Sie trug einen zwar modischen, aber doch eher gewöhnlichen Hausmantel, und Bronstein versuchte sich auszumalen, wie Demands Frau aussehen mochte, wenn sie sich unter die Gesellschaft begab. „Das ist meine Frau", erklärte Demand überflüssigerweise. „Wollen Sie auch ihre Daten? Geboren ..." Demand stockte und wurde zum erstem Mal an diesem Morgen unsicher. Seine Frau sah ihn resigniert an und wandte sich dann an die beiden Beamten. „Ich wurde als Edeltraud Kohn am 8. Mai 1910 in Wien geboren. Ich habe Volks- und Bürgerschule besucht und bin am 1. September 1926 in die Firma Demand als Schreibkraft eingetreten. Ab Sommer 1928 war ich Sekretärin im Büro des Chefs, und dort habe ich auch meinen Mann kennengelernt."

Nicht nur das, dachte sich Bronstein. Offenbar hatte der Junior sich ein Gspusi mit der jungen, feschen Sekretärin angefangen, und nachdem ihm dabei ein Betriebsunfall passiert war, hatte der Senior, um den Skandal abzuwenden, zur Heirat gedrängt.

Bronstein wurde aus seinen Gedanken gerissen. Die Frau hatte anscheinend weitergesprochen und das Alibi ihres Gatten bestätigt. Bronstein hörte noch, wie sie fragte, ob sie noch gebraucht werde. Sie fühle sich nicht wohl und würde sich gerne wieder zurückziehen. Bronstein nickte nur und meinte dann, das wäre vorläufig ohnehin alles. Man wünsche noch einen guten Tag. An Hermann Demand gewandt, ergänzte er, man würde gerne in Verbindung mit ihm bleiben, schon allein, um ihn gegebenenfalls vom Lauf der Ermittlungen zu unterrichten, aber auch, um allfällig noch auftauchende Fragen klären zu können. Demand versicherte, keine Reise oder dergleichen geplant zu haben, er werde der Polizei daher jederzeit zur Verfügung stehen. Die beiden Beamten verabschiedeten sich und machten sich sodann an die letzte Befragung. Sie klopften bei Siegfried Demand.

Ohne Umschweife wurde ihnen von einem etwas weltfremd wirkenden Jüngling geöffnet, dessen Kleidung krass mit jener seines Bruders kontrastierte. Der Mann trug anthrazitgraue Flanellhosen, ein grobes Leinenhemd in undefinierbarem Violett sowie eine hubertusgrüne Strickweste. Sein Haar war kurz und dunkel, und auf der Nase trug er eine unscheinbare Nickelbrille.

„Herr Siegfried Demand?"

„Samuel, wenn's recht ist. Ich weiß, in meiner Geburtsurkunde steht Siegfried, aber das war meines Vaters Wille, nicht meiner. Ich stehe zu unserer Herkunft."

„Wie auch immer. Wir sind von der Polizei und hätten einige Fragen an Sie. Dürfen wir hereinkommen?"

Nachdem die beiden Beamten auch Siegfried Demand über die Ereignisse in Kenntnis gesetzt hatten, fragten sie abermals nach persönlichen Daten.

„Ich bin am 25. November 1906 in Wien geboren und somit exakt einen Tag jünger als meine Stiefmutter. Wie mein Bruder vor mir kam ich nach der Volksschule ins Gymnasium zu den Schotten, wo ich im Juni 1925 maturiert habe. Ich begann im Herbst selbigen Jahres mein Studium der Germanistik und Philosophie und promovierte im Jänner 1930 mit einer Arbeit über Lessings bürgerliches Trauerspiel. Seitdem arbeite ich als Privatgelehrter und bin seit dem Sommersemester 1932 auch als Privatdozent an der Universität tätig. Ich arbeite an meiner Habilitation, müssen Sie wissen, doch das ist derzeit nicht so einfach, vor allem nicht, wenn man sich, so wie ich, auf die Geschichte der jüdischen Literatur spezialisiert hat. Noch bin ich aber zuversichtlich. Die Österreicher sind ja zum Glück keine solchen Fanatiker wie die Deutschen, hier wird alles etwas gemütlicher abgehen."

„Sind Sie verheiratet, Herr Demand?"

„Ja, und Vater einer Tochter. Ich habe meine Frau Tessa, geborene Sperber, auf der Universität kennengelernt, wo sie gleich mir Philosophie studierte. Sie wurde zwar in Brünn geboren, lebt aber seit 1918 in Wien. Nach meiner Promotion haben wir im Mai 1930 geheiratet, und im Mai 1932 kam unsere über alles geliebte Tochter Rahel zur Welt. Leider muss ich Ihnen meine Tochter derzeit vorenthalten, sie ist über das Wochenende mit ihrer Mutter zu Besuch bei ihrer Großmutter in Hadersdorf."

„Das heißt, Sie waren diese Nacht allein?"

„Ich fürchte. Verdächtigen Sie jetzt mich der Tat?"

„Mitnichten. Wären Sie verdächtig, hätten Sie uns sicherlich ein weit besseres Alibi präsentiert", lächelte Bronstein.

„Haben Sie eine Ahnung, wie es nun in der Firma Ihres verewigten Vaters weitergehen wird?" Erstmals meldete sich nun auch Cerny zu Wort.

„Natürlich nicht. Um derlei Dinge habe ich mich nie gekümmert. Das hat immer das Triumvirat entschieden und ..."

„Triumvirat?"

„Na mein Vater, mein Bruder und Franz Holzer, der Prokurist. Bei dem sind immer alle Fäden zusammengelaufen. Früher war auch noch der Friedrich Podlaha involviert, der seit 1920 als Betriebsratsobmann wirkte, doch wie Sie sich vorstellen können, war dessen Rolle schon seit geraumer Zeit ausgespielt. Mein Vater hat ihn auch gleich am 12. Februar fristlos entlassen. Ich weiß gar nicht, was aus dem geworden ist, aus dem Podlaha. War eigentlich ein netter Mensch, sehr umgänglich. Hat mir früher öfter einmal eine Kleinigkeit geschenkt, wenn ich auf Besuch in der Firma war. Der Podlaha hat ja schon zur Zeit meines Großvaters dort gearbeitet."

„Er war sicher verbittert, nach so langer Zeit einfach hinausgeworfen zu werden", hakte Bronstein nach.

„Bitte schön, das weiß ich nicht. Aber es wäre ihm kaum zu verübeln, wenn es so wäre, oder nicht?"

„Wissen Sie, wo wir Holzer und Podlaha antreffen können?" erkundigte sich Cerny.

„Der Holzer ist sicher jeden Tag in der Firma. Der lebt ja fast dort. Was aber den Podlaha anbelangt, wie gesagt, ich weiß nicht, was aus ihm geworden ist. Vielleicht kennt man in der Firma seine Wohnadresse."

Bronstein warf einen Blick auf seine Uhr und dann auf Cerny. „Ich denke, Herr Demand, das war vorläufig alles. Wenn wir noch etwas von Ihnen benötigen sollten ..."

„... finden Sie mich jederzeit hier. Ich verlasse die Wohnung höchst ungern, und wenn, dann nur auf einen Sprung. Ich stehe Ihnen also jederzeit zu Diensten."

„Wofür wir uns schon jetzt herzlich bedanken."

Die beiden Beamten erhoben sich und begaben sich, begleitet von Demand, zur Tür. Im Stiegenhaus atmete Bronstein tief durch. „Fast 13 Uhr. Hast du keinen Hunger, Cerny? Ich lade dich zum Essen ein. Was sagst du dazu?"

„Dazu sage ich vielen Dank, aber ich denke, ich würde lieber im Kreise meiner Familie sein, wenn dich das nicht zu sehr inkommodiert. Mein Dienst ist seit zwölf Uhr eigentlich beendet, und zu Hause macht man sich sicher schon Sorgen, wo ich abgeblieben bin."

Bronstein fühlte sich auf den Schlips getreten. Cerny hatte ja Familie. Das perfekte Glück. Nicht nur, dass der Mann überaus attraktiv war, jung und gebildet, nein, er hatte auch privat in jeder Hinsicht Erfolg, während er, Bronstein, ein alter Wolf war, der einsam und allein durch die Unbilden des Lebens wandelte. Jemand wie Cerny wurde zu Hause sehnsuchtsvoll erwartet, auf ihn, Bronstein, wartete nicht einmal ein Hund. Es war ein wirkliches bürgerliches Trauerspiel.

Cerny schien geahnt zu haben, was im Kopf seines Vorgesetzten vorging. „Aber es wäre mir eine Ehre, wenn du uns mit deiner Gegenwart beehren könntest“, hörte Bronstein den Major sagen.

„Nein, nein, das passt schon“, entgegnete er mannhaft. „Geh ruhig nach Hause, Cerny, ich schlendere noch ein wenig durch die Innenstadt und genieße den warmen Sommertag. Wir sehen uns morgen im Büro.“

Die beiden Männer reichten sich kurz die Hand, dann marschierte Cerny zielstrebig auf die nächste Straßenbahnhaltestelle zu, während Bronstein den Weg zum Café Herrenhof einschlug.

Während er dort auf seinen Kaffee wartete und genussvoll den Rauch einer weiteren „Donau“ ausblies, ließ Bronstein die Erkenntnisse des Vormittags noch einmal Revue passieren. Nach seiner langjährigen Erfahrung kam eigentlich keine der Personen, die man eben vernommen hatte, für die Tat direkt oder indirekt in Frage. Die junge Gattin hätte zwar theoretisch einen Liebhaber haben können, doch gab es für sie keinen Grund, an den herrschenden Zuständen etwas ändern zu wollen. Vorausgesetzt, das Testament lautete wie angegeben, hätte sie perspektivisch nur gewinnen können, konnte daher an einem vorzeitigen Ableben ihres Mannes kein Interesse haben. Das Gleiche galt, wenn auch aus anderen Gründen, für die beiden Söhne. Und die geschiedene Gattin schien kaum in der Lage, einen Schurken zu dingen, um ihren untreuen Mann ins Jenseits befördern zu lassen.

Auch der Hausmeister kam kaum in Frage. Der war bestimmt einer jener Charaktere, die bei jeder Gelegenheit groß ihr Mundwerk aufreißen, im Augenblick der Entscheidung aber völlig kleinlaut den Schwanz zwischen die Beine nehmen und Fersengeld geben. Am ehesten hätte Bronstein noch dem Künstler eine solche Tat zugetraut, doch der war in der vorangegangenen Nacht sicher anderweitig beschäftigt gewesen. Und wieder musste Bronstein mit pikierter Faszination an die Gurke denken.

Als die Schale mit dem Kaffee vor ihm stand, wurde sich Bronstein des Umstands bewusst, die Zeitungen vom Tage schon studiert zu haben, und mit einem Mal wurde ihm langweilig. Was sollte er mit diesem Sonntag noch anfangen? Jedenfalls ihn nicht länger damit zu verschwenden, an diesen verzwickten Fall zu denken. Dafür war am nächsten Werktag auch noch Zeit genug. Vielleicht sollte er in den Prater fahren und ein wenig spazieren gehen. Eventuell ließ sich dort beim Lusthaus eine schöne Aussicht genießen. Als ihn dieser Gedanke durchzuckte, merkte Bronstein förmlich, wie sich seine Wangen zu röten begannen. Es war doch zu ärgerlich. Da war er schon fünfzig Jahre alt und bekam immer noch Muffensausen, wenn er an das andere Geschlecht dachte.

Es wäre jetzt der Zeitpunkt gewesen, in Trübsal zu versinken und an all jene verpassten Chancen zu denken, die er in den letzten drei Jahrzehnten nicht genutzt hatte. Doch Selbstmitleid war ein schlechter Gast, den lud man am besten gleich gar nicht ein. Himmel noch einmal, sagte sich Bronstein, es war ein schöner Tag, er sollte das Beste daraus machen. Und sich an den Schönheiten der Natur zu erfreuen, konnte nicht unanständig sein. Bronstein gab sich einen Ruck, winkte den Zahlkellner zu sich, legte den geforderten Betrag auf den Tisch, gab noch dreißig Groschen Trinkgeld und verließ dann kurz entschlossen das Lokal. Mit langen Schritten durchquerte er die Innenstadt, ließ eilend Kohlmarkt, Graben und Rotenturmstraße hinter sich, um schließlich zum Schwedenplatz zu gelangen, wo er eine Straßenbahn der Linie N bestieg, die ihn direkt auf die Prater Hauptallee bringen würde. Er händigte dem Schaffner den Fahrpreis aus und setzte sich auf eine der Holzbänke. Nun erst begann er zu schwitzen, denn ihm wurde bewusst, mit welchem Tempo er diese Distanz zurückgelegt hatte. Doch die Fahrt würde zwanzig Minuten dauern, bis dahin würde er sich wieder vollständig erholt haben, und so ließ er einfach seinen Blick aus dem Fenster auf die Straße schweifen und versuchte, an nichts Konkretes zu denken.

Irgendwie hatte er gehofft, es würde sich ein junges, fesches Mädel zu ihm setzen, das gleichfalls in den Prater strebte, damit er wenigstens eine nette Aussicht haben würde, doch nichts dergleichen geschah. Als er an der Station Meiereistraße das Verkehrsmittel verließ, musste er zur Kenntnis nehmen, dass er die gesamte Fahrt über für sich geblieben war. Aber daran war nun nichts mehr zu ändern, und so stellte sich vielmehr die Frage, welches Lokal er hier aufsuchen sollte. Er konnte natürlich ins „Schweizerhaus“ gehen, wo es das beste Budweiser südlich von Böhmen gab. Gegen ein kühles Blondes war nun an einem Sonntagnachmittag wahrlich nichts einzuwenden. Allerdings stand nicht zu erwarten, dort mit dem schönen Geschlecht konfrontiert zu werden. Das „Schweizerhaus“ war ein Familienlokal, in dem jene verkehrten, die eben ihre Kinder in den Wurstelprater ausgeführt hatten. Nach einigen Ohrfeigen für den Calafati, ein paar Lachern im Spiegelkabinett und ein wenig Gruseln in der Geisterbahn war allemal eine Erfrischung angesagt. Sonst allerdings saßen im „Schweizerhaus“ nur alte, einsame Herren – wie er einer war. Wenn sich wirklich eine junge Dame in das Lokal verirrte, dann handelte es sich mit großer Wahrscheinlichkeit nicht um eine junge Dame, was der gestrenge Herr Kolarik als Chef des Lokals auch promptest ahndete, sobald er dieses Umstands gewahr wurde. So gesehen war es vernünftiger, noch einen Marsch von leidlich drei Kilometern in Kauf zu nehmen, um es sich sodann im Café „Lusthaus" bequem zu machen. Dort verkehrte die bessere Gesellschaft, und junge Damen waren dort wirklich junge Damen. Man konnte sie in aller Ruhe beobachten, ohne dass die Gefahr bestand, sich in eine peinliche Situation zu begeben. Ja, dachte Bronstein, es sprach viel dafür, noch ein wenig spazieren zu gehen.

Nach einer guten Viertelstunde begann sich das Lusthaus vor seinen Augen allmählich abzuzeichnen, und die Perspektive, bald bei einer guten Tasse Kaffee zu sitzen, verlieh ihm gleichsam Flügel. Die letzten Schritte legte Bronstein nahezu federnd zurück, und wie in einem Anfall von jugendlichem Übermut nahm er die drei Stufen, die zum Lokal führten, auf einmal. Zu seinem Glück fand er einen freien Tisch, an dem er sich sofort niederließ. Neben ihm saß eine ältere Dame, die eben eine „Schale Gold" bestellte, er selbst blieb einen Augenblick später bei seinem „großen Braunen". Er zündete sich eine „Donau" an und ließ seinen Blick schweifen.

Welche Enttäuschung. Es ging schon gegen 16 Uhr, und immer noch war weit und breit kein weibliches Wesen zu sehen, das in diesem Jahrhundert geboren worden wäre. Es schien wie verhext, ausgerechnet dann, wenn er einmal den Weg in den Prater fand, hatte sich die Jeunesse dorée anderswo eingefunden. Missmutig beglich Bronstein seine Rechnung und verließ den Ort, den er eine Stunde zuvor noch mit solcher Zuversicht betreten hatte, wie der Kommandeur einer geschlagenen Armee. Und jeder Meter zurück zur Straßenbahnhaltestelle erschien ihm wie ein ganzer Werst in den russischen Weiten, welche die Grande Armée zu überwinden hatte, als sie ihren Feldzug von 1812 unwiderruflich verloren wusste. Immer öfter musste er nach seinem Stecktuch greifen, um sich den Schweiß von der Stirn zu wischen, denn die Hitze wurde nun am fortschreitenden Nachmittag noch unerbittlicher. Er hätte sich doch für das „Schweizerhaus" entscheiden sollen, dachte er nun, während er neuerlich eine kleine Weile innehielt, um wieder zu Atem zu kommen. Jedes seiner fünfzig Lebensjahre spürte er nun zentnerschwer, und wenn ihm doch noch ein junges Fräulein untergekommen wäre, er hätte kaum einen guten Eindruck hinterlassen. Vae victis!

Die ganze Szenerie schrie nach Götterdämmerung, kam Bronstein in den Sinn, und mit einem Male wusste er, wie er dem Tag doch noch eine versöhnliche Wendung geben konnte. Einmal zurück in den eigenen vier Wänden, würde er Wagner auflegen und den gewaltigen Klängen des „Ring" lauschen, die ihn endlich aus dem irdischen Jammertal in andere Sphären führen würden, den Walküren gleich, die ihn, den gefallenen Helden, gen Walhalla brachten.

„Hamma an Span, der Herr?"

Bronsteins Rückkehr in die triste Wirklichkeit verlief äußerst banal. Ein sichtlich heruntergekommener Mensch schnorrte ausgerechnet ihn, einen Oberst der Wiener Polizei, um eine Zigarette an. Blitzschnell überdachte Bronstein die Alternativen. Er könnte den Mann daran erinnern, dass in Wien das Betteln verboten war, und diese Auskunft mit einem kurzen Zücken seiner Polizeimarke verbinden. Er konnte einfach fünf gerade sein lassen und dem armen Kerl eine „Donau" zustecken. Er konnte schließlich aber auch keines von beidem tun und den Mann einfach ignorieren. Und Bronstein ging weiter seines Wegs, als wäre nichts gewesen.

Die Rückfahrt dauerte unerträglich lange, sodass Bronstein großen Hunger verspürte, als er endlich bei seinem Wohnhaus angelangt war. Er blickte auf seine Uhr. Wenige Minuten nach 18 Uhr. Dummerweise hatte seine Zugehfrau am Sonntag ihren freien Tag, sodass er nicht mit einem Nachtmahl zu Hause rechnen durfte. Für gewöhnlich war dieser Umstand auch keiner weiteren Erwähnung wert, denn er aß dann immer kalte Platte. Stangenwurst und Brot waren vielleicht eine karge, aber keineswegs eine unpassende Nahrung für seinesgleichen. Doch an einem Abend wie diesem verlangte es ihn nach etwas Deftigerem, und so ging er einfach an seinem Wohnhaus vorbei und lenkte seine Schritte in Richtung Schwarzenbergplatz, wo er in einem gutbürgerlichen Wiener Gasthaus einen kräftigenden Schweinsbraten mit Kraut und Knödel zu ordern gewillt war. Wie hatte doch seine Mutter immer gesagt: Gutes Essen hält Leib und Seele zusammen.

Bronstein hatte sich aus seinem Fauteuil erhoben, um die zweite Platte des „Ring“ aufzulegen, und fühlte sich dabei zunehmend unwohl. Er lauschte den erlesenen Tönen des Meisters nun schon eine Stunde, und noch immer überkam ihn nicht dieses wärmende Gefühl, das er sonst empfand, wenn Wagner erklang. Er versuchte zu ergründen, weshalb der Musikgenuss heute ohne Wirkung blieb. Am jüngsten Fall konnte es nicht liegen, denn mit Fällen war er Tag für Tag konfrontiert, ohne dass dies seine Fähigkeit, „Lohengrin“, den „Ring“ oder „Die Meistersinger“ zu genießen, jemals geschmälert hätte. Es musste also etwas anderes sein, das ihn diesmal nicht vordringen ließ zu den Freuden wohlklingender Tonmalerei. Unwillkürlich schweiften seine Gedanken zu dem nachmittäglichen Ausflug in den Prater ab. Wie gerne hätte er dort ein schönes Mädchen erblickt. Cerny kam ihm in den Sinn. Der hatte es gut, hatte eine ebenso wunderhübsche wie kluge Frau an seiner Seite, dem war jetzt sicher nicht langweilig, der fühlte sich garantiert nicht so leer und nutzlos wie er hier. Mit einem Mal erstand die Szene mit der Gurke wieder vor seinem geistigen Auge. Der Meisendoktor vom Alsergrund hätte da fraglos sofort eine kühne Parallele zwischen der Gurke und dem männlichen Fortpflanzungsorgan gezogen, und wenn sein, Bronsteins, Gemächt auch nicht die Dimensionen einer Gurke anzunehmen vermochte, so spürte er dennoch eine deutliche Verhärtung in seinen Hosen. Ja konnte es denn die Möglichkeit sein? Wirklich, er, Bronstein, fünfzig Jahre und immer noch nicht weise, war erregt, sehnte sich nach fleischlicher Lust. Bronstein begann zu transpirieren.

Er stand mitten im Raum und blickte an seinem Körper abwärts. Klar war zu erkennen, dass sich sein Beinkleid an der neuralgischen Stelle ziemlich ausbeulte. Bronstein überlegte, wann er zuletzt mit einer Frau zusammengewesen war. In diesem Jahr jedenfalls noch nicht, gestand er sich ein. Dann wohl irgendwann im vergangenen, sinnierte er, doch sosehr er sich auch anstrengte, es gelang ihm nicht, ein Datum für einen stattgefundenen Koitus festzumachen. Und je länger er sich mit dieser Frage befasste, umso mehr stieg seine Erregung. Und damit auch seine Ratlosigkeit. Natürlich konnte er sich auf der Stelle selbst Erleichterung verschaffen, „Der Ritt der Walküren“ war dafür vielleicht sogar die optimale Untermalung. Aber konnte man sich etwas Traurigeres vorstellen als einen fünfzigjährigen Mann, der in seiner Wohnung einsam vor sich hin onanierte? Er versuchte, auf andere Gedanken zu kommen, verbannte die Gurke aus seinem Gedächtnis. Doch umso deutlicher stieg ihm das makellose Gesicht der jungen Demand vor sein geistiges Auge. Auch wenn er heute so übel zu Tode gekommen war, bis zu seinem Ableben war der alte Demand wahrhaft zu beneiden gewesen. Bronstein schlich zu seinem Fauteuil zurück, ließ sich langsam nieder und schloss die Augen. Er spürte, wie die himmlischen Rosse gen Walhalla galoppierten. Doch diesmal hatten die Walküren keine blonde Mähne, nein, er dachte an wallend langes Haar, das walnussfarben glänzte. Er dachte an große, ausdrucksstarke Augen, in denen sich Sensibilität ebenso spiegelte wie eine tiefe Lebensweisheit. Er dachte an sinnliche Lippen, die ein sanftes, gütiges Lächeln umspielte. An einen formvollendeten Busen, dessen Brüste rund und fest und apfelförmig waren, an die sanfte Wölbung eines Bauches, an ... Bronstein fuhr hoch. Entsetzt starrte er seinen rechten Arm entlang. Die Finger seiner Hand krampften sich um den Schaft seines Glieds und bewegten hektisch dessen Vorhaut hin und her. Er befahl ihnen, unverzüglich von ihrem Tun abzulassen, doch sie verweigerten ihm jedweden Gehorsam. Anscheinend bedurfte es drastischerer Maßnahmen. „Aufhören", wollte er sagen, doch deutlich vernahmen seine Ohren jenes Wort, das sich stattdessen aus seinem Munde gelöst hatte: „Alwine".

Die Situation war ja wirklich absurd. Er war ein gestandener Mann im besten Alter. Und Alwine war eine potenzielle Verdächtige in einem Mordfall! Wie konnte er an eine solche Person auf diese Weise denken? Ein Ermittler musste vollkommen gefühllos an einen Fall herangehen, musste wissenschaftlich die Causa analysieren. Alles, was dazu angetan war, die Wahrnehmung eines ermittelnden Beamten in irgendwelcher Weise zu beeinträchtigen oder gar zu trüben, musste von vornherein unterbunden werden. Außerdem war es absolut lächerlich, wenn sich ein erwachsener Mann solch pubertärem Unfug hingab. Wenn man schon partout dazu genötigt war, den Leibessäften einen Weg aus dem Körper zu bahnen, dann war es für jemanden seines Standes noch allemal natürlicher, man suchte eine Dame auf, die sich auf ebendiese Verrichtungen von Berufs wegen verstand. Zudem war die Annagasse keine hundert Meter von seiner Wohnung entfernt. Ehe er sich also in seinem Wohnzimmer auf mehr als peinliche Weise selbst befleckte, war es schicklicher, ein maison de tolérance aufzusuchen.

Wiewohl üblicherweise kein Mann schneller Entschlüsse, stopfte Bronstein behände sein immer noch reichlich erigiertes

Glied zurück in die Hose, erhob sich und stellte das Grammophon ab. Er griff nach seinem Rock, tastete nach seinem Portemonnaie und verließ in großer Hast seine Wohnung.

Je näher er der Annagasse kam, desto kürzer und zaghafter wurden seine Schritte. Mit einem Mal war er sich nicht mehr so sicher, ob es eine gute Idee gewesen war, das Problem solcherart zu lösen. Sicher, in seinen Kreisen gehörte es fast zum guten Ton, ab und zu in einschlägigen Lokalen die Korken knallen zu lassen. Doch sosehr er sich auch danach sehnte, in den Armen einer jungen Schönen zu landen, mehr und mehr machte sich ein Gefühl in ihm breit, das er nur mit dem Wort „Angst" umschreiben konnte. Was, wenn er ertappt würde? „Ah, der Herr Oberst, auch hier zu Gast?" Aus dem Munde eines Vertreters der Halbwelt wäre dies seine Vernichtung als Vertreter der öffentlichen Ordnung, denn keine fünf Minuten später wüsste die gesamte Wiener Unterwelt um Bronsteins heimliche Schwäche. Nein, es war mit der Würde seines Amtes einfach nicht vereinbar, sich auf solche Liebeshändel einzulassen. Außerdem war in der Zwischenzeit jede Spannung aus seiner Hose gewichen. Am besten, er kehrte um, genehmigte sich zu Hause noch einen Cognac und ging dann einfach früh zu Bett.

Und ein weiteres Mal schlich Bronstein an diesem Tage wie ein geprügelter Hund von der Szene, wobei er noch einen letzten wehmütigen Blick auf jene Etablissements warf, die er eben noch so sehnsuchtsvoll umkreist hatte. Bronstein und die Liebe, das passte eben einfach nicht zusammen.

Die Uhren der Stadt hatten noch nicht Mitternacht geschlagen, als Bronstein in einen unruhigen Schlummer sank, in dem ihm immer wieder Traumgesichte erschienen, denen vor allem gemeinsam war, ein ums andere Mal das Antlitz der Alwine Demand zu bilden.

III.
Montag, 2. Juli 1934

Wie üblich war Bronstein als Erster im Büro. Er setzte sich an seinen Schreibtisch, zog die rechte Schublade auf, aus der er seinen gläsernen Aschenbecher entnahm. Danach fuhr er in die Innentasche seines Sakkos und holte sein goldenes Zigarettenetui hervor, welches er bedächtig öffnete, um ihm eine „Donau" zu entnehmen. Diese führte er langsam zum Mund, klemmte sie zwischen die Lippen, während die Hände nach einem Streichholz suchten. In der Schublade befand sich eine Schachtel „Sirius", deren Inhalt einen Augenblick später um ein Streichholz erleichtert war. Bronstein entzündete dieses und steckte sodann die Zigarette an. Gierig sog er den Rauch in die Lungen, um ihn schließlich genussvoll wieder auszublasen.

Jetzt erst wandte er sich der Presse zu, die wie stets schon in aller Früh auf seinen Schreibtisch gelegt worden war. Da er die „Wiener Zeitung" bereits im „Herrenhof" überflogen hatte, nahm er nun die „Reichspost" zur Hand.

Bronstein musste lächeln. Seine gestrige Vermutung hatte sich als völlig richtig erwiesen. Die „Reichspost" trat den geordneten Rückzug an. Jetzt war da mit einem Mal von einer Blutnacht die Rede, davon, dass sowohl Röhm als auch Schleicher ermordet worden seien. Nicht also etwa hingerichtet oder beim Versuch, sich einer Verhaftung zu widersetzen, getötet, nein, ermordet, was, wie jeder Polizist wusste, den bewussten Vorsatz voraussetzte. Diese Darstellung mochte dem Kanzler schon mehr behagen, dessen war sich Bronstein sicher. In einem Kommentar auf der Titelseite wurden einzelne Opfer des Vortages zu tapferen Helden, die sich um die Sache des Katholizismus in

Deutschland verdient gemacht und nie und nimmer eine Verschwörung angezettelt oder diese auch nur unterstützt hätten. Ja, die „Reichspost“ war wieder auf Linie. Passend dazu stand auf der zweiten Seite ein ausführlicher Artikel, laut dem sich das deutsche Episkopat gegen das in Deutschland zunehmend grassierende Neuheidentum aussprach. Kombiniert wurde dies alles mit der Prognose, Hitler werde schweren Tagen entgegengehen.

Es klopfte an der Tür. „Herein!“, rief Bronstein, und der Amtsdiener erschien mit einem verhältnismäßig dicken Aktendeckel unter dem Arm. „Das Dossier über Demand, das was Sie bestellt haben, Herr Oberst.“

„Nur her damit.“

Der Amtsdiener machte einige Schritte auf Bronsteins Schreibtisch zu und legte das Konvolut vor dem Oberst auf die Tischplatte. Er verbeugte sich leicht, murmelte ein „Bitte schön“ und trat den Rückzug an.

Unwillkürlich musste Bronstein an den gestrigen Abend denken, und er hoffte inständig, der Bedienstete würde seine grenzenlose Verlegenheit nicht bemerken, die ihn augenblicklich überkam. Er wusste, dass er kein strahlender Held war, aber sein Verhalten vom Vorabend erschien ihm im höchsten Maß tadelnswert. Wie konnte man sich nur so gehen lassen, fragte er sich. Am besten war es wohl, er verdrängte diese unerfreuliche Episode mit aller Macht, zu der sein Geist imstande war, und konzentrierte sich umso mehr auf den Fall, denn ließ er sich erst einmal zu solch primitivem Treiben hinreißen, dann war es auch bis zur vollkommenen geistigen Verweichlichung nicht mehr weit. Disziplin und ergo auch Selbstdisziplin, an diese Schlüsselwörter hatte er sich zu halten, damit war er bisher schon hervorragend gefahren, und diese Haltung würde ihm auch in Hinkunft seine Würde und damit auch seine Selbstachtung bewahren helfen.

Bronstein wartete, bis der Amtsdiener das Zimmer wieder verlassen hatte, legte die Zeitung beiseite und griff nach dem Aktenbündel. Offenbar war Emanuel Demand ein wahrer Wirtschaftsgigant gewesen. Sein Unternehmen zählte zu den größten Zuckerproduzenten Mitteleuropas, und das schon, wie sich zeigte, seit Generationen. Innerlich seufzte Bronstein, als er in einem Artikel, der vor geraumer Zeit zum hundertjährigen Firmenjubiläum erschienen war, las, dass auch bei Demand alles in Galizien begonnen hatte. 1830 hatte dessen Großvater dort eine Rübenzuckerproduktion aufgebaut und offenbar damals schon mit Schnaps und anderen vergleichbaren Waren ein stattliches Zubrot verdient. Er belieferte nach geraumer Zeit die kaiserliche Armee, erwarb große Tabakplantagen und stieg gegen Ende seiner Laufbahn groß in das Spirituosen- und Rauchwarengeschäft ein. Sein Sohn erweiterte das firmeneigene Sortiment um einige Schlachthöfe, und so wuchs die Firma Demand bis 1918 zu einem der führenden Nahrungs- und Genussmittelproduzenten der Monarchie.

Den Zusammenbruch hatte die Firma offensichtlich gut überstanden. Im Gegenteil, je trostloser die Lage wurde, umso mehr griffen die Menschen zur Flasche – und zur Zigarette. Und Demand lieferte dem staatlichen Monopol die entsprechenden Rohstoffe. Der alte Demand hatte das alles anscheinend nicht mehr miterleben müssen, denn Emanuel Demand war seit 1916 Chef der Firma. Dementsprechend prunkvoll hatte er Anfang 1930 das große Firmenjubiläum begangen. Irgendeine Boulevardzeitung erging sich in weitschweifigen Schilderungen, wer bei diesem Fest aller anwesend gewesen und was dort alles kredenzt worden sei. Offensichtlich hatten sich Politik und Wirtschaft recht zahlreich bei Demand eingefunden. Da waren Wirtschaftskapitäne wie Manfred Mautner Markhof und Julius Meinl anwesend, und Handelsminister Hainisch, immerhin bis vor sechs Jahren noch Staatsoberhaupt der Republik, war damals ebenso zugegen gewesen wie Finanzminister Juch, wobei es Bronstein nicht verwunderte, dass Unterrichtsminister Srbik und Sozialminister Innitzer nicht den Weg zu Demand gefunden hatten. Die Haltung der beiden war auch ihm hinlänglich bekannt. Doch während Innitzer mittlerweile Karriere in der katholischen Kirche gemacht hatte, war Srbik zwischenzeitlich in der Versenkung verschwunden. Man munkelte, dass er mit den illegalen Nationalsozialisten im Bunde sei, doch nachzuweisen vermochte ihm das staatspolizeiliche Büro offenbar nichts.

Aber um den schrulligen Universitätsprofessor ging es jetzt nicht, ermahnte sich Bronstein selbst, sondern um Emanuel Demand. Erwartungsgemäß boten die polizeilichen Akten keinerlei Auskunft über den Mann, dafür stand umso mehr in diversen Fachblättern. Demand war 1873 in Wien geboren worden, hatte das Akademische Gymnasium bei den Schotten besucht, um sodann in Wien und Paris Welthandel zu studieren. 1898 kehrte Demand, der anscheinend untauglich gewesen war, denn es stand nirgendwo etwas davon zu lesen, dass er beim Heer gedient hätte, nach Wien zurück und trat in die väterliche Firma ein, die er 18 Jahre später übernahm. 1911 hatte Demand für eine liberale Gruppierung zum Reichsrat kandidiert, war aber nicht gewählt worden. Dafür war er offenbar nach 1918 Mitglied der Bezirksvertretung gewesen, wenngleich der Mann mehr in der Handelskammer und in der Industriellenvereinigung aktiv gewesen zu sein schien als im Bezirksrat. Gleichzeitig warf diese Information natürlich die Frage auf, für welche Partei Demand aktiv gewesen war, denn es hätte Bronstein einigermaßen befremdet, wäre dieser bei seinem Hintergrund wirklich von den Christlichsozialen als einer der ihren akzeptiert worden – von den Deutschnationalen ganz zu schweigen. Und bei den Sozialdemokraten würde man auf einen Fabrikanten auch nicht gerade Wert gelegt haben. Bronstein fand einen Hinweis auf Demands Engagement bei der Bürgerpartei des seinerzeitigen Außenministers Czernin, und es mochte sein, dass diese Partei, die mit dem Tod ihres Vorsitzenden eigentlich sang- und klanglos von der politischen Bühne abgetreten war, auf Bezirksebene noch irgendwo Aktivitäten entwickelte. Das würde eventuell nachzuprüfen sein, dachte Bronstein.

Nun war es Zeit, sich das Privatleben Demands anzusehen. Rasch stellte Bronstein fest, dass er es hier mit einem richtigen Filou zu tun hatte. Erst vor zwei Jahren, im Mai 1932, war Demand zum dritten Mal den Bund der Ehe eingegangen, was die Familie sichtlich lange in Aufregung versetzte. Demands erste Ehe war kinderlos geblieben, die Frau um die Jahrhundertwende an der Schwindsucht gestorben. 1901 heiratete Demand eine Madeleine Gföhler, eine ebenso farblose wie einfältige Bauerndirn aus dem Waldviertel, was, wie Bronstein den Unterlagen entnahm, als weit unter Demands Stand galt, weshalb die Hochzeit von der Gesellschaft weitgehend gemieden worden war. Unwillkürlich musste Bronstein lächeln. Die feine Grande Dame, die am Vortag so verachtungsvoll auf das Fräulein Alwine herabgeblickt hatte, war selbst nur ein ziemlich kleines Licht. Nun, das erklärte so einiges. Und Bronstein mochte die impertinente Alte gleich noch weniger.

In diesem Moment flog die Tür auf, und ein sichtlich gut gelaunter Cerny betrat das Zimmer. „Einen wunderschönen guten Morgen zu wünschen“, sagte er mit der Andeutung einer leichten Verbeugung, ehe er seinen Schreibtisch ansteuerte, der sich genau gegenüber von Bronsteins Arbeitsplatz befand. Bronstein hob nur kurz den Kopf, um sich dann wieder in die Unterlagen zu vertiefen. „Gestern noch einen schönen Tag gehabt?“, fragte er in einem leisen Ton, der beinahe schon in ein Murmeln überging.

„Du wirst lachen, in der Tat. Zuerst habe ich mit der Familie noch soupiert, danach ging ich zu einem internationalen Vergleichskampf im Fechten. Du weißt ja, mein Schwager ist im

Sokol aktiv, und da haben sie am Wochenende die Monarchie wieder auferstehen lassen."

Bronsteins Kopf fuhr abrupt nach oben: „Die Monarchie ..., ich fürchte, ich verstehe nicht ganz ..." Cernys Lächeln ließ ihn verstummen.

„Es waren Teams aus Jugoslawien, Ungarn, Österreich und der Tschechoslowakei dabei, ein Vierländerturnier der Nachfolgestaaten sozusagen. Natürlich haben die Ungarn wieder alle anderen alt aussehen lassen, aber das hat ja schon Tradition. Du hättest Boronkai, Boskowitz und Kaposi kämpfen sehen müssen! Mein lieber Herr Gesangsverein, es würde mich nicht wundern, wenn Gold, Silber und Bronze in Berlin schon jetzt fix vergeben wären. Das war wirklich Fechtkunst auf allerhöchstem Niveau ..."

„Es wäre mir recht, lieber Cerny, wenn Sie Ihre Begeisterung in Sachen Sport etwas zügeln oder vielleicht sogar in die Richtung unseres Falls lenken könnten."

Kaum hatte er diesen Satz ausgesprochen, tat es ihm auch schon wieder leid. Aber was musste Cerny auch so rundherum glücklich und zufrieden sein? Der hatte sicherlich keine Probleme mit seinem Hormonhaushalt. Der hatte wahrscheinlich überhaupt keine Probleme! Mann, da konnte der gemütlich im Kreise der Familie sein Essen zu sich nehmen und sich dabei angenehm unterhalten, während er, Bronstein, immer nur die verschimmelte, alte Tapete in seinem Speisezimmer anstarren durfte. Und nicht genug damit, nachdem er ein gutes Mahl zu sich genommen und ein wenig mit dem Nachwuchs herumgetollt hatte, ging ein Cerny eben zu einem gesellschaftlichen Ereignis, um dann spät nachts in die Arme seiner ebenso wunderschönen wie treu sorgenden Ehegattin zurückzukehren. Ein Cerny musste sicher nicht darüber nachdenken, ob er in die Annagasse ging oder nicht. Ein Cerny war eben ein Cerny.

„Entschuldigung, ich wusste nicht, dass Sie der Fall so inkommodiert. Haben wir schon etwas Neues?“ Cerny blieb betont sachlich, was Bronstein noch mehr ärgerte, da er nun wieder als der alte Grantler dastand, während Cerny auch in dieser Situation die Contenance bewahrt hatte.

„Ja“, entgegnete Bronstein daher knapp, „das Dossier über den alten Demand ist eingetroffen. Und nach dem Mittagessen sollten wir auch den Bericht von der Gerichtsmedizin haben, obwohl ich nicht glaube, dass wir durch den sonderlich Neues erfahren werden.“

„Wir sollten dem Prokuristen und dem ehemaligen Betriebsrat einen Besuch abstatten. Schaden kann es nicht, auch die beiden zu befragen“, schlug Cerny vor.

„Ja, das wäre die richtige Beschäftigung vor der Mittagspause. Zuvor brauche ich aber noch einen Kaffee.“ Noch ehe Bronstein dazukam, nach dem Amtsdiener zu rufen, war Cerny schon aufgesprungen und im Nebenzimmer verschwunden. Zuvorkommend ist er auch, der Cerny, wenn der einmal Kopfweh hat, dann drückt ihn der Heiligenschein, dachte Bronstein nur und kämpfte gegen seine wachsende Verbitterung an.

Zwei „Donau“ später fühlte er sich endlich wieder ein wenig besser. „Wo werden wir ihn denn finden, den Herrn Prokuristen?“, fragte er. „Der ist sicher in der Firma“, antwortete Cerny, „gerade jetzt wird er sich unentbehrlich machen wollen.“

„Da könntest du Recht haben.“ Bronstein wechselte wieder zum Du, um auf diese Art anzudeuten, dass seine schlechte Laune gewichen war. „Na, dann schau’ ma amal. Wissen wir, wo die Firma loziert ist?“

„Klar. Wipplingerstraße 24.“

„Was denn, gleich ums Eck? Na umso besser!“

Bronstein erhob sich umständlich und blickte aus dem Fenster, um das Wetter zu prüfen. Am Morgen war es noch empfindlich kühl gewesen, sodass er ernsthaft in Erwägung gezogen hatte, seinen Raglan auszumotten, doch mittlerweile strahlte wieder die Sonne, der Regenschirm und sein alter Velourshut konnten damit getrost an ihrem Platz bleiben.

Da sich der Unternehmenssitz kaum 500 Meter vom Sicherheitsbüro entfernt befand, beschlossen die beiden Kriminalisten, die Strecke zu Fuß zurückzulegen. Wenige Minuten nach zehn Uhr morgens trafen sie am Eingang auf den Portier des Unternehmens. „Wen darf ich melden?“, fragte dieser steif.

„Die Höh“, gab Bronstein launig zurück und zeigte dabei seine Marke.

„Im ersten Stock ist die Direktion. Dort wird man Ihnen sicher weiterhelfen“, stammelte der Portier nur und verbeugte sich hingebungsvoll.

Am angegebenen Ort saß eine gelangweilt wirkende junge Dame, die von den beiden Herren anfänglich kaum Notiz nahm. „Der Herr Ingenieur ist nicht zu sprechen“, sagte sie, ohne von ihrer Zeitschrift aufzublicken.

„Für uns schon“, sagte Bronstein bestimmt. Jetzt erst blickte die Sekretärin auf und wurde Cernys ansichtig, dem sie sofort ihr breitestes Lächeln schenkte, was Bronstein mit erneut wachsendem Unmut registrierte. Die Sekretärin nahm die Dienstmarke kaum zur Kenntnis und sah weiterhin voller Bewunderung Cerny an, während sie sich langsam von ihrem Sitz erhob. „Ich melde Sie gleich an“, sagte sie, während sie, rückwärts gehend, ihre Augen nicht von Cerny abwandte. Ohne darauf zu achten, wo sich die Tür genau befand, formte ihre rechte Hand eine Faust und schickte sich an, gegen das Holz der Tür zu klopfen. Mehrmals fuhr die Faust ins Leere, ehe sie endlich auf Widerstand stieß. Auf das gestrenge „Herein“, welches so laut aus dem Nebenzimmer kam, dass es sogar Bronstein und Cerny hören konnten, tastete die Sekretärin nach der Türklinke, um sodann in dem anderen Raum zu verschwinden. Dabei blieb ihr Blick bis zum allerletzten Moment auf Cerny gerichtet, dem die

Szene allmählich ernsthaft unheimlich wurde, sodass er sich zu Bronstein drehte und diesen vorerst nicht aus den Augen ließ.

Einige Sekunden später öffnete sich die Tür wieder, und die Sekretärin, sofort wieder Blickkontakt suchend, hauchte: „Herr Holzer lässt bitten."

Ohne Frage war Franz Holzer eine ungewöhnliche Erscheinung in Wien. Er trug einen alpenländischen Oberlippenbart, eine hubertusgrüne Waidmannsjoppe mit Hirschhornknöpfen, eine grauschwarze Lederhose und weißgraue Wollstrümpfe, die bis zu den Knien gingen. Seine Füße wurden von Halbschuhen umschlossen, die den Wanderschuhen nachempfunden waren, welche der Volksmund Goiserer nannte. Alles in allem wirkte Holzer, der etwa in Bronsteins Alter sein mochte, wie ein Vertreter des Bauernbundes und nicht wie der Prokurist eines in mehreren europäischen Staaten aktiven Unternehmens.

Und wie um diesen Eindruck zu unterstreichen, reichte Holzer den beiden Kriminalisten mit einem lauten „Grüß Gott, die Herren" die Hand.

„Guten Tag", entgegnete Bronstein, „wie Sie sicherlich schon wissen, sind wir von der Polizei. Wir untersuchen den Mord an Ihrem Firmenchef. Major Cerny, mein Mitarbeiter, und ich bin Oberst Bronstein."

Holzers Lächeln gefror. „A Behm und a Jud. Na des hob i braucht." Auch aus Cernys Gesicht verflog jede Freundlichkeit: „Überlegen Sie sich gut, was Sie hier äußern. Die Beleidigung von Amtspersonen ist kein Bagatelldelikt. Und außerdem", fügte Cerny mit süffisantem Lächeln hinzu, „war Ihr Chef ja auch ein Jud, wie Sie sich eben so formschön auszudrücken beliebten."

„Na glauben S', i hob den megn, den oidn Pülcha? A Bluatsauger woar des. A richtiger Shylock. Raffendes Kapital, sage man nur. Waun i ned zwungen g'wesen warat, für den

Hundling zu oarbeiten, i hätt eam mei Meinung scho geigt, do kennen S' wett'n drauf."

„Kann ich daraus schließen, dass Ihr Verhältnis zum dahingegangenen Herrn Demand kein sehr freundschaftliches war?"

„Geh hearn S' ma doch auf mit der Sau. Zeit is' worden, dass der endlich krepiert is. Wos glauben S', was der mir zahlt hot – noch all die Joar, die i bei eam g'schuftet hob? Na, was glauben S'? Ned amoi a Viertel von dem, was Sie sich jetzt denk'n! Zur Firmung hob i von mei'm Göd mehr kriagt ois von dem Falotten in an ganzen Joar. I bin froh, dass er hin is. Hoffentlich hot er g'hörig leid'n miass'n, Drecksjud, elendiger!"

„Ihre Aussagen sind nicht sehr zweckdienlich", sagte Bronstein mit dem sichtlichen Bemühen, sich zu beherrschen. „Wenn wir bis jetzt noch niemanden hatten, welcher der Tat verdächtig wäre, jetzt haben wir einen, würde ich meinen."

„Bist deppat, Itzig?", entfuhr es Holzer, der ganz nahe an Bronstein herankam und Kampfposition bezog: „EK I, EK II, Verwundetenabzeichen. I woar am Isonzo, neun Schlachten hob i mitg'mocht! Wo warst du damals, du Hinterlandstachinierer?"

„Tarnow Gorlice", sagte Bronstein und betrachtete gelangweilt seine Fingernägel.

„Du, leg' di ned an mit mir, i sog da's! I bin Zugsführer bei die Sturmscharen."

„Na und. Die stehen ja wohl zu Recht nicht einmal bei der Regierung sonderlich hoch im Kurs."

„Pass auf, was d' sagst!", fauchte Holzer.

„Ich denke, das reicht jetzt", mischte Cerny sich wieder ins Gespräch, „wir werden diese Unterhaltung im Sicherheitsbüro fortführen. Herr Holzer, kommen Sie bitte mit."

„Ja hallo, hallo, wos is denn", auf Holzers Gesicht zeigte sich ehrliche Verwunderung, „i hob jo gar nix g'macht! Was woll'n S' von mir! Naa, i kumm sicher ned mit!"

„Gut, dann sind Sie jetzt formell verhaftet. Arme nach vor!“ Cerny fingerte die Handschellen hervor, die an seinem Gürtel angebracht waren, und schickte sich an, diese Holzer anzulegen.

„Pardon, Herr Inspektor, vielleicht woa i do jetzt grad a wengerl … i hob vielleicht überreagiert“, maulte Holzer kleinlaut. Sein ganzes Gehabe glich nun nicht mehr dem geübten Wirtshausschläger, sondern eher einem eingeschüchterten Knaben, der beim Obstdiebstahl ertappt worden war. Es war offensichtlich, dass sich Holzer jetzt erst der Tragweite seines Verhaltens bewusst wurde. „Mir kumman ganz sicher ohne die Achter aus. I sog Ihnen ollas, wos Sie wiss'n woll'n. I steh ganz zu Ihnerer Verfügung.“ Mit unsicherer Hand wies er auf eine Sitzecke. „Woll'n S' vielleicht Platz nehmen, die Herrschaften?“

„Das ist aber nett, dass sich ein Jud und ein Behm bei Ihnen sogar niedersetzen dürfen“, ätzte Bronstein.

„Na, Sie dürfen des ned persönlich nehmen. I woa in einem Zustand berechtigter emotioneller Erregung.“

Bronstein und Cerny wechselten einen kurzen Blick. Diese Formulierung kam ihnen nur allzu bekannt vor. Sie wurde immer wieder gerne von den Anwälten rechtsextremer Gewalttäter verwendet, um die Taten ihrer Mandanten damit zu exkulpieren. Dass sie auch Holzer bekannt war, ließ Rückschlüsse auf seinen Lebenswandel oder zumindest auf seinen Umgang zu.

„Na, dann fangen wir einfach einmal mit dem Lebenslauf an, nicht wahr, Herr Holzer.“

„Geboren bin i am 11. Dezember 1885 in Mutters im Heiligen Land Tirol. Mei Vota hot dort a klan's G'schäft g'habt, Kurzwaren und so. Des is oba ned guat gangen, weil er a Zuag'reister war, aus'm Steirischen sein mir kemmen eigentlich. Und so is mei Vota 1888 nach Wien zog'n, wo er a Joar später – ja, 1889 woar des, weil do is mei Muata g'storb'n – in die Firma vom alten Demand eintreten is. Z'erscht hot er do Etiketten g'macht, irgendwann hot eam der alte Demand dann die

Buchhaltung machen lassen, weil des weniger anstrengend für mein olten Herrn woa. Er is aber dann trotzdem bald g'storb'n. Im Jänner 1901. Des waaß i no genau, weil's so kalt woar an dem Tag. Na, mit aner Schul' woa's do vuarbei für mi, und weil i bis dahin in der Bürgerschul' woar, hot mi der alte Demand g'fragt, ob i den Posten von mein' Vatern übernehmen mecht. Na, und so hob i im Mai 1901 beim Demand ang'fangen. Und i hob immer do g'arbeit'. Außer im Kriag natürlich, do woa i bei da Infantrie, vier Joar lang. EK I, EK II, Verwundetenabzeichen. Iso…"

„Isonzo. Das wissen wir schon. Und weiter? Sind sie verheiratet, haben Sie Kinder, wie kam es, dass Sie hier Prokurist wurden?"

„Verheiratet? Ja, des woar i amol. Oba des is laung her. De Oide hot si was Jünger's ang'lacht, do hob i s' außeg'schmiss'n, die Drecksau. Samt ihrem Bankert, weil der woar wahrscheinlich eh ned von mir."

„Das heißt, Sie haben einen Sohn oder eine Tochter?"

„Na, nimma, weil die Fini is auf die schiefe Bahn kemmen und vor zwa Joar g'storben. Schwindsucht, hat's g'heißen, aber wahrscheinlich woa's einfach ihr Lebenswandel. Neunzehn Joar is' nur alt word'n, weil s' so a Saujud verführt und auf'n Strich g'schickt hat, der Lump, der ausg'schamte."

Bronstein notierte sich geistig den Namen Josefine Holzer. Wenn der Fall erst zwei Jahre zurücklag, würde er im Archiv fraglos fündig werden. Es war sicher interessant, der Geschichte nachzugehen.

„Na wurscht, mittlerweile is mei Oide a scho hin. Der Alkohol. Und die Fini natürlich. Des hot ihr den Rest geb'n. Und grad, wie des olles passiert is, hat mi der Demand g'fragt, ob i eam ned den Prokuristen mach. Schon a Witz, was? Und jetzt kenntaten die zwei feinen Herrn Demand ohne mi die Firma gar nimmer leiten, das kann i Ihnen sagen. Des woa a Schweinerei, die Buchhaltung da. Aber i hob do ganz andere Saiten auf'zogen, mein lieber Schwan. Und heut steh'n mir bestens da. Vor allem, weil mir massiv Leut entlassen haben, die was der Betrieb einfach nimma dertragen hat."

„Den Herrn Podlaha auch?", fragte Cerny.

„Den ganz besonders, denn kommunistischen Revoluzzer. Der deaf jetzt den Fensterkitt fressen!"

„Sie würden also sagen, der Betrieb floriert?"

„Na jo, gaunz so is a wieder ned. Die Firma rennt ja immer no unterm Namen Demand, ned wahr, und des is vielerorts ka Renommee mehr, waun's versteh'n, was i mein'. Sicher, in der Böhmei drüben steh'n mir immer no guat da, und in Galizien sowieso. Aber in Ungarn und in Polen schau'n s' uns schon a bissl schief an. D'rum hob i a g'sogt, es warat besser, waun mia an neichn Namen hätten. Aber davon hat der Alte nix wissen woll'n."

Bronstein machte sich innerlich eine Notiz. Möglicherweise war es um genau diese Frage zu einem Konflikt zwischen Vater und Sohn gekommen, denn beim Profit hörte sich in solchen Kreisen ziemlich sicher jede Familiensolidarität auf. Holzer wiederum hatte er eigentlich schon als Verdächtigen gestrichen. Der war, so meinte Bronstein, ein Maulheld, einer, der mit der Meute mitheulte, aber sicher nicht auf eigene Faust eine solche Tat wagte. Der wartete geduldig auf seine Stunde, und bis dahin würde er, Isonzo hin oder her, seinen Kopf nicht aus der Deckung nehmen.

„Hatte der alte Herr in seinen Kreisen oder hier in der Firma irgendwelche Feinde?", fragte Bronstein schließlich.

„Da kennen S' Gift drauf nehmen", entgegnete Holzer prompt, „den hat ja keiner leiden können, den alten Giftpilz."

„Und das heißt?"

„Na ja, anerseits hat ein erfolgreicher Unternehmer, und als solcher hat er ja immer noch 'golten, in der Branche seine

Feind, und andererseits haben die Arbeiter natürlich aa ka Freud g'habt, dass er immer mehr außeg'haut hat."

„Wie den Podlaha?" Cerny schien offenbar von dem ehemaligen Betriebsrat fasziniert.

„Hör'n S' ma doch auf mit dem Podlaha. Des woar a richtige klane Kommunistensau. Im Neunzehnerjahr war er dick da, hat sich aufg'führt, als hätt' eam da Betrieb g'hört. Und no voriges Joar hat er was daherphantasiert von Widerstand und Rechte und so an Schmarren. Der hat ja wirklich a Glück, dass er ned in Wöllersdorf sitzt, der Umstürzler. Aber ehrlich, dem trau i so was ned zu, dazu is er vü zu feig, der Hundling."

„Und andere Arbeiter?"

„Da waren schon viele Heißsporne dabei, des können S' ma glauben. Aber Überblick hab' ich da kan. Da müssten S' Ihnen schon an den Podlaha wenden. Steigen S' ihm nur ordentlich zuwe, dem Haderlumpen. Was Besser's hat der eh ned verdient."

„Nur aus reiner Routine", ließ sich jetzt wieder Bronstein vernehmen, „wo waren Sie in der Nacht von vorgestern auf gestern?"

Holzer wurde aufmerksam: „I brauch a Alibi?"

„Reine Routine, wie gesagt", wiegelte Bronstein ab.

„No mei, z'erscht war i beim Wirten. G'soffen und Karten g'spielt bis circa Mitternacht oder ans hob i. Dann bin i in die Annagass'n ins Puff g'fahren. Dort hob i irgend a Steirerin pudert. Aus Mürzzuschlag war de, glaub i, Elfi hat die g'heißen. A bissl spröd und direkt a wengerl hantig, aber echt guat, kann i Ihnen sagen. Na, und dann, i waaß ned, drei oder vier wird's g'wesen sein, dann bin i hamg'fahren. Mit'm Taxi, weil Tramway geht ja da no kane."

Bronstein war unwillkürlich zusammengezuckt. Die Selbstverständlichkeit, mit der Holzer über seinen Bordellbesuch sprach, erinnerte ihn schmerzlich an seine diesbezüglichen

Qualen. Und ihn schauderte bei dem Gedanken, keine vierundzwanzig Stunden nach diesem vulgären Menschen beinahe ebenfalls in der Annagasse dem flüchtigen Vergnügen nachgegangen zu sein. Welch ein Glück, dass er sich anders besonnen hatte, er wäre sonst vielleicht auch in den Armen der hantigen, spröden Elfi aus Mürzzuschlag gelandet. Und daran wollte er nicht einmal ansatzweise denken.

„Das heißt, Sie haben für die fragliche Zeit kein Alibi", ließ sich seine Stimme trocken vernehmen. Holzer fuhr auf.

„Wenn S' meinen, dass i nach 'm Pempern no Lust auf an Mord g'habt hätt', bitte schön, dann hab ich kein Alibi."

„Gut, Herr Holzer", gab sich Cerny an dieser Stelle versöhnlich, „das ist im Augenblick alles. Ich hoffe, Sie verstehen, dass wir jeder Spur nachgehen, so unwahrscheinlich sie auch immer sein mag. Sollten wir noch etwas von Ihnen benötigen, werden wir uns erlauben, uns mit Ihnen ins Einvernehmen zu setzen, zu welchem Zweck wir Sie bitten, uns zu informieren, falls Sie die Stadt verlassen wollen."

„Ich stehe ganz zu Ihrer Verfügung", bemühte sich nun auch Holzer um einen hochdeutschen Ton.

„Dann, denke ich, war das vorläufig alles." Cerny und Bronstein erhoben sich, Holzer tat es ihnen gleich. Er machte umständlich Anstalten, den Weg zur Tür einzuschlagen, doch Bronstein winkte ab: „Bemühen Sie sich nicht, wir finden alleine hinaus."

Wieder im Vorzimmer, beugte sich Cerny zur Sekretärin hinab, die daraufhin merklich die Contenance verlor. „Sagen Sie, junge Dame", flötete Cerny, als wäre er ein wahrer Bel Ami, „haben Sie zufällig noch die Adresse des Herrn Podlaha, der in diesem Unternehmen bis März dieses Jahres beschäftigt war?"

„Oh … ja … sicher", stammelte die Frau und kramte nervös, ohne ihre Augen von Cernys Gesicht abzuwenden, in der Ablage neben ihrem Schreibtisch. Mühsam gelang es ihr, einen

Ordner aus dem dortigen Regal zu zerren, den sie sodann aufschlug, um darin zu blättern. „Da werden wir ihn aber nicht finden, den Herrn Podlaha", lächelte Cerny.

„Wirk...lich? Wie...so?"

„Weil auf dem Ordner steht, es sind die Personalblätter E bis H. Podlaha aber fangt mit P an, wenn ich mich nicht irre."

„Maa, wirk...lich, ... Sie haben Recht. Sie san echt a Vifzack. ... Und so fesch no dazua", die Sekretärin kicherte blöde und warf nun erstmals einen Blick auf das Regal. Sie holte den Ordner mit den Buchstaben N bis Q hervor und stieß nun relativ rasch auf die gesuchte Information.

„Da ... hamma ... ihn ... ja. Friedrich Podlaha, Krongasse 6. Im fünften Hieb."

„Danke verbindlichst, und einen schönen Tag noch, Gnädigste." Cerny lächelte immer noch und legte schalkhaft die Finger an die Stirn, als deute er damit einen militärischen Gruß an.

„Auf bald einmal ... hoff ich!", rief die Sekretärin ihm nach, wobei die letzten beiden Worte schon beinahe geflüstert waren. Bronstein entgingen sie dennoch nicht, und mürrisch folgte er Cerny auf den Gang.

„Was ist, Oberst, besuchen wir den Podlaha gleich? Dann haben wir es hinter uns!"

Bronstein blickte gelassen auf seine Uhr. Es war kurz vor elf. Für das Mittagessen wohl noch zu früh. Andererseits bestand die Gefahr, durch die Vernehmung des Podlaha so viel Zeit zu verlieren, dass die Mittagszeit dadurch gänzlich versäumt würde. Zwei Seelen rangen in seiner Brust. Cerny schien seine Gedanken zu erraten.

„An der Ecke zur Margaretenstraße gibt es den Gasthof zur Krone. Hervorragende Küche, gut bürgerlich. Das weiß ich, weil dort eine Freundin meiner Frau kocht, die Tlustova Jana. Eine der besten Köchinnen von ganz Wien, kann ich dir sagen. Du msst ihre Rindsrouladen kosten. Und nachher erst die Buchteln. Und dazu ein Altbrünner, das ist sicher ein Festmahl."

Bronstein konnte sich ein Lächeln nicht verkneifen: „Cerny, Cerny, du weißt halt, was ein alter Kieberer braucht!" Bronstein steckte sich eine Donau an: „Na, dann gemma halt."

Nachdem die beiden mit der Ringlinie zur Oper gefahren waren, stiegen sie dort in die Linie 61 um, die über den Karlsplatz und an der Bärenmühle vorbei nach Margareten fuhr. Sie ließen sich hart auf eine der Holzpritschen fallen, die als Sitzgelegenheiten dienten. Bronstein rauchte genüsslich und versuchte dabei, sich den Betriebsrat vorzustellen. Handelte es sich um einen hageren, asketischen Revolutionär oder um einen feisten sozialdemokratischen Gewerkschafter, der zwar in diversen Hinterzimmerversammlungen das Maul ganz weit aufriss, im Zweifelsfall aber kuschte? Dass Podlaha seine Entlassung scheinbar widerstandslos zur Kenntnis genommen hatte, ließ Bronstein vermuten, er würde es mit einem Vertreter der zweiten Kategorie zu tun haben. Und das ließ Podlaha quasi a priori aus dem Kreis der möglichen Täter ausscheiden, denn dass ein Sozialdemokrat sich zu einer Tat aufzuraffen vermochte, das war ihm in diesem Jahrhundert niemals untergekommen. Die Sozis waren Weltmeister im Reden, aber letztklassig im Handeln. Darauf konnte man sich stets und immer verlassen. Selbst als ihnen das Wasser schon bis zum Hals stand, hatten sie nicht mit dem Reden aufgehört, und die Folge war ihre völlige Ausschaltung aus dem öffentlichen Leben. Und warum sollte ein kleiner Betriebsrat mehr Mumm in den Knochen haben als seine Parteihäuptlinge? Es war aber immerhin möglich, dass Podlaha sie auf eine andere Spur bringen konnte, auf Arbeiter, die ebenfalls entlassen worden, aber nicht gewillt waren, dies so auf sich beruhen zu lassen. Es konnte also nicht schaden, sich den Podlaha einmal anzusehen.

„Da ist die Kettenbrückengasse, da müssen wir raus“, hörte Bronstein Cerny sagen, und kaum hatten sie das Gefährt verlassen, deutete Cerny schon in die Richtung, die sie nun einschlagen mussten. Sie gingen die Krongasse hinauf Richtung Mittersteig und hielten vor einem kleinen zweistöckigen Haus, das aus der Mitte des vorigen Jahrhunderts stammen durfte. Im Hausflur stank es penetrant nach Kohlgemüse, im Hof malträtierten ein paar Kleinkinder den einzigen Baum.

„He, ihr da, ja ihr, wo wohnen die Podlahas?“

„Erster Stock, Tür 5“, kam es mit hellen Kinderstimmen zurück.

„Na, jetzt wiss’ ma aa, wo’s heit die Kohlrabi gibt“, meinte Bronstein, sich des wienerischen Idioms bedienend.

„An Köch“, sagte Cerny nur. Bronstein sah ihn fragend an.

„Des is a Köch“, beharrte Cerny, „kane Kohlrabi. Kohlrabi sind Kohlrüben, hier riecht’s aber nach Kohlgemüse, und das nennt der Wiener Köch.“

„Na so was“, schmunzelte Bronstein, „an Köch woll’n ma oba ned, gell.“

Cerny wusste natürlich, worauf Bronstein nun anspielte. Ein „Köch“ war im Wiener Dialekt auch ein Streit, weshalb man gut beraten war, auf das oftmals in Vorstadtcafés unterbreitete Angebot „Willst an Köch?“ nicht einzugehen, denn das dort offerierte Gericht war fraglos ein schwer verdauliches.

Mittlerweile waren sie an der Wohnungstür angekommen. Cerny ballte seine rechte Hand zur Faust und klopfte an. Wenig später öffnete eine verlebte Frau von leidlich vierzig Jahren die Tür. Ob der Besucher legte sie die Stirn kraus: „Sie wünschen?“

„Wir wünschen den Herrn Podlaha zu sprechen. Ist er zugegen?“

„Wer fragt?“

„Oberst Bronstein und Major Cerny vom Wiener Polizeipräsidium.“

„Naa, ned scho wieder. Er ist doch am Freitag erst auslassen word'n. Sie können eam doch ned scho wieder was anhängen wollen."

Nun legten Cerny und Bronstein die Stirn kraus.

„San Sie ned von die Politischen?"

„Nein, sind wir nicht."

„Ach so, na, dann können S' des vielleicht ned wissen, aber mein Mann pendelt seit März regelmäßig zwischen der Elisabethpromenade und da. Dort haben s' nämlich an Pick auf ihn, weil er Vertrauensmann war. Aber i kann Ihnen versichern, seit dem Februar ist mein Mann nirgendwo mehr g'wesen, wo's um Politik gangen wär. Der hat seine Lektion g'lernt, des müssen S' ma glauben."

„Tun wir eh", sagte Cerny schnell, „ist er jetzt da, der Herr Gemahl, oder nicht?"

„Sicher. Sicher. Fritz, für dich. Die Polizei."

Die Frau hatte über ihre Schulter ins Innere der Wohnung gerufen. Kurz darauf hörte man ein Stöhnen. „Ned scho wieder!"

Mühsam schleppte sich Friedrich Podlaha in die Küche, die gleichzeitig den Vorraum der Kleinstwohnung bildete. Der Mann war sichtlich vom Leben gezeichnet. Bronstein ging davon aus, dass Podlaha keine vierzig war, doch sah er sehr viel älter aus. Podlaha trat ganz knapp an die beiden Polizisten heran, seufzte resigniert und hielt ihnen dann die ausgestreckten Arme entgegen. „Was soll das?" fragte Bronstein.

„Na, wollt ihr mir nicht die Achter anlegen?"

„Keineswegs, Herr Podlaha. Wir kommen von der Mordkommission und hätten nur ein paar Fragen an Sie", beeilte sich Cerny, dem Mann die Angst zu nehmen. „Vielleicht wissen Sie es schon, Ihr ehemaliger Arbeitgeber wurde in der Nacht auf gestern ermordet."

„I bin des ned g'wesen", sagte Podlaha automatisch.

„Wie gesagt“, ging Bronstein auf diesen Einwurf nicht weiter ein, „wir haben nur ein paar Fragen an Sie.“

„Bitte sehr. Wollen Sie sich setzen?“ Podlaha wies in die Richtung, aus der er gekommen war. Wortlos folgten ihm Cerny und Bronstein in den hinteren Raum. Bronstein war einiges gewohnt, doch das Elend, das ihm aus diesem Zimmer entgegenschlug, verwunderte selbst ihn. So hatte man in Wien vor zwanzig, dreißig Jahren gehaust, kaum vorstellbar, dass es solche Elendsquartiere immer noch gab.

Podlaha schien den Gedanken des Obersts erraten zu haben: „Es tut mir leid, dass ich Sie in diesem Loch empfangen muss, aber seit meine Frau und ich arbeitslos und zudem ausgesteuert sind, können wir uns nichts anderes mehr leisten. Ich muss ja zudem meine Kinder irgendwie durchbringen.“

„Wie viele haben S' denn?“ Die Frage war natürlich von Cerny gekommen.

„Fünf“, sagte Podlaha nicht ohne Stolz, „der Ferdl wohnt ja zum Glück nicht mehr da, der ist ja schon fast zwanzig. Na, und die Mitzi hamma im Mai unter die Haube gebracht, die wohnt jetzt in der Luxemburggass'n in Ottakring. Damit haben wir jetzt nur die drei Nachzügler noch da, aber füttern S' einmal fünf Mäuler mit ein paar Schilling am Tag.“

„Weil wir grad im Privaten sind“, nahm Bronstein diesen Faden auf, „vielleicht können S' uns ganz kurz sagen, wann Sie selbst geboren sind und seit wann Sie beim Demand g'arbeitet haben.“

„Geboren bin ich passenderweise am 1. Mai, und zwar 1894 in Bernhardsthal an der Grenze zu Mähren. Meine Eltern haben dann bis 1905 in der Eisenwarenfabrik in Irdning gearbeitet, dort bin ich auch aufg'wachsen. 1906 sind wir nach Schlöglmühl übersiedelt, dort hab ich dann in der Papierfabrik ang'fangen. 1907 war des, weil mein Vater war ganz stolz, dass er wählen gehen darf. Und dann haben sie ihm g'sagt, er darf doch ned, weil er noch kein Jahr am selben Wohnort lebt. Des hot er nie vergessen, mein Vater, und ich auch ned. Na egal. 1912 haben s' mich dann zum Militär eingezogen, und so bin ich nach Wien kommen. Meine Dienstzeit ist ja automatisch verlängert worden wegen dem Krieg. Ich war z'erst in Serbien, dann in Rumänien und zum Schluss in Russland. Dort bin ich in G'fangenschaft kommen. Ende 1916 war des. Dort hab ich dann auch die Revolution miterlebt, aber des wird die Herren wahrscheinlich ned so interessieren. Na egal, im Mai 1918 bin i z'ruck aus Russland und da wollten s' mi glei noch Italien schicken. Des hab i ma aber nimma antan. I bin dann Soldatenrat worden und der Partei beitreten. Im Neunzehnerjahr hab i, nachdem sie demobilisiert haben, beim Demand ang'fangen, wo i zwei Jahr später Betriebsrat worden bin. Na und des war i bis heuer im Februar. Was dann passiert is, wissen S' eh, und glei Anfang März hat er mi außeg'haut, der Demand. Und jetzt steh i da."

„Und wie haben die Kollegen reagiert? Immerhin waren Sie dreizehn Jahre Betriebsrat?"

„Wie soll'n die schon reagiert haben? Die sind ja selber alle total demoralisiert. Sie dürfen ned vergessen, vor zehn Jahr' hat der Demand fast sechstausend Beschäftigte in Österreich, in Ungarn, in der Tschechei und in Polen g'habt. Dreitausend waren wir hier in Österreich, davon vierhundertfünfzig in Wien, zweitausend draußen in Wildungsmauer und noch einmal fünfhundert im Werk in Kittsee. Dann hat er von heut auf morgen Kittsee zug'sperrt. Im Herbst 1930 war das. Alle entlassen. Zwei Monat' später hat er die Fabrik in Wildungsmauer auf neunhundert Leut runterg'fahren, und Anfang 1932 hat er sie ganz geschlossen. Er hat nur noch die Betriebe in Ungarn und in der Tschechei, die liefern jetzt in alle Welt, und bei uns gibt's nur noch die Zentrale, und da war'n wir heuer im Frühjahr auch keine dreihundert Leut mehr. Da hat's natürlich viele gegeben, die mich g'fragt haben, warum ich nichts dagegen tu. Was, bitte schön, hätt ich denn tun sollen? Sicher, wir hätten streiken müssen, das war mir auch klar. Aber seit der G'schicht da drüben in Amerika hat sich doch keiner mehr irgendetwas getraut. Und sicher, jeder wollte, dass man für seinen Arbeitsplatz kämpft, aber niemand hat den Kopf für die anderen riskiert. Die Moral war doch 1930 schon vollkommen am Boden, und Kittsee war noch dazu weit weg. Was schert mi des, haben s' alle g'sagt in Wien, und in Wildungsmauer auch. Da war nichts zum Wollen. Ich hab ihnen gleich g'sagt, wenn wir uns jetzt nicht wehren, dann fallt uns das auf den Kopf. Und nachher sind's kommen und ham g'sagt, warum hast uns nicht gewarnt. Und wie dann im Februar endgültig alles den Bach runter'gangen ist, da hab ich g'wusst, jetzt bin ich auch dran. Na, und so war's dann ja auch."

Bronstein wartete einen Augenblick, denn Podlaha war in brütendes Schweigen versunken. „Wenn Demand", begann Bronstein schließlich, „so viele Leute entlassen hat, dann gibt es sicher eine Menge Personen, die nicht besonders betrübt über seine Abberufung von dieser Welt sind. Oder sehen Sie das anders, Herr Podlaha?"

„Ganz und gar nicht", kam Podlahas Antwort ebenso schnell wie offen. „Aber den Demand haben auch in seinen goldenen Zeiten schon viele gehasst. Er war ein ziemlicher Leutschinder, hat mickrig gezahlt und nach Möglichkeit selbst seine Kunden übers Ohr g'haut. Sie hätten einmal sehen müssen, was für a miese Qualität der manchmal geliefert hat. Wenn sie's fressen, sind s' selber schuld, hat er dann immer nur gemeint. Er war halt ein richtiger Ausbeuter, ein Kapitalist reinsten Wassers."

„Ein Plutokrat?" fragte Bronstein mit entsprechendem Hintergedanken. Podlaha sah ihn nur mitleidig an.

„Ich kenne keinen Unterschied zwischen Kapitalisten. Raffendes und schaffendes Kapital ist eine Erfindung der Bourgeoisie, um den Arbeitern den Kopf zu verdrehen. Und Antisemitismus, mein lieber Herr Oberst Bronstein, ist nur der Sozialismus des dummen Kerls. Wissen S', wer das gesagt hat?"

Bronstein zögerte ein Weilchen, dann stotterte er, „ich wüsst jetzt grad nicht, wer ..."

„Bebel", mischte sich Cerny ein, der der Unterhaltung schweigend gefolgt war. Er erntete dafür eine anerkennende Augenbraue von Podlaha.

„Das Witzige", fuhr Podlaha nun fort, „an der Sache war, dass es natürlich, vor allem in den letzten Jahren, sehr viele gab, die in Demand einen richtig schmierigen Itzig sahen, einen jüdischen Blutsauger. Wir hatten ab etwa 1932 auch eine Betriebszellenorganisation der Nazis, mit denen ich nicht nur einmal Scherereien hatte, und die haben den Demand zu einem richtigen Shylock gemacht. Es hat Schmierereien an den Fabrikswänden gegeben, an den Klotüren und so weiter. Das hat Demand sehr getroffen, denn er hat sich immer als Vertreter der deutschen Kultur gefühlt, müssen Sie sich vorstellen. Was hab denn ich gemein mit diesen galizischen Peikelesjuden, hat er dann immer g'sagt, ich bin Protestant, immer schon. Der Arme hat bis zuletzt nicht verstanden, dass die Nazis keinen Unterschied machen zwischen einem armen Flickschuster aus dem Schtetl und einem Fabrikanten aus der Cottage. Was haben S' denn, Herr Oberst, ist Ihnen was? Sie schau'n so blass aus auf einmal."

In der Tat war Bronstein übel geworden. Mit einem Mal musste er wieder an die Auseinandersetzung mit Holzer denken, und jetzt erst wurde ihm bewusst, dass, was für Demand galt, auch für ihn gelten würde. Seine Verdienste im Weltkrieg, seine Kenntnis von Goethe, Schiller und Eichendorff, seine Vorliebe für Wagner und Brahms, all das würde den Nazis rechtschaffen egal sein. Er war in ihren Augen auch nur ein Itzig, ein Saujud, ein elendiger. Sein Amt würde ihn nicht schützen, im Gegenteil, für die Nazis entehrte er dieses Amt, setzte den Staat herab.

Österreich war in den Augen der Nazis gerade deshalb ein Dreckstaat, weil er Kreaturen wie ihn beschäftigte. Es hatte sich nichts geändert seit der Wiener Geserah, ungeachtet der 513 Jahre, die seitdem vergangen waren. Im Gegenteil, es war noch schlimmer geworden, allen emphatischen Appellen des Kaisers Franz Joseph zum Trotz. 1421 hatte man den Juden wenigstens noch die Wahl gelassen, zu konvertieren oder unterzugehen. Heute würde man in jedem Fall untergehen. Demand war wie er Protestant gewesen, und in den Augen der Nazis doch nur ein Drecksjud, der weggehörte. Ja, Bronstein war wirklich übel. Sehr übel sogar. „Wenn S' vielleicht ein Glasl Wasser hätten", krächzte er.

Cerny warf einen besorgten Blick auf seinen Vorgesetzten und führte dann das Gespräch an dessen Stelle fort. „Gibt es diese Nazis noch in der Firma, und wenn ja, wer spielt dort die erste Geige?"

„Na die meisten sind schon voriges Jahr entlassen worden, wie die Partei verboten worden ist. Ein paar haben sich gehalten, der Kotzler zum Beispiel, der arbeitet immer noch dort, und der Murer. Und es hält sich hartnäckig die Fama, dass der Holzer eigentlich auch dazug'hört. Wundern tät's mich ned, ehrlich g'sagt, denn der hat aus seinem Hass auf alles, was nicht rein arisch ist, nie ein Hehl g'macht. Für den hat es außer Deutschen nur Behm, Polacken, Krowoten und eben Saujuden gegeben, wenn er das mit den Juden vor dem Demand natürlich nie auch nur angedeutet hätt, der Feigling."

„Glauben Sie, dass der Holzer einen Grund gehabt hätte, dem Demand in die andere Welt zu verhelfen?" Cernys blumige Ausdrucksweise brachte Bronstein allmählich zurück in die Wirklichkeit.

„Wollen S' wirklich meine Meinung hören?", beantwortete Podlaha Cernys Frage mit einer Gegenfrage.

„Ja, unbedingt."

„Gründe hätte er viele gehabt. Aber er wäre ziemlich dumm, wenn er zu diesem Zeitpunkt eine solche Tat gesetzt oder auch nur in die Wege geleitet hätte."

„Warum glauben Sie das?" Endlich war Bronstein in das Gespräch zurückgekehrt.

„Sehen Sie nach Deutschland, was sich dort jetzt tut. Die jüdischen Betriebe werden der Reihe nach arisiert, wie es so schön heißt. Das wird früher oder später auch in Österreich der Fall sein, denn ich bin zutiefst davon überzeugt, dass sich der Millimeter ..., also der Bundeskanzler Dollfuß nicht gegen die Nazis behaupten wird können. Jetzt schon gar nicht, wo er zwei Drittel der Bevölkerung jeder Rechte beraubt hat. Und wenn die Nazis in Österreich triumphiert haben, was eher früher als später passieren wird, dann schlägt die Stunde der Holzers."

„Wie meinen S' jetzt das?"

„Na Arisierung eben. Sie glauben doch nicht, dass die Demands dann ihre Firmen behalten könnten. Die müssten froh sein, wenn sie mit heiler Haut aus Österreich rauskommen. Und wenn er seine Karten richtig ausspielt, der Holzer, dann ist er zunächst kommissarischer Verwalter und irgendwann später Besitzer von Demand & Sohn. Verstehen S' jetzt, was ich meine?"

„Ich gebe zu, diese Theorie hat was für sich", nickte Bronstein bedächtig, dabei immer noch an den zuvor gewonnenen Erkenntnissen würgend. Er verdrängte die Frage, wieso ihm plötzlich das Pogrom von 1421 eingefallen war, und versuchte, sich auf den Fall zu konzentrieren. „Die beiden Nazibazi ..., der, na, der Dings und der andere ..."

„Der Kotzler und der Murer?"

„Genau. Wer sind die?"

„Der Murer ist ein ganz ein kleines Licht, der is Etikettierer. Der Kotzler aber ist Holzers Mann fürs Grobe. Offiziell ist er sein Sekretär, aber wirklich arbeiten tut der nichts. Der ist nur zur persönlichen Verfügung vom Holzer da. Wenn überhaupt."

„Na, um die beiden werden wir uns kümmern", sagte Cerny bestimmt. In diesem Augenblick trat Podlahas Gattin in den Raum: „Entschuldigen schon, die Herrschaften, dass ich stör, aber, Fritz, das Essen wär jetzt so weit." Dann wandte sie sich an die beiden Polizisten: „Wenn's genehm wär, könnten wir Ihnen auch was anbieten. Viel is es zwar nicht, und was B'sonderes auch nicht, aber es tät von Herzen kommen."

Cerny erinnerte sich daran, in der Küche nur einen einzigen Topf gesehen zu haben. „Das reicht ja nicht für sieben, oder", entfuhr es ihm.

„Ach, Kohlgemüse mögen die Kinder eh ned a so", wiegelte die Frau ab. Cerny war ehrlich bestürzt. Deutlich konnte er in den Augen der Frau Podlaha lesen, dass sie hoffte, die Polizisten würden das Angebot ablehnen, weil sonst die Kinder hungern müssten. „Nein, nein", sagte er daher schnell, noch ehe Bronstein irgendwie reagieren konnte, „vielen Dank, aber wir haben schon eine Verabredung in der Krone. Und zwei Mittagessen schaffen nicht einmal wir." Dabei bemühte er sich um ein Lächeln, in welches die Hausfrau mit einem überaus dankbaren Ausdruck in ihren Augen einfiel.

„Ja, das wär's nachher eh", bemühte sich nun auch Bronstein um einen Beitrag zum Gespräch. „Herr Podlaha, Sie haben uns sehr geholfen. Uns bleibt nur, Ihnen Mahlzeit zu wünschen." Man verabschiedete sich voneinander und begab sich auf den Gang. Dort hielt Cerny Bronstein kurz am Ärmel zurück und meinte, er habe noch eine Kleinigkeit vergessen. Eilig schlüpfte er zurück in die Wohnung, was Bronsteins Argwohn erweckte. Er fand eine Lücke im Vorhang des Gangfensters und spähte in die Küche, wo er Cerny auf Frau Podlaha einreden sah. Der Major griff in seinen Mantel und holte sein Portemonnaie hervor. Bronstein verschlug es die Sprache, der Major gab der Frau ein Fünfschillingstück. Fünf Schilling, Bronstein war baff. Noch mehr erstaunte ihn die Reaktion der Frau, die von Cerny offenbar nur mit Mühe daran gehindert werden konnte, vor ihm in die Knie zu sinken. Was mochte es mit diesem Geld auf sich haben? Bronstein konnte es kaum erwarten, bis Cerny endlich wieder neben ihm auf dem Gang stand.

„Was war das eben?"

„Ach nichts."

„Nichts? Fünf Schilling sind für dich nichts? Wofür hast ihr das Geld gegeben?"

Cerny seufzte und setzte dann zu einer Antwort an: „Die Kleinen haben doch hinten und vorne nichts. Der Mann hat keine Chance, irgendwo Arbeit zu finden – nicht mit seinem Hintergrund. Und die Frau ist sichtbar am Ende mit ihrer Weisheit. Da muss man doch helfen, wenn man kann."

„Cerny, du bist und bleibst ein Weltverbesserer. Glaubst du wirklich, dass deine edle Spende einen Unterschied macht?"

„Für die Familie Podlaha schon. Die kann sich endlich wieder einmal ein Sonntagsbratl leisten. Und vielleicht gehen sich noch neue Schuh oder ein Kleid oder so etwas aus."

„Cerny, Cerny, Cerny! Was wird nur werden aus dir?" Bronstein schüttelte den Kopf und konnte es nicht fassen, dass sein Untergebener so gefühlsduselig war. Noch weniger aber verstand er, dass er sich nun selbst moralisch unter Druck gesetzt sah, wollte er vor Cerny nicht als der verbitterte Herr Hartherz dastehen. Bronstein wusste selbst nicht, warum er es sagte, doch er hörte die Worte deutlich, die aus seinem Munde strömten: „Jetzt muss ich dich auf das Krautfleisch einladen, sonst steh ich ja da wie ein sieriger Hund."

„Mitnichten, Oberst, mitnichten …"

„Doch, doch, Cerny. So ist des und ned anders. Die Rechnung in der Krone geht auf mich. Und wennst ein schlechtes

G'wissen hast, dann reich sie bei der Rechenstelle ein, vielleicht geht des als Spesen durch."

Endlich konnten beide an diesem Tag herzhaft lachen.

Es war schon fast 14 Uhr, als sie den Gasthof „Zur Krone" betraten, und die Küche schickte sich eben an, ihre Pforten zu schließen. Kaum aber hatte der Wirt Cerny erblickt, rief er sofort in die Küche: „Jano, počkej, Andrej je tady!" Und da flog auch schon die Küchentür auf, und die Wirtin drängte sich dem Major mit strahlender Miene entgegen. „Ahoj, Andreasi, no, to mě teší", sagte sie lachend und erkundigte sich sofort nach dem Befinden des Polizisten. „Jak se máš? Chtel bys něco jíst? Mám svičkovou a videnský řizek je take tady."

Cerny deutete mit seinen Augen kurz auf Bronstein und antwortete dann auf Deutsch: „Wiener Schnitzel klingt sehr gut. Auch einem Svičková sollte man sich nie verschließen. Aber eigentlich, liebe Jana, sind wir gekommen, weil der Herr Oberst Bronstein gerne deine weltberühmten Rindsrouladen kosten möchte."

„Moment, Moment", mengte sich nun Bronstein in die Unterhaltung, „was ist das, ein Svičková?"

„Ein Rahmrindsbraten, der Herr", entgegnete Jana nun gleichfalls auf Deutsch, „mit original böhmischen Knödeln. Das ist eigentlich ein Hochzeitsessen bei uns zu Hause. Wir servieren es mit einem Tupfer Preiselbeermarmelade und einer Orangenscheibe. Sie werden sicher nicht enttäuscht sein, Herr Oberst."

„Na wenn ich schon in Böhmen bin", lächelte Bronstein, „dann probiere ich doch glatt dieses Svičková. Das heißt, wenn Ihnen das keine Mühe bereitet."

„Sicher nicht. A ty, Andreasi?"

„Take", replizierte Cerny knapp. Dann wandte er sich in Richtung Schank: „A velké Starobrno, prosím." Bronstein schloss aus der fragenden Miene Cernys, dass dieser von ihm wissen wollte, was er zu trinken wünsche, und so nickte er.

Cerny hob zwei Finger in die Höhe, und der Wirt schickte sich an, zwei Krügel Altbrünner zu zapfen.

Die beiden Kriminalisten begaben sich sodann in den hinteren Teil des Lokals und setzten sich an den Ecktisch. Bronstein vermochte seinen Appetit nicht länger zu zügeln und griff nach einem Bierbrezel, das er in Windeseile verzehrt hatte. „Was hältst du bis jetzt von diesem Fall?“, fragte er dann.

Cerny zögerte einen Augenblick. Bronstein entging nicht, dass Cerny um Worte rang. Es war ihm sichtlich nicht darum zu tun, bereits gefundene Worte abzuwägen, er war noch mitten in der Suche. Die Antwort fiel denn auch entsprechend aus: „Ich bin ratloser denn je.“

„Na“, sagte Bronstein jovial, „dann sind wir ja schon zwei.“

„Aus der Familie traue ich niemandem zu, die Tat begangen oder auch nur initiiert zu haben. Die haben alle kein Motiv. Der eine Sohn hat den Laden ohnehin schon mitgeschmissen, den anderen wird der Laden auch jetzt nicht interessieren. Und auch deren Mutter hatte nichts zu gewinnen, höchstens das junge Ding käme in Frage. Es könnte ihr einfach zu lange gedauert haben, ans Erbe zu gelangen. Und wenn es stimmt, dass sie einen Geliebten …“

„Die junge Frau Demand scheidet als Verdächtige für mich definitiv aus“, unterbrach Bronstein seinen Kollegen erstaunlich heftig. „Erstens hat die sicher keinen Geliebten, und zweitens ist es in ihren Kreisen kein Renommee, in einem solchen Alter Witwe zu sein. Da gerät man schnell ins gesellschaftliche Abseits.“

„Außer man heiratet noch einmal.“

Bronstein spürte, wie seine Gefühle für die Demand in ihm wieder aufwallten. Alles in ihm sperrte sich gegen die Vorstellung, sie könnte auch nur den geringsten Makel aufweisen. Um aber vor Cerny nicht als der verliebte alte Narr dazustehen, der er war, versuchte er, schnell von der Demand abzulenken:

„Wer sagt dir denn, dass der Juniorchef nicht mit dem Alten in einen handfesten Konflikt verwickelt war?"

„Worin könnte der denn bestanden haben?"

„Nun ja, die Zukunft der Firma zum Beispiel. Vielleicht wollte der eine expandieren, in den Osten verlagern oder neue Märkte erschließen. Neue Vermarktungsstrategien entwickeln oder etwas dergleichen. Und der Alte hat sich dagegen gesperrt, weil er sein Unternehmen auf die traditionelle Weise führen wollte. Der Junior hat's mit der Angst zu tun bekommen, dass das Unternehmen den Bach runtergeht, wenn man am Kurs des Alten festhält, dass es dann gar nichts mehr zu erben gibt, wenn man ihn weiter gewähren lässt. Immerhin wurden, wie wir gehört haben, aus dreitausend Arbeitern dreihundert. Das kann einem doch immerhin zu denken geben. Wir sollten uns auch ansehen, wie es überhaupt um die Aktiva der Firma bestellt ist. Wer weiß, vielleicht war Demand pleite, und der Junior wollte retten, was zu retten ist."

„Ein Fall von Wirtschaftskriminalität? Na, ich weiß nicht. Da lässt man den Betreffenden doch nicht auf diese Weise zu Tode kommen, oder?"

„Na, genau das ist ja das Geniale daran", ereiferte sich Bronstein, „ein gefinkeltes Ablenkungsmanöver, das glauben machen soll, die Täter hätten aus völlig anderen Motiven gehandelt. Damit wären wir auf eine falsche Fährte gelockt. Sag, was du willst, aber der Junior steht bei mir auf der Liste. Die Stiefmutter nicht."

Bronstein hatte so bestimmt gewirkt, dass Cerny keine Widerrede wagte. Zudem wurden nun die Svičková aufgetischt, und Bronstein widmete sich sofort und voller Inbrunst dem Verzehr der dargereichten Köstlichkeiten. Cerny wartete daher respektvoll, bis Bronsteins Verzückung nicht mehr allzu offensichtlich war, ehe er den Gesprächsfaden wieder aufgriff.

„Und was, wenn es sich doch um ein politisches Verbrechen handelt?"

„Dann wäre die Sache um vieles leichter", schloss Bronstein, „aber jetzt lass uns erst einmal diesen herrlichen Braten genießen. Wir sind ja nicht nur Polizisten, wir sind auch Menschen ... Herr Wirt, noch ein Altbrünner, bitte."

Auf Cernys Empfehlung hatte Bronstein hernach noch zwei Buchteln in Vanillesauce genommen, ehe er, reichlich satt, einen Verlängerten orderte. Dieser stand nun dampfend vor ihm, während Bronstein sich genüsslich eine weitere „Donau" ansteckte. Er machte zwei tiefe Lungenzüge, ehe er Cerny ansah: „Also, zurück zum Fall. Es gibt also drei mögliche Gruppen von Verdächtigen. Den Juniorchef, die Nazis und die Kommunisten. Im Haus selbst kommt sonst, so glaube ich, niemand in Betracht, also sollten wir uns zunächst auf die Firma konzentrieren." Bronstein hielt einen Moment inne, lehnte sich zurück und machte ein versonnenes Gesicht: „Ich habe", sagte er dann, „eine Vision. Ich sehe deine Zukunft. Ich sehe, wie du dich morgen in der Buchhaltung von Demand & Sohn eingräbst." Dann richtete er sich wieder auf und grinste breit. Cernys Missmut entging ihm freilich nicht. „Keine Sorge, ich quäle mich derweilen durch den Obduktionsbericht, der ist sicher auch nicht viel lustiger als die Zahlenspielerei."

„Aber, lieber Oberst, ich verstehe von all dem rein gar nichts. Die können mir eine Bilanz vorlegen, und es wär für mich exakt dasselbe, wenn sie dazu sagten, sie sind das reichste Unternehmen der Welt, oder wenn sie sagten, sie sind pleite und konkursreif. Und außerdem war das doch deine Idee mit der Wirtschaftssache."

„Na glaubst, ich versteh was davon?"

„Vielleicht sollten wir jemand von der Finanz hinschicken. Amtshilfe und so. Eine Bilanz verrät nur dann etwas, wenn man sie auch lesen kann und wenn man auch weiß, wonach man suchen muss."

„Eigentlich hast Recht, Cerny. Sollen das die Herren von der Finanz machen." Bronstein warf einen Blick auf seine Uhr. „Was denn, schon fast vier? Na da schau her. Da werden wir heute aber niemanden mehr erreichen bei die Finanzer. Na auch egal, morgen ist auch noch ein Tag. Was is', Cerny, trink ma noch was?"

„Ich weiß nicht, ich wollte eigentlich noch ins Büro."

„Jetzt sei ned immer so a Streber, Cerny. Die Akten rennen dir nicht davon. Aber so ein Altbrünner? Das verdunstet sonst vielleicht."

„Vielen Dank, aber lieber ein anderes Mal. Ich fahr jetzt noch schnell im Büro vorbei, und dann geh ich heim. Ich wünsch dir noch einen schönen Abend, Oberst."

„Ja, du mich auch", neckte Bronstein und orderte noch ein Bier.

Später konnte sich Bronstein nicht mehr daran erinnern, wie lange er in der „Krone" gesessen war. Es war ihm nur aufgefallen, dass sich das Lokal allmählich wieder füllte und dass die Kellner mit dem Servieren des Nachtmahls begannen. Er konnte sich nicht mehr entsinnen, wie viele Bier er schon geordert hatte. Der Trubel wurde ihm bald zu viel, und so zahlte er schließlich, um danach unsicheren Schritts wieder auf die Straße zu treten. Die Krongasse war von seiner Wohnung keine zwei Kilometer entfernt, und doch kam es ihm vor, als hätte er sich auf eine Weltreise gewagt, denn der Abend schritt unerbittlich voran, während er immer noch durch die Margaretenstraße schwankte. Er fühlte sich so ausgelaugt, dass er am Karlsplatz automatisch das Café Museum ansteuerte, um dort bei einem großen Braunen neue Kraft zu schöpfen. Er gab im Vorübergehen seine Bestellung auf und stellte sich dann in den Raum der Schachspieler, wo er nach der spannendsten Partie Ausschau hielt. Bald schon dachte er nicht mehr an den Fall, sondern folgte nur noch den Bewegungen der Springer, Läufer und Damen.

Als es draußen dunkel geworden war, musste er sich allerdings eingestehen, er war nicht hier wegen des Spiels der Könige. Er hatte schlicht Angst, in seine leere Wohnung zurückzukehren. Und so verließ er überaus zögerlich das Museum und ging hinter der Oper vorbei in die Kärntner Straße.

Auch wenn Bronstein versuchte, sich selbst hinsichtlich des Zwecks dieses Manövers zu belügen, er wusste, warum er just diesen Weg gewählt hatte. Er führte ihn direkt an der Annagasse vorbei. Es war wirklich zu lächerlich. Ein gestandenes Mannsbild wie er suchte Erleichterung in den Armen leichtlebiger Liebesdienerinnen. Er hätte beizeiten heiraten sollen, dann wäre ihm diese Demütigung erspart geblieben.

„Na, Schatzi, wie wär's denn mit uns beiden?" Eine dralle Rothaarige hatte Bronstein angesprochen und streckte ihm, als er in ihre Richtung sah, ihren Busen demonstrativ entgegen. War sein Mut schon bislang eher klein gewesen, so erschreckte ihn diese Direktheit viel zu sehr, als dass er den Inhalt der Botschaft überhaupt zu verarbeiten vermochte. Er sah schnell zu Boden und eilte weiter in Richtung Krugerstraße.

„Dann ned, Saujud, dreckiger."

Abrupt blieb Bronstein stehen, drehte sich langsam um und trat ganz nahe an die Prostituierte heran, die ihn böse anfunkelte. „Wie um Himmels willen kommen Sie auf die Idee, ich sei ein Jude?"

Sein Erstaunen war ihm deutlich anzusehen, und auch die Hetäre gab sich nun weniger angriffslustig, da sie erkannte, dass sie den anderen nicht beleidigt, sondern nur verdutzt hatte.

„Na, wäust so sierig bist", gab sie zurück.

Bronstein musste lachen. Manche Stereotype waren eben einfach nicht umzubringen, setzten sich so im Volksglauben fest, dass sie sich immer wieder Bahn brachen, und sei es in den absurdesten Situationen.

„Wenn ich geizig wäre, dann hätte ich wohl gefeilscht, oder nicht?“, sagte er dann.

„Naa“, grinste jetzt auch die Liebesdienerin, „wäu wer feilscht, der tat si immerhin überleg’n, ob er a Göd ausgibt. Du wü’st ned amoi des.“

„Vielleicht bin ich nur jetzt nicht willig. Weil ich nicht in Stimmung bin, vielleicht.“ Bronstein wunderte sich über den kecken Ton, den seine Rede angenommen hatte, doch er hatte Gefallen an der Unterhaltung gefunden.

„Na, des mit der Stimmung lasst si schnell ändern. Lad mi ein auf an Schampus, und dann zag’ i da, wiast direkt in’ Himmel kummst.“

„Echt? Wie kommt man denn direkt in den Himmel?“

Die Prostituierte schätzte Bronstein mit einem weiteren Blick ab. Ihr Lächeln verschwand. Der Mann würde letztlich doch nicht mitkommen, dazu war er zu verklemmt. Er geilte sich nur verbal auf, war ihr Urteil.

„Wennst des wissen willst, dann kumm mit, ansonsten schleich di“, gab sie sich nun schnippisch.

„Und was sagen Sie, wenn ich Sie bitte, mit mir zu kommen?“

„Nein.“

„Aber ich hätte da ein sehr überzeugendes Argument.“

„Echt?“

„Ja.“

„Scheiße!“ Die Dame erbleichte. Bronstein hatte seinen Dienstausweis aus der Tasche gezogen und hielt ihn ihr unter die Nase. „Na, was sagst jetzt?“, fragte er jovial.

„I bin sauber. I hob an Deckel. Bei mir passt alles, Herr Inspektor“, beeilte sie sich mit einer Antwort, ehe sie plötzlich stutzte und den Ausweis näher in Augenschein nahm, ehe ihn Bronstein wieder zuklappen konnte.

„Du bist ja do a Jud!“, tönte sie verwundert.

Jetzt wurde Bronstein ernsthaft ärgerlich: „Schau, dass d’ weiterkommst, du ausg’schamter Donaufetzen. Waun i di no amoi do siech, dann kannst dauerhaft absteigen im Hotel Elisabethpromenade. Dann kannst abmarkieren. Hast mi verstanden, Bordsteinschwalberl?“

„Leck mi in Oasch, Kiwara“, gab die Schwalbe schnippisch zurück.

„Des hätt’st gern, wos? Aber daraus wird nix. Abgang, und zwar dalli!“

Bronstein sah der Prostituierten zu, wie sie eilig in einem Hausflur verschwand. Er schüttelte den Kopf und nahm nun die letzten hundert Meter bis zu seiner Wohnung in Angriff.

Jetzt waren also selbst schon die Huren Antisemiten, dachte er, während er in seiner Tasche nach seinem Haustorschlüssel suchte. Wo würde das alles enden?

Endlich in den eigenen vier Wänden, schenkte er sich einen Cognac ein, trank einen kleinen Schluck und trat dann an seinen Bücherschrank. Er wusste, wonach er suchte. Er griff nach Shakespeares „Kaufmann von Venedig“ und blätterte nach dem Beginn des dritten Aktes. Dort wurde er alsbald fündig. Er las die Passage und sprach sie dabei murmelnd mit: „Wenn ihr uns stecht, bluten wir nicht? Wenn ihr uns kitzelt, lachen wir nicht? Wenn ihr uns vergiftet, sterben wir nicht?“ Und dann kam der zentrale Satz: „Wenn ihr uns beleidigt, sollen wir uns nicht rächen?“ Allmählich begann Bronstein jene Juden zu verstehen, die sich selbst Zionisten nannten und auf irgendwelche Lehren eines Journalisten schworen, der vor dreißig Jahren das Zeitliche gesegnet hatte. Vielleicht war Palästina ja wirklich das gelobte Land für die Juden. Ein Land, in dem sie nicht andauernd angepöbelt wurden und sich endlich sicher fühlen konnten. Und vielleicht gab es dann auch für ihn dort einmal ein Plätzchen, wenn Wien endgültig den

Schreiereien dieses Braunauers erlag, wer konnte sagen, was dann mit ihm geschehen würde. Bronstein erinnerte sich daran, vor nahezu zehn Jahren einen Roman von Hugo Bettauer gelesen zu haben. Damals hatte er herzhaft über die absurde Idee gelacht, Wien könnte einfach all seine Juden ausweisen, denn nahezu brillant hatte Bettauer illustriert, was das für Wien bedeuten würde. Doch hätte man vom Lande der Dichter und Denker erwartet, dass es einfach seine jüdischen Bürger entrechtete und vertrieb? Was dort passierte, konnte doch auch in Österreich geschehen. Vielleicht sollte er sich also wirklich beizeiten nach einem warmen Plätzchen in Jerusalem umsehen?

Doch andererseits, was wusste er schon vom Judentum? Er konnte sich nicht daran erinnern, jemals etwas aus dem Talmud gehört zu haben. Er vermochte nicht zu sagen, was es mit der Thora auf sich hatte, ja er verstand sich nicht einmal darauf, die klassischen Gegenstände, mit denen orthodoxe Juden sich umgaben, richtig zu benennen. Nein, er wäre in Palästina genauso ein Außenseiter wie er es in Wien war. Und Wien kannte er immerhin.

Hinweg, trübe Gedanken, sagte er sich und schenkte kräftig Cognac nach. Er legte sich eine neue Schachtel „Donau" auf den Tisch und ließ sich dann in seinem Fauteuil nieder. Es war schon Mitternacht vorbei, als er endlich den „Kaufmann" zuklappte, das Licht löschte und sein einsames Bett aufsuchte.

IV.
Dienstag, 3. Juli 1934

Als Bronstein sich seine erste Zigarette angezündet und den ersten Schluck Kaffee getrunken hatte, nahm er die „Wiener Zeitung“ vom Tage zur Hand. Die machte mit einem weitschweifigen Artikel über das „Weltecho der deutschen Ereignisse“ auf. Bronstein fragte sich, ob er wirklich wissen wollte, was das „Journal des Debats“ oder die „Gazette de Lausanne“ zu sagen hatte – und blätterte dann um. Sieh an, dachte er sich, auch Gregor Strasser befand sich unter jenen siebzehn ehemaligen Politgrößen, die seit dem 30. Juni liquidiert worden waren. Und Innenminister Frick definierte, was der Nationalsozialismus vom Beamten erwartete: unbedingten Gehorsam, Disziplin und Unterordnung unter den Willen des Führers. Und was der Führer wollte, das wusste man ja. Bronstein verlangte es trotz der frühen Stunde nach einem Cognac.

Auf Seite 3 vermeldete die Zeitung stolz, am heutigen Tage erstmals mit dem neuen Staatswappen erschienen zu sein. Bronstein hielt inne und sah zurück auf die Titelseite. Richtig. Das war ihm gar nicht aufgefallen. Der neue Bundesadler wirkte freilich eher hybrid. Ein Doppeladler für ein Land von sechs Millionen war ohne Frage Hochstapelei. Und das kam auch im ganzen Erscheinungsbild des Tieres deutlich zum Ausdruck. Die Fänge waren leer, der Bindenschild die einzige Zier. Das Wappen war mithin überaus sinnfällig. Allein der Heiligenschein, der jedem der beiden Köpfe beigegeben war, mochte Österreichs Reichtum andeuten. Wie hieß es so schön? Die Letzten werden die Ersten sein. So gesehen hatte Österreich vielleicht wirklich noch eine Hoffnung. In der nächsten Welt.

Die Artikel über ein Kindertreffen der Vaterländischen Front und über Dollfuß' Appell an die Studentenschaft interessierten Bronstein herzlich wenig. Auch den Bericht aus der Tschechoslowakei überflog er nur, wenngleich es immerhin bemerkenswert war, in Zeiten wie diesen in der „Wiener Zeitung" einen Satz zu finden, der da lautete: „Wir müssen ohne Unterschied von Partei und Nationalität die Demokratie unter allen Umständen verteidigen." Für diese Formulierung saßen hierorts wahrscheinlich etliche Sozialdemokraten immer noch in Haft. Außenminister Beneš, der diese Aussage getätigt hatte, war vielleicht wohl beraten, nicht allzu bald eine Visite in Wien zu planen. Und wie aufs Stichwort war auf Seite 7 zu lesen, dass erneut ein Prozess gegen Sozialdemokraten, diesmal in Linz, begonnen hatte.

Bronstein fand all dies sehr unerfreulich, und so blätterte er eilig auf die Sportseite weiter, hoffend, diese möge ihn auf andere Gedanken bringen. Doch auch hier gab es keine Ablenkung, sondern nur eine mehr oder minder konfuse Aneinanderreihung von Kurzmeldungen, die ihn samt und sonders nicht interessierten. Ermüdet legte er die „Wiener Zeitung" beiseite und griff, nachdem er sich zuvor eine neue „Donau" angeraucht hatte, zur „Reichspost".

Es war wie verhext. Nirgendwo existierte auch nur eine einzige interessante Zeile. Der Artikel über den antireligiösen Feldzug der GPU in Sowjetrussland vermochte ihn ebenso wenig zu fesseln wie jener über einen Kindergottesdienst. Sportnachrichten entdeckte er überhaupt keine. Resigniert dämpfte er seine Zigarette aus, trank den letzten Schluck Kaffee und machte sich endlich auf den Weg in sein Büro.

Er hatte kaum die Tür geöffnet, als ihm schon der fröhliche Gruß von Cerny entgegenschallte. Bronstein konnte sehen, dass Cerny ein Dossier in Händen hielt, und reagierte mit einer fragenden Geste. „Das Obduktionsergebnis. Wir haben es vor einer knappen halben Stunde erhalten. Steht aber nichts drinnen, was wir nicht schon wüssten. Der Tod dürfte kurz nach Mitternacht eingetreten sein. Verursacht durch ein multiples Organversagen infolge der zahlreichen Tritte, Schläge und sonstigen Verletzungen. Der Schädelbruch zum Beispiel wäre allein noch nicht tödlich gewesen, aber Demand trug einen Milzriss davon, weiters eine schwere Leberquetschung, die Lunge wurde von einer abgebrochenen Rippe durchbohrt, na und so weiter. All das hat der Körper dann irgendwann nicht mehr ausgehalten, und so hat er sich dann verabschiedet, der Herr Demand. Aus und Ende der Fahnenstange, wie es so schön heißt."

„Cerny, Cerny, heute hast du wieder Formulierungen auf Lager." Bronstein machte eine missbilligende Miene.

„Na, das gewöhnt man sich wohl an bei den Fleischhackern von der Gerichtsmedizin."

„Sag das nicht. Ich werd mich mein Leben nicht an denen ihre Ausdrucksweise gewöhnen."

„Übrigens. Ausdrucksweise. Der Chef will uns sehen."

„Welcher? Der echte oder der nominelle?"

„Formal der nominelle, aber ich denke, der echte wird auch dabei sein."

Es hatte sich längst in der Wiener Polizei eingebürgert, zwischen dem Polizeipräsidenten und seinem Stellvertreter keinen großen Unterschied mehr zu machen, denn die Stellung des Präsidenten war nachhaltig durch den Umstand unterminiert, dass dieser ein überaus zaudernder und zögerlicher Mann war, der sich nur selten zu irgendwelchen Entschlüssen durchzuringen vermochte. Eugen Seydel war ein im Amt ergrauter älterer Herr, der sein Leben im Polizeidienst verbracht hatte, ohne sich je sonderlich zu exponieren. Ohne jede Signifikanz hatte er sich nach oben gedient und war immer dann zum Zug gekommen, wenn sich zwei Kontrahenten gegenseitig blockierten. So hatte sich Seydel eines Tages im Büro des Polizeivizepräsidenten wiedergefunden, was ohne Frage die Krönung einer farblosen Karriere hätte sein können. Doch dann war plötzlich und völlig unerwartet Präsident Schober verschieden, und weil sich die Regierungsfraktionen untereinander nicht auf einen Nachfolger zu einigen vermochten, hatte man kurzerhand Seydel zum neuen Polizeipräsidenten ernannt.

Der fühlte sich nun schon seit zwei Jahren chronisch überfordert, was man ihm auch immer deutlicher anmerkte. Er wurde noch schweigsamer, noch zaghafter und begann allmählich mehr und mehr zu kränkeln. Es war allgemein bekannt, dass er zum frühestmöglichen Zeitpunkt in den Ruhestand treten wollte, was, wie die Personalisten errechnet hatten, bedeutete, dass er zu Beginn des folgenden Jahres aus dem aktiven Dienst ausscheiden konnte. Mit restlichen Urlaubsansprüchen und dergleichen mochte Seydel ab Mitte November damit beginnen, sein Büro auszuräumen, und diese Perspektive schien das Einzige zu sein, das ihn im Amt überhaupt noch aufrecht hielt.

Seydels Purgatorium war das Paradies für seinen Vizepräsidenten. Michael Skubl hatte eigentlich schon 1932 damit gerechnet, Polizeipräsident zu werden, war er doch der erklärte Favorit der Christlichsozialen für diesen Posten gewesen. Doch der Koalitionspartner hatte sich damals aus unerfindlichen Gründen quergelegt, und so hatte Skubl vorläufig noch Seydel den Vortritt lassen müssen. Skubl sah aus wie ein Doppelgänger des seinerzeitigen Kanzlers Seipel, und obwohl er nur fünf Jahre älter war als Bronstein, meinte dieser, er ginge jederzeit als Skubls Sohn durch, eine Ansicht übrigens, die Cerny insgeheim nicht zu teilen vermochte, wiewohl er es sorgfältig vermied, Bronstein in dieser Hinsicht zu widersprechen. Seit Seydel beständig mehr in Agonie verfiel, spürte Skubl stetigen Aufwind, und so benahm er sich mittlerweile schon völlig ungezwungen und agierte als der eigentliche Chef des Hauses, woran ihn Seydel nur noch in wenigen Ausnahmesituationen zu hindern versuchte. Es war Skubl, der die Entscheidungen traf, Skubl, der nach außen agierte, Skubl, der im Inneren die Befehle ausgab. Und wenn Skubl einen guten Tag hatte, dann holte er pro forma die Bestätigung von Seydel ein, die ihm nie verweigert wurde. Chefs waren mithin also beide, und um sie zu unterscheiden, sprach man intern vom „nominellen“ und vom „eigentlichen“ Chef. Und zuletzt war es stets etwas Besonderes gewesen, wenn einen der „nominelle“ Chef zu sich lud, denn das kam praktisch nicht mehr vor. Eher schon ließ einen die „Nummer drei“ des Präsidiums rufen, Otto Steinhäusl, der seinerzeit von den Großdeutschen favorisiert worden war, weshalb diese sich auch gegen Skubl gestemmt hatten. Steinhäusl galt als strammer Deutschnationaler, aber Bronstein und Cerny hegten die Vermutung, Steinhäusl sei in Wirklichkeit schon längst mit den illegalen Nationalsozialisten im Bunde. Doch es wäre äußerst ungesund gewesen, einen solchen Verdacht auch nur andeutungsweise zu äußern, denn Steinhäusls Macht wuchs ungefähr im gleichen Ausmaß wie jene von Skubl, wobei nicht wenige die These vertraten, Skubl repräsentiere die Vergangenheit, Steinhäusl hingegen die Zukunft.

Bronstein durfte gar nicht daran denken, was aus ihm werden würde, wenn Steinhäusl erst einmal Präsident war. Wahrscheinlich würde er auf irgendein Wachzimmer an der Peripherie versetzt und dürfte Hagelschäden prüfen und entlaufenen Katzen nachstellen. Nicht dass er Skubl sonderlich sympathisch war, doch der achtete immerhin noch die Personalhoheit Seydels, bei dem Bronstein gut angeschrieben war, fühlte sich Seydel doch mit Bronstein kollegial verbunden. Aber die Zeiten, in denen sich die Beamten der Wiener Polizei als Mitglieder einer verschworenen Gemeinschaft sahen, in der Fragen der Parteizugehörigkeit ebenso wie jene der Zugehörigkeit zu einer bestimmten Religion völlig gegenstandslos waren, schienen unwiderruflich vorbei. Weder Bronstein noch Cerny fanden es sonderlich beruhigend, dass mittlerweile, internen Schätzungen zufolge, jeder dritte Polizist mit den Nazis sympathisierte oder sich ihnen gar schon angeschlossen hatte. Man musste daher höllisch aufpassen, wem man wann was sagte, zumal bei einem so komplizierten Fall, wie es der Fall Demand war.

Bronstein wurde bewusst, dass Cerny auf eine Reaktion wartete. „Wann?", fragte er schließlich.

„Es hat g'heißen, sobald du da bist."

„Na, dann gemma."

Cerny klappte das Dossier mit den Resultaten der Gerichtsmedizin zu und erhob sich. Bronstein drehte sich in der Tür um und wartete auf ihn. Gemeinsam marschierten sie den Gang entlang, nahmen dann eine Treppe, gelangten in die Chefetage und betraten Seydels Vorzimmer. „Ich meld die Herren gleich", sagte die Sekretärin eilfertig, stand auf und klopfte an die schwere Eichentür, die ihr Zimmer von jenem des Chefs schied.

„Ja, nur herein mit den Herrschaften", dröhnte Seydels Stimme nach draußen, und Bronstein folgte gemeinsam mit Cerny dieser Aufforderung.

„Ja, also", begann Seydel das Gespräch, nachdem Bronstein und Cerny Platz genommen hatten. „Ja, also die ... Demandsache, nicht?"

Bronstein nickte sicherheitshalber.

„Genau. Also der Demand, ich mein', der war ja wer, nicht wahr? Ich mein', da müssen wir schon ..., verstehen S'? Des is net einfach so ein Routinefall ...! Da sind Maßnahmen ... na, Sie wissen schon, ... erforderlich, net wahr! Meine Herren, da erwarte ich ... na ... Ergebnisse, verstehen S'? Das ist ja ... also ... ein Bagatellfall ist das keiner ... wissen S' eh ... da ... hören S' gut zu jetzt, … weil … das ist von großer Wichtigkeit … das … das können wir nicht … das müssen wir … ich mein', das ist … heikel … irgendwie. Da können wir nicht einfach … verstehen S'? Da müssen wir! Klar?"

Abrupt lehnte sich Seydel zurück und sah die beiden Ermittler erwartungsvoll an. Als diese weiterhin schwiegen, setzte er nach: „Ich hoffe, Sie sind sich der Tragweite … bewusst, mein' ich. Das … da … net?"

„Sicher", entgegnete Cerny nun aufgeräumt.

„Und", ergriff Seydel wieder das Wort, „haben wir schon … gibt's schon … wie schau'n wir aus?"

Auf diesen Satz hatte Bronstein gewartet. Er holte kurz Luft und setzte dann zu einem umfassenden Bericht an.

„Bis jetzt wissen wir definitiv, werter Herr Präsident, dass Demand erschlagen wurde. Er starb am Sonntag, wenige Minuten nach Mitternacht, an den Folgen der zahlreichen Schläge und Tritte, die ihm verabreicht wurden. Das geht aus dem Bericht der Gerichtsmedizin eindeutig hervor. Wir haben noch am Sonntag die Familie des Opfers und die Hausbewohner eingehend vernommen und uns gestern diversen Vertretern des Demand'schen Unternehmens zugewandt. Zum gegenwärtigen Zeitpunkt der Ermittlungen gehen wir drei Thesen nach. Ein privates Motiv wäre ebenso möglich wie eine Tat mit wirtschaftlichem oder eine mit politischem Hintergrund. Konkrete Anhaltspunkte, die eine dieser Thesen nennenswert untermauern würden, haben wir allerdings noch nicht."

Seydel nickte. Dann fuhr er sich plötzlich mit der Hand an die Stirn: „Jessas, jetzt hab ich Sie gar nicht g'fragt, ob S' vielleicht … ein Kaffee?"

„Ja, gerne", replizierte Bronstein. Seydel leitete die Information an seine Sekretärin weiter. „Während wir warten … auf den Kaffee … mein' ich, … da könnten wir doch … ich mein' … der Skubl … des wär doch … eigentlich … nicht?"

„Ganz wie Sie meinen“, schickten sich Bronstein und Cerny ins offenbar Unvermeidliche. Und Seydel schickte nach Skubl, der nur wenige Augenblicke später im Büro des Präsidenten erschien. Er rieb sich die Hände, um dann, während die Sekretärin den bestellten Kaffee servierte, Bronstein aufzufordern, seinen Bericht noch einmal in Kurzfassung zu wiederholen. „Was meinen Sie, Kollega?“, richtete hernach Seydel das Wort an seinen Stellvertreter.

„Wie Sie sich vorstellen können, Herr Präsident – und sicher auch Sie, meine Herren –, ist der Regierung an einer besonders raschen Aufklärung dieses Falles gelegen. Immerhin handelt es sich hier nicht um eine Wirtshausrauferei oder eine Fehde unter Strauchdieben. Das Opfer war eine bedeutende Persönlichkeit der Wiener Gesellschaft, da sind Ergebnisse gefragt, meine Herren. Ermitteln Sie also rasch und zügig, und durchaus in alle von Ihnen angedeuteten Richtungen, wenngleich ich persönlich der Auffassung bin, dass manche Möglichkeiten realistischer scheinen als andere, weshalb man ihnen auch mehr Priorität einräumen sollte.“

Bronstein wusste, was Skubl damit sagen wollte. Der Fall hatte eine gesellschaftspolitische Dimension, und das Letzte, was man in Wien derzeit brauchen konnte, war ein weiterer Skandal. Schlimm genug, dass ein reicher Fabrikant vom Leben zum Tode befördert worden war, wenn sich auch noch herausstellen sollte, dass ein anderer Fabrikant, und sei es auch nur sein eigener Sohn, für diese Tat verantwortlich war, dann würde das die Sache nur noch verschlimmern. Bronstein ahnte, wen sich Skubl als Täter wünschte, doch er war fest entschlossen, sich nicht vom bewährten Konzept der Ermittlungen abbringen zu lassen. Er würde jeder Spur nachgehen, ohne Ansehen der darin involvierten Personen. Die polizeiliche Ermittlungsarbeit war eine exakte Wissenschaft, und Wissenschaft war bekanntlich leidenschaftslos. Unwillkürlich stolperte Bronstein über seinen letzten Gedanken. Leidenschaftslos? War er wirklich ohne jede Leidenschaft, zumal in dieser Angelegenheit? Was würde er tun, wenn sich der Verdacht in Richtung Alwine Demand erhärten sollte? Würde er da auch jedes Gefühl unterdrücken können? Oder wäre er nicht schon geschockt, wenn sich herausstellte, dass sie einen Geliebten hatte?

„Wie bitte?“

Bronstein war aus seinen Grübeleien aufgeschreckt. Skubl hatte offensichtlich eine Frage an ihn gerichtet, während er in Gedanken ganz bei Alwine gewesen war.

„Ob Sie mehr Personal brauchen, hab ich gefragt. Sind S' schwerhörig, Bronstein?“ Skubl verbarg seinen Ärger über die geringe Aufmerksamkeit des Subalternen nicht.

„Vorläufig nicht, Herr Vizepräsident. Der Kollege Cerny wird sich mit der Finanz kurzschließen, denn wir werden uns die Konten der Demand'schen Firma ansehen müssen, und mit einer Bilanz kennen wir uns ja nicht so aus, das werden wir also amtshilfig erledigen. Die erste Runde der Vernehmungen ist so weit abgeschlossen, und wenn wir irgendwelche richterlichen Anordnungen benötigen, einen Hausdurchsuchungsbefehl oder dergleichen, dann halten wir uns natürlich wie gehabt an den Dienstweg.“

Skubl schien durch die prompte und präzise Antwort Bronsteins wieder halbwegs versöhnt. „Gut, meine Herren, dann wieder frisch ans Werk. Je schneller Ergebnisse vorliegen, umso besser für uns alle. Halten Sie mich auf dem Laufenden und tun Sie Ihre Pflicht.“ Jetzt erst besann sich Skubl, dass dieser Satz eigentlich von Seydel hätte gesprochen werden müssen. Eilig wandte er sich dem Präsidenten zu: „Das ist doch ganz in Ihrem Sinne, Herr Präsident, oder nicht? Sie werden sich ja nicht mit den Details belästigen lassen wollen, und sobald genauere Informationen vorliegen und sich ein klareres Bild ergibt, werde ich Ihnen persönlich ausführlich Bericht erstatten. Ist Ihnen das recht, Herr Präsident?" Damit meinte Skubl, den Präsidenten wieder einigermaßen beschwichtigt zu haben. Doch dem schien gar aufgefallen zu sein, dass er eben brüskiert worden war.

„Ich glaube ... schon", sagte er denn auch etwas zögernd.

„Gut", meinte nun wieder Skubl, „dann ist ja alles gesagt. Meine Herren!" Er erhob sich, Bronstein und Cerny taten es ihm gleich. Seydel blieb sitzen und blinzelte unsicher auf die anderen drei. Skubl deutete eine Verbeugung in Richtung Seydels an, sagte „Herr Präsident!" und nickte dann Bronstein und Cerny zu. Für ihn war die Besprechung zu Ende, und auch für die beiden Ermittler gab es im Büro des Präsidenten nichts mehr zu wollen. Sie verabschiedeten sich gleichfalls und begaben sich zurück in ihr Amtszimmer.

„Was hat jetzt oberste Priorität, lieber Cerny?", fragte Bronstein, als sie an ihrer Tür angelangt waren. Cerny lächelte: „Kaffee!"

„Richtig. Leitest du das in die Wege?"

„Aber sicher."

Cerny hatte eine gute Weile darauf gewartet, dass Bronstein von sich aus sagen würde, wie es seiner Meinung nach weitergehen sollte. Doch Bronstein schlürfte nur schweigend seinen Kaffee und schien ganz in Gedanken versunken. Endlich ergriff Cerny selbst die Initiative. „Also ich ruf jetzt amal die Finanzer an und mach mir einen Termin mit denen aus. Dann hol ich mir einen Beschluss, damit wir an die Konten können. Ist das in Ordnung so?"

Bronstein sah kurz auf, zögerte einen Moment und sagte dann nur: „Ja, ja."

Da Cerny aber keine Anstalten machte, sich zu erheben, kam es Bronstein allmählich zu Bewusstsein, dass dieser mehr von ihm erwartete als eine bloße Zustimmung zu den eigenen

Plänen. Bronstein räusperte sich also, griff nach einer weiteren „Donau“ und meinte dann, er werde noch einmal in Demands Wohnhaus gehen, um sich dort unter den Hausparteien ein zweites Mal umzuhören. „Die familiären Verhältnisse sind in der Tat eine genauere Überprüfung wert. Vielleicht hast du ja Recht mit der These, die Demand hätte einen Liebhaber. Möglich ist es immerhin. Sie ist jung, sie ist schön, und der alte Demand war sicherlich in dieser Hinsicht kein Renommee.“

„Gut. Wann treffen wir uns wieder?“

„Na ja, jetzt ist es zehn Uhr vorbei, ich werd noch ein wenig Papierkram erledigen, dann geh ich zu Tisch, und am Nachmittag schau ich dort vorbei. Wenn du was ganz Wichtiges herausgefunden hast, dann sag im Herrenhof Bescheid, ansonsten machen wir morgen um acht Uhr dreißig Lagebesprechung.“

„Passt.“

„Dann bis morgen. Schönen Tag noch.“ Bronstein schlug einen Aktendeckel auf und begann eifrig zu lesen, während sich Cerny anschickte, der Finanzabteilung einen Besuch abzustatten. Kaum hatte der die Tür hinter sich geschlossen, blies Bronstein demonstrativ Luft aus und klappte die Akte wieder zu. Das war wieder ein Tag. Und noch über eine Stunde bis zur Mittagspause.

Je länger er über den Fall nachdachte, umso mehr musste er sich eingestehen, dass er nicht objektiv an ihn herangehen konnte. Die Vorstellung, Alwine Demand könnte tatsächlich in das Verbrechen verwickelt sein, verursachte ihm Magenkrämpfe. Ja, es war schon die Annahme schlimm genug, sie könnte einen Liebhaber haben. Vor allem, wer mochte das sein? Ein mondäner Tennislehrer? Ein exaltierter Künstler wie der Maler, den sie so eifrig in Schutz genommen hatte? Ein staubtrockener Buchhalter? Es war sicher nicht angenehm, die Frau eines alten Despoten zu sein, doch musste man deshalb gleich jeden Anstand und jede Moral fahren lassen? Er dachte an die großen, unschuldigen Rehaugen der Demand und fand, es war ausgeschlossen, dass so ein feenartiges Wesen wirklich so prosaisch war, Unzucht zu treiben.

Doch mit Mutmaßungen würde er niemals die Wahrheit erfahren. Wie er es auch drehte und wendete, am Ende des Tages blieb ihm nur, der Sache auf den Grund zu gehen. Und das am besten sofort – sofort nach dem Mittagessen.

Obwohl es erst kurz nach elf Uhr war, machte sich Bronstein auf den Weg ins „Herrenhof". Er nahm dort an seinem Stammtisch Platz und studierte in aller Ruhe die Speisekarte. Es entging ihm dabei nicht, dass sich der Kellner ein leichtes Schmunzeln nicht verkneifen konnte. Jeder im „Herrenhof" kannte mittlerweile Bronsteins Ritual. Stets ging er die Speisekarte aufmerksam durch, um dann doch das jeweilige Tagesmenü zu bestellen. Diesmal kredenzte man ihm Fleischknödel mit Sauerkraut, die er mit großem Genuss verspeiste. Danach gönnte er sich noch einen großen Braunen, rauchte dazu gemütlich zwei weitere „Donau", ehe er endlich daranging, den Judenplatz anzusteuern.

Unterwegs hatte er sich überlegt, wen er am besten auf diese delikate Angelegenheit ansprach. Die beiden älteren Herrschaften schieden für ihn aus. Am besten, so dachte er sich schließlich, war es, einmal mit dem Hausmeister zu beginnen. Der war selbst sicher kein Kandidat für eine allfällige Liebschaft, sodass er als objektiver Zeuge in Frage kam. Und wenn der nichts wusste, dann konnte man vielleicht auch die werten Söhne befragen. Nicht, dass die beiden sonderlich glaubwürdig sein würden, aber jeder Auskunft konnte man etwas abgewinnen, man musste sie nur richtig einzuordnen wissen.

Bronstein hatte das Haus erreicht. Er trat ein, wandte sich der Hausbesorgerwohnung zu und klopfte an. Eine verlebte Mittvierzigerin öffnete ihm die Tür.

„Wos woin S'?"

„Den Hausmeister sprechen."

„Der liegt beim Wirt'n unter'm Tisch."

„Und woher wissen Sie das so genau?"

„Wäu er mei Oida is."

„Ah, ich verstehe."

Bronstein kam eine Idee. Der Hausmeister verbrachte offenkundig die meiste Zeit des Tages im Wirtshaus, und um seinen Beruf kümmerte er sich wohl bestenfalls in überaus oberflächlicher Weise. In Wahrheit dürfte also seine Frau die wirkliche Hüterin des Hauses sein, und als solche würde sie wohl ohnehin mehr von den Dingen wissen, die in diesem Gebäude so vor sich gingen. Wenn er sich also von seiner charmanten Seite zeigte, mochte die Dame ihm so einiges anvertrauen, was sich bei seinen Ermittlungen als nützlich erweisen konnte.

„Sagen Sie, gnä' Frau, ich bräuchte da einige Informationen über die Hausbewohner. Könnten Sie mir da vielleicht behilflich sein? Dann bräuchten wir den Herrn Gemahl nicht zu bemühen."

„Wer san Se überhaupt?"

„Oh, ja, richtig, hab ich ganz vergessen. Oberst Bronstein von der Polizeidirektion Wien. Ich ermittle im Mordfall Demand."

„Mit an Kieberer red' i nix."

„Aber gnädige Frau, so dürfen S' das nicht sehen. Ich tappe völlig im Dunkeln, und nur jemand, der Augen und Ohren immer offen hat, kann mir helfen, Licht in diese verworrene Angelegenheit zu bringen. Sie glauben doch selbst nicht, dass irgendeiner der anderen Hausbewohner einen glaubwürdigen und hilfreichen Zeugen abgibt. Aber einer so patenten Person wie Ihnen, der entgeht wahrscheinlich gar nichts."

„So, meinen S'?" Der Ton war immer noch schnippisch, aber Bronstein merkte, dass seine Taktik Früchte zu tragen begann. Die Frau hatte sich unbewusst gestreckt und fuhr mit der rechten Hand an ihre Frisur, offenbar um diese ein wenig zu richten.

„Wenn ich eins g'lernt hab in meiner Zeit als Polizist, dann, dass ich unterscheiden kann zwischen Leuten, die was wissen, und solchen, die nichts wissen. Und Sie gehören ohne Frage zu den Wissenden."

„Ja eh." Na bitte, das klang schon weniger schnippisch.

„Also würden Sie mir helfen? Bitte."

„Na, wenn S' schon bitte sagen, dann kommen S' halt erst einmal rein. Wollen S' was trinken?"

„Ja, was hätten S' denn?"

„Soll ich Ihnen einen Kaffee machen?"

„Da sagert ich net nein."

Während Bronstein darauf wartete, dass die Kaffeemaschine ihre Arbeit getan hatte, betrachtete er die Hausbesorgerin etwas eingehender. Eigentlich, so fand er, wäre sie eine gar nicht unhübsche Frau. Wenn sie mehr Zeit zur Pflege aufwenden und sich bessere Kleidung zulegen würde. Doch wozu sollte sie das tun, mit so einem Ehemann? Ihre besten Jahre waren vorbei, noch ehe sie begonnen hatten, das Butterbrot ihres Lebens war mit der Butterseite auf den Boden gefallen, und das, nachdem just dort die Essigflasche zu Bruch gegangen war.

Dennoch, etwas Interessanteres als diesen verwaschenen Hausmantel hätte sie sich dennoch anziehen können, dachte Bronstein, während die Hausbesorgerin nun endlich den Kaffee in eine Tasse goss. „Müch und Zucker?"

„Ja, bitte."

Die Frau holte die erbetenen Zutaten und reichte dem Oberst das Gewünschte. In der Drehung flatterte der Hausmantel kurz auf, und Bronstein erhaschte einen Blick auf die darunter befindliche Kombinäsch. Anscheinend war die Dame doch noch ganz knackig, auch wenn ihr Gesicht das nicht verriet.

„Alsdern, gnä' Frau ..."

„Wissen S' was, Kieberer, sog'n S' afoch Eva zu mir. So haaß i nämlich."

„… äh … gut, Eva, was machen Sie eigentlich so den lieben, langen Tag?“

„Na was wear i scho mach’n? Daham sitzen und alt werden. Schau’n S’ mi an. I bin aanavierz’g, und i schau aus wia mei eigene Großmutter. Dabei war i amoi wirklich fesch. Irgendwann vor’m Kriag. Warten S’ …“ Eva war aufgesprungen und im hinteren Zimmer verschwunden. Sie kam mit einem kleinen Album zurück, das sie vor Bronstein aufschlug. Gleich das erste Foto fesselte ihn. Es zeigte Eva, wie die Unterschrift besagte, im Jahre 1913, und in der Tat war sie zum damaligen Zeitpunkt eine berückende Schönheit. „Alle Wege wären mir offen gestanden, damals. Ich hätt a guate Partie machen können, wer weiß, vielleicht sogar an Adeligen. Aber i hob ja den Trottel da heiraten müssen. Ich sag’s Ihnen, sich zu verlieben ist ein Fluch.“

„Wem sagen Sie das, Gnädigste …“

„Eva!“

„Wem sagst des, Eva.“

„Na, gleich nach der Hochzeit ist er eing’ruckt, der Schwindliche, und i hab eam vier Joar nimmer g’sehn. Wie er dann z’ruckkommen is, da war er a anderer Mensch. Wann Sie wisserten, Herr Inspektor …“

„David.“

Bronstein war selbst erschrocken. Wie konnte er sich so weit gehen lassen, einer potenziellen Zeugin das Du-Wort anzutragen. Weit war es nicht mehr her mit ihm, so viel stand fest. Er brauchte dringend Urlaub, musste etwas Abstand gewinnen, sonst war es bald vollkommen um ihn geschehen.

„Wann du wissertst, David“, das Wort sprach Eva beinahe zärtlich aus, „wie des is, wenn man mit so an verheirat’ is, du machst da ja überhaupt ka Vorstellung.“ Eva richtete sich demonstrativ erneut die Haare und sah Bronstein direkt in die Augen. Dieser meinte, eine gewisse Koketterie in ihrem Blick zu erkennen, und instinktiv fuhr seine Rechte an den Hemdkragen, um diesen zu lockern.

„Da ist man sicher sehr einsam“, sagte er leicht krächzend.

„Ja, die ganze Zeit sitz i da allein herum. Ich hab net amal an Kanari, auf den i aufpassen könnt, oder a Hunderl. Ich sag dir, das ist wirklich a Elend.“

„Und was machst da so, wennst immer nur allein herumsitzt?“

„Na nix, des is ja die Tragik von mein’ Leben.“

„Da kriegst aber dann sicher viel mit von dem, was in dem Haus da rennt, oder?“

„Des scho, oba des interessiert mi jo net.“

„Vielleicht interessieret es aber mich.“

„Oiso guat, David, wos wüst wissen?“

Bronstein beschloss, nicht gleich in medias res zu gehen, sondern erst einmal das Terrain zu sondieren.

„Gibt’s irgendwelche G’schichten in dem Haus? Der Künstler da oben zum Beispiel. Was is mit dem?“

„A Schweinderl is er, sonst nix. Dauernd hat er Huren da. Klar, er sagt, das sind Modelle, aber mir macht der nix vor. Die bestellt er sich nur her, damit er s’ ordentlich durchpudern … pardon, damit er sich geschlechtlich betätigen kann.“

Bronstein musste wieder an die Gurkenszene vom Sonntag denken, und ihm wurde noch heißer. Dieser Tag war ja an sich schon schwül genug, draußen hatte es sicher weit über dreißig Grad. Und hier in der Wohnung war es wohl auch nicht kühler.

„Heast, David, du schwitzt ja ois wia. Magst net des Jackett ablegen, sitzt si do glei vü bequemer.“

Bronstein wusste selbst nicht, warum er es tat, aber einen Augenblick später saß er in Hemd und Krawatte am Tisch der Hausmeisterin, und er fühlte sich, als wäre er schon vollständig nackt. Er hatte Mühe, sich auf das Gespräch zu konzentrieren: „Und mit anderen Hausbewohnern hat er nie angebandelt?“

„Na sicher, es gibt kane in dem Haus, die oide Krachmandel vom ersten Stock und die oide Demand amoi ausg'nommen, die er ned anbraten hätt."

„Dich auch?"

„Na heast", Bronstein erhielt einen neckischen Stupser in die Brust, der angenehm wohlige Gefühle in ihm auslöste, „so alt bin i aa wieder ned. Eigentlich bin i no ganz guat in Schuss." Eva sah ihn erwartungsvoll an, Bronstein schwieg peinlich berührt.

„Glaubst ma nicht?"

„Äh …" Bronsteins Mund war völlig ausgetrocknet. Er wusste, er musste irgendetwas sagen, Esprit beweisen, doch er saß nur da und glotzte.

„Da, schau, wennst ma nicht glaubst!"

Darauf hatte er insgeheim gehofft. Eva öffnete neckisch den Hausmantel, sodass ihr Dekolleté sichtbar wurde. „Meinst, des is nimmer herzeigbar, oder was?"

„Mein Gott", stöhnte er, „so etwas Schönes habe ich nicht mehr gesehen, seit … seit … so etwas Schönes habe ich überhaupt noch nie gesehen."

„Ah, du Schmähtandler!" Eva schloss den Hausmantel wieder und schien mit der Antwort zufrieden.

„Darf ich vielleicht die Krawatte auch …? Es ist irgendwie so heiß hier."

„Von mir aus kannst dich ganz ausziehen. Du hast sicher nix, was ich net schon kennen tät." Evas Tonfall blieb eindeutig neckisch. Bronstein versuchte, sich irgendwie wieder in den Griff zu bekommen. „Er hat also …"

„Was?"

„Dir Avancen gemacht."

„Wenn du's nicht weitererzählst: Ja. Hat er. Und nicht nur das. Ich hätt ihm auch fast nachgegeben, immerhin ist es ja doch schmeichelhaft, wenn man von einem Künstler umworben wird. Aber dann hab ich mitbekommen, wem dieser Saubartl noch aller nachg'stiegen is. Da war natürlich der Ofen aus bei mir. Ich geb mich ja nicht einem jeden hin, der was grad ein Rohr verlegen will. Da find ich mir immer noch was Besseres."

Bronstein war hellhörig geworden, versuchte aber, arglos und beiläufig zu klingen: „So? Wem is er denn nachgestiegen, der Herr Künstler?"

„Hörst, hast Paradeiser auf die Ohren? Dem ganzen Haus, des hab i da eh grad g'sagt." Eva wirkte enttäuscht, wich zurück, Bronstein spürte, dass ihm die Situation entglitt: „Wie soll ich mich denn konzentrieren, wenn du da in deiner ganzen atemberaubenden Schönheit vor mir sitzt?"

Bronstein war über sich selbst erstaunt. Er hatte ein taktisches Manöver geplant, um zu verhindern, dass Eva die Lust am Plaudern verlor. Doch die Worte, die aus seinem Mund gekommen waren, hatte er unfreiwillig völlig ehrlich gemeint. Er starrte unverwandt auf die Frau, die ihm gegenübersaß, und kämpfte mit seinen Gefühlen, die er weder beschreiben noch länger ignorieren konnte. Er sehnte sich nach Zärtlichkeit, verspürte den deutlichen Impuls, Eva zu berühren, zu streicheln, zu küssen. Was war er nur für ein heruntergekommener Polizist! Anstatt sich auf seinen Fall zu konzentrieren und der Dame eine verwertbare Aussage zu entlocken, hockte er da wie ein pubertierender Kavalier und rang mit seiner Erregung statt mit den Elementen des organisierten Verbrechens. Bronstein musste sich eingestehen, dass er keineswegs in der Lage wäre, irgendwelchen Annäherungen dieser Frau zu widerstehen. Nur ein Wort von ihr, und er würde sich restlos vergessen und keinen Gedanken mehr an seinen Beruf, an seine Aufgabe verschwenden. Verschwenden! Das war das richtige Wort. Wie viele Jahre hatte er verschwendet für seine Arbeit, in denen er sein eigenes Glück hätte schmieden können! Jetzt war es beinahe für alles zu spät, er war ein Hagestolz, ein ewiger Junggeselle, eine verlorene Seele. Er war an einen Felsen geschmiedet, und die Adler der Routine fraßen seine Leber. Dabei war er niemals ein Prometheus gewesen, weshalb ihm auch niemand nach seinem Ableben Kränze flechten würde. Er war ein tragischer Irrtum der Geschichte, und wenn er sich nicht endlich zu einer nennenswerten Tat ermannte, dann war er gleichsam zu Recht entmannt und blieb für alle Zeit unbeweibt.

„Ach, Eva“, seufzte er unvermittelt.

„Was?“

„Wenn du wüsstest!“

„Wenn ich was wüsste?“

„Ach, wenn ich nicht im Dienst wäre und vor allem könnte, wie ich wollte, ich würde nicht zögern …“

„… Ja?“

„Ich würde nicht zögern, dich … dich … dich zu berühren.“

Evas Miene erhellte sich wieder, um ihren Mund erschien ein leichtes Lächeln: „Wie würdest du mich berühren – wenn du nicht im Dienst wärst und könntest, wie du wolltest? Zeig’s mir!“

„So …“

Ungelenk hatte sich Bronstein nach vorne gebeugt. Mit unsicherer, ja beinahe zittriger Hand tastete er sich an Evas Unterarm heran, bemühte sich um ein Streicheln. Er versuchte, sich daran zu erinnern, wie diese Verrichtung zweckdienlich ins Werk gesetzt wurde, und rang gleichzeitig mit der in seinem Hinterkopf herumspukenden Frage, warum er ausgerechnet hier und just bei dieser Eva tat, was er eben tat. Und weshalb musste diese Frau Eva heißen, war das nicht ein Menetekel? Jetzt kam auch noch die Schlange ins Spiel, neuerlich erhob sie ihr unmoralisches Haupt, untermalt aber nicht von züngelndem Zischen, sondern vom wohligen Schnurren der Eva, die sich nun ihrerseits auf Bronstein zubewegt hatte. Man beschnupperte sich, roch einander, suchte nach den Lippen des Gegenübers. Münder fanden sich, verbanden einander in unbeholfener Liebkosung, die bald schon routinierter, inniger wurde.

Ratternd wurde ein Tisch beiseite geschoben, die Oberkörper näherten sich, kollidierten förmlich miteinander, und Eva bot ihre Äpfel an, die gierig ergriffen wurden, bedeuteten sie zwar nicht unbedingt neue, so doch überaus sinnenfrohe Erkenntnis. Und Eva reagierte mit heftigem Atmen, das angenehm wohlig in Bronsteins Ohr widerhallte. Unwillkürlich machte er die Beine breit, als er Evas Knie an seinem Oberschenkel spürte. Eva zog nach, und Bronstein seufzte lauthals auf, denn ihr Knie bearbeitete nun seine Genitalien. Umso inniger küsste er sie, seine rechte Hand durchwühlte ihr Haar, während die linke nach wie vor auf Evas Busen weilte.

Evas Kopf entfernte sich von seinem, sie legte ihren Zeigefinger auf Bronsteins Mund, lächelte ihn dabei an. Sie stand auf, der Hausmantel fiel zu Boden. Sie griff nach seiner Hand, zog ihn hoch und mit sich mit ins hintere Zimmer, wo ein altes Ehebett stand. Bronstein hatte dieses noch nicht genau betrachtet, als eine flüchtige Bewegung Evas schon dazu geführt hatte, dass auch die Kombinäsch den Gesetzen der Schwerkraft gehorchen musste. Nur noch mit Büstenhalter und Unterhose bekleidet, setzte sich Eva auf das Bett und begann sogleich damit, Bronstein das Hemd aufzuknöpfen. Da er nichts anderes zu tun wusste, griff er mit beiden Händen nach ihren Schultern, die er unrhythmisch massierte, während sie, die nun alle Knöpfe geöffnet hatte, auch seinen Gürtel lockerte. Bronsteins Hose leistete noch eine kleine Weile Widerstand, dann fiel sie lautlos zu Boden, um seine Knöchel eine bizarre Hügellandschaft entwerfend. Bronstein genierte sich einen Moment, da sein Genital so juvenal gegen den Stoff seiner Untergatte drängte, doch Eva war sichtlich eine Frau schneller Entschlüsse, und noch ehe er auch nur ein Wort sagen konnte, bildete das letzte

Kleidungsstück, das noch an seinen Hüften gewesen war, eine Art Gletscher auf dem Bergkamm seines Beinkleids. Bronsteins Penis zuckte in wilder Verzückung, seine unverhoffte Freiheit zu ungeahnten Streck- und Dehnübungen nützend.

„Na, wen haben wir denn da? Guten Tag, mein Herr“, flüsterte Eva, ehe sich ihre Hand über Bronsteins Eichel schloss. Sie fuhr mit der Handfläche den Schaft abwärts und befreite so den Peniskopf von seiner Vorhaut. Ein Zittern ging durch Bronsteins Körper, das ihn nachhaltig erschütterte. Für einen Augenblick schien es ihm, als verlöre er das Gleichgewicht, und seine Hände vergruben sich in Evas Schultern, als suchten sie Halt. Eva beugte sich nach vor, und ihre Lippen schlossen sich um Bronsteins intimsten Teil. Mit ihrem Speichel feuchtete sie die Eichel ein wenig an, danach ließ sie ihre Zunge über den vorderen Teil des Zeugungsorgans schlängeln. Bronstein war endgültig der Ohnmacht nahe, da Evas Lippen die Führungsrolle übernommen hatten. Evas Kopf fuhr vor und zurück, und Bronstein bekam Angst, er würde sich allzu schnell entladen, und dieser rare Moment des Glücks könnte vorbei sein, noch ehe er ihn richtig erfasst haben würde. Und diese Furcht erhielt neue Nahrung, als Eva mit ihrer rechten Hand seinen Schaft zu bearbeiten begann, dieweilen die linke Bronsteins Hoden kraulte.

Ohne sich erklären zu können, woher er die Kraft und die Entschlossenheit zu jener Tat nahm, die er nun setzte, griff Bronstein plötzlich nach Evas Achseln und zog ihren Körper zu sich hoch. Sein erigierter Penis drängte gegen Evas Bauch, während seine Zunge tief in Evas Rachen vorstieß. Umständlich, ja fast krampfhaft bemühte sich Bronstein darum, Eva von ihrem BH zu befreien, was ihm nach einiger Anstrengung auch endlich gelang, woraufhin er sich sofort zu den Brüsten hinabbeugte, um an deren Knospen intensiv zu saugen zu beginnen. Nun war es Evas Körper, durch den ein wohliges Zucken ging.

Sie ließ sich nach hinten auf das Bett fallen, Bronsteins Hände krallten sich an ihrer Unterhose fest und zogen sie ihr vom Leib. Bronstein sah Evas üppiges Schamhaar, aus dem purpurrot ihr Spalt herausragte. Hektisch stieg er sich mit den Schuhen auf seine Beinkleider und schaffte es mühevoll, sie endlich völlig abzustreifen. Mit Inbrunst warf er sich über Eva und unternahm mehrere Versuche, mit seinem Geschlechtsteil in sie einzudringen. Eva griff schließlich nach dem Genital und führte es sich behutsam ein, woraufhin Bronstein hektisch, seiner Erregung kaum mehr Herr werdend, seinen Penis vor- und zurückgleiten ließ. Mit für ihr Alter erstaunlicher Behändigkeit schlang Eva ihre Beine um Bronsteins Hinterteil, wodurch dieser noch tiefer in sie eindrang. Er war nur noch Bewegung, er hätte nicht gewusst, welcher Tag es war, welche Stunde, welcher Ort. Was zählten solche Begrifflichkeiten im Paradies. Zwar sah er unter sich Evas schwere Brüste, die unter seinen Stößen heftig auf- und abwippten, doch sein Gehirn vermochte diese Wahrnehmung nicht zu verarbeiten. Bronstein empfand nichts mehr als Seligkeit. Evas geschlossene Augen, ihr impulsives Stöhnen, der feste Druck ihrer Fingernägel auf seinem Rücken, all das registrierte Bronstein nicht. Er sah nur das Licht. Dieses gleißende Licht, das ihn magisch anzog, das ihm das Ziel all seiner Träume anzeigte, und das er umso schneller erreichen wollte, als die Helligkeit zunahm. Immer wilder bewegte sich sein Leib auf und ab, stieß immer fester zu, bis eine Explosion all die Anspannung, die sich in diesen unendlichen Äonen angesammelt hatte, in einem Augenblick löste.

Bronstein kam. Und wie er kam. Es schien ihm, als würde der Strom seines Samens überhaupt nicht mehr versiegen. Eine Salve nach der anderen feuerte sein Rohr ab, tief hinein in die Höhle des göttlichen Leibes, der ihn erlöst hatte von den Jahren der Finsternis und des Purgatoriums. Evas Schenkel krampften sich noch enger an Bronsteins Hüften, ihre Schamlippen rieben sich an seinem Schaft, und endlich schien auch ihr Körper Erleichterung zu verspüren. Ein kaum merkliches Zittern, ein Moment der völligen Ruhe, dann sackte Eva in sich zusammen, und Bronstein war sich sicher, dass nun auch sie einen Höhepunkt erlebt hatte. Ein allerletzter Salut entrang sich seinen Hoden, dann sank er sanft auf Evas Körper und kam endlich zur Ruhe.

Langsam kehrte das Denken in Bronsteins Kopf zurück. Er machte sich Sorgen, er könnte zu schwer für Eva sein, doch empfand er das Gefühl, in ihr zu sein, als so schön, dass er den Augenblick, da er sich aus ihr zurückziehen musste, so lange wie nur möglich hinauszögern wollte. Eva schien sich ähnlichen Überlegungen hinzugeben, denn Bronstein spürte, wie der Druck ihrer Schenkel auf sein Gesäß zunahm, so, als wollte sie den Umstand, dass sein Gemächt nun immer kleiner wurde, dadurch ausgleichen, dass sie seinen Unterleib umso enger an den ihren drückte. Bronstein wäre gerne noch ein junger Liebhaber gewesen, dessen Potenz unerschöpflich war, sodass es ihm gegönnt wäre, sogleich zu einem Dakapo zu schreiten, doch andererseits durfte er seinem Glück auch nicht zu viel abverlangen. So zog er sich denn schließlich zurück und rollte sich seitwärts ab. Eva ließ es geschehen und begann dann, sanft seine Brust zu streicheln.

„Gar nicht schlecht für dein Alter“, sagte sie neckend.

„Gell.“ Bronstein vermochte sich nicht mehr zu erinnern, wann er zuletzt so zufrieden gewesen war wie in diesem Augenblick. Es verlangte ihn nach einer Zigarette. Nackt wie er war, stapfte er in die Küche und holte seine „Donau“. Er blieb im Türrahmen stehen: „Darf ich hier … oder soll ich lieber draußen?“

„Klar darfst hier, aber nur, wennst mir auch eine gibst.“

Bronstein kehrte mit zwei Zigaretten und einer Schachtel Zünder zurück, Eva, die sich nun in richtiger Richtung auf das Bett gelegt hatte, kramte aus ihrem Nachtkästchen einen Aschenbecher hervor. Bronstein legte sich neben sie, steckte sich beide Zigaretten in den Mund, zündete sie mit einem Streichholz an und reichte Eva dann einen der beiden Glimmstängel. „Soll ich dir was sagen", meinte er, nachdem er den ersten Rauch ausgeblasen hatte, „ich weiß nicht, wann ich zuletzt so glücklich war. Ja, ich weiß nicht einmal, ob ich überhaupt je so glücklich war."

„Einedrahrer!", stupste ihn Eva mit glucksendem Lachen.

„Nein, wirklich", blieb Bronstein sachlich.

„Na kloa, weil des is ja dei Dienstzeit, oder?"

Eine derart abrupte Rückkehr in die Wirklichkeit hätte Bronstein gerne vermieden, doch noch ehe er reagieren konnte, sprach Eva weiter, es war ihr wohl aufgefallen, dass ihre Bemerkung nicht mit Wohlwollen aufgenommen worden war.

„Deaf i di was frag'n?"

„Nur zu", war Bronstein froh, wenigstens noch einen kleinen Moment nicht weiter an den Dienst denken zu müssen.

„I hab glaubt, ihr Juden habts ka Vorhaut."

Bronstein hätte um ein Haar die Zigarette in zwei Teile gebissen.

Da war es schon wieder. Dieses Thema, das ihn seit Tagen verfolgte wie ein Fluch. Was hatte er mit all dem zu schaffen? Warum interessierte es plötzlich jedermann und offensichtlich auch jede Frau, ob man Jude war oder nicht. Nur wegen dieses Gefreiten aus Braunau? Vor allem: Was sollte er Eva sagen? Während er einen weiteren Zug von der Zigarette machte, überlegte er die Optionen, die er nun hatte. Er konnte aufstehen, in der Küche Wurst suchen, diese demonstrativ verspeisen und danach sagen: „Und wir Juden essen auch kein Schweinefleisch." Die ironische Variante.

Er konnte abstreiten, Jude zu sein. Die wahrheitsliebende Variante. Da freilich würde sie ihn fragen, warum er dann

Bronstein hieß, und man würde in einer längeren Diskussion landen.

Er konnte einfach gar nichts sagen. Die feige Variante. Aber vielleicht insistierte sie auf ihrer Frage, und dann war damit nichts gewonnen.

Wieder blies er Rauch aus. „Weißt du", sagte er dann, „es stimmt schon, dass meine Vorfahren irgendwann im finstren Mittelalter Juden aus Galizien waren, darum heiße ich auch Bronstein. Aber meine Familie lebt nun schon sehr lange in Wien, und wir sind genauso lange schon konvertiert. Meine Tante beispielsweise hat einen Herrn Winkler geheiratet, kirchlich übrigens, bei der käme nie jemand auf die Idee, sie mit der ganzen Sache da in Verbindung zu bringen. Ich heiß halt Bronstein. Und das schon seit fünfzig Jahren."

Eva bemühte sich um einen verständnisvollen Blick. Da Bronstein aber weiter nur stur an die Decke starrte, begann sie, sanft seinen Penis zu kraulen. Bronstein war im Wortsinne satt, er hatte heftig ejakuliert und verspürte keine sonderliche Lust auf eine Prolongation. Offenbar aber war der kleine Bronstein ganz anderer Ansicht, denn noch während der große Bronstein die Zigarette im Aschenbecher ausdämpfte, erhob sich sein Gemächt zu einer neuerlichen Erektion. Nun, wer vermochte schon zu sagen, wann sich wieder einmal die Gelegenheit zu einem Geschlechtsverkehr ergab? Vor zwei Tagen hatte er noch ernsthaft in Erwägung gezogen, sich Sex zu kaufen. Und nun bot sich da jemand an, es freiwillig ein zweites Mal mit ihm zu treiben. Das war zuletzt wohl vorgekommen, als der Irre von Konopischt noch als Thronfolger galt. Carpe diem, hieß es im Lateinunterricht, und Bronstein zog Eva auf sich. Sie küssten sich lang und innig, und Bronsteins Penis war tatsächlich wieder hart genug, um seinen Weg in Evas Grotte zu finden.

Interessanterweise musste Bronstein diesmal gar nichts machen. Er lag einfach nur auf dem Rücken und sah zu, wie

Eva mit ihrem Unterleib kreisende Bewegungen vollführte, die sein Glied jedes Mal fast ganz aus ihr herausgleiten ließen, ehe es unmittelbar danach nur umso tiefer in ihrem Körper verschwand. Offensichtlich ging die Lust nun mit Eva durch, denn sie ließ sich nach vorn fallen, sodass ihre großen, schweren Brüste direkt über Bronsteins Gesicht hin- und herbaumelten. Wie automatisch schnappte sein Mund nach ihren Brustwarzen, um, wenn er sie zu fassen bekam, gierig an ihnen zu saugen. Eva entzog sie ihm, reichte sie ihm dar, entzog sie ihm, bot sie ihm neuerlich dar, und die Konvulsionen ihres Leibes wurden immer intensiver. Bronstein spürte den Druck ihres Beckens und sah sich unweigerlich dazu veranlasst, diesen mit einem Gegendruck seiner eigenen Körpermitte zu beantworten. Ein ums andere Mal kollidierten ihre Körper, immer heftiger und in immer kürzeren Abständen. Bronstein konzentrierte sich derart auf seine Bewegung, dass er seinen eigenen Orgasmus erst spürte, als sich schon sein Samen neuerlich in Eva ergoss. Eva stöhnte laut auf, warf ihren Kopf nach hinten und sackte dann völlig in sich zusammen. Bronstein vernahm ihr schweres Keuchen direkt neben sich und fühlte sich zum ersten Mal seit zwanzig Jahren wieder als bemerkenswerter Liebhaber. Was war ihm da alles entgangen, seit Franz Joseph nicht mehr war? „Du … warst … bist … wirklich … gut für dein Alter", rang Eva nach Worten, und aus ihrer Stimme klang unverhohlene Bewunderung. Bronstein fühlte sich geschmeichelt, denn beim zweiten Mal hatte er eigentlich gar nichts mehr zum Erfolg der Unternehmung beigetragen. Eva hatte mit ihren Schamlippen den Schaft seines Gliedes derart gereizt, dass es ihm einfach kommen musste, und so konnte er sich eigentlich nichts auf seine amourösen Künste einbilden. Er legte seine Arme um Evas Rücken, lächelte ihr zu und sagte näselnd: „Es war sehr schön, es hat mich sehr gefreut."

„Depp!" Und wieder ein neckischer Schubser.

Später vermochte Bronstein nicht mehr zu sagen, wie lange sie in dieser Stellung verharrt hatten, doch schließlich löste sich Eva aus seiner Umarmung und enteilte in die Küche, um sich zu waschen. Er blieb noch einen Augenblick im Bett liegen und besah sich seinen Penis, der nun wieder klein und verkümmert auf Bronsteins rechter Seite lag. „Sie haben sich wacker geschlagen, Soldat", murmelte Bronstein schmunzelnd. Und laut sagte er: „Hast vielleicht was zum Trinken?"

Er entschied sich für ein Bier, auch wenn es nur Schwechater war, und setzte sich, nackt wie er war, wieder an jenen Tisch, an dem sein bemerkenswertes Glück seinen Ausgang genommen hatte.

„Der Maler", sagte er dann, während Eva sich neben ihm nun vollständig ankleidete, „hatte der nun was mit irgendeiner Hausbewohnerin oder nicht?"

„Interessiert dich das privat oder als Kieberer?"

„Privat tät's mich nur interessieren, wenn du was mit ihm g'habt hast. Bei allen anderen da im Haus interessiert's mich als Polizist."

„Oiso bei mir hat er si die Zähnt ausbissen. Aber bei der gnädigen Frau ..."

Bronsteins Kopf fuhr ruckartig in Evas Richtung: „Bei der jungen Demand?"

„Die is a stilles Wasserl, die gnädige Frau", entgegnete Eva gedehnt, „sie tuat zwar wia a Heilige, aber da derf ma ned vü drauf geben, des sog i da. Die hat's faustdick hinter die Ohrwascheln."

„Meinst wirklich?" Bronstein fühlte eine gewisse Enttäuschung in sich aufsteigen.

„Oiso i waaß nur, dass s' ned aan, sondern glei vier oder fünf Liebhaber g'habt hat, seit s' die Frau Demand worden is. Da war voriges Jahr so ein Beau, ihr Tennis- oder Reitlehrer oder so was in der Richtung, dann war da a verschüchterter

Schriftsteller, völlig verarmt und ganz und gar unbekannt, der hat da heuer praktisch überwintert, und wenn's wahr ist, was die oide Demand der Tschechin erzählt hat, dann hat sogar der Juniorchef mit der Stiefmutter ... wennst verstehst, was ich mein."

„Ned wahr!", Bronstein blieb der Mund offen.

„Ja, ja, der Maler war da nur ein Durchlaufposten – wenn grad ka anderer verfügbar war."

„Mein lieber Herr Gesangsverein!" Bronstein trank den Rest seines Biers in einem Zug aus. Mit vielem hätte er gerechnet, doch diese Eröffnung machte ihn sprachlos.

„Und das ist ... ich meine ... das ist auch aktuell so?"

„Also wie ich vor ein paar Wochen zufällig g'hört hab, wie die alte Demand am Gang mit der Hawranek tratscht hat und der tränenreich geklagt, dass jetzt sogar der eigene Sohn mit dieser Erynnie ins Bett steigt, bin ich natürlich hellhörig worden. Und wirklich, wie oft der Hermann bei der Stiefmama in der Wohnung verschwunden ist, des woa auffällig. Und manchmal hab ich grad dann damit begonnen, das Stiegenhaus zu waschen. Ich glaub, der Gangboden vor der Demandwohnung ist schon fast durchg'scheuert, so lang hab ich dort g'wienert, bis der endlich wieder rauskommen ist. Und ich sag dir, der Abschiedskuss war alles andere als mütterlich, wennst weißt, was ich mein'."

„Die ... und der ..., na ich bin baff."

„Des war ich auch, des kannst ma glauben."

„Und seit wann geht das so?"

„Also seit wann, das weiß i ned, ned wahr. Aber in der vorigen Woche war er praktisch jeden Tag ein paar Stunden bei ihr. Zuletzt den ganzen Samstag. Er is erst knapp vor Mitternacht aus der Wohnung kommen, des weiß i ganz genau, weil i grad am Schlafengehen war, wia i die beiden am Gang flüstern g'hört hab."

„Und der Künstler?“

„Mit dem war, glaub i, schon länger nix mehr. Es ist der Gnädigen wohl am Nerv gangen, dass er sie dauernd um ein Geld angebettelt hat, der Saubartl der. Nein, ich glaub, aktuell is nur der Schwiegersohn im Programm.“

Bronstein erhob sich, trat an Eva heran und küsste sie innig auf den Mund: „Wenn du wüsstest, wie sehr du mir geholfen hast.“

Eva sah ihn erstaunt an: „Bitte. Gern g’schehn.“

Bronstein wirkte ein wenig unbeholfen: „Das war überhaupt der schönste Tag meines Lebens, und bei meinem Alter stehen die Chancen nicht sehr gut, dass er jemals übertroffen werden könnte. Was, liebste Eva, soll ich da noch sagen?“

„Du könntest sagen, dass d’ mich bald wieder amal besuchen kommst.“

„Nichts lieber als das! Nichts lieber als das, liebe Eva.“

Die beiden lächelten sich einen Augenblick lang an, zwei vom Leben gebeutelte Menschen, die ihre vermeintlich beste Zeit schon lange hinter sich zu haben glaubten. Eva richtete sich verlegen den Saum ihres Kleides, und Bronstein wurde mit einem Mal bewusst, dass er splitternackt in der Küche des Hausmeisters stand. Sein alter Leib war alles andere als athletisch, und Bronstein bekam Fluchtgefühle. „Aber ich muss jetzt wirklich …“, er deutete auf die Uhr. „Ich weiß“, seufzte Eva und stand planlos im Raum.

Bronstein verschwand im Zimmer und kleidete sich eilig an. Als er wieder in der Küche war, hauchte er Eva noch schnell einen Kuss an die Wange, murmelte „Ich melde mich“ und war, noch ehe sie irgendwie reagieren konnte, auf den Gang entschwunden. Er rauschte aus dem Haustor und bog sogleich nach links ab, um nach wenigen Metern eine weitere Linkswende zu vollführen, die ihn ins Innere der Gastwirtschaft spülte. „Herr Wirt“, sagte er laut, „ein Achtel!“

„Weiß oder rot?"

„Slibowitz."

Bronstein stürzte den Schnaps in einem Zug hinunter und kam, als die Wirkung des Getränks langsam einsetzte, endlich ein wenig zur Ruhe. Mit etwas zittrigen Fingern zündete er sich eine „Donau" an, dann erst blickte er sich in dem Lokal um.

Dort saß er. Der Hahnrei. Trotz der noch frühen Stunde schon sichtlich sternhagelvoll. Die Eva war wahrlich nicht zu beneiden. Mit so einem Mann war man gestraft, keine Frage. Aber wäre sie so viel besser dran mit einem Mann wie ... ihm?

Bronstein dachte daran, dass er im Büro besser ohne Fahne ankam, und bestellte nun einen Kaffee. Er setzte sich an einen der freien Tische und versuchte, die für den Fall relevanten Fakten noch einmal zu rekapitulieren. In der Alwine Demand hatte er sich offensichtlich schwer getäuscht. Von wegen große, unschuldige Rehaugen! Die Dame war anscheinend mit allen Wassern gewaschen. Vier Liebhaber – mindestens – binnen Jahresfrist! Das war mehr, als er in seinem ganzen Leben zuwege gebracht hatte. Interessant war allerdings vor allem die Verbindung zu Stiefsohn Hermann. Was, wenn die beiden einen Pakt geschlossen hatten: Er bekam die Firma, nach der er sich so sehnte, sie eine ansprechende Summe Geldes und jene Unabhängigkeit, die ihr der alte Fabrikant wohl gegen ihren Willen geraubt hatte. Das klang so unplausibel nicht.

Bronstein fluchte innerlich. Und in diese Frau hätte er sich um ein Haar verliebt!

Andererseits, konnte man es ihr verübeln? Sie war sicher ein lebenslustiges junges Ding, was sollte sie also mit einem alten, leeren Sack, der sie zu Hause einsperrte? Hermann war ihr Altersgenosse, und seine Ehe vielleicht auch alles andere als glücklich, insbesondere wenn sie aus Gründen der Familienräson geschlossen worden war. Man müsste sich, dachte Bronstein, einmal diese Kohn und ihren Hintergrund anschauen. Vielleicht hatte die als Sekretärin seinerzeit irgendetwas gegen die Familie in der Hand gehabt, und der edle Herr Sprössling musste in den sauren Apfel beißen. Oder vielleicht war sie einfach eine attraktive Frau, bei der allerdings allein das Äußere auf der Habenseite zu verbuchen war, und Hermann sehnte sich nach mehr als bloß optischen Reizen. Und wenn Hermann seinen Vater hasste, wofür ja mittlerweile einiges sprach, dann hatte es natürlich einen besonderen Reiz, diesem quasi die Frau auszuspannen. Und für manche mochte es gar ein gewissen Prickeln bedeuten, mit der eigenen Stiefmutter ins Bett zu steigen. Aber derartige Kabalen bedingten noch nicht automatisch andere Verbrechen, zumal in solchen Dimensionen.

„Mist“, schimpfte er leise, „dieser Fall wird immer verworrener.“ Jeder Tag brachte neue Verdächtige, die Ermittlungen mussten schon in nahezu jede Richtung ausgedehnt werden. Sein Blick fiel auf die Uhr, es war schon fast 17 Uhr. Wenn er Cerny noch treffen wollte, dann war es höchste Zeit, ins Büro zurückzukehren. Er sah noch einmal flüchtig in die Richtung des Hausmeisters, der ihn die ganze Zeit über geflissentlich ignoriert hatte, zahlte dann und ging.

Zehn Minuten später erreichte er das Polizeipräsidium. Eilig betrat er den Paternoster, wartete fast zappelnd auf die richtige Etage und hetzte dann in sein Büro, wo er Cerny, versonnen zum Fenster hinausschauend am Schreibtisch sitzend, vorfand.

„Na, Cerny, wie schau’n wir aus?“

„Fesch. Wie immer.“

„Und davon abgesehen?“

Bronstein meinte, ein gewisses Beben an Cernys Körper konstatieren zu können. Und in der Tat schien der Major förmlich vor Begeisterung zu platzen. „Du errätst nie, was ich heute herausgefunden habe.“

„Na, dann sag mir's gleich."

„Die Firma vom Demand wär im Frühjahr fast pleite gegangen. Es haben Unsummen in der Bilanz g'fehlt. Der alte Demand hat Gelder aus seinen Unternehmungen in Ungarn und der Tschechoslowakei umleiten müssen, damit er da wieder halbwegs liquid ist. Darum hat er auch in einem Streich hunderte Mitarbeiter entlassen. Und warum das alles, na, was glaubst, Oberst?"

„Keine Ahnung!"

„Der Junior hat sich verspekuliert. Und zwar mehrmals und überaus gründlich. Der hätt den ganzen Betrieb beinahe in den vollkommenen Ruin getrieben, wenn ihm der Alte nicht in den Arm gefallen wäre. Deshalb hat ihn der Alte auch sofort entmachtet. Der Junior war seit Mai nur noch ein weißer Elefant. Er hat zwar nach außen hin weiter so tun dürfen, als wär er die Nummer zwei des Unternehmens, de facto aber hat er nicht einmal mehr Geburtstagskarten unterschreiben dürfen."

Bronstein dachte an die Informationen, die er von Eva bekommen hatte. „Na nicht schlecht", sagte er und schickte einen Pfiff hinterher.

„Ja, aber das Beste kommt noch. Hör dir das an. Der Alte hat gemerkt, dass die Machinationen seines Sprösslings nur möglich waren, weil sie der Holzer gedeckt hat. Der steht kurz vor der Kündigung. Oder ist zumindest gestanden."

„Na da kommt ja der Tod vom alten Demand den beiden überaus gelegen."

„Das kannst laut sagen."

Bronstein kam jener Gedanke wieder, den er im Wirtshaus gewälzt hatte. Der Fall wurde wirklich immer komplizierter. Und offenbar auch komplexer. Waren sie ursprünglich davon ausgegangen, dass es drei mögliche Motivgruppen gab, so stellte sich nun heraus, dass diese sämtlich miteinander verwoben waren. Der politisch motivierte Holzer stand in Verbindung mit dem ökonomisch motivierten Demand junior, der wiederum in Verbindung stand mit der offenbar amourös ambitionierten jungen Demand. Das grenzte ja schon fast an Verschwörung. Bronstein lehnte sich an den Schreibtisch und holte eine weitere „Donau“ aus seinem Etui.

„Weißt du, Cerny, was ich zwischenzeitlich herausgefunden habe?“ Dass ich doch noch ein toller Liebhaber sein kann! Nein, das sagte er besser nicht. „Dass du wahrscheinlich mit der jungen Demand Recht hast. Sie hat einen Liebhaber.“

„Na, hab ich es dir nicht gesagt, Oberst? Ich wusste doch, stille Wasser sind tief und so. Wissen wir auch, wer es ist?“

„Ja.“

„Na spann mich nicht auf die Folter. Wer ist es?“

„Der Junior!“

„Ned wahr!“

„Doch. Eben jener.“

„Das würde ja bedeuten, dieser Fall wird nicht nur immer komplizierter, er wird auch immer komplexer. Der politisch motivierte Holzer ...“ Es tat doch immer wieder gut zu merken, dass der Assistent dieselben Schlüsse zog wie man selbst – vor allem, wenn er dies einige Minuten nach einem selbst tat.

Cerny hatte sein Echo auf Bronsteins Gedanken mit einem „Na servas!“ beendet und fragte nach einer kleinen Pause: „Und was machen wir jetzt?“

Bronstein blickte auf die Uhr: „Für heute einmal Feierabend. Es ist ja schon fast sechs. Überschlafen wir die ganze Sache einmal in Ruhe, und treffen wir uns morgen Punkt neun Uhr zum Besprechen der weiteren Strategie. Was meinst?“

„Das passt mir perfekt, weil ich hab meiner Frau heute in der Früh versprochen, dass ich nicht zu spät nach Hause komm.“

„Na dann ab die Post. Schönen Abend noch.“

Cerny erhob sich und strebte ohne Umwege dem Ausgang zu. Bronstein rauchte seine Zigarette in aller Ruhe zu Ende, dämpfte sie aus und verließ dann ebenfalls das Büro.

Auf dem Weg nach Hause fragte er sich, ob es ihn störte, dass Cerny gar nichts an ihm aufgefallen war. Klar, Cerny war so in den Fall vertieft gewesen, dass es ihm nicht in den Sinn gekommen war, Bronstein eingehender zu betrachten. Und eigentlich war das ja auch gut so, denn zweifellos gehörte es nicht zu perfekter Ermittlungsarbeit, mit potenziellen Zeuginnen zu schlafen. Andererseits hielt Cerny ihn wohl seit Jahr und Tag für einen hoffnungslosen Fall, der wohl niemals mehr die Wonnen der Erotik am eigenen Leibe würde verspüren können, und da wäre es doch schön gewesen, auf diese Weise dem Kollegen das Gegenteil zu beweisen. Aber egal, Hauptsache, er wusste, dass noch nicht aller Tage Abend war.

Eigentlich sollte er diesen Erfolg feiern, dachte Bronstein. An einem solchen Tag ging man nicht einfach nach Hause, nein, man gönnte sich ein feines Abendessen, denn wenn einem das Leben schon einmal zulächelte, dann lächelte man am besten zurück. Bronstein marschierte kurz entschlossen Richtung Innenstadt und strebte der Kärntner Straße zu. Die nächsten zwei Stunden tat er nichts anderes, als sich allen möglichen lukullischen Genüssen hinzugeben. Dabei hatte er wohl auch ein klein wenig zu viel an alkoholischen Getränken konsumiert, denn als er sich auf den Heimweg machte, da spürte er die Wirkung des Weins recht intensiv. Er kam schweren Schritts zurück in seine Wohnung, und anstatt noch einmal die Höhepunkte dieses Tages vor seinem geistigen Auge Revue passieren zu lassen, fiel er einfach in sein Bett, und noch ehe er einen klaren Gedanken hatte fassen können, schlief er schon tief und fest, zufrieden mit sich und der Welt.

V.
Mittwoch, 4. Juli 1934

Das Erste, das Bronstein ins Auge fiel, als er die „Wiener Zeitung“ vom Tage aufschlug, war die Todesanzeige für den alten Demand. „Tieferschüttert geben wir bekannt, dass unser innigst geliebter, unvergesslicher Gatte, Vater, Schwiegervater, Großvater“, stand da zu lesen, „uns am Sonntag, dem 1. Juli 1934, plötzlich inmitten seines ständigen Schaffens und wirkungsvollen Lebens durch den Tod entrissen wurde.“ Das haben sie aber schön gesagt, dachte Bronstein und unterdrückte ein Grinsen. Doch es kam noch besser: „Die entseelte Hülle des teuren Verblichenen wird in der Dr. Karl Lueger Gedächtniskirche auf dem Wiener Zentralfriedhofe aufgebahrt, dortselbst Donnerstag, dem 5. Juli 1934, um 12 Uhr 10 feierlich eingesegnet und sodann auf demselben Friedhof nach nochmaliger Einsegnung in der Familiengruft zur ewigen Ruhe gebettet. Wer den Verblichenen kannte, wird ermessen, welch schweren, unermesslichen Verlust wir erlitten haben. Die tieftrauernden Hinterbliebenen.“ Selbst Münchhausen hätte nicht trefflicher lügen können, dachte Bronstein bei sich und zündete sich eine „Donau“ an. Doch mit dieser Parte hatte es keineswegs sein Bewenden. Auch die Arbeiter und Angestellten hatten sich mit einer eigenen Traueranzeige eingeschaltet, die sie mit den Worten enden ließen: „Sein Geist wirkt weiter in uns.“ Und schließlich gab auch noch der „Großschlächterverband“ namens seiner Mitglieder bekannt, „dass sein Präsident, Großschlächter und Wurstfabrikant Emanuel Demand, plötzlich aus dem Leben abberufen wurde.“ Seit der Gründung des Verbandes habe er die Stellung des Präsidenten auf das Vortrefflichste bekleidet, hieß es in der Parte weiter, man verliere in ihm den treuesten Anwalt der Interessen des Verbandes: „Ehre seinem Angedenken."

Anscheinend hatte Demands Tod doch einigen Staub aufgewirbelt. Vielleicht sollten Cerny und er am folgenden Tag auf das Begräbnis gehen, es mochte nicht uninteressant sein, wer dort erschien und wie sich wer dort verhielt. Vor allem würde es spannend sein, die junge Demand und den jungen Demand dort zu beobachten.

Bronstein blätterte zurück auf Seite 10, wo er erfuhr, dass Rapid am Sonntag im Mitropacup gegen Bologna, den zweifachen italienischen Meister, antreten würde. Nun, wenn er nichts Besseres vorhaben sollte, dann konnte er sich immerhin die Radioübertragung dieses Spiels anhören, das würde ihn wenigstens auf andere Gedanken bringen.

Bronstein warf einen kurzen Blick auf die „Filmschau", doch keiner der dort behandelten Streifen sprach ihn sonderlich an. Das Kino würde auch weiterhin ohne sein Eintrittsgeld auskommen müssen – obwohl: Immerhin wurde ein neuer Tom Mix angekündigt, der in der Folgewoche anlaufen sollte. Vielleicht sollte man sich doch wieder einmal einen Western ansehen, schon allein, um dem alten Haudegen Mix noch einmal die Ehre zu erweisen.

Siedend heiß fiel ihm an dieser Stelle ein, dass er sich mit Cerny zur Lagebesprechung verabredet hatte, und so ließ er den Rest der Zeitung ungelesen, zahlte eilig und machte, dass er fristgerecht ins Büro kam.

Wie erwartet saß Cerny dort schon über seine Akten gebeugt und wirkte dabei ziemlich ungeduldig. „Hallo, Oberst", sagte er kurz, „wie ist die Lage?"

„Auch nicht anders als gestern, oder?"

Cerny verzog sein Gesicht kurz zu einer Grimasse, anscheinend stand ihm der Sinn nicht nach schalen Scherzen. „Wir sollten uns eine Strategie zurechtlegen, wie wir jetzt weiter vorgehen."

„Na, das ist ohnehin keine Frage“, replizierte Bronstein knapp, „wir fühlen einfach der jungen Demand, dem jungen Demand und dem sauberen Herrn Holzer noch einmal, und diesmal konkreter, auf den Zahn. Ich bin schon gespannt, wie sie auf die Offenbarung unserer jüngsten Erkenntnisse reagieren werden.“

„Das ist eine gute Idee. Und mit wem fangen wir an?“

„Ich weiß nicht“, lächelte Bronstein versonnen, „irgendwie liegt mir die junge Witwe am meisten am Herzen.“

„Dich ärgert, dass du dich so in ihr getäuscht hast?“

„Ja.“

Cerny schien darauf zu warten, dass Bronstein noch einen weiteren Satz hinterherschicken würde, doch der schwieg eisern. Cerny beschloss, die Sache auf sich beruhen zu lassen. „Dann gehen wir sie einfach einmal besuchen, oder?“

Bronstein meinte nur, zuerst brauche er einmal einen Kaffee und eine Zigarette, Cerny könne ja einstweilen die Tagespresse studieren, doch dann werde man seinem Vorschlag wohl folgen und die junge Demand aufsuchen.

Und so geschah es auch.

Diesmal war Alwine Demand allein, die Zugehfrau war offensichtlich gerade einkaufen. Demand bat die beiden Polizisten in den Salon und fragte artig, ob sie ihnen etwas aufwarten könne, was beide verneinten. So setzte sich die Demand zu ihnen, und für eine kleine Weile musterten sich alle drei schweigend. Dann erst eröffnete Bronstein das Gespräch.

„Meinen Sie nicht, Frau Demand, dass Sie uns noch etwas zu sagen haben?“

„Und was sollte das sein?“

„Anders gefragt: Wie war Ihre Beziehung zu den anderen Hausbewohnern?“

„Was ist denn das für eine Frage? Mit einem Teil dieser Hausbewohner war ich quasi familiär verbunden, mit den anderen hatte ich praktisch keinen Kontakt. Außer im Stiegenhaus vielleicht."

„Sie haben sich sehr dafür eingesetzt", fuhr Bronstein fort, „dass der Maler nicht ausziehen muss. Warum?"

„Weil er ein armer Mensch ist. Ich verstehe nicht viel von Kunst und weiß auch nicht, ob seine Gemälde etwas taugen, aber ich bin der Ansicht, dass niemand mutwillig ins Elend gebracht werden sollte, egal, ob er es nach Ansicht der Gesellschaft vielleicht verdient hätte oder nicht."

Bronstein sah die junge Frau durchdringend an. Da war er wieder, dieser anmutige Blick, dieser unschuldige Ausdruck. Und was sie sagte, musste einen zwangsläufig für sie einnehmen. Konnte so jemand wirklich ein Wässerchen trüben?

Nein, Bronstein, du musst objektiv bleiben! Du darfst dich von einem äußeren Eindruck nicht täuschen lassen! Es mag sein, dass sie hübsch und nett und zuvorkommend wirkt, mittlerweile aber weißt du es besser. Lass also nicht locker, setz nach!

Bronsteins Gedanken gemahnten ihn an seine Pflicht, während sein Herz schon wieder geneigt war, die junge Schönheit zu pardonieren. Cerny entging das Zögern seines Kollegen nicht, und so griff er, da Bronstein noch sichtlich am Sinnieren war, den Gesprächsfaden auf: „Und das war das einzige Motiv für Ihre Intervention zu seinen Gunsten?"

„Was für ein Motiv sollte ich denn sonst haben?"

„Sie hatten eine Affäre mit dem Kerl!", platzte es plötzlich aus Bronstein heraus. Das Gesicht der Demand wechselte die Farbe. Erstaunt sah sie die beiden Ermittler an: „Der gute Mann war ein paar Mal bei mir zum Kaffee, das stimmt. Dabei haben wir uns über Kunst und Kultur unterhalten. Das war aber auch schon alles. Ich wollte ihm ein wenig unter die Arme greifen, ohne dabei aufdringlich zu wirken. Von einer Affäre kann nicht im Geringsten die Rede sein." Bronstein war beinahe geneigt, der Demand zu glauben, so überzeugt hatte sie ihre Version der Geschichte dargelegt. Warum aber hätte Eva, die Hausmeisterin, ihm eine solche Lüge auftischen sollen? Nein, es war die Demand, die log.

„Sie leugnen also eine Liebesbeziehung. Würden Sie dies auch bei einem Sportlehrer und einem Literaten tun?“, setzte Bronstein daher nach.

„Sie sind ja erstaunlich gut über meinen Umgang informiert“, stellte die Demand sachlich fest. „Aber ich kann nicht gerade behaupten, dass mir gefällt, was Sie da insinuieren.“

„Es ist egal, ob Ihnen das gefällt oder nicht, die entscheidende Frage ist: Hatten Sie Affären mit den genannten Männern oder nicht?“

Alwine Demand sank plötzlich in sich zusammen, als hätte man ihr einen Hieb verpasst. Die eben noch zurückhaltende, aber dennoch selbstbewusste Frau wirkte auf einmal eingeschüchtert, verletzlich und verwundbar. „Ich wüsste nicht“, begann sie, „was das mit dem Tod meines Mannes zu tun haben sollte, aber ja, da Sie es offenbar ohnehin schon zu wissen scheinen, ja, ich hatte Affären. Mehrere sogar. Aber hätten Sie meinen Mann gekannt, Sie würden diesen Umstand anders beurteilen.“

„Wie sollte ich Ehebruch anders beurteilen denn als Ehebruch?“ In Bronsteins Stimme schwang ein Hohn mit, der Cerny verwunderte. Warum engagierte sich Bronstein in dieser Frage so? Und vor allem, warum gab er sich mit dieser allgemein formulierten Erklärung nicht zufrieden und schritt zum eigentlichen Thema?

„Wie weit gingen diese sexuellen Beziehungen zu den genannten Herrschaften?“, fauchte Bronstein nachgerade.

„So weit sie eben gehen müssen, um zu einem erfüllten Liebesleben zu gelangen. Aber würden Sie die Güte haben ...“

„Mit wem fanden Sie Erfüllung? Mit dem Schriftsteller, mit dem Sportler, mit beiden? Oder gibt es weitere Liebhaber, von denen wir im Augenblick noch nichts wissen?“

„Nur mit dem Literaten. Das mit dem Tennislehrer war mehr so eine flüchtige Bekanntschaft ohne sonderlichen Tiefgang. Ich gebe aber zu, dass ich mit dem Dichter sehr weit gegangen bin. Er ist ein ungemein feinfühliger junger Mann, den ich auch heute noch gern in meiner Nähe weiß. Wir haben einander viel gegeben, aber denken Sie nicht, Sie könnten dabei ein Motiv finden. Mein Mann wusste davon und hat es ausdrücklich gebilligt, dass ich mir mit dem jungen Mann ein wenig die Zeit vertrieb."

„Billigte er auch Ihre Beziehung zu seinem eigenen Sohn?" Bronstein war aufgesprungen und fixierte die Witwe mit einem stechenden Blick, dem diese jedoch standhielt.

„Was um Himmels Willen wollen Sie denn jetzt andeuten?", fragte sie zurück.

„Ach kommen Sie, Frau Demand, tun Sie nicht mehr so unschuldig. Sie hatten auch mit Hermann Demand, Ihrem Stiefsohn, eine Affäre. Das ist bezeugt."

„Das finde ich aber interessant. Wer sollte denn das bezeugen? Mir wissentlich war nie eine dritte Person zugegen, wenn wir uns getroffen haben. Was übrigens nur ein paar Mal in den letzten Wochen geschah, nebenbei bemerkt."

„Wir haben Zeugen dafür, dass Herr Demand Sie in Ihrer Wohnung aufsuchte und stets sehr lange blieb, ehe er Ihre Wohnung wieder verließ. Sie wollen mir doch hoffentlich nicht weismachen, dass Sie gemeinsam Patiencen legten oder dergleichen."

„Eher dergleichen", bemühte sich die Demand um Beherrschung. Bronstein stutzte: „Wie soll ich das verstehen?"

„Nun, mein Stiefsohn und mein Gatte waren grundsätzlich unterschiedlicher Meinung in Bezug auf die Firmenpolitik. Mein Mann war in den letzten Jahren sehr störrisch geworden und verkannte mitunter die Zeichen der Zeit, wie ich annehme. Angesichts der großen Krise wollte mein Stiefsohn die Firmenphilosophie geändert sehen, was zu, wie ich hörte, lautstarken Auseinandersetzungen zwischen Vater und Sohn führte. Und weil die beiden irgendwann einen toten Punkt erreicht hatten, an dem sich keiner von ihnen mehr bewegen konnte, ohne das Gesicht zu verlieren, ist mein Stiefsohn irgendwann einmal zu mir gekommen, weil er hoffte, durch mich zu einer positiven Lösung zu kommen. Ich sollte zwischen ihm und seinem Vater vermitteln."

Bronstein zögerte nur kurz: „Das würde allenfalls ein Treffen erklären, nicht aber deren mehrere."

„Es würde zumindest zwei erklären, meinen Sie nicht? Jenes, in dem er mich um Intervention ersuchte, und jenes, in dem ich ihn über den Ausgang meines Gesprächs mit meinem Gatten unterrichtete."

„Gut, zwei", gab Bronstein zu, „wir wissen aber von mindestens sechs solcher Treffen", log er.

„Dann wissen Sie mehr als ich", blieb die Demand sachlich, „ich weiß nur von fünf Treffen. Nachdem ich Hermann erzählt hatte, wie sein Vater reagiert hatte, bat er mich um eine weitere Intervention, wobei er erklärte, er könne seine Argumente mit konkreten Zahlen untermauern. Zu diesem Zweck vereinbarten wir beide ein drittes Treffen, zu dem er entsprechendes Material mitbrachte. Dieses wollte ich mir überprüfen und erklären lassen, weshalb ich Hermann ersuchte, zu einem späteren Zeitpunkt noch einmal zu kommen. So kam das vierte Treffen zustande, und das fünfte war dann meinem Bericht von der neuerlichen Unterredung mit meinem Mann gewidmet."

Bronstein sah Cerny an. Ohne Worte signalisierten die beiden einander, dass diese Geschichte zumindest plausibel klang, wenngleich sie natürlich entsprechend überprüft werden musste.

„Und wer hat Ihnen diese Zahlen überprüft und erklärt?", fragte Bronstein schließlich.

„Der Prokurist der Firma. Holzer heißt er."

„Und Ihnen kam nicht die Idee, dass dies ein abgekartetes Spiel zwischen Hermann Demand und Holzer sein könnte?" Bronstein hatte mittlerweile den Standpunkt der Demand bereits als gegeben angenommen und dachte nicht mehr an eine allfällige Liebesbeziehung. Jetzt galt all seine Aufmerksamkeit dem geschäftlichen Teil, und da erschein es ihm töricht, ausgerechnet zu Holzer gegangen zu sein.

„Ja zu wem hätte ich denn sonst gehen sollen? Ich konnte ja schwerlich in die Welt hinausziehen, um mir von Krethi und Plethi Firmeninterna erläutern zu lassen."

„Ja, aber Holzer, das mussten Sie doch auch wissen, hatte in dieser Sache selbst einiges zu verlieren – oder zu gewinnen. Je nachdem, da musste es Ihnen doch einleuchten, dass Holzer niemals objektiv sein konnte."

„Das ist mir heute auch klar. Doch damals erschien es mir die einzige Möglichkeit zu sein, einen objektiveren Überblick über die Zustände in der Firma zu erhalten. Meinem Mann blieb es natürlich nicht verborgen, wer mich zu meinem Verhalten ihm gegenüber ermuntert hatte, und ich denke, am Ende grollte er seinem Sohn und Holzer mehr als jemals zuvor. Wie ich hörte, plante er sogar, Holzer zu entlassen, da er auf irgendwelche Ungereimtheiten gestoßen war, die das Unternehmen zusätzlich in Bedrängnis brachten. Davon weiß ich allerdings nichts mehr, da mir mein Mann Ende Mai oder Anfang Juni jedes weitere Engagement in dieser Sache strikt untersagte und ich mich an diese seine Weisung auch hielt."

„Und Sie bleiben dabei, dass sich Ihre Beziehung zu Ihrem Stiefsohn ausschließlich auf den geschäftlichen Bereich erstreckte?"

„Unbedingt."

Bronstein verbeugte sich leicht: „Dann, gnädige Frau, bitte ich Sie inständig, unsere tief empfundene Entschuldigung entgegenzunehmen. Wir waren offensichtlich falsch informiert. Und die Zeugen erschienen uns so glaubhaft, dass wir irrtümlicherweise von falschen Überlegungen ausgingen. Ich kann Sie nur bitten, uns unser Verhalten nachzusehen."

„Ich bitte Sie", gab sich die Demand nun generös, „ich bin sicher, Sie tun nur Ihre Pflicht. Aber", fügte sie mit einem strengeren Ton hinzu, „in Hinkunft würde ich Sie bitten, von vorschnellen Schlüssen unbedingt Abstand zu nehmen."

„Wir werden diesen Rat beherzigen", entgegnete Cerny und erhob sich. Er schob Bronstein zurück in den Eingangsbereich, wo er sich verbeugte, um sodann der Demand einen guten Tag zu wünschen. Bronstein stand noch einen Moment im Raum, nickte dann und folgte Cerny auf den Flur.

Dieser empfing ihn mit einer Frage: „Und was jetzt?"

„Jetzt schauen wir einmal, was der Herr Hermann dazu zu sagen hat."

Die beiden überwanden die zwischen den Wohnungen liegenden Etagen und klopften schließlich an die Tür des Juniorchefs. Es war seine Gattin, die öffnete.

„Guten Tag – Oberst Bronstein, Sie kennen uns sicher noch. Ist der Herr Gemahl zugegen?"

„Ja, aber er telefoniert gerade. Wenn Sie einen Augenblick warten möchten? Ich hole ihn."

„Was, wenn ihn die Demand schnell angerufen hat, während wir die Stufen erklommen haben?", flüsterte Cerny, nachdem die Ehefrau sie allein gelassen hatte.

„Dieser Gedanke kam mir auch gerade", antwortete Bronstein, „wir werden sehen, wie er sich verhält, und daraus unsere Schlüsse ziehen."

Wenige Augenblicke später betrat Hermann Demand den Raum und begrüßte die beiden Beamten mit der Frage, ob er ihnen etwas aufwarten könne, immerhin sei der Tag schon recht weit fortgeschritten und sie müssten doch ein wenig

Hunger haben. Wiewohl Demand mit dieser Vermutung zumindest bei Bronstein richtig lag, lehnte dieser stellvertretend für seinen Kollegen und für sich selbst ab. Er kam lieber gleich zur Sache.

„Herr Demand, wie war Ihr Verhältnis zu Ihrer Stiefmutter?"

„Nicht besonders, wie Sie sich vorstellen können."

„Was heißt das?"

„Ich bitte Sie, meine Herren, ist das nicht offensichtlich? Durch sie wurde meine Mutter zu einer Unperson. Sie hat meinem Vater den Kopf verdreht und unsere Familie auseinandergerissen. Wie sollte ich sie also mögen?"

„Wir haben Hinweise darauf, dass Sie in den letzten Wochen sehr oft bei Ihrer Stiefmutter zu Gast waren."

„Ja, das stimmt. Aber das hatte rein geschäftliche Gründe."

Bronstein und Cerny wechselten einen Blick. Entweder, die Demand hatte ihren Stiefsohn entsprechend instruiert, oder die beiden sprachen die Wahrheit.

„Geschäftliche Gründe?", fragte Bronstein dennoch nach.

„Nun ja, mein Vater war ein sehr konservativ denkender Mensch. Er stand neuen Formen des Wirtschaftslebens überaus skeptisch, wenn nicht gar feindselig gegenüber. Durch sein Beharren auf konventionellen Methoden aber ist unsere Firma, gerade in Zeiten einer weltweiten Depression, zunehmend ins Hintertreffen geraten. Ich versuchte, ihm neue Strategien schmackhaft zu machen, um auf dem Markt verlorenes Terrain zurückzugewinnen, doch davon wollte er nichts wissen, weshalb ich schließlich meine Stiefmutter aufsuchte, in der Hoffnung, sie könnte in meinem Sinne auf meinen Vater einwirken, denn in den letzten Jahren hat er ja immer nur auf sie gehört. In allem und jedem."

„Und waren Ihre Bemühungen von Erfolg gekrönt?"

„Irgendwie ja. Meine Stiefmutter stand mir erstaunlich aufgeschlossen gegenüber und bemühte sich offensichtlich wirklich darum, meinen Vater in diesem Sinne zu beeinflussen. Ob sie damit auf längere Sicht Erfolg gehabt hätte, lässt sich jetzt allerdings nicht mehr sagen."

Beim letzten Satz machte Hermann Demand eine grüblerische Miene, und Bronstein fragte sich umso mehr, ob die beiden Demands nun die Wahrheit erzählt hatten oder eine besonders schäbige Komödie aufführten. An dieser Stelle, so war er sich bewusst, würde er jedoch nicht weiterkommen. Die Wahrheit war und blieb hier unerkennbar, er brauchte andere Stellungnahmen, um einschätzen zu können, welche Sichtweise nun der Wahrheit näher kam, jene von Eva oder die, die ihm eben aufgetischt worden war.

Mit einem Mal fiel ihm Siegfried vulgo Samuel ein. So betulich und wissenschaftsbeflissen konnte der Bruder gar nicht sein, um nicht zu wissen, was in seiner Familie geschah, dachte sich Bronstein. Ergo war es naheliegend, ihn zu befragen, denn von Hermann würde man ohnehin nicht mehr erfahren, als man zum gegenwärtigen Zeitpunkt wusste. Bronstein meinte daher aufgeräumt, das wäre es auch schon wieder gewesen, und empfahl sich sodann. Cerny, leicht irritiert, deutete gleichfalls einen Diener an und folgte seinem Chef.

„Warum hast du jetzt nicht weitergemacht?", fragte er auf dem Gang. „Weil da nichts Neues mehr zutage getreten wäre. Die beiden haben sich entweder verabredet, oder aber sie haben uns die Wahrheit gesagt. Und um herauszubekommen, welche dieser beiden Thesen nun die richtige ist, werden wir uns den zweiten Bruder zu Gemüte führen."

Cerny nickte: „Ja, das könnte funktionieren."

Die beiden gingen also über den Gang und klopften neuerlich. Es dauerte eine Weile, ehe ihnen geöffnet wurde. Siegfried Demand wirkte verschlafen, begriff nicht gleich, wer vor ihm stand. „Erinnern Sie sich noch?", sprang ihm Cerny bei, „Oberst Bronstein von der Polizeidirektion Wien."

„Ach ja, richtig", antwortete Demand, „Schalom. Sie müssen schon entschuldigen, aber ich pflege nach dem Mittagessen ein kleines Schläfchen zu machen, deshalb wirke ich im Augenblick wohl noch ein klein wenig derangiert."

Mit einem Mal begriff Bronstein, weshalb er sich schon seit geraumer Zeit so seltsam gefühlt hatte. Es war Mittag vorbei, und er hatte immer noch nichts gegessen. Da musste man ja Schwindelgefühle bekommen. Nach dieser Einvernahme galt es jedenfalls sofort eine Nahrungsquelle aufzutun, sagte er sich, wobei er hoffte, dass Cerny an dieser Stelle die Initiative in der Befragung ergreifen würde, denn wer durch Hunger schon stark geschwächt war, dem mochte manch wichtiger Satz entgehen. Am besten, man fragte Demand einfach schnell, was er über seinen Bruder und seine Stiefmutter wusste, und dann ab ins nächste Gasthaus, bevor man noch zu halluzinieren begann.

„Wir hätten nur eine kleine Frage", raffte Bronstein sich schließlich auf, „könnten Sie uns ..."

„Aber so kommen Sie doch erst einmal herein."

Cerny und Bronstein folgten Demands Einladung und setzten sich beide an den Küchentisch.

„Kann ich Ihnen etwas aufwarten?"

„Ein Glas Wasser wäre ob der Temperaturen nicht zu verachten", erklärte Cerny.

Während sich Demand um zwei Gläser bemühte, sah sich Bronstein in der Küche um. Ihm fiel auf, dass neben der Spüle zwei dieser modernen neuen Geräte standen, für die sich der Name Kühlschrank eingebürgert hatte. Sie waren immer noch sündhaft teuer, sodass er sich nicht einmal eines hätte leisten können. Umso naheliegender war Bronsteins Frage:

„Wieso haben Sie denn hier gleich zwei Eiskästen stehen?"

„Na, weil Fleisch von Milch getrennt werden muss. Das sollten Sie aber wissen, Herr Bronstein. Oder wissen Sie nicht, was koscher ist?"

Warum musste alle Welt auf seinem vermeintlichen Judentum herumreiten? Bronstein spürte Groll in sich aufsteigen, und er beschloss, die Frage einfach zu ignorieren, obwohl er in seinem Gehirn den Gedanken aufblitzen spürte, weshalb denn Fleisch und Milch getrennt werden mussten.

„Wie stehen Sie zu Ihrer Stiefmutter?"

„Das ist keine Frage, die leicht zu beantworten wäre", sagte Demand nach einigem Zögern, „man könnte behaupten, unsere Beziehung sei korrekt. Aber ich bezweifle, dass dies den Kern der Sache treffen würde. In Wahrheit haben wir praktisch nichts miteinander zu schaffen und gehen uns nach Tunlichkeit aus dem Weg. Wie Sie sich vorstellen können, war Vaters Entscheidung, das Fräulein von Krieger zu ehelichen, für die Familie keine friktionsfreie Angelegenheit. Es ist viel Porzellan zerschlagen worden damals, und ich fürchte mich jetzt schon vor den Szenen, die uns beim Begräbnis erwarten werden. Meine Mutter wird es keinesfalls hinnehmen, dass sie eventuell hinter dem Fräulein von Krieger zurückstehen muss."

„Und wie stehen Sie zu der Sache?"

„Ich? Ich habe mich da nach Möglichkeit rausgehalten. Mich geht das alles eigentlich nichts an."

„Auch das Begräbnis nicht?", fragte Cerny.

„No, es wird kein jüdisches werden, und insofern zählt es eigentlich nur bedingt."

„Wirklich?", platzte es aus Bronstein heraus, „gibt es da Unterschiede?"

„Jetzt enttäuschen Sie mich aber endgültig, Herr Oberst. Sie sind ja der reinste Goi. Hat Ihnen Ihre Mame nicht beigebracht, was Sie Ihrer Religion schuldig sind? Adonai Elohim! Sagen Sie bloß, man hat Sie nie Ihren Tanach gelehrt. Wie soll ein Mensch Frieden finden, wenn über seinem Grab nicht gesprochen wird Schma Israel? ..."

„Ihre religiöse Einstellung in allen Ehren, Herr Demand", unterbrach Bronstein den Vortrag seines Gegenübers, „aber für mich ist Religion Privatsache ..."

„Aber Sie glauben doch nicht etwa, dass Sie sich der Verantwortung Ihren Ahnen gegenüber so einfach entziehen können? Sie sind Bronstein, Sie sind Jude, das ist keine Frage der persönlichen Entscheidung ..."

„Das behaupten die Nazis auch", reagierte Bronstein trocken und erntete sofort einen bösen Blick von Cerny, der ahnte, wie sehr dieser Satz Demand getroffen haben musste.

„Bei allem Respekt, Herr Oberst, aber Sie sind ein Schmock! Sie haben keine Ahnung, was ..."

„Ich bitte Sie inständig, meine Herren", fuhr nun Cerny dazwischen, „Sie mögen beide Ihre guten Gründe für Ihre Ansichten haben, doch darf ich Sie dennoch daran erinnern, aus welchem Grund wir eigentlich hier sind? Herr Demand, Sie haben uns eben Ihr Verhältnis zu Ihrer Stiefmutter geschildert, könnten Sie uns nun auch sagen, wie Sie das Verhältnis Ihres Bruders zu Ihrer Stiefmutter einschätzen?"

Demand war immer noch sichtlich aufgebracht über Bronsteins despektierliche Äußerung, und so brauchte er einige Zeit, ehe er den Inhalt von Cernys Frage innerlich verarbeitet hatte. „Darüber weiß ich praktisch nichts", sagte er dann, „ich denke, ähnlich wie mein Verhältnis. Obwohl ..."

„Obwohl was?"

„Obwohl es in letzter Zeit, wie mir auffiel, intensiver geworden zu sein scheint. Er war ein paar Mal bei ihr, soweit ich weiß. Aber worum es da gegangen ist, entzieht sich meiner Kenntnis. Irgendwelche geschäftlichen Dinge, vermute ich einmal, aber ich habe mit ihm nicht darüber gesprochen."

„Und Sie können sich nicht vorstellen", fuhr Cerny fort, „dass die beiden vielleicht private Gründe hatten, eine Begegnung zu suchen?"

„Private Gründe“, wiederholte Demand fragend, „worin könnten die denn bestehen? Die beiden sind doch beschaffen, wie sie gegensätzlicher nicht sein könnten.“

„Nun ja, Gegensätze ziehen sich doch mitunter an, heißt es.“ Bronstein hatte sich wieder ins Gespräch zurückgemeldet und meinte, immer noch einen flackernden Blick an Demand wahrnehmen zu können, den er offenbar tatsächlich tief beleidigt zu haben schien. „Ich weiß nicht, was Sie da andeuten wollen“, kam Demands Antwort kalt und schneidend.

„Was Herr Oberst Bronstein andeuten will, ist Folgendes: Könnten Sie sich vorstellen, dass Ihr Bruder und Ihre Stiefmutter eventuell Gefallen aneinander gefunden haben könnten?“

Demand war nun erst recht empört: „Also wirklich! Meine Stiefmutter mag ja vieles sein, eine Schickse ist sie nicht – und mein Bruder ist schon gar kein Scheigez. Ein Gannef vielleicht, aber sicher kein Scheigez.“

„Könnten Sie das vielleicht auf Deutsch wiederholen?“, bemühte sich Bronstein um Beherrschung und wirkte damit neuerlich provokativ.

„Ein Gannef ist jemand, der keiner ehrlichen Arbeit nachgeht. Das sollten Sie aber nun schon von Berufs wegen wissen, immerhin kommt das Wort Ganove davon. Und ein Scheigez ist ein unmoralischer Mensch, der es mit der ehelichen Treue nicht genau nimmt und überhaupt einen überaus fragwürdigen Lebenswandel führt.“

„Dürfen wir also aus Ihren Aussagen schließen, dass Sie es für ausgeschlossen halten, dass Ihr Bruder und Ihre Stiefmutter anders als rein geschäftlich verkehren.“

„Das dürfen Sie“, sagte Demand knapp.

„Gut. Dann bedanken wir uns vielmals für Ihre Kooperation. Wir dürfen uns empfehlen.“ Cerny sah Bronstein an, der sich gleich seinem Kollegen erhob. Offenbar erwartete Cerny von Bronstein eine versöhnliche Geste, und so räusperte sich

Bronstein und sagte schließlich ebenfalls „Danke", um nach einer kurzen Pause „Und Schalom auch Ihnen", hinterherzuschicken, was aus seinem Munde reichlich unsicher klang.

„Es mag Ihnen jetzt vollkommen absurd vorkommen, Herr Oberst, aber Sie werden Ihren Weg zurück zu Ihrem Volk schon noch finden." Die Klarheit, mit der Demand diesen Satz ausgesprochen hatte, ließ Bronstein konsterniert zurück. Er überlegte fieberhaft, welche passende Antwort es darauf geben könne, doch da ihm nichts einfiel, schwieg er einfach und schloss sich Cernys Wunsch nach einem „Guten Tag" mit einem leichten Nicken an. Dann folgte er seinem Kollegen aus der Wohnung.

Vor der Tür blies Bronstein Luft aus. Er wollte das eben Erlebte verarbeiten, doch er sah sich sogleich mit einer Frage Cernys konfrontiert: „Was ist, gehen wir was essen? Es ist schon fast zwei vorbei."

Bronstein zuckte mit den Schultern: „Ach, ich weiß nicht. Ich glaube, ich fühle mich nicht gut."

„Ach, Oberst, lass es dir nicht durch all diese Eiferer vermiesen. Du bist, was du bist, und das genügt. Die Schwätzer sollen reden – hüben wie drüben."

Bronstein blickte Cerny direkt an: „Es ist nett, dass du mich trösten willst, aber mir kam dieses Thema in letzter Zeit einfach zu oft auf, als dass ich es noch länger ignorieren könnte. Außerdem, wenn ich daran denke, was in Deutschland drüben los ist …"

„Du glaubst doch nicht, dass dieser Wahnsinn sich eines Tages auch bei uns durchsetzt?"

Bronstein ereiferte sich: „Warum denn nicht? Immerhin haben wir diesen Wahnsinn überhaupt erst erfunden. Der Hitler, wo kommt denn der her? Aus Braunau! Und wo liegt Braunau? Eben! Und seine Ideen, woher hat er denn die, hm? Hast du sein Buch gelesen? Da sagt er, es sei Wien gewesen, das ihm klargemacht habe, was der Jude anrichtet. Das steht da drinnen! Und das ist auch kein Wunder, wir hatten einen Schönerer, wir hatten einen Lueger, einen Kunschak und wie sie alle hießen. Und in dem Punkt waren sich sogar die Sozis mit der Regierung einig."

„Jetzt übertreibst aber, Oberst", beschwichtigte ihn Cerny, „die Sozis? Adler, Bauer, sage man nur."

„Na und, kannst dich nicht erinnern an diesen Schärf, diesen Bundesrat? Der hat Listen aufgestellt, wer in der Partei Jude ist und wer nicht. Und gekennzeichnet hat er die Juden mit einem J. Wo ist da noch der Unterschied zwischen Rot und Braun?"

Cerny war immer noch um Begütigung bemüht: „Geh bitte, der Schärf. Wer soll denn das überhaupt sein. Irgend so ein Hinterbänkler! Der wird nie auch nur die geringste Rolle in seiner Bewegung spielen – wenn diese Bewegung überhaupt jemals wieder eine Rolle spielen wird. Nein, der ist keineswegs repräsentativ für die Sozis. Und für den deutschen Antisemitismus sind die Österreicher viel zu gemütlich. Du brauchst dir also nicht die geringsten Sorgen zu machen. Sie reißen ihre Witze über die Juden, genauso wie über uns Tschechen, nebenbei bemerkt, aber im Prinzip geht hier bei uns dann doch immer alles ganz pomali, wirst schon sehen. Und selbst wenn", fügte Cerny nach kurzem Zögern hinzu, „irgendwelche braunen Rabauken sich an einem Juden vergreifen, dann schnappen sie sich irgendeinen armen Tuchhändler, den an seiner orthodoxen Aufmachung sogar sie als Juden erkennen, und nicht einen mondänen Weltbürger, wie du einer bist."

„Ich bin mir sicher, das hat sich der alte Demand auch gedacht", entgegnete Bronstein resigniert.

Cerny verstummte. Diesem Argument war nur schwer beizukommen, denn nach den Ermittlungen des Vormittags schien es nicht ausgeschlossen, dass die Nazis mit dem Tod des Fabrikanten in Verbindung zu bringen waren.

„Du willst also nicht bei einem Essen die bisherigen Ergebnisse zusammenfassen und daraus folgende Schlüsse abgleichen?“, fragte Cerny daher nur.

„Lassen wir die Dinge einfach einmal ein wenig setzen“, seufzte Bronstein, „vielleicht kannst du nach dem Essen noch einmal die Finanzen der Firma durchgehen und ein wenig abklopfen. Und morgen fühlen wir dann dem Holzer nochmals auf den Zahn. Ich glaube, mir reicht's für heute. Ich geh nach Haus und leg mich hin. Ich denke, ich habe Kopfschmerzen.“

„Ganz wie du meinst, Oberst. Wir sehen uns dann morgen früh im Büro.“

„Genau. Und wenn es etwas Dringendes gibt, dann ruf mich zu Hause an. Dazu habe ich dieses Kastl ja.“

„Geht in Ordnung. Bis dann, schönen Tag noch.“

Die beiden nickten einander zu und trennten sich dann. Bronstein überquerte den Hohen Markt und schlug dann den Weg durch die Kärntner Straße ein. Nach leidlich fünfzehn Minuten kam er zu seiner heimatlichen Gasse, bog nach links ein und befand sich so endlich vor seinem Wohnhaus. Mühsam holte er seinen Schlüssel aus der Tasche, sperrte umständlich das Haustor auf und machte sich daran, die Stufen bis zu seiner Wohnung zu überwinden. Er öffnete deren Tür, ließ den Schlüssel auf die Kommode fallen und zog Schuhe und Jackett aus. Ohne Umschweife ging er in den Salon, wo er sich auf seinen Diwan setzte. Er überprüfte, ob auf dem kleinen Beistelltisch Zigaretten, Zündhölzer und Aschenbecher lagen, und ließ sich dann langsam nach hinten gleiten, bis er gänzlich auf dem Möbel lag. Er verschränkte die Hände auf seinem Bauch und schloss die Augen. Nur einen kleinen Moment ruhen, dachte er, nur einen winzigen Augenblick.

Und schon war er eingeschlafen.

Als Bronstein von seinem Nickerchen erwachte, schien die ärgste Mittagshitze vorüber zu sein. Er nahm seinen Wecker zur Hand und stellte fest, dass es auf 17 Uhr ging. Das, so dachte er, erklärte sein grollendes Magenknurren. Er hatte seit dem Morgen nichts mehr gegessen und war dementsprechend hungrig. Kurz entschlossen stand er auf, begab sich wieder in sein Vorzimmer, zog dort Schuhe und Jackett an und schickte sich an, sein Haus zu verlassen.

Das kleine Lokal an der nächsten Ecke, so wusste er, kredenzte ab halb sechs das Abendessen, und so war es naheliegend, dieses anzusteuern. Er hatte es auch schon beinahe erreicht, als sein Blick auf das nebenan befindliche Geschäft fiel. Es handelte sich um Herrn Duft, der hier Stoffe und Textilien feilbot. Bronstein kannte den alten Duft durchaus, denn er kaufte immer wieder einmal auf die Schnelle ein Hemd bei ihm, weil er anständige Ware zu akzeptablen Preisen anbot. Von dieser flüchtigen Geschäftsbeziehung wusste Bronstein aber auch, dass Duft konsequent Jiddisch sprach und in Sachen Judentum als echter Auskenner betrachtet werden konnte. Und Duft war ein wahrhaft toleranter Mensch, nie hatte er daran Anstoß genommen, dass sich Bronstein selbst nicht als Jude betrachtete, wiewohl er doch Bronstein hieß. Vielleicht, so dachte Bronstein spontan, konnte man ihn einfach einmal um Rat fragen, denn Duft würde ob Bronsteins Fragen nicht elitär die Nase rümpfen, vielmehr würde er sich freuen, etwas von seinem Wissen weitergeben zu können.

Und so betrat Bronstein kurzerhand den Laden und wollte das Gespräch beginnen. Doch so etwas war gar nicht so leicht zu bewerkstelligen. Schließlich konnte man nicht einfach auf Duft zugehen und sagen: Wie ist das jetzt wirklich mit dem Judentum? So etwas musste denn doch ein wenig diplomatischer eingefädelt werden. Also grüßte er Duft freundlich, und dieser fragte ihn devot, womit er helfen könne, mit Hemden, Hosen oder vielleicht einer Krawatte. Bronstein ging jedoch auf die Frage nicht ein. Er starrte eine kleine Weile schweigend vor sich hin, dann sah er Duft direkt an: „Was, bitte schön, ist eigentlich der Unterschied zwischen Thora und Talmud?"

Innerlich schimpfte er sich aus, denn nun war er doch mit der Tür ins Haus gefallen, doch Duft schien das nichts auszumachen, vielmehr lächelte der Mann auch weiter freundlich und beantwortete Bronsteins Frage mit einer Selbstverständlichkeit, als hätte dieser sich eben nach der Qualität eines bestimmten Stoffs erkundigt.

„Die Tojre, mein teierer Herr Bronstein, dos seinen die finf Bicher Moses, wos ich bin sicher as ihr hot amol gehert. Un zusammen mit die Bicher von die Profetn und mit andere Schriftn mocht dos die Rosche-Tejwes, Tanach, die Bibel, wie mir Jiddn hobn. Und der Talmud is a grouß Werk wu es steht derin geschriebn dos, wos unsere grouße Gelernte hobn uns gelernt, wie asoj a Jid darf varstehn un haltn die Tojre."

Bronstein nickte: „Sie kennen sich gut aus in diesen Dingen."

„Ich bitte, Herr Bronstein, ich bin in Ganzen kein Kenner nit, ich will nit sein mehr wie a poscheter Jid, wos is a bissele frumm."

„Sehen Sie, Herr Duft, ich glaube nicht an irgendeine Religion. Und trotzdem versucht in letzter Zeit jedermann, mich in eine ganz bestimmte Ecke zu drängen."

Duft machte eine mitfühlende Miene: „Ich weiß, wos ihr willt sogn. Ober es ken doch sein, as dos is wie aso der Oubeschter kummt eich antgegen."

„Entgegenzukommen? Ich finde das nicht gerade entgegenkommend."

„Teierer Herr Bronstein, mir seinen alle die Kinder vun Avrom Awinu, von Abraham. Kennt sein, as der eine oder andere hot a bissele vargessn in dem. Ober der Bascheffer hot sie nit weniger lieb wie die andere. Weil er weiß, as mir willen, zum Soff, alle zurick kummen zu ihm. Und es is gor nit asou schwer, ihm zu gefinen. Weil as men macht nor ein Schritt oufn Weg zu ihm, wet er schon gehen dem weiterdigen Weg zu uns."

Unwillkürlich musste Bronstein lächeln: „Herr Duft, ich glaube, ich nehme bei Ihnen bei Gelegenheit Nachhilfe in Sachen Religion."

Duft hob abwehrend die Hände: „Ich mein, do wet ihr schon besser reden mit a Rabbiner. Der kenn eich sogn alles, wos ihr willt wissen. Und dernoch, wenn ihr willt, wet ihr schon wissen, wie asou zu halten Schabbes, wo zu tun Jom Kipper, Pessach oder Chanukke. Un wer kenn wissen, efscher welln mir sich schon sehn nit nor do, nor in Schil ouch, mirtse Schem. Es fehlt amol a Mann zum Minjen."

„Das Witzige an der Situation, in der ich mich befinde, ist, dass es mich tatsächlich zu interessieren begonnen hat, was es mit dem Judentum auf sich hat", sagte Bronstein schließlich, nachdem er Duft berichtet hatte, was ihm in den letzten Tagen alles widerfahren war.

„Jo, es kenn nit brengen kein Schoden, as men kuckt, wos men hot wie a Jerusche vun die Ovess", nickte Duft beifällig, „far a jeden Mensch is gut zu kennen sein Ort in der Welt."

Bronstein überlegte einen Moment, ob er auf diesen Satz mit einem Aperçu à la „Ja, und mein Ort ist jetzt das Wirtshaus" antworten sollte, doch die bedächtige Ernsthaftigkeit, mit der Duft gesprochen hatte, ließ ihn davon Abstand nehmen. Er verfiel schließlich auch auf ein Nicken und meinte, darüber werde er nachdenken müssen: „Wenn Sie erlauben, werde ich Sie bei Gelegenheit wieder um einen Rat fragen. Jetzt aber hätte ich gerne ein weißes Hemd."

Wenig später machte er sich mit einem schönen Stück auf den Weg in die Gaststube.

VI.
Donnerstag, 5. Juli 1934

Wiewohl er am Vortag früh zu Bett gegangen war, kam Bronstein am Donnerstag nur mit Mühe aus den Federn. Denn Schlaf, so gestand er sich ein, während er eine Weile reglos am Bettrand verharrte, hatte er nur wenig gefunden. Dufts Ausführungen schwirrten ihm immer noch durch den Kopf, und er musste zugeben, der alte Mann beeindruckte ihn auch am Morgen noch. Er sah kurz zu seinem Tisch hin, auf dem all die Materialien gestapelt lagen, die er gestern von dem Tuchhändler geschenkt bekommen hatte. Am Wochenende würde er sie sich zu Gemüte führen und dabei jene Erkenntnisse rekapitulieren, die er durch Duft eben erst gewonnen hatte.

Doch nun lag ein weiterer Werktag vor ihm, und es gab keine Ausrede, das Tagewerk länger hinauszuzögern. Er wusch sich eilig und kam so leidlich wieder zu sich. Ein Blick aus dem Fenster überzeugte ihn davon, dass es ein sehr heißer Tag werden würde, und so entschied er sich für einen weißen Leinenanzug. Dazu nahm er seine Mailänder Schuhe und einen modischen weißen Hut, und zehn Minuten vor acht Uhr morgens trat er auf die Straße.

Rechtzeitig zur vollen Stunde erreichte er sein Stammcafé, wo auf seinem Platz schon die „Wiener Zeitung“ vom Tage bereitlag. Unaufgefordert brachte der Ober den Kaffee, und Bronstein entnahm seinem Etui eine „Donau“, die er nach einem ersten Schluck genüsslich anrauchte. Dann nahm er die Zeitung zur Hand.

Schon die Titelseite widerte ihn an. Ein ellenlanges Gespräch mit einem abgehalfterten Politiker über die Zukunft der christlich-sozialen Bewegung. Noch langweiliger konnte es nicht zugehen auf einer Titelseite. Ohne auch nur die Einleitung zu lesen, blätterte er einfach um.

Auf Seite 2 ging es allerdings in derselben Tonart weiter. Minister Schuschnigg warnte die Studenten davor, den nationalsozialistischen Einflüsterern zu erliegen. So weit war es also schon, dass selbst die Regierung sich eingestehen musste, bei der Jugend überaus schlechte Karten zu haben. Vielleicht war an den Kassandrarufen des Siegfried Demand ja doch etwas dran. Bronstein begann sich ein wenig unwohl zu fühlen und fuhr sich mit den Fingern zwischen Hals und Hemdkragen. Als dies jedoch nicht zum gewünschten Erfolg führte, ließ er Disziplin Disziplin sein und öffnete den obersten Knopf. Entgegen seiner sonstigen Gewohnheit trank er das Glas Wasser, das ihm stets mitgeliefert wurde. Dann schüttete er den Rest des Kaffees regelrecht hinterher und hielt die Tasse hoch, um dergestalt Nachschub zu ordern.

Rechtzeitig zur zweiten Tasse zündete er sich eine weitere „Donau“ an. Er war wieder halbwegs zur Ruhe gekommen und blätterte auf Seite 3. Dort waren endlich interessante Nachrichten zu lesen. Der Machtkampf in Deutschland dauerte in gewisser Weise weiterhin an. Nun ging es quasi um die zweite Reihe. Die bürgerlichen Elemente in der Regierung, gruppiert um Vizekanzler Franz von Papen und Finanzmogul Hjalmar Schacht, rangen offenbar darum, ihren Einfluss nicht gänzlich zu verlieren, während die nationalsozialistischen Hardliner um Göring und Himmler nun nach der ganzen Macht strebten. Dieser Kampf schien noch nicht entschieden, wenn man dem Korrespondenten der „Wiener Zeitung“ Glauben schenkte. Doch der Artikel schien sich primär auf Mutmaßungen und Gerüchte zu stützen, denn es hieß darin auch, dass Hitler durch die Ereignisse in eine Depression geschlittert sei und um zehn Jahre gealtert aussehe. Vielleicht war hier der Wunsch

Vater des Gedankens, sagte sich Bronstein, für den es jedenfalls evident schien, dass der Versuch der bürgerlichen Rechten, Hitler zu zähmen, nicht in jener Weise Erfolg gebracht hatte, wie diese es erwartet haben mochte. Zwar waren mit Röhm und seinesgleichen die wohl ärgsten Rabauken beseitigt worden, aber gleichzeitig hatte man offensichtlich auch unter den Gemäßigten kräftig gewütet. Das weitere Schicksal des Vizekanzlers würde also zeigen, auf welche Seite die Waage sich neigen werde.

Interessant erschien Bronstein auch die Seite 4. Nicht, weil Starhemberg sich dort neuerlich in seinen Tiraden erging, sondern weil in einer eigenen Kolumne der Versuch einer Analyse der Ereignisse vom 30. Juni unternommen wurde. Angeblich habe Hitler Röhm den Interessen der Wehrmacht geopfert, hieß es da. Reichswehrminister Blomberg und der Chef der Heeresleitung Fritsch hätten von Hitler die Entfernung Röhms verlangt, der sich persönlich durch sein Privatleben zutiefst diskreditiert habe. Gezwungen, zwischen Wehrmacht und SA zu wählen, habe Hitler sich für Erstere entschieden. Gleichzeitig aber warf der Artikel die Frage auf, weshalb Hitler Röhm gleich ermorden lassen musste, er hätte ihn ja auch, wie Stalin es mit Trotzki getan hatte, der doch eine bedeutend explosivere und gefährlichere Persönlichkeit als Röhm sei, einfach verbannen können. Warum dies jedoch nicht geschah, werde wohl erst die Zukunft erhellen können, schloss der Autor dieses Beitrags.

Bronstein sah auf die Uhr und meinte, eine Zigarette ginge sich noch aus, bevor er endgültig dem Amte zuzustreben genötigt war, und so griff er neuerlich zu Etui und Zündholzschachtel, dieweilen er in der Zeitung weiterschmökerte. Unter „Vermischtes“ erfuhr er, dass Hermann Lackner, ein führender steirischer Sozialdemokrat, wegen seiner Involvierung in die Februarunruhen zu einer mehrjährigen Kerkerhaft verurteilt worden war, zudem verhieß der Wetterbericht eine weitere Erwärmung. Und unter „Amüsante Verlustliste“ stand zu lesen, dass in den vergangenen Monaten nicht nur Brieftaschen, Schirme und Kopfbedeckungen beim Fundamt abgegeben worden seien, sondern auch Brillen jedweden Aussehens und jeder Fasson, sogar künstliche Gebisse und ein künstliches Bein. Mit den abgegebenen Säugetieren und Vögeln, 245 an der Zahl, könne man im Fundamt eine Menagerie eröffnen. „Vielleicht erinnert sich doch einer der Verlustträger noch an sein ehemaliges Eigentum und holt es sich Bräunerstraße 5 zwischen 9 und 14 Uhr ab.“

Bronstein lächelte.

Auf Seite 7 las er sodann, dass Marie Curie gestorben sei. Dunkel erinnerte er sich daran, dass diese Frau zweimal den Nobelpreis, einmal für Physik und einmal für Chemie, wie er meinte, erhalten und irgendetwas mit Kernspaltung, Atomenergie oder dergleichen zu tun gehabt hatte. Aber Bronstein war an Naturwissenschaften nicht sonderlich interessiert, und so blätterte er einfach weiter, während er nebenbei die Zigarette ausdämpfte. In der Filmschau kündigte das Apollo-Kino in Gumpendorf nicht nur einen neuen Kiepura an – Bronstein liebte die Kunst dieses tschechisch-polnischen Sängers über alles, weshalb er überhaupt damit begonnen hatte, die betreffende Kolumne zu lesen –, sondern erklärte auch, der Film „Maskerade“, in dem eine gewisse Paula Wessely, von der Bronstein freilich noch überhaupt nichts gehört hatte, debütiere, verspreche „eine wahre Sensation“ zu werden. Regie führe Willi Forst, hieß es weiter. Bronstein seufzte. Ein Forst. Was konnte das schon sein? Eine weitere seichte Komödie ohne Tiefgang. Und dass sich die Zeitungen immer so vor Enthusiasmus überschlugen, wenn irgendwo ein neues Mädel in der Glitzerwelt des Films auftauchte. Meist wusste man schon einige Wochen später nicht mehr, wie die betreffende Dame überhaupt geheißen hatte, sie waren bestenfalls berühmt für einen Sommer, um dann umso sicherer in der Versenkung zu verschwinden. So würde es wohl auch mit dieser Wessely sein, dachte sich Bronstein. Schon allein der Name! So hieß man als Hausmeisterin oder Zuschneiderin, aber doch nicht als Filmschauspielerin! Obwohl, hieß das nicht „glücklich", wie ihm Cerny einmal erklärt hatte? Vielleicht trug die Dame ihren Namen ja zu Recht und hatte Glück in dieser Branche. Gerade in schweren Zeiten stand die breite Masse ja auf die leichte Muse, und so mochte die junge Dame vielleicht doch reüssieren.

Im Sport stand schließlich nochmals über das bevorstehende Match von Rapid gegen Bologna zu lesen, sodass sich Bronstein ernsthaft überlegte, am Sonntag vielleicht wirklich in den Prater zu pilgern, zumal man den Matchbesuch ja auch gleich mit einem im „Lusthaus" verbinden konnte, der diesmal wohl kaum so desperat ausfallen mochte wie am Sonntag zuvor.

Bronstein fand noch eine weitere Meldung, die sicher Cerny gefreut hätte. Sigma Olmütz, das Team der Heimatstadt der Cernys, hatte den FC Wien mit 2:1 geschlagen. Cerny! Hektisch blickte Bronstein auf die Uhr, es war fünf Minuten vor neun. Wenn er den Major nicht warten lassen wollte, dann musste er sich sputen. Er ließ die Zeitung förmlich fallen, zahlte eilig, verließ überstürzt das Café und hastete die Herrengasse entlang. Erst in der Schottengasse fiel er allmählich in eine ruhigere Gangart, einerseits, weil er beginnendes Seitenstechen verspürte, andererseits, weil eine Verspätung von fünf Minuten sicherlich als tolerabel galt.

Im Büro angekommen, entschuldigte er sich bei Cerny, noch ehe er überhaupt seinen Hut abgenommen hatte. Doch Cerny winkte nur ab. „Du, kein Problem, wir haben ohnehin Zeit genug. Der Holzer ist, wie ich erfahren habe, heute auf einer Dienstreise ins Ungarische und daher ohnehin erst wieder morgen zu sprechen."

„Das heißt, er kommt auch nicht zum Begräbnis seines Chefs?“ Bronstein war ehrlich erstaunt.

„So sieht es aus“, antwortete Cerny, „das Geschäft geht wohl vor.“

„Na, da sieht man es mal wieder. Jede Moral hat ihre Grenzen. Aber wir gehen schon hin, oder?“

„Das entscheidest wohl du, Oberst, immerhin bist du der Chef.“

„Auch wenn ich es für ein Klischee halte, dass sich beim Begräbnis des Opfers jemand selbst enttarnt, schaden kann es nie. Vielleicht sehen wir dort ja jemanden, den wir bis jetzt noch gar nicht auf unserer Liste haben. Und wenn wir ein wenig früher zu Tisch gehen, dann schaffen wir es in jedem Fall rechtzeitig.“ Bronstein machte eine kleine Pause: „Und was gibt es sonst Neues?“

„Ich habe die Zeit genutzt, um ein wenig unsere Karteien durchzugehen. Kannst du dich noch an die Namen erinnern, die uns Podlaha als Holzers Männer fürs Grobe nannte?“

„Moment, gleich kommt's … nein, doch nicht. Ich fürchte, ich komm nicht drauf.“ Bronstein zog ein Schnoferl.

„Kotzler und Murer“, rekapitulierte Cerny. „Und was, glaubst, hab ich in unserer Kartei über die beiden gefunden?“

„Na, ich bin sicher, du wirst es mir gleich sagen.“

„Der Murer ist schon einmal ziemlich lang g'sessen. Anfang 1920 bis Ende 1924. Freigekommen im Rahmen einer Weihnachtsamnestie. Kriegt hat er damals sieben Jahre wegen Körperverletzung mit Todesfolge. Eine Wirtshausschlägerei, bei der er seinem Gegner das Bierkrügel über den Schädel gezogen hat. Das hat der dann nicht überlebt. Der Murer ist relativ gut weggekommen, weil praktisch alle Zeugen für ihn ausgesagt haben, und außerdem dürfte er auf einen überaus verständnisvollen Richter gestoßen sein. Der Staatsanwalt hat übrigens damals eine Befangenheit des Richters konstatiert, da beide,

Richter wie Angeklagter, im Weltkrieg im selben Regiment gedient hatten. Doch das Urteil hat dennoch gehalten."

„Na, wieder ein hervorragendes Beispiel von Kriegskameradschaft, was?"

„Ja, aber es kommt noch besser. Der Kotzler is bei uns so was wie ein Stammgast. Sei Speiskoatn is schon fast beeindruckend zu nennen. Der Mann ist zweiunddreißig, war also zu jung für den Krieg, hat aber in Kärnten gegen die Jugoslawen gekämpft und darf sich deshalb auch Frontkämpfer nennen. 1924 war er sechs Wochen im Bau, weil er zwei Schutzbündler verdroschen hat, 1926 noch einmal drei Wochen in Untersuchungshaft wegen eines Raufhandels in der Steiermark. Damals hat man ihn allerdings wieder laufen lassen, weil er für die fragliche Zeit ein Alibi beibringen konnte – wenn auch mit beachtlicher Verspätung. 1928 und 1932 is er abermals g'sessen, beide Male wegen schwerer Körperverletzung. Eigentlich ein Wunder, dass der beim Demand nicht schon längst rausgeflogen ist."

„Und wen hat er bei diesen beiden Gelegenheiten vermöbelt?"

„1928 war eine Eifersuchtsgeschichte, er hat den Galan einer Dame, für die er sich gleichfalls interessierte, in seine Grenzen verwiesen. Und 1932 hat er einen Zuhälter spitalsreif geschlagen, nachdem er sich mit diesem nicht über die Preise hatte einigen können. Damals wurde er zu drei Jahren auf Bewährung verurteilt, die immer noch laufen. Das Interessante daran ist übrigens, dass Kotzler seinen Widersacher zuerst zu Boden gerissen hat, um ihn dann mit Fußtritten zu traktieren. Am Ende der Auseinandersetzung sprang er dem Zuhälter mit durchgestreckten Beinen auf den Kopf. Ein Wunder, dass der andere das überlebt hat. Kotzler dürfte so seine eigene Methode haben, scheint es, und die qualifiziert ihn, wie ich meine, eindeutig als Verdächtigen in unserem Fall."

„Ja, dafür scheint einiges zu sprechen. Wenn wir einmal davon ausgehen, dass der alte Demand nicht von seinem Sohn oder seiner zweiten Ehefrau, sondern von Holzer in die Mangel genommen wurde, dann könnte es gut sein, dass der seine Politkameraden auf ihn angesetzt hat."

„Es könnte aber auch sein", schränkte Cerny ein, „dass sich der Juniorchef an die beiden gewandt hat. Sie könnten sich durch die Firma durchaus gut kennen, und das Vorleben Kotzlers sollte einem Chef eigentlich bekannt sein."

„Und genauso ist es auch möglich, dass der junge Demand in dieser Angelegenheit mit Holzer an einem Strang gezogen hat. Der junge wollte den alten Demand los sein und hat sich an den Holzer gewandt, der ja auch ein gewisses Interesse daran haben musste, dass sich in der Firma etwas ändert, wenn die Hinweise, die wir bis jetzt erhalten haben, stimmen, und so konnte es dann Holzer gewesen sein, der den jungen Demand an Kotzler und Murer verwies."

„Womit wir wieder am Anfang stünden", meinte Cerny lapidar, „Hypothesen, nichts als Hypothesen." Sein eben noch an den Tag gelegter Enthusiasmus erlahmte sichtlich.

„Schauen wir einmal, wer aller zum Begräbnis geht. Aber zuerst ist einmal Essen angesagt, würde ich sagen." Bronstein blickte erwartungsvoll.

„Dafür ist es wohl leider noch etwas zu früh."

„Meinst du?"

„Ich fürchte, es ist gerade einmal zehn."

Auf Bronsteins Gesicht machte sich Enttäuschung breit. Aber Cerny hatte Recht. Wieso war er dann schon so hungrig? Ob er sich vielleicht ausnahmsweise eine kleine Jause genehmigen durfte? Bronstein dachte an die Kantine. Besser nicht.

Also widmete er sich wieder dem Aktenstudium. Doch er merkte, wie wenig er bei der Sache war. Einerseits verspürte er nagenden Hunger, andererseits schoss ihm plötzlich wieder

Eva in den Sinn. Es war schon merkwürdig, sagte er sich. Diese Frau hätte ihn an sich gar nicht interessiert. Weder sah sie sonderlich attraktiv aus, noch gab es da irgendwelche Gemeinsamkeiten, auf denen man hätte aufbauen können. Ja, Bronstein gestand sich ein, dass er sich nach Eva wohl nie umgedreht hätte, wäre sie ihm auf der Straße entgegengekommen. Und er hätte sie wohl auch nicht näher in Augenschein genommen, wenn sie wie er in einem Kaffeehaus gesessen wäre. Jetzt aber lagen die Dinge anders. Seit sie sich ihm hingegeben, seit sie ihm gezeigt hatte, wie prickelnd und aufregend die körperliche Liebe mit ihr sein konnte, war ein Bedürfnis in ihm geweckt, das nun ungestillt in ihm rumorte und dazu führte, dass er sich beständig nach einem Dakapo verzehrte. Und je länger das Erlebnis selbst in die Vergangenheit entglitt, umso mehr fühlte Bronstein wieder diese offene Wunde, die bis zu der Begegnung mit Eva in wahren Strömen geblutet hatte. Die dünne Kruste, die sich durch dieses einmalige Erlebnis gebildet hatte, begann nun immer brüchiger zu werden, die Wunde nässte, und es war nur eine Frage der Zeit, bis sie wieder von Neuem aufbrechen würde.

Dies umso mehr, als er ja nicht einfach zu Eva hingehen und sagen konnte, dass er sich eine zweite Runde wünschte. Und sie würde sich schon gar nicht bei ihm melden, immerhin war sie eine, wenn auch gelangweilte, so doch verheiratete Frau. Und je länger Bronstein in sich hineinhörte, umso klarer sah er sein eigentliches Problem in dieser Angelegenheit. Eva war eine begnadete Liebhaberin gewesen, aber sie hatte diese hervorragenden Leistungen nicht um seinetwillen erbracht, sondern aus dem Überdruss heraus, den ihr langweiliges Alltagsleben kontinuierlich produzierte. Es wäre ihr egal gewesen, an wem sie ihre amourösen Künste erprobte. Er, Bronstein, war eine Nummer, irgendwo zwischen dem Hausmeister, dem Malermeister und dem Gemüsehändler von nebenan. Und bestimmt dachte

Eva schon längst keine Minute mehr an ihn. Sie hatte ihn konsumiert. Wie man einen Apfel konsumiert oder ein Krügel Bier. An die denkt man auch nicht mehr, wenn sie einmal verputzt sind. Wenn man dann wieder Hunger oder Durst empfindet, macht man sich auf, neue Quellen zu erschließen, ohne an die alten auch nur den geringsten Gedanken zu verschwenden. Konnte er sich denn noch daran erinnern, was er gestern zu Mittag gegessen hatte? Nein! Eben. Er, Bronstein, war bei Eva nicht mehr als das Menü von voriger Woche. Was heißt „das Menü“? „Ein“ Menü aus der Vorwoche. Und was wurde aus Essen, wenn es einmal verdaut war? Eben!

Als Bronstein erkannte, dass er mehr und mehr in Selbstmitleid zu versinken drohte, platzte plötzlich der Bürodiener in die Amtsstube. „Der Herr Präsident wünscht Sie beide zu sehen“, keuchte er, „jetzt sofort, er will über den Fortgang der Ermittlungen informiert werden.“

Cerny schüttelte leicht mit dem Kopf: „Das ist aber gar nicht Seydels Art. Normal lässt er sich ja auch nur über das Endergebnis Bericht erstatten.“

Der Bürodiener errötete leicht: „Tschuldigung, ich meinte den Herrn Vizepräsidenten.“ Auch in den unteren Rängen war man sich also längst über die wahre Hierarchie im Haus im Klaren, dachte Bronstein mit einem leichten Schmunzeln auf den Lippen.

Der Skubl! Der entwickelte ja wirklich bemerkenswerten Ehrgeiz. Klar, der sah jetzt endlich seine Chance gekommen, sich wirkungsvoll und dauerhaft zu profilieren. Und wie er dabei mit Seydel umsprang, war symptomatisch für einen Machtmenschen, wie Skubl einer war. Unwillkürlich musste Bronstein an das Jahr 1927 zurückdenken, als es Skubl, damals noch ein kleiner Hofrat in der Polizeidirektion Wien, gewesen war, der den Schießbefehl vor dem Justizpalast erteilt hatte. Fast hundert Arbeiter hatte Skubl damals ins Jenseits befördern lassen, rund tausend Verletzte forderte sein gedankenloser Befehl, und obwohl Skubl mit seinem unüberlegten Vorgehen immensen Schaden angerichtet hatte, ließ sich nicht einmal die kleinste negative Konsequenz in seiner Karriere erkennen. Im Gegenteil. Fast schien es, als wäre sein Tun dafür verantwortlich gewesen, ihn endlich in die lichten Höhen der Chefetagen zu katapultieren. Schober, der damalige Polizeipräsident, hatte den schwarzen Peter zugeschanzt bekommen, und Skubl galt den Vertretern der rechten Weltanschauung als ihr kommender Mann. Er hatte gezeigt, wie man mit der Linken Schlitten fuhr, und Dollfuß nahm sich an Skubls Entschlossenheit offenkundig ein Beispiel. Kein Wunder also, dass Dollfuß Skubl zu Seydels Nachfolger erkoren hatte. Und daher war es wohl auch naheliegend, dass Skubl persönlich über jeden Fall informiert sein wollte, denn so kurz vor dem Erreichen seiner persönlichen Ziele wäre er wohl ungern wegen irgendeiner Bagatelle ins Trudeln gekommen. Noch dazu, wo sich erst noch zeigen musste, ob jemand wie Demand überhaupt unter Bagatelle zu verbuchen war.

Bronstein und Cerny packten also ihre Akten zusammen und machten sich neuerlich auf den Weg ins Büro des Vizepräsidenten. Dort wurden sie schon ungeduldig erwartet.

„Meine Herren, wie schauen wir aus?“ Skubls Ton war schneidend und in strikter Befehlsform gehalten.

„Nun ja“, entgegnete Bronstein, ein wenig verwirrt darüber, dass ihnen nicht einmal Platz angeboten worden war, von einem Kaffee ganz zu schweigen, „seit unserer letzten Besprechung hat sich nicht allzu viel Neues ergeben. Es ist jedoch so, dass unsere Vermutung hinsichtlich des Juniorchefs und der Gemahlin des Opfers bislang von keinem weiteren Zeugen bestätigt wurde, und auch die Rechtfertigung der beiden Herrschaften klingt überzeugend. In diesem Lichte gehen Kollege Cerny und ich nunmehr eher davon aus, dass der oder die Täter im Bereich der Belegschaft zu suchen sind.“

„Sehr richtig“, schnarrte Skubl, „dort liegt der Hund begraben. Hohe Herrschaften lassen sich nicht zu solch grauenhaftem Tun hinreißen, dazu ist nur der Mob fähig. Schauen Sie sich einfach genau um, meine Herren, wer sich seinerzeit für die Roten engagiert hat, und in diesem Kreis finden Sie zwangsläufig den Mörder.“

Bronstein überlegte, ob er Skubl gegenüber seinen Verdacht gegen die Nazigruppe im Betrieb erwähnen sollte. Einerseits präsentierte sich die Regierung Dollfuß als das Bollwerk gegen den Nationalsozialismus schlechthin, andererseits war es ein offenes Geheimnis, wie viele Vertreter dieser Regierung bereits in pectore mit dem Nationalsozialismus liebäugelten. Und die Spatzen pfiffen es schon länger von den Dächern, dass Skubl selbst in dieser Frage eine zumindest nicht ganz lupenreine Rolle zu spielen schien. Zwar war Skubl nicht so eindeutig positioniert wie sein Stellvertreter Steinhäusl, der Leiter der Wiener Kriminalpolizei, doch hielten sich hartnäckig Gerüchte, Skubl sichere sich nach beiden Seiten hin ab, um auf alle Eventualitäten vorbereitet zu sein. Bronstein musste daran denken, wie Skubl im Vorjahr, kurz nach der Ausschaltung des Nationalrates, satt erklärt hatte, dass es letztlich egal sei, welches politische System ein Land habe, alles stehe und falle jeweils mit den Ordnungskräften, also mit der Polizei. In Wirklichkeit schuldeten also nicht die Mitglieder der Exekutive den jeweils Regierenden Loyalität, es sei vielmehr umgekehrt: „Egal, ob es sich bei einem Staat um eine Monarchie, eine Demokratie oder irgendeine Diktatur handelt“, hatte er damals erklärt, „die Regierung stützt sich stets auf die bewaffnete Ordnungsmacht. Und das, meine Herren, sind wir. Wir haben politische Wechselfälle nicht zu kommentieren, wir haben vielmehr eine Aufgabe, die es zu bewältigen gilt. Und das tun wir. Regelmäßig. Unser Credo heißt Ordnung und Sicherheit. Und diese beiden unumstößlichen Eckpfeiler einer zivilisierten Gesellschaft schützen wir. Und daher unterstützen wir jede Regierung, der eben dieses Credo gleichfalls wichtig ist. Wir lösen unsere Aufgaben auf unsere Weise, soll die Regierung es auf ihre Weise tun, das ist uns gleich. Solange sie nur weiß, was sie an uns hat."

Vielleicht, dachte Bronstein, war sich Skubl nicht mehr so sicher, dass die Regierung wirklich wusste, was sie an ihm hatte, sodass er seine Fühler eben auch in andere Richtungen ausstrecken mochte. Aber ebenso gut war es möglich, dass er der Regierung auch weiterhin treu ergeben war und dass nur irgendwelche Neider versuchten, ihn anzuschwärzen – oder in dem Fall passender, lächelte Bronstein in sich hinein, anzubräunen –, um seinen sicher scheinenden Aufstieg in die lichtesten Höhen der Verantwortung zu stoppen oder wenigstens ein bisschen zu verzögern.

Egal, Skubl war im Augenblick der starke Mann, schloss Bronstein seine Meditationen über dieses Thema ab, da ihm bewusst wurde, dass dieser eine klare Antwort von ihm erwartete, und deshalb legte man sich besser nicht mit ihm an. Und um ganz sicherzugehen, dass man sich nicht auf dünnem Eis bewegte, sprach man von gewissen Dingen erst dann, wenn man unumstößliche Beweise beibringen konnte, welche die eigene Meinung nachhaltig bekräftigten. Also war es zum gegenwärtigen Zeitpunkt klüger, einfach nur zu nicken und Skubls Standpunkt als wichtige Richtschnur für die weiteren Ermittlungen zu unterstreichen.

„Es wäre aber immer noch zu untersuchen, ob der Mord nicht auf das Konto nationalsozialistischer Täter geht."

Bronstein fuhr entsetzt hoch. Cerny hatte es sich wieder einmal nicht verkneifen können. Bronstein schickte ihm dafür einen blitzenden Blick.

„Aber Herr Kollege", bemühte sich Skubl überraschenderweise um Konzilianz, „diese Theorie scheint mir sehr weit hergeholt. Die Nationalsozialisten verfolgen doch ganz andere

Ziele, die denken in größeren Dimensionen. Nein, nein, vertrauen Sie meinem Alter und meiner Erfahrung, suchen Sie die Täter unter den Roten. Die sind, wie wir ja nicht zuletzt im Februar gesehen haben, völlig ohne Moral und ohne Skrupel. Denen ist bekanntlich nichts heilig, ergo auch kein Menschenleben. Dort müssen Sie ansetzen."

Bronstein wollte um jeden Preis verhindern, dass Cerny dem Vizepräsidenten weiterhin die Stirn bot. Noch ehe das letzte Wort aus Skubls Mund verklungen war, griff er schon den Gesprächsfaden auf. „Herr Präsident", sagte er, „wir werden Ihren Rat beherzigen und unsere Ermittlungen darauf entsprechend abstellen. Selbstverständlich halten wir Sie auf dem Laufenden."

„Das wird gut sein", ergänzte Skubl, „denn der Minister sitzt mir im Genick. Wenn jetzt schon ehrbare Fabrikanten ums Leben gebracht werden, dann hört sich der Spaß wirklich auf. Und was machen S' jetzt als Nächstes?"

„Wir gehen zum Begräbnis des Opfers. Wir erwarten uns davon zwar keinen unmittelbaren Erfolg, aber Sie wissen ja, Herr Präsident, oft schon hat sich der Täter bei solchen Gelegenheiten gezeigt, und wenn man als Polizist seine Augen stets offen hält, kann man dabei manch nützlichen Hinweis erhalten."

„Ja", nickte Skubl, „machen S' das. Aber es ist gut, dass Sie sich davon nicht zu viel versprechen, denn die Roten gehen nicht zu Begräbnissen. Nicht, wenn sie draus nicht eine politische Demonstration machen können."

Bronstein unterdrückte Cernys Bedürfnis, an dieser Stelle Widerspruch anzumelden, mit einer allgemeinen Floskel und fragte den Präsidenten, ob sonst noch etwas anlag. Skubl war anscheinend nicht der Ansicht, es gebe noch etwas zu besprechen, und so waren die beiden Ermittler vorerst entlassen. Draußen sah Bronstein auf die Uhr: „Jetzt ist es aber wirklich Zeit fürs Mittagessen."

Cerny war den ganzen Weg zum Lokal schweigend neben Bronstein hergestapft, doch nachdem sie ihre Bestellungen abgegeben hatten, hielt er es nicht länger aus: „Wieso lässt du ihm eigentlich alles durchgehen, Oberst? Die These mit den Roten ist doch völlig abwegig. Willst du wirklich in diese Richtung ermitteln?"

„Natürlich nicht. Aber wieso sollt ich ihm das auf die Nase binden?"

„Weil er wirklich an den Unsinn glaubt, den er da verzapft. Und wenn wir dann den wirklichen Täter gefunden haben, wird er ihn nicht akzeptieren, weil das nicht in seine Vorstellung vom Tathergang passt."

„Glaub mir, dem ist das wurscht. Der will nur Ergebnisse, und das so schnell wie möglich. Hauptsache, das Resultat ist dazu angetan, ihn zu befördern. Alles andere ist da zweitrangig."

„Na, ich hoffe, du hast Recht. Weil ich verbieg nämlich die Ermittlungsergebnisse nicht für irgendeine politische Ranküne. Da kannst Gift drauf nehmen."

„Schau' ma amal", begütigte ihn Bronstein, „aber zuerst lass uns was essen, weil bei der Leich werden wir uns eh die Füß' in den Bauch stehen."

Dankbar sah Bronstein der Suppe entgegen, die der Kellner eben gebracht hatte. Der Mann schnappte den Henkel des Zinngefäßes und goss den Inhalt langsam auf den vor Bronstein stehenden Porzellanteller. Zuletzt plumpste der Leberknödel in die Rindsuppe, und Bronstein griff eilig zum Löffel, um seinem Magen endlich Nahrung zuzuführen.

„Was erwarten wir uns jetzt wirklich von unserer Teilnahme an dem Begräbnis?" Cernys Frage ließ Bronstein in seiner Nahrungsaufnahme innehalten. Musste Cerny selbst beim Mittagessen noch so dienstlich sein? Konnte er nicht wenigstens für einen Moment sein Pflichtbewusstsein vergessen?

„Was weiß ich? Manchmal muss man einfach schauen, was passiert. Vielleicht passiert auch nichts. Aber dann wissen wir's wenigstens." Der Tonfall, in dem Bronstein diese Antwort gegeben hatte, ließ unzweifelhaft seinen Unmut erkennen. Cerny verstand den Wink und aß seine Suppe schweigend.

Doch sein Schweigen war auch nicht nach Bronsteins Sinn. Warum konnte man sich nicht einfach gepflegt unterhalten? Es gab genug Themen, die man ansprechen konnte, ohne immer gleich dienstlich zu sein. Doch Cerny, so fürchtete er, würde das nie begreifen. Dennoch gab Bronstein die Hoffnung nicht auf.

„Was sagst zu Rapid? Werden sie's schaffen?"

„Was schaffen?" Cerny wirkte ehrlich erstaunt.

„Na gegen Bologna zu gewinnen?"

„Wovon sprichst du, Oberst?"

„Sag bloß, du weißt nicht, dass Rapid am Wochenende im europäischen Pokalbewerb engagiert ist?"

„Du weißt, Oberst, dass ich mir aus Fußball nicht so viel mach. Ich begeistere mich für andere Sportarten."

„Ja, ja", sagte Bronstein resigniert, „Fechten und Turnen, ich weiß."

Und wieder dehnte sich eine Pause zwischen den beiden. Sie hatten ihre Suppen aufgegessen und warteten nun auf den Hauptgang. Die schwarze Tafel beim Eingang hatte Rindsbraten angekündigt, und noch ehe Bronstein nach seinem Zigarettenetui hatte greifen können, platzierte der Ober schon die zwei Menüschalen vor den beiden Männern. Die linke, größere Hälfte enthielt ein Rindsschnitzel, das in einer Sauce schwamm, die rechte, kleinere, Spiralnudeln. Cerny griff kurz entschlossen nach der Gabel und begann damit, die Teigwaren in die Sauce zu schaufeln. Bronstein beobachtete dieses Tun und kam dabei zu dem Schluss, dass die Nudeln so wohl wirklich besser schmecken würden, da sie den Geschmack der Sauce aufnehmen würden.

Er tat es also Cerny gleich und genoss die so entstandene Geschmackssteigerung in vollen Zügen. Und doch konnte es ihm nicht entgehen, dass Cerny immer noch darauf drängte, Skubls Auftritt zu kommentieren. Kaum hatte Bronstein die letzte Nudel verspeist und sich eine „Donau" angezündet, lehnte er sich also zurück, sah Cerny an und meinte endlich: „Also schieß schon los. Was brennt dir so auf der Zunge, dass du es unbedingt loswerden musst?"

„Das mit den Roten ist doch Humbug. Das passt überhaupt nicht zu denen, und das weißt du ganz genau. Die lehnen jede Form von individuellem Terrorismus strikt ab, deswegen sind sie sich ja dauernd mit den Anarchisten in den Haaren gelegen. Kein Roter würde irgendeinen Politiker oder Wirtschaftskapitän ermorden, weil er wüsste, dass der sofort durch einen anderen ersetzt würde. Die Unterdrückung, gegen die ein Sozi meint ankämpfen zu müssen, begreift der als systemimmanent, weshalb sich nicht die Person, sondern eben das System ändern muss, wie die Roten meinen."

„Alle Achtung, Genosse Cerny, hätt mir gar nicht gedacht, dass du das so gut draufhast. Warst am End gar selbst in der Partei?" Bronstein lächelte und zwinkerte mit dem Auge.

„Na ernsthaft, kannst du dich daran erinnern, wann die Roten je eine Gesetzesübertretung begangen hätten? Selbst als ihnen der Kanzler schon ihren Maiaufmarsch abgedreht hat, sind die noch streng gesetzestreu geblieben. Kannst dich noch erinnern, Oberst, voriges Jahr, was s' da g'schrieben haben? Demonstrieren ist verboten, aber spazieren gehen ist erlaubt. Also gehen wir am 1. Mai alle spazieren! So sind's, die Roten. Und erst heuer im Februar. In Floridsdorf haben sich die Schutzbündler nicht in den Bahnhof getraut, weil niemand da war, der ihnen Perron-Karten verkauft hätte. Und in Favoriten unten hat sich eine Abteilung Schutzbündler ergeben, weil sie, hätten sie es nicht getan, über eine Parkwiese hätten flüchten müssen, auf der aber ein Schild stand: Betreten verboten. Glaubst du wirklich, dass jemand, der nicht einmal unter extremsten Umständen unerlaubt auf eine Grasnarbe steigt, einen Mord begeht?“

„Eh nicht. Glaub mir, die Sozis hab ich auch nicht auf meiner Liste. Aber bei dem Skubl weiß man nie, wie der tickt. Mit dem legt man sich auch besser gar nicht erst an. Ich sag dir’s, der ist der kommende Mann, und willst du den Präsidenten zum Feind haben? Also ich nicht!“

„Schön und gut“, gab Cerny zurück, „man muss ja nicht auf offene Konfrontation gehen. Aber ich würde es wirklich sehr begrüßen, wenn wir uns deshalb nicht in unseren Ermittlungen beeinflussen ließen. Ich tippe nach wie vor auf die Kotzlers und Murers, dann erst auf einen familiären Hintergrund, und erst wenn sich alle diese Möglichkeiten als Sackgassen erweisen, wäre ich vielleicht bereit, in Erwägung zu ziehen, dass sich Podlaha oder seinesgleichen vollkommen vergessen hat.“

Bronstein lächelte erneut: „Na siehst. An dir ist ein Anwalt verloren gegangen. Du bist immer noch viel zu gefühlsbetont, das musst du dir abgewöhnen, denn eine kriminalistische Ermittlung ist eine Form von Wissenschaft, und Wissenschaft ist …“

„Leidenschaftslos, ich weiß, das sagst du mir immer wieder. Aber eine Ermittlung, die die näheren Umstände eines Falls außer Acht lässt, geht gleichfalls in die Irre. Wie immer und überall macht die Dosis das Gift.“

Bronstein dämpfte seine Zigarette aus. „Magst ja Recht haben. Ober! Zahlen, bitte!“

Als Cerny und Bronstein wieder auf die Straße traten, wurden sie förmlich von der Sonne geblendet. Es hatte sich eine ungesunde Hitze entwickelt, dazu eine Schwüle, die ein Gewitter erahnen oder zumindest wünschenswert erscheinen ließ. Automatisch griff Bronstein nach seinem Stecktuch und tupfte sich den Schweiß von der Stirn, während die beiden auf den Schwarzenbergplatz zuhielten, wo sie die Straßenbahn besteigen wollten, die sie zum Zentralfriedhof bringen sollte. Einmal dort angekommen, nutzte Bronstein die unumgängliche Wartezeit zu einer weiteren Zigarette, die freilich schon lange auf dem Gehsteig ausgetreten war, als die beiden immer noch auf die Straßenbahn warteten.

„Da muss was passiert sein", ließ sich ein anderer Wartender vernehmen. „Aber geh, die brauchen doch immer so lang", entgegnete ein potenzieller Fahrgast mit resignativem Gleichmut. Doch andererseits warteten sie nun schon gut und gern zwanzig Minuten. Unruhig blickte Bronstein auf die Uhr, denn allmählich wurde es zeitlich eng in Bezug auf den Begräbnistermin. „Was meinst, sollen wir ein Taxi nehmen?", fragte er Cerny.

„Das bewilligen uns die nie. Die sagen, und das wahrscheinlich zu Recht, dass wir einfach früher hätten wegfahren sollen."

Bronstein seufzte. Er wusste, Cerny hatte Recht. Wo blieb diese vermaledeite Straßenbahn?

Als er nun endlich entschlossen war, eine weitere Zigarette zu rauchen, hörten sie das charakteristische Quietschen, und nur einen Augenblick später bog das wackelige Gefährt um die Kurve und ratterte mühsam die Schienen entlang, um schließlich ruckartig vor dem Stationsschild zum Stehen zu kommen. Cerny und Bronstein bestiegen den vorderen Wagen und ließen sich, der Hitze der Tageszeit entsprechend, schwer auf die Holzbänke plumpsen. Der Fahrer drehte hektisch an seiner Kurbel, und die Straßenbahn setzte sich schwerfällig wieder in Bewegung. Der Schaffner sah die beiden neu zugestiegenen Fahrgäste neugierig an, und reflexartig zückten beide ihre Dienstmarken. Der Schaffner war damit zufrieden, und Bronstein registrierte beiläufig, wie von einem Augenblick auf den nächsten jede Konversation im Waggon erstorben war. Es war immer gut zu wissen, wie beliebt man als Polizist im Volk war.

Eine halbe Stunde später hatten sie den Friedhof erreicht. Sie stiegen aus und betraten das Areal durch den Haupteingang, von dem aus die Gedächtniskirche mit ihrer mächtigen Kuppel bereits zu sehen war. Bronstein kontrollierte den Sonnenstand und schlug sich dann auf die rechte Seite der Hauptallee, wo die Bäume ein klein wenig Schatten spendeten. Auf diese Weise erreichten sie die Kirche, ohne zuvor vor lauter Schweißausbrüchen vollkommen zerflossen zu sein. Sie setzten eben an, die einschüchternde Treppe, die zum Kircheninneren führte, zu überwinden, als ihnen Orgelmusik entgegenschlug. Die Feierlichkeit hatte offenkundig schon begonnen.

Für einen Mann in Demands Stellung waren erstaunlich wenig Trauergäste zugegen. Politik und Wirtschaft schienen, zumindest auf den ersten Blick, völlig zu fehlen, und auch sonst stach Bronstein niemand ins Auge, der seine Aufmerksamkeit erregt hätte. Ganz vorne saß links die junge, rechts die alte Frau Demand, an deren Seite sich die Söhne samt Anhang befanden, während der Bereich rund um die junge Demand gänzlich leer geblieben war. Sah man auf die hinteren Bänke, so war offenkundig, dass der alte Demand wenig Freunde gehabt hatte. Doch als müsste er dieses Manko durch die Länge seiner Rede ausgleichen, ließ sich der Priester, der die Zeremonie leitete, durch nichts davon abbringen, ohne Unterlass zu reden. Würdigte er zuerst die öffentlichen Verdienste des Verstorbenen, so lieferte er anschließend gleichsam ein Privatissimum über die Fallstricke des Lebens, die es dem Menschen mitunter unmöglich machten, Gottes Gebote so treulich zu erfüllen, wie es seine Pflicht wäre. Auch Demand habe gefehlt, meinte der Priester nur scheinbar kryptisch, denn wohl jeder der Anwesenden wusste, dass sein Eheleben damit gemeint war, doch es sei nicht an den hier Versammelten, deshalb den Stab über ihn zu brechen. Wenn man von Gott Vergebung für seine eigenen Sünden erflehe, dann sei man wohl beraten, auch selbst Gnade vor Recht ergehen zu lassen, denn nicht umsonst hieße es schon im „Vater unser“: „Vergib uns unsere Schuld, wie auch wir vergeben unseren Schuldigern.“ So solle man es auch mit Demand halten, der durch sein ganzes Leben bewiesen habe, dass er ein guter Mensch, ein wertvolles Mitglied der Gemeinde gewesen sei.

Und Bronstein hatte das dringende Bedürfnis, einfach einzuschlafen. Aus langjähriger Erfahrung wusste er, dass sich, solange dieser Teil der Zeremonie dauerte, ohnehin nichts Wesentliches ereignen konnte, da die Leute auf ihren Sitzen festgeschraubt waren und keine Gelegenheit zu agieren hatten. Erst wenn der Trauerzug auf dem Weg zum Grab war, würden einzelne Personen vielleicht Handlungen setzen, die für die Ermittlungen von Bedeutung sein konnten. Vorerst also konnte er sich getrost zurücklehnen, dachte Bronstein, und ließ den Diener Christi weiterschwadronieren.

Er wusste erst, als er auf die Uhr blickte, dass der Sermon beinahe eine Stunde gedauert hatte. Endlich erhob sich die Trauergemeinde, die Orgel setzte noch einmal ein, und der Priester schritt voran, hinter ihm jene Männer, die den Sarg, der bislang in der Mitte gestanden war, aufgenommen hatten, um ihn zu jener Lafette zu tragen, die Demands letztes Transportmittel sein sollte. Bronstein blickte zur Tür und beobachtete dabei die beiden Witwen. Die junge Demand schien einen Augenblick zu zögern und sah die alte Demand erwartungsvoll an. Bronstein wusste, von Rechts wegen hätte die junge Demand den Vortritt gehabt, doch wie selbstverständlich nahm die alte dieses Privileg in Anspruch und reihte sich, ohne auch nur im Geringsten auf die junge Demand zu achten, unmittelbar hinter dem Sarg ein, dabei ihre beiden Söhne zu sich winkend. Die junge Demand wirkte einen Augenblick verloren, nahm das Geschehen dann aber wortlos hin und marschierte hinter der anderen Familie Demand her. Den übrigen Trauergästen war dieser kurze Machtkampf nicht entgangen, und allenthalben erhob sich Getuschel, das sich aber bald wieder beruhigte. Bronstein nutzte die Gelegenheit und zählte die Anwesenden, wobei er auf etwa vierzig Personen kam.

Er war ein wenig enttäuscht, denn die übrigen Trauergäste waren samt und sonders ziemlich alt und gebrechlich, und niemand wirkte, als wäre er in der Lage, ein Verbrechen auszuhecken. Von Kotzler und Murer war natürlich keine Spur, und auch von den Bewohnern des Demand'schen Hauses hatte sich außer dem Hausmeister, der es sich wahrscheinlich mit den Erben gutstellen wollte, niemand eingefunden. Dass er den Hausmeister hier sah, traf Bronstein umso härter, weil er sich nun eingestand, insgeheim darauf gehofft zu haben, bei dieser Gelegenheit Eva zu begegnen. Er stellte sich die Frage, ob ihm nicht nur deshalb die Teilnahme an diesem Begräbnis so wichtig gewesen war, denn alles, was sich hier sonst noch beobachten ließ, war vielleicht, wie der Juniorchef und seine Stiefmutter miteinander umgingen. Und wenn das Verhalten in der Kirche symptomatisch war, dann durfte man auch in dieser Hinsicht nichts mehr erwarten. Ein verschwendeter Nachmittag.

Cerny schien Ähnliches durch den Kopf zu gehen, denn er schritt mürrisch neben Bronstein her und machte aus seinem Missmut keinerlei Hehl.

„Ich denke, du hast Recht gehabt", zischte ihm Bronstein zu, „da wird sich nichts mehr tun, was uns interessieren könnte. Was ist, gehn wir zum Pfeifer auf ein gepflegtes Bierchen?"

Cerny schüttelte nur den Kopf: „Wenn wir schon einmal hier sind, dann leeren wir diesen Schierlingsbecher auch bis zur Neige. Wer weiß, vielleicht findet sich ja direkt am Grab noch jemand ein, auf den wir ein Auge werfen sollten."

Bronstein seufzte innerlich. Das war ja wieder einmal klar gewesen. Mit Cerny konnte man einfach nicht fünf gerade sein lassen, dazu war er viel zu korrekt und dienstbeflissen. Also hieß es, sich in der prallen Sonne des frühen Nachmittags weiter durch die Grabreihen zu schleppen.

Bronstein erschien der Weg ewig. Er hätte am liebsten laut gefragt, wie lange man denn noch gehen müsse, doch eine solche Regung verkniff man sich besser. Bronstein drehte sich um. Na bitte, die Kirche war gar nicht mehr zu sehen. Vermutlich befand man sich schon fast in Schwechat. Demand musste bei der Wahl seines Grabplatzes mehr als knausrig gewesen sein, denn so weit vom Zentrum des Friedhofs entfernt lagen für gewöhnlich nur arme Schlucker, Selbstmörder oder Fremde, die mit den hiesigen Bräuchen nicht vertraut waren.

Der Trauerzug passierte das Feld, in dem die Überreste jener Leichen verscharrt wurden, die der Pathologie vermacht worden waren, damit irgendwelche künftigen Kurpfuscher an ihnen herumdoktern konnten. Bronstein wusste, jetzt war es nicht mehr weit bis zur Friedhofsmauer, an der das Areal unwiderruflich endete. Er wurde unruhig und merkte dabei, dass diese Empfindung auch andere Trauergäste zu haben schienen. Der Verdacht lag nun nahe, dass man einfach in die Irre gegangen war.

Und in der Tat hielt der Zug plötzlich inne. Vorne berieten sich die Offiziellen mit dem Priester, riefen dann die Witwe zu sich, die alte, wie Bronstein bemerkte, und besprachen sich kurz. Dann vollführte die Lafette tatsächlich eine Wende, und mit einem Mal ging es wieder zurück Richtung Ausgangspunkt. Die Friedhofsbediensteten hatten den Trauerzug tatsächlich in die falsche Richtung geführt. Welch ein Sinnbild, dachte Bronstein und wischte sich ein weiteres Mal den Schweiß von der Stirn.

Beinahe eine Viertelstunde ging es zurück, ehe man endlich in einen Seitenweg einbog, wo einige Gräber weiter eine frische Grube zu sehen war. Der Priester hieß den Zug anhalten, und die vier Männer hoben den Sarg von der Lafette, um ihn auf jenes Gestell zu platzieren, von wo aus er schließlich in die Erde abgesenkt werden würde.

Erneut nutzte der Priester die Gelegenheit, die Anwesenden durch schier endlose Abschweifungen zu langweilen, dann erkundigte er sich beim Juniorchef, ob auch jemand aus der Familie das Wort ergreifen wolle. Selbst wenn sich ursprünglich jemand mit diesem Gedanken getragen haben mochte, nach den Tiraden des Kirchendieners waren alle viel zu erschöpft, um die Zeremonie noch mehr in die Länge zu ziehen, und so bedeutete man den Männern, sie mögen an die Kurbeln gehen, und schon bald versank was an Demand sterblich war unwiderruflich in der Tiefe.

Bronstein wunderte sich, dass die Demands sich mit einer so bescheidenen Grabstätte begnügten, er hatte mit einer Gruft oder wenigstens mit einem prunkvollen Grabstein gerechnet, doch nichts dergleichen war hier zu sehen. Man konnte meinen, dem Begräbnis eines Diurnisten beizuwohnen, und so glanzlos wie der Grabplatz verlief auch das Ende der Zeremonie. Jeder der Anwesenden warf ein wenig Erde auf den Sarg, nickte der Witwe – natürlich hatte die alte direkt neben dem Grab Aufstellung genommen, ihre beiden Söhne immer noch dicht an ihrer Seite – kurz zu und entfernten sich dann eilig. Wenn Bronstein damit spekuliert hatte, irgendwo würde ein potenzieller Mörder unter einem Baum oder hinter einer Grabstele stehen und die Szene aus der Ferne verfolgen, dann sah er sich getäuscht. Er und Cerny hatten den Ausflug nach Simmering völlig umsonst unternommen. Ein heißer Nachmittag, jede Menge Schweiß und Tränen – diese zum Glück seitens der Hinterbliebenen –, mit einem Wort, so sagte sich Bronstein, außer Spesen nichts gewesen.

Zudem war es mittlerweile schon fast 16 Uhr, eigentlich konnte man den Arbeitstag mithin als beendet betrachten, und das war wohl schon das einzig Positive, das sich über diesen Nachmittag sagen ließ. Bronstein nickte Cerny kurz zu, der eben allen Mitgliedern der Familie kondoliert hatte, und meinte, nachdem dieser auf ihn zugetreten war: „Sehen wir zu, dass wir Land gewinnen."

Bronstein konnte deutlich spüren, wie sehr es Cerny unter den Nägeln brannte, darauf hinzuweisen, dass er hinsichtlich des Begräbnisses Recht behalten hatte, doch er würde es zu verhindern wissen, dass Cerny diesen Umstand auch tatsächlich ansprach – und wenn er bis zum Schwarzenbergplatz schweigen musste.

Die Rückfahrt in die Stadt erwies sich als dementsprechend ungemütlich. Endlich am Ring angekommen, stellte Cerny die Frage, ob man nun noch das Büro aufsuchen sollte, was Bronstein mit dem Hinweis, es sei ohnehin wenige Minuten vor 17 Uhr, verneinte. Man wünschte sich folgerichtig einen guten Abend und trennte sich.

Bronstein legte die paar Meter bis zu seinem Wohnhaus in ungewohnter Geschwindigkeit zurück. Er selbst musste sich eingestehen, dass seine Hast schon beinahe an eine Flucht gemahnte, und so fühlte er sich auch. Erst als er seine Wohnungstür hinter sich geschlossen hatte, kam er wieder ein wenig zu sich. Er ging in die Küche, kramte dort unter der Spüle herum, wo er schließlich eine Flasche Erlauer fand, die, wie er meinte, nunmehr ihren Zweck erfüllen konnte. An einem Tag wie diesem musste er einfach seinen Schmerz abtöten, und dafür war Alkohol immer noch die beste Medizin.

Er entkorkte die Flasche und trug sie gemeinsam mit einem Glas in sein Wohnzimmer. Dort entstaubte er achtlos sein Grammophon und zog aus dem daneben befindlichen Regal die Aufnahme der Ouvertüre zu Wagners „Ring" hervor. Vorsichtig entnahm er den Tonträger aus seiner Hülle, blies einmal darüber und legte ihn dann auf die Abspielfläche. Langsam setzte er die Nadel auf, dann erst begab er sich zurück zu seinem Ohrensessel, nahm Platz, schenkte sich ein, und rechtzeitig zu den ersten Takten perlte der erste Schluck seine Kehle abwärts.

Bronstein hätte gerne laut mitgesummt, doch er war so rettungslos unmusikalisch, dass es ihm sicher nicht gelungen wäre, die Melodie zu halten. So beschränkte er sich darauf, das Glas zu leeren, um sich sofort nachzuschenken. Doch ehe er es neuerlich zum Munde führte, nahm er sein Etui zur Hand und steckte sich eine „Donau" an. Er sah zum Fenster hinaus und starrte gedankenverloren in den Himmel. Der Tag zeigte sich immer noch von seiner besten Seite, und doch konnte Bronstein nicht umhin, erneut ein Abgleiten in Melancholie an sich zu konstatieren. Ob das eine Alterserscheinung war? Eigentlich hatte er immer optimistisch in die Zukunft gesehen, doch seit er im Vorjahr, in kleinstem Kreise übrigens, seinen fünfzigsten Geburtstag gefeiert hatte, schien alles anders zu sein. Es war, als ob er eine Wegmarke passiert, eine Grenze überschritten hätte. Bis zu jenem Zeitpunkt war er überzeugt davon gewesen, noch genügend Zeit für alle Dinge zu haben, die ein Leben erst lebenswert machten, doch just nach jenem Geburtstagsfest war ihm zum ersten Mal aufgefallen, dass er sich alt und verbraucht fühlte. Und mit einem Mal hatte ihn die Furcht überkommen, er könnte tatsächlich als ewiger Junggeselle sterben. Offensichtlich hatte er den Zeitpunkt, sich eine Frau zu nehmen, verpasst. Und jetzt saß er da, ein alter Mann ohne Familie, und blickte verzagt in den Himmel, just da die Walküren die Gefallenen nach Walhalla brachten.

Es war erstaunlich, wie schnell man eine Flasche Rotwein leeren konnte. Die Platte war noch nicht zu ihrem Ende gekommen, doch die Flasche wies nicht einmal mehr den kleinsten Rest Wein auf. Und eigentlich hätte der Erlauer doch seine Wirkung tun müssen, doch er, Bronstein, spürte nichts. Vielmehr: Er spürte genug. Den Schmerz nämlich, den er hatte betäuben wollen. Den Weltschmerz. Den Lebensschmerz. Den allumfassenden, grauenhaften Schmerz, der sich so unerträglich ausbreitete, dass ihm nicht beizukommen war. Nicht mit Wein jedenfalls. Ob noch irgendwo Schnaps im Haus war? Umständlich zwängte sich Bronstein aus seinem Sitzmöbel. Merkwürdig, ihm schwindelte. Unsicher drehte er sich nach links, um den Weg in die Küche einzuschlagen. Er stolperte, fing sich gerade noch auf, indem er sich am Türstock anhielt. Der Boden war doch wirklich in geradezu tückischer Weise flach!

Der Wein musste gebrochen gewesen sein, ohne dass er, Bronstein, es gemerkt hatte. Anders war es ja nicht zu erklären, dass er plötzlich so heftige Kopfschmerzen an sich wahrnahm. Und die Beine fühlten sich auch so gummiartig an, am besten, er setzte sich wieder nieder. Hoppala, der Sessel stand doch eben noch gar nicht da. Wo ist der Diwan? Wieso wird mir so schwarz vor den Augen? Und warum ist mir so schlecht? Der Wagner hat auch ausdirigiert, umso besser, wo ist der vermaledeite Diwan? Ach, hier, gut, ein wenig ruhen nur, ein klein wenig lasst uns tun und alles ist getan.

VII.
Freitag, 6. Juli 1934

Als Bronstein die Augen aufschlug, meinte er, jemand opereriere ihn bei vollem Bewusstsein am Kopf. Er verspürte brennenden Durst und konnte trotzdem nicht einmal stöhnen, da seine Zunge am Gaumen festgeklebt zu sein schien. Hilflos ruderten seine Arme in dem Bemühen durch die Gegend, irgendwo Halt zu finden, um sich dergestalt hochhieven zu können, damit der ramponierte Leib wenigstens in eine sitzende Position kam. Endlich fand Bronstein ein Stück Matratze, an dem er sich festkrallen konnte. Unter unendlichen Mühen gelang es ihm, die Beine auf den Boden und den Kopf in die Höhe zu bekommen. Wie spät mochte es sein? Umständlich kramte er nach seiner Uhr, die er schließlich doch fand. Zehn Minuten nach sieben. Wann war er eingeschlafen? Er bildete sich ein, es war noch hell gewesen, als er in Morpheus' Arme gerutscht war. Dann hätte er gut und gern zehn Stunden geschlafen. Er müsste sich ausgeruht fühlen, dachte er, doch alles, was er fühlte, war ein furchtbarer Kater. Langsam und vorsichtig erhob er sich nun gänzlich und wankte mit unsicheren Schritten Richtung Küche. Mit zittrigen Fingern nahm er ein Glas zur Hand und füllte es mit Wasser, das er sodann in gierigen Schlucken trank. Und gleich ein zweites hinterher. Dann erst ging er in sein Badezimmer, wo er sich seiner Kleider entledigte, um sich sodann mit kaltem Wasser zu übergießen.

Sein Körper reagierte geschockt auf das kühle Nass, sofort begann er zu zittern, überall zeigte sich Gänsehaut, und sein Geschlecht, das konnte Bronstein deutlich im Spiegel, der an der Wand hing, sehen, schrumpfte auf absolute Minimalgröße. Aber wenigstens war er jetzt wieder leidlich munter.

Eilig trocknete er sich ab und kehrte in die Küche zurück, wo er Kaffee zustellte. Während die Maschine ihre Arbeit verrichtete, begab sich Bronstein zu seinem Kleiderschrank, wo er das Gewand für den neuen Tag suchte. Er legte eine anthrazitfarbene Flanellhose und ein weißes Hemd bereit, dann ging er nochmals ins Badezimmer, um in dem kleinen Schränkchen, das sich neben dem Spiegel befand, nach einem Aspirin oder einem anderen schmerzmildernden Mittel zu suchen. Zu seinem Glück wurde er fündig und spülte die Tablette mit einem dritten Glas Wasser hinunter, ehe er den mittlerweile fertig gebrühten Kaffee in eine Tasse goss, deren Inhalt er dann langsam zu sich nahm. Nach einer kleinen Weile fühlte er sich stabil genug, die erste Zigarette des Tages zu riskieren, und so lehnte er nun selbstvergessen an der Spüle und rauchte.

Plötzlich tauchten Erinnerungsfetzen aus der vergangenen Nacht auf. Er hatte wüste Träume gehabt, in deren Zentrum, dessen war er sich sicher, Eva gestanden war. Nein, daran dachte er besser nicht, es wäre nicht klug, den neuen Tag so desaströs zu beginnen, wie der alte geendet hatte. Abrupt dämpfte Bronstein die Zigarette aus, indem er sie unter den Wasserstrahl hielt, um den Stummel hernach achtlos in die Spüle zu werfen. Er kehrte verhältnismäßig schnellen Schrittes zum Kleiderschrank zurück und zog sich an. Dann überprüfte er, ob sich seine Brieftasche am vorgesehenen Ort befand, griff nach den Schlüsseln und trat schließlich wenige Minuten vor acht Uhr morgens auf den Flur. Die warme Sommersonne erhellte sein Gemüt, und mit dem Versuch, eine lustige Weise vor sich hin zu pfeifen, steuerte Bronstein sein Stammcafé an.

Er hatte noch nicht Platz genommen, da stellte der Ober schon den Kaffee auf den Tisch und reichte ihm wortlos die „Wiener Zeitung“, die Bronstein mit einem jovialen „Grüß’ Sie“ entgegennahm.

Schon die Schlagzeile war dazu angetan, die Mundwinkel zu verziehen. Von einer Stunde der Diplomatie war da die Rede, und der Artikel lief darauf hinaus, Hitler mit Schalmeienklängen zu besänftigen. Wo war die Verve der vergangenen Tage geblieben? Zwar zeigte sich bei näherem Hinsehen, dass die Kritik an den Vorgängen in Deutschland nach wie vor ungebrochen war, doch traten die europäischen Gegner Hitlers anscheinend schon den Rückzug an. Der Gefreite aus Braunau war offensichtlich drauf und dran, mit seinem Schurkenstück durchzukommen. Dafür zitierte das Blatt weitschweifig einen ungarischen Kommentar, der behauptete, die Richtigkeit der Politik Kanzler Dollfuß' habe sich im Zuge der deutschen Ereignisse glänzend erwiesen, denn nunmehr sei die Unabhängigkeit hundertprozentig gesichert. Nun, des Menschen Wille war sein Himmelreich. Bronstein blätterte weiter. Er konnte nicht behaupten, den Politikseiten mit sonderlicher Sympathie gegenüberzustehen, zumal an einem Tag wie heute, da ihn der Kopf trotz des Aspirins immer noch etwas schmerzte.

Beiläufig nahm Bronstein zur Kenntnis, dass Fred Parry wieder im Finale des Tennisturniers von Wimbledon stand, und erinnerte sich daran, wie Cerny im Vorjahr von diesem Mann geschwärmt hatte. Bronstein machte sich nichts aus Tennis, für ihn war das ein elitärer Sport wie Herrenreiten oder Golf. Er blieb dem Fußball treu und überlegte immer noch, ob er am Sonntag ins Praterstadion pilgern sollte.

Er war schon fast dabei gewesen, die Zeitung wegzulegen, als ihm im Wirtschaftsteil doch noch ein Artikel auffiel, der sein Interesse erregte. Die Arbeiterbank, einst das Prunkstück sozialdemokratischen Wirtschaftens, wurde nun von Finanzminister Buresch, dem ehemaligen Kanzler, mittels Verordnung endgültig liquidiert. Sie hatte ihre Partei nur um wenige Monate überlebt. Bronstein überlegte, was nun aus den Sparguthaben werden mochte, die wohl immer noch auf der Bank lagen, doch wahrscheinlich verschwendete die Regierung daran keinen Gedanken, schließlich war nicht davon auszugehen, dass einer ihrer Anhänger jemals bei der roten Bank einen Betrag erlegt hätte.

Und doch stimmte ihn dieser Umstand nachdenklich. Was hier vorfiel, erschien ihm ungerecht. Aber er war nun einmal Beamter, sagte er sich, während er in seiner Brieftasche nach dem üblichen Betrag für seine Bestellung kramte, und als solchem war es nicht an ihm, politische Entscheidungen zu kommentieren. Wenn durch diese Maßnahme Menschen ins Elend gerieten, war es an der Regierung, dies zu verantworten, und auch die jetzige Regierung würde sich früher oder später ihrer Verantwortung stellen müssen. So war es seit jeher gewesen, selbst die Ministerpräsidenten des Kaiserreichs waren nicht sakrosankt gewesen.

Bronstein beschloss, sich vorerst mit dieser Erkenntnis zu trösten, und verließ sodann das Café, um die kurze Strecke Weges zu seinem Büro in Angriff zu nehmen. Schlag neun Uhr öffnete er die Tür zu seinem Amtszimmer. Wie nicht anders zu erwarten, war Cerny schon da und saß über die Akten gebeugt an seinem Schreibtisch. Er blickte nur kurz auf und wünschte einen guten Morgen, dann widmete er sich wieder den Schriftstücken.

„Etwas Neues?“ fragte Bronstein aufs Geratewohl.

„Bislang hat man uns in Ruhe gelassen. Ich habe eben mit der Firma Demand telefoniert, und man hat mir versichert, dass Herr Holzer zugegen ist. Wenn du willst, Oberst, könnten wir ihm dann gleich einen Besuch abstatten.“

„Ja, das sollten wir tun. Aber gönn mir zuerst noch einen Kaffee und eine Zigarette.“

Eine gute Viertelstunde später machten sich die beiden auf den Weg zum Hauptquartier der Firma Demand. Ohne weitere Verzögerungen landeten sie in Holzers Büro. Dieser klappte einen Büroordner zu, den er sodann in ein Regal hinter sich stellte, dann erhob er sich und reichte den Beamten die Hand. „Guten Morgen, die Herren, was kann ich diesmal für Sie tun? Hat sich etwas Neues ergeben?“ Dabei bemühte er sich, ein interessiertes Gesicht zu machen.

„Das hat es sich in der Tat“, eröffnete Bronstein das eigentliche Gespräch, „wir sind, wie Sie vielleicht ahnen, Ihre Bücher durchgegangen, und dabei haben sich einige Fragen ergeben, die einer Klarstellung harren.“

„Wirklich?“ Holzer wirkte ehrlich überrascht.

„Wirklich“, entgegnete Bronstein knapp. Danach forderte er Cerny auf, dem Prokuristen reinen Wein einzuschenken.

„Nun ja“, sagte Holzer, nachdem Cerny geendet hatte, „das ist alles im Großen und Ganzen nicht unzutreffend. Aber ich verstehe beim besten Willen nicht, was das alles mit der Ermordung von Herrn Demand zu tun haben soll.“

„Ohne an dieser Stelle auch nur die Andeutung einer Verdächtigung aussprechen zu wollen“, erwiderte Bronstein gedehnt, „aber es sind schon Fälle vorgekommen, in denen wirtschaftliche Motive auslösend für die Tat waren. Wie Sie sicher verstehen werden, müssen wir jedem Hinweis nachgehen, und die ökonomischen Schwierigkeiten der Firma Demand lassen gewisse Ereignisse doch in einem anderen Licht erscheinen. Zudem muss ich Sie fragen, ob es zwischen dem jungen und dem alten Herrn Demand zu Auseinandersetzungen, die Zukunft des Unternehmens betreffend, gekommen ist, und ob Sie in diese, so es sie gab, in irgendeiner Weise involviert wurden.“

„Nun“, antwortete Holzer, „es ist kein Geheimnis, dass der junge Herr Demand die Firma mit neuen Ideen wieder flottbekommen wollte, und ebenso wenig ist es ein Geheimnis, dass der alte Herr Demand diesen Ideen keineswegs aufgeschlossen gegenüberstand. Aber es ist ausgeschlossen, dass diese

Meinungsverschiedenheit auch nur im Entferntesten derartige Konsequenzen nach sich hätte ziehen können. Vielmehr kann ich Ihnen sagen, dass der junge Herr Demand bis zuletzt um Vermittlung bemüht war. Er ging sogar zu seiner Stiefmutter, mit der er nun wahrlich nicht auf gutem Fuße stand, damit diese in dem Konflikt interveniere."

Bronstein lächelte schmal. Die diversen Alibis der drei Hauptverdächtigen ähnelten sich so auffallend, dass alles darauf hindeutete, dass sich die drei verabredet hatten.

„Und außerdem", fuhr Holzer fort, „muss ich der Auffassung, die Firma Demand befinde sich in finanziellen Schwierigkeiten, energisch widersprechen. Die Firma ist absolut liquid. Die Umstrukturierungsprozesse der letzten Zeit mögen den Anschein erwecken, als sei unsere Bilanz negativ, doch wer auch nur die leiseste Ahnung von wirtschaftlichen Vorgängen hat, der weiß, dass ein kurzfristiger Engpass bei den Aktiva gar nichts zu sagen hat. Wir haben viel investiert, vor allem bei den Maschinen und den Gerätschaften, und das muss sich nun erst einmal amortisieren. Sie können aber versichert sein, dass sich unsere Ausgaben schnell rechnen werden. Das sieht auch unser Bankhaus so, weshalb es uns ohne auch nur einen Moment zu zögern die nötigen Überbrückungskredite gewährt hat. Wie Sie sich vorstellen können, sind Bankiers keine Samariter, sie wären also nicht so verfahren, würden sie unseren Konzepten nicht voll und ganz vertrauen."

Bronstein lächelte weiterhin: „Sie haben Recht, ich verstehe nichts von der Wirtschaft. Aber auch ich verwalte ein Budget. Meines nämlich. Und daher weiß ich, dass, wenn ich Schulden habe, ich auch Probleme habe. Denn diese Schulden muss ich bedienen. Und je länger ich brauche, um sie zurückzuzahlen, umso höher sind die Zinsen. Ja, und irgendwann geht die ganze Rechnung dann nicht mehr auf, weil meine Außenstände meine Einkünfte übersteigen. Sie wissen, was ich meine."

Nun verzog sich auch Holzers Mund zu einem Lächeln. „Das mag gewiss bei einem kleinen Sparer der Fall sein, im Wirtschaftsleben sehen die Dinge aber völlig anders aus. Das ist keine simple Soll-und-Haben-Rechnung wie bei einem Privatier, da müssen eben auch das sonstige Kapital, das Betriebskapital nämlich, sein Inventar, seine eigenen Forderungen Dritten gegenüber, fixe Lieferverträge und sonstige Vereinbarungen gleichfalls berücksichtigt werden. Schulden, lieber Herr Kommissar, sind eben nicht immer gleich Schulden."

Bronstein sah Cerny an. Er wusste nichts mit diesen ökonomischen Phrasen anzufangen und musste sich eingestehen, Holzer konnte ihm alles erzählen, er würde stets so klug bleiben wie zuvor. Cerny aber verstand den Wink seines Chefs und übernahm nun die Gesprächsführung. Je länger er und Holzer über Bilanzen, Kennzahlen und andere betriebswirtschaftliche Termini diskutierten, umso mehr klinkte sich Bronstein aus dem Gespräch aus. Er vermochte nicht mehr zu sagen, ob Holzer nun aus ökonomischen Gründen ein Motiv haben konnte oder nicht, das musste ihm später Cerny verraten.

„Die Firma hat doch in den letzten Wochen und Monaten viele Arbeiter entlassen", hörte er Cerny nun sagen, „glauben Sie, dass einer der Arbeiter ein Motiv für diese Tat haben könnte?"

Bronstein dachte nach. Hatten sie diese Frage schon bei ihrem ersten Treffen mit Holzer gestellt? Er konnte sich einfach nicht mehr erinnern, es war peinlich.

Natürlich sprudelte Holzer jetzt wie eine Gebirgsquelle. Im Gegensatz zu irgendwelchen ökonomischen Motiven, die keineswegs existieren würden, wäre diese Vermutung geradezu naheliegend, zumal es sich seinerzeit nicht habe vermeiden lassen, auch viele Arbeiter einzustellen, deren Gesinnung staatsfeindlich und durch und durch marxistisch gewesen sei. Dank der entschlossenen Haltung der Regierung sei diese Bedrohung nun aber ein für alle Mal gebannt, weshalb man auch seitens der Firma alle Elemente entfernt habe, welche es an staats- und wirtschaftsbejahender Einstellung hätten mangeln lassen. Dass sich unter den so Entfernten sicherlich auch besonders radikale Kräfte befänden, die vor der Anwendung physischer Gewalt nicht zurückschreckten, sei dann ja wohl anzunehmen, schloss Holzer sein Plädoyer.

Bronstein war müde. Unendlich müde sogar. Der Fall wurde immer verworrener, und mit jedem neuen Tag fühlte er sich mehr außer Stande, diesen gordischen Knoten zu lösen. Der alte Demand war nun schon eine Woche tot, und nichts deutete darauf hin, dass man beim Ermitteln des oder der Täter auch nur einen Schritt weitergekommen wäre.

Bronstein bedeutete Cerny, das wäre es vorläufig, und verabschiedete sich eilig von Holzer. Wieder auf der Straße, blickte er auf die Uhr und wandte sich dann an den Major.

„Ich denke, diese Woche habe ich genug Überstunden gemacht. Ich mache heute früher Schluss."

Cernys Gesicht verriet Überraschung.

„Ja", fuhr Bronstein fort, „ich brauche eine Luftveränderung. Ich bin, ich gebe es zu, völlig überfordert. Dieser Fall weist so viele Irrungen und Wirrungen auf, dass ich nicht mehr zu sagen weiß, wo wir ansetzen sollten. Ich brauche ein wenig Abstand, um wieder einen klaren Kopf zu bekommen und die Dinge in ihrer Gesamtheit sehen zu können. Außerdem ist es da in der Stadt viel zu heiß, das brennt einem ja das Gehirn weg."

Wie um seine Worte zu unterstreichen, wischte sich Bronstein mit seinem Stecktuch über die Stirn. Cerny betrachtete ihn schweigend, was Bronstein zum Anlass nahm, sich weiter zu erklären: „Holzer, der junge Demand, die junge Demand, irgendwelche Arbeiter gleich welcher Couleur, da kennt sich doch niemand mehr aus. Ich muss einfach die Fäden entwirren, und das kann ich nicht, wenn ich zu nahe am Gesamtbild stehe. Weißt was, ich fahr auf den Semmering."

Als wäre diese Idee schon die Lösung des Problems, erhellte sich Bronsteins Gesicht. Er klopfte Cerny ermunternd auf die Schulter, wünschte ihm ein schönes Wochenende und meinte, man sehe sich in aller Frische am Montag wieder. Cerny blieb wenig mehr, als die Worte seines Chefs entsprechend zu erwidern. Und schon setzte sich Bronstein Richtung Walfischgasse in Bewegung.

Kaum zu Hause angekommen, griff er zum Telefon und ließ sich mit dem Hotel „Panhans" verbinden. Dort fragte er nach, ob noch ein Zimmer frei sei, was zunächst abschlägig beschieden wurde. Nun, das war nicht weiter verwunderlich im Hochsommer, doch für einen alten Polizeioberst würde sich immer ein Kämmerchen finden, wenn er nur seine Karten richtig ausspielte.

Bronsteins Atout hieß Kvitek. Der allseits anerkannte Universitätslehrer und Schriftsteller war ihm eng verbunden, seit Bronstein seiner Tochter in einer delikaten Angelegenheit beigestanden war. Diese hatte sich vor einiger Zeit während der Sommerfrische am Semmering eines allzu lästigen Verehrers aus bayrischen Landen erwehren müssen, der erst von ihr abgelassen hatte, als Bronstein energisch dazwischengetreten war. Kvitek war darob so erfreut gewesen, dass er Bronstein seiner ewigen Verbundenheit versichert und ihn eingeladen hatte, wann immer es ihn gelüstete, am Zauberberg sein Gast zu sein. Kvitek wiederum war ein enger Freund des Hoteleigners, sodass die Nennung des Namens Kvitek beim Portier sofortigen und allumfassenden Eifer auslöste. Einige Augenblicke später bestätigte er Bronstein die Reservierung eines Zimmers mit Talblick und erkundigte sich beinahe ehrfurchtsvoll, wann mit dem Eintreffen des hohen Gastes gerechnet werden dürfe.

Bronstein warf einen schnellen Blick auf den Fahrplan der Bahn und gab sodann seine ungefähre Ankunftszeit an. Der

Portier verblieb mit allerwärmsten Empfehlungen und besten Wünschen für eine angenehme Reise und verabschiedete sich mit einem untertänigsten Diener.

Bronstein war zufrieden. Er griff nach seinem kleinen Koffer, stopfte ein paar Kleidungsstücke hinein, kontrollierte, ob in seiner Wohnung alles wohl geordnet war, und begab sich dann wieder auf die Straße, um diese zu überqueren und den Taxistandplatz anzusteuern. Er ließ sich in den ersten Wagen fallen und raunte dem Chauffeur nur ein „Zum Südbahnhof" zu, ehe er es sich im Fond des Wagens bequem machte.

Leidlich 20 Minuten später stand Bronstein in der Kassenhalle des Bahnhofsgebäudes. Am Schalter für die erste Klasse herrschte keinerlei Gedränge, und erstaunlich rasch erhielt Bronstein die gewünschte Fahrkarte. Da er nun bis zur Abfahrt des Zuges noch reichlich Zeit hatte, begab er sich zunächst in den Buchladen, wo er sich darum bemühte, ansprechenden Lesestoff für die Reise zu erstehen. Nach langem Suchen schwankte er zwischen einer Volksausgabe von Schillers „Maria Stuart" – eines dieser preiswerten braunen Reclam-Bändchen – und einer Erzählung von Stefan Zweig, die, wie er dem Buchdeckel entnahm, just am Semmering spielte. Offenbar handelte es sich dabei aber um eine Liebesgeschichte, noch dazu um eine unglückliche, und Bronstein war sich schnell sicher, derartige Lektüre würde ihn gegenwärtig keinesfalls erbauen. Er verdrängte den neuerlichen Gedanken an Eva und, ja, wohl auch an Alwine, und stellte Zweigs Buch zurück, zumal er nicht darauf brannte, dessen Geheimnis zu lüften. Er legte die „Maria Stuart" auf den Ladentisch, bezahlte die zwei Schilling und suchte dann die Bahnhofsrestauration auf, wo er noch einen Kaffee zu sich nahm, ehe er endlich in Richtung Perron schlenderte.

Zu seiner Freude war sein Abteil leer. Er öffnete das Fenster einen Spalt, hängte sein Jackett an den Nagel oberhalb seines

Sitzes und ließ sich dann gemütlich auf der Sitzfläche nieder. Er steckte sich eine „Donau“ an und blätterte ziel- und wohl auch ein wenig lustlos in der „Maria Stuart“. Fast zwanghaft kehrten seine Gedanken zum Fall Demand zurück. Er wehrte sich dagegen, denn es war unmöglich, Abstand zu gewinnen, wenn er sich nicht einmal jetzt ablenken konnte. Er musste an etwas anderes denken! Eva fiel ihm ein. Auch alles andere als ein brauchbarer Gedanke. Es musste doch etwas geben, das ihn entspannen konnte. Wenigstens setzte sich endlich der Zug in Bewegung. Er legte das Buch weg und blickte unverwandt aus dem Fenster.

Zunächst zogen noch die monotonen Häuserschluchten der Vorstadtbezirke an ihm vorbei, das graue und trostlose Meidling, dann, ab Hetzendorf, wurde es etwas freundlicher, noch einmal Tristesse im Angesicht von Atzgersdorf und Liesing, um schließlich in die sanfte Hügellandschaft von Mödling, Guntramsdorf und Gumpoldskirchen überzugehen. Und endlich fand Bronstein etwas, woran er mit Freude im Herzen denken konnte. Er erinnerte sich an die Ausflüge, die er als Kind nach Baden unternommen hatte, an die lauen Abende im Kurpark, an die Himbeerkracherln im Café Central, an die Wanderungen ins Helenental, und er gestand sich ein, er war auf angenehme Weise sentimental geworden. Er sah auf die Weinberge hin, in denen er die einzelnen Rebstöcke auszumachen versuchte. Bis die Trauben endgültig reif waren, würde wohl noch einige Zeit ins Land ziehen, doch er merkte, wie sehr es ihn danach gelüstete, einige davon zu naschen.

Fauchend und zischend kam der Zug im Badener Bahnhof zum Stehen, und Bronstein überlegte, ob er in den Speisewagen gehen sollte. Auf dem Perron boten Händler Erfrischungen an, und die Zeitungsjungen verkündeten lauthals die Schlagzeilen der Mittagsblätter. Bronstein erkannte, wie entschlusslos er war, und so steckte er sich einfach eine weitere „Donau“ an, während der Zug langsam wieder anfuhr. Nachdem er die Zigarette ausgedämpft hatte, faltete er die Hände auf seinem Bauch, lehnte sich zurück und schloss die Augen.

Er musste tatsächlich eingenickt sein, denn als er wieder nach draußen sah, da hatte sich die Gegend grundlegend geändert. Dichte Baumreihen kündeten davon, dass er sich schon recht weit im Süden befand, und so etwas wie freudige Erwartung machte sich in ihm breit. Er würde heute noch eine kleine Runde durch die Wälder drehen, das würde ihn bestimmt auf andere Gedanken bringen. Und eben passierte der Zug den Bahnhof Gloggnitz. Keine dreißig Minuten mehr musste er sich gedulden, dann würde er am Bahnhof Semmering aussteigen können, wo fraglos schon ein Wagen des Hotels auf ihn warten würde, um ihn die paar hundert Meter zum „Panhans“ zu kutschieren. Und wer weiß, vielleicht gab es dort auch die eine oder andere einsame Frauensperson, mit der man sich ein wenig unterhalten konnte. Es wäre jedenfalls kein Fehler, ein wenig nach Konversationsthemen zu suchen, dachte Bronstein bei sich, während sich der Zug an Schlöglmühl vorbei in Richtung Payerbach-Reichenau bewegte. Die Strecke wand sich nun allmählich das Gebirge hinauf, und dementsprechend bizarrer nahm sich die Landschaft aus. Die Steigung nahm mehr und mehr zu, die damit verbundene Anstrengung war der Lokomotive förmlich anzumerken, denn das Fahrttempo verringerte sich deutlich. Der Wechsel von Tunnels und atemberaubenden Blicken auf eine überwältigende Landschaft versetzte Bronstein in Begeisterung. Er war aufgestanden, hatte auch schon sein Jackett angezogen, in dessen Außentasche er achtlos die „Maria Stuart“ steckte, und stand nun mit angemessener Ehrfurcht vor dem Fenster, um sich nichts von dem beeindruckenden grünen Gebirgspanorama entgehen zu lassen.

Endlich wurde die Trassenführung wieder flacher, und der Schaffner, der eben vorüberkam, verkündete, dass man in fünf

Minuten den Bahnhof Semmering erreichen werde. Bronstein nahm seine Tasche und trat aus dem Abteil. Er steckte seinen Kopf aus dem Gangfenster und sah, wie sich die Zahl der Gleise vermehrte. Links von ihm stand eine abgestellte Garnitur, die den Blick auf das Ghega-Denkmal verwehrte. In einiger Entfernung erkannte er schon das Bahnhofsgebäude, vor dem sich der Fahrdienstleiter mit seiner roten Mütze bereits postiert hatte. Einige Fahrgäste standen gleichfalls auf dem Bahnsteig, offensichtlich gewillt, ins Steirische überzusetzen, fuhr doch der Zug noch nach Mürzzuschlag, Bruck an der Mur und schließlich weiter nach Graz.

Bronstein kontrollierte, ob sein weißer Leinenanzug auch gut saß, und bedauerte einen Moment, keine Kopfbedeckung mitgenommen zu haben. Mit einem modischen Hut hätte er sicherlich einen noch besseren Eindruck hinterlassen. Dafür hätte er gut auf das Gilet verzichten können, das er eigentlich nur aus schlichter Eitelkeit angezogen hatte, um dahinter die leider doch beachtliche Leibesfülle zu verbergen. Er merkte, wie er schwitzte, und dieser Umstand sorgte sicherlich bei seinem hellblauen Hemd an neuralgischen Stellen für äußerst unangenehme Erscheinungen. Zudem perlten einige Tropfen auf seiner Stirn, die er eilig mit dem Stecktuch abwischte, ehe er an die Wagentür trat.

Mit einem erstaunlich heftigen Ruck kam der Zug zum Stillstand, und, wie bei der ersten Klasse üblich, stand schon ein Bediensteter der Bahn bereit, die Tür von außen zu öffnen. So elegant, wie es ihm möglich war, kletterte Bronstein aus dem Zug und sah sich um. Der livrierte Chauffeur musste vom „Panhans“ sein, und so trat er mit großer Selbstverständlichkeit auf ihn zu. Dieser wurde seiner gewahr und fragte devot: „Herr Braunsteiner?“

Bronstein überlegte, ob er den Namen korrigieren sollte. War es eine bloße Unachtsamkeit des Fahrers oder doch eine beabsichtigte Spitze gegen seine Abstammung? Er merkte, wie er allmählich allzu misstrauisch wurde. Viel zu lange hatte er diese Frage konsequent ignoriert, hatte Antisemitismus für ein Problem gehalten, mit dem nur orientalische Flickschuster auf der Mazzesinsel oder orthodoxe Rabbis aus der Seitenstettengasse konfrontiert waren, doch gerade der Fall Demand hatte ihm drastisch vor Augen geführt, dass der Antisemitismus förmlich zu einer Volkskrankheit geworden war. Dennoch würde er nichts erreichen, wenn er den Fahrer jetzt kujonierte. Es war nicht sinnvoll, jede Schlacht zu schlagen, gerade in Zeiten wie diesen musste man sich seine Kräfte einteilen und überlegt einsetzen. Bronstein beschränkte sich also darauf, einfach tonlos zu nicken, und folgte dem Mann zu dem Automobil, das auf der Hinterseite des Bahnhofs geparkt war.

Wie nicht anders zu erwarten, dauerte die Fahrt keine fünf Minuten. Das Auto bog einmal nach rechts ein, wand sich in angedeuteten Serpentinen nach oben, um schließlich neuerlich nach rechts zu lenken, wo der mächtige Bau des Hotelkomplexes den gesamten Hang dominierte, sodass die dahinter befindliche Kapelle kaum auszunehmen war. Der Chauffeur fuhr den Wagen direkt vor den Haupteingang, wo schon ein Page auf ihn zusprang, um das Gepäck in Empfang zu nehmen. Gemessenen Schritts betrat Bronstein die Hotelhalle und wandte sich der Rezeption zu. Der Portier empfing ihn mit betonter Höflichkeit.

„Herr Hofrat, schön, Sie wieder bei uns zu wissen. Wir haben Ihnen Zimmer 12 im zweiten Stock herrichten lassen. Das liegt, wie Sie vielleicht zu wissen belieben, genau in der Mitte der Etage, sodass man von dort den allerbesten Blick auf das Tal hat.“

„Ich bin mir sicher, ich werde hochzufrieden sein. Wie immer“, antwortete Bronstein mit einem generösen Ton in der Stimme.

Während der Portier mit den Formalitäten der Anmeldung beschäftigt war, blickte sich Bronstein in der Halle um, und unwillkürlich fiel ihm der Anfang der Erzählung Zweigs ein, denn auch hier schien es niemanden zu geben, der für ihn von Interesse war. Eine ältliche Gouvernante war in ein Modemagazin vertieft, während ein Kind von reichlich sechs oder sieben Jahren neben ihr seine Zeit damit zubrachte, irgendein Bild mit Buntstiften auszumalen. Etwas weiter von der Rezeption entfernt saß ein dicker alter Mann mit Glatze, der vor sich hindöste, und in Bronstein erwachte sofort der Ermittler. Was mochte dieser Mann hier treiben? Bronstein hatte den Gedanken noch nicht zu Ende gedacht, als er auch schon die Antwort auf die damit verbundene Frage erhielt. Eine kaum wesentlich jüngere Frauensperson, die für Bronstein den Tatbestand einer Schabracke erfüllte, watschelte auf den Dicken zu, rief mit schriller Stimme „Ferdi, komm, wir gehen!“, worauf dieser sich umständlich erhob und seiner Gemahlin nach draußen folgte. Doch Bronsteins Hoffnung nach einem jungen, knusprigen Kurschatten erfüllte sich weit und breit nicht.

Natürlich, so dachte Bronstein weiter, während der Portier die letzten Zeilen des Anmeldeformulars ausfüllte, könnte er auf gut Glück bei Kvitek vorbeischauen und dabei hoffen, dass dessen Tochter zugegen war, doch die junge Dame war ebenso aktiv wie wunderhübsch, sodass kaum damit gerechnet werden konnte, dass sie den Sommer beim Vater am Semmering verbringen würde. Wahrscheinlich befand sie sich in wesentlich angenehmerer Gesellschaft als der seinen gerade irgendwo an der Côte d'Azur, in Venedig oder wenigstens in München, wenn sie schon nicht die Verwandtschaft in Prag besuchte. Das Fräulein Kvitek, das wusste Bronstein aus Erfahrung, war ein lebenslustiges junges Ding, das verspürte sicher keine Lust, mit einem alten Beamten gepflegte Konversation zu treiben. Wenn er, Bronstein, also Nachschau hielt, ob in der Villa Kvitek derzeit jemand residierte, dann war seine einzige Perspektive wohl eine kultivierte Kartenpartie mit dem Hausherrn.

„So, und jetzt noch eine kleine Unterschrift, und schon sind wir fertig.“ Der Portier schob Bronstein den Block hin, dieser malte seinen Friedrich Wilhelm auf die vorgesehene Linie und begab sich sodann zum Fahrstuhl, der ihn direkt bis vor sein Zimmer brachte. Bronstein brauchte nur noch den Gang zu überqueren, und schon stand er in seinem Quartier. Er drückte dem Pagen fünfzig Groschen in die Hand und empfahl sich.

Bronstein öffnete die Balkontür und trat ins Freie. Frische, klare Bergluft wehte ihn an, und das überwältigende Panorama nahm ihn sofort gefangen. Ja, hier mochte man es aushalten. Genüsslich zündete er sich eine „Donau“ an und lehnte sich ans Geländer, einfach nur schauend und einen Moment innerer Zufriedenheit auskostend. Er spürte, wie die Anspannung der letzten Tage von ihm abfiel. Hier stand er nicht unter Beobachtung, hier konnte er ganz er selbst sein, ohne andauernd überlegen zu müssen, was wer von ihm erwartete oder einforderte. Ja, man konnte seine überstürzte Abreise aus Wien durchaus eine Flucht nennen, aber er hatte die richtige Entscheidung getroffen. Hier, in den Wäldern des Semmerings, würde er zur Ruhe kommen und seine Gedanken ordnen können. Hier war es möglich, wieder zur alten Form zurückzufinden.

Er hatte sich ja selbst nicht mehr leiden können in diesen letzten Tagen. So viele Eigenschaften waren ihm an sich selbst aufgefallen, die so gar nicht zu ihm passten. Er neidete Cerny seine Familie, seinen Esprit, seinen Charme, er verliebte sich Hals über Kopf in ein junges Ding, das ihm in den hellsten Farben schimmerte, um im erstbesten Augenblick, als nur die Möglichkeit auftauchte, es könnte von einer gewissen Leichtlebigkeit sein, sofort allen Glanzes verlustig zu gehen. Er ließ sich von einer Hausmeisterin zu wilden Liebesspielen überreden, mit dem Effekt, dass er jetzt mehr an sie als an das junge Ding dachte. Weil sie ihn erhört hatte? War er tatsächlich so am Ende, dass er begierig nach jedem Strohhalm griff, der sich ihm irgendwo bot? Und warum stand er wie ein bornierter Ochse vor einem Fall, völlig ratlos, wo er doch in früheren Jahren stets so souverän alle Probleme angegangen war? Lag es wirklich an seinem Alter? War sein fünfzigster Geburtstag der Gipfel gewesen, von dem aus dann der unerbittliche Abstieg begonnen hatte? Es konnte doch auch jetzt nicht so schwer sein, die einzelnen Problemkreise zu ordnen und dann systematisch zu analysieren. Er, Bronstein, zählte noch nicht zum alten Eisen. Er war immer noch ein guter Ermittler. Und das würde er allen beweisen. Vor allem sich selbst.

Bronstein richtete sich wieder auf, schnippte die Zigarette über das Balkongeländer und trat ins Innere seines Zimmers. Er sah sich noch einmal um, dann verließ er sein Quartier und begab sich zurück in die Lobby, von wo aus er ins Freie trat. Er bog links ab und marschierte auf die alte Kapelle zu. Von früheren Aufenthalten wusste er, dass von dort ein Pfad nach oben führte, der einen in ein bis zwei Wegstunden zu einer Hütte brachte, wo man sich stärken konnte. Bronstein beschloss, sich diese Distanz noch zutrauen zu können, und startete seinen Aufstieg.

Zu Anfang erwies sich die Steigung als leicht, und Bronstein kam eigentlich nicht ins Keuchen. Er blickte immer wieder auf, um sich die Gegend zu besehen, doch die meiste Zeit sah er einfach nur auf den Boden vor seinen Füßen und versuchte, seine Überlegungen zum Fall Demand zu systematisieren.

Er weigerte sich, Podlaha und seinesgleichen als mögliche Verdächtige gelten zu lassen. Für ihn gab es eigentlich nur zwei Kreise von Verdächtigen. Die jungen Demands auf der einen Seite, die Nazis auf der anderen Seite. Die einen hatten ein Alibi, das sie sich allerdings wechselseitig selbst gaben, die anderen hatten – Moment! Bronstein blieb abrupt stehen. Konnte das wirklich die Möglichkeit sein? Weder er noch Cerny hatten sich bislang die beiden Nazis vorgenommen! Was war mit denen? Hatten die überhaupt ein Alibi? Wie hatten die noch gleich geheißen? Bronstein überlegte einen Augenblick, dann fiel es ihm wieder ein: Kotzler und Murer! Warum hatten sie die noch nicht einmal verhört? Das musste er unbedingt sofort nachholen, wenn er erst wieder in Wien war. Ein komplettes Bild ergab sich erst, wenn man alle Teile beisammenhatte, erinnerte er sich an eine alte Ermittlerweisheit, und dieser Teil war fraglos ein besonders wichtiger.

Bronstein atmete zufrieden durch. Einen ersten Erfolg hatte er schon erreicht. Es war ja doch von Vorteil, mitunter etwas Abstand zu gewinnen, denn aus größerer Entfernung hatte man einfach einen besseren Überblick, erkannte die Zusammenhänge und verbiss sich nicht sinnlos in ein Detail.

Bronstein hatte eine Kehre erreicht, an der eine Waldschneise einen neuerlichen Blick auf das Tal bot. Mit einem Mal kam ihm die Landschaft noch viel schöner vor. Eigentlich stand er kurz vor dem Ziel. Entweder die beiden nationalsozialistischen Rüpel würden sich als die Schuldigen erweisen, dann würden sie beim Verhör auch recht rasch niederlegen, denn solche Kerle waren zumeist keine Steher, oder er würde es doch mit glamourösen Tätern zu tun haben, mit dem Juniorchef, seinem verschlagenen Prokuristen und der ach so unschuldigen Witwe. Vor Bronsteins Auge erstand eine ganze Galerie shakespeareischer Figuren, er mischte „Hamlet“ mit „Othello“, die Demand glich der Gertrud, der Juniorchef dem Claudius, und dazu kam der hinterhältige Jago. Und er war Fortinbras, der Rächer, der am Ende obsiegen würde. Bronstein erheiterte dieser Gedanke und er stellte sich, mitten im Wald, in Pose. Gleich danach jedoch blickte er sich sorgsam um, ob ihn nicht zufällig jemand bei diesem Tun beobachtet haben könnte. Doch er war ganz allein auf weiter Flur. Vergnügt schürzte er die Lippen zu einem Pfeifen und stieg weiter den Pfad hinan.

Das Pfeifen verging ihm schnell. Mehr als ihm lieb war kam er ins Keuchen. Ob er vielleicht doch zu viel rauchte? Schwachsinn! Er war einfach nicht in Form, das war alles. Er brauchte mehr Bewegung. Am besten solche, wie er sie mit Eva praktiziert hatte, dachte er verschmitzt. Für fünfzig war er immer noch ganz gut in Schuss, der Weg war einfach zu steil angelegt. Der war für Alpinisten, nicht für herkömmliche Wanderer. Aber er würde nicht aufgeben. So wie er den Fall Demand lösen würde, würde er sich in Bälde ein Glas kühles Helles einverleiben.

Der Weg schien kein Ende zu nehmen, und Bronstein musste immer öfter eine Pause einlegen. Er stützte sich dann an einem Baumstamm ab und bemühte sich darum, seine Atmung wieder in den Griff zu bekommen. Er fragte sich, ob er nicht irgendwo vom Wege abgekommen sein mochte, denn er war nun schon gut zwei Stunden unterwegs, ohne auch nur die Andeutung einer Hütte entdecken zu können. Der Nachmittag war schon recht weit fortgeschritten, und wenn er in Ruhe sein Bierchen trinken wollte, dann war es hoch an der Zeit, die Ubikation zu erreichen. Er nahm also noch einmal all seine Kraft zusammen und stapfte weiter.

Endlich wurde die Baumreihe ein wenig lichter, vor ihm tat sich eine Wiese auf. Und wirklich, da stand sie. Er hatte es geschafft. Nach gut hundertfünfzig Minuten konsequenten Aufstiegs war es ihm gelungen, bis zur Gaststätte vorzudringen. Er setzte seine letzten Kraftreserven ein und wuchtete seinen Leib vorwärts. Die Hoffnung auf Stärkung hielt ihn aufrecht, und fast schon taumelnd betrat er den Innenraum der Schänke, um sich schwer auf eine ihrer Bänke plumpsen zu lassen.

Außer ihm waren kaum Gäste da, und so dauerte es nicht lange, bis die Wirtin nach seinem Begehr fragte. Er bestellte ein Krügel Bier, das nur wenig später vor ihm stand.

„Sagen Sie“, fragte er die Wirtin, die sich eben wieder umwenden wollte, „wie lange benötigt man üblicherweise vom Panhans hierher?“

„Das kommt darauf an, ob Sie den Waldweg genommen haben oder die Straße.“

„Den Waldweg.“

„Dann höchstens vierzig Minuten.“

„Oh, da muss ich irgendwo falsch abgebogen sein, denn ich habe fast zwei Stunden herauf gebraucht“, sagte Bronstein.

„Unmöglich, man kann sich nicht vergehen, denn es gibt nur einen einzigen Weg hierher. Es sei denn, Sie wären wirklich vom Weg abgewichen und quer durch den Wald marschiert. Das hätten Sie aber gemerkt – und ich auch.“

„Wieso Sie?“

„Weil Sie dann völlig zerkratzt wären. Die Bäume stehen hier nämlich sehr dicht.“

Bronstein, der eben sein Bier zum Mund führte und sich überlegte, ob er sich ertappt fühlen sollte, erstarrte mitten in der Bewegung. Was waren sie für erbärmliche Kriminalisten! Demand war mittlerweile schon unter der Erde, und sie einzigartige Leuchten der Polizeiarbeit waren noch nicht einmal auf die Idee gekommen, sich die Schuhe der möglichen Verdächtigen anzusehen! So zermatscht wie Demands Schädel war, musste es jede Menge Blutspuren auf den Tatwerkzeugen gegeben haben. Cerny und er, sie hätten sich von Anfang an automatisch die Schuhe der Befragten zeigen lassen müssen. Was für ein schrecklicher Fehler! Wieso war niemand von ihnen auf diese so naheliegende Idee gekommen? „Ich hätte es merken müssen.“ So ein banaler Satz, und so eine Wirkung.

Sicher, die Gefahr war groß, dass mittlerweile alle Spuren verwischt waren, aber es bestand immer noch die Chance, Restspuren zu entdecken, denn Schuhe waren ein kostbares Gut, das warf man nicht so einfach weg, und ordentliche Sohlen hatten tiefe Rillen, da mochte sich immer noch etwas finden lassen. Bronstein schöpfte ein klein wenig Hoffnung und trank nun doch einen großen Schluck.

Er musste sich strukturieren. Als Erstes galt es, die beiden Schläger einzuvernehmen. Zudem hatten beide ihr gesamtes Schuhwerk herzuzeigen, dann würde man schon sehen, was ihre allfällig vorgebrachten Alibis wert waren.

Bronstein begann sich einzugestehen, dass Kotzler und Murer unmerklich ganz nach oben auf seiner Verdächtigenliste geklettert waren. Wenn er es recht bedachte, dann mussten die beiden einfach in das Verbrechen involviert sein, denn selbst wenn die junge Demand und ihr Stiefsohn die Tat ausgeheckt hatten, sie wären wohl niemals in der Lage gewesen, sie selbst auszuführen. Unwillkürlich begann Bronstein bei dem Gedanken zu lächeln, die zierlichen Schuhe der jungen Demand könnten sich als das Tatwerkzeug herausstellen. Die Dame hatte höchstens fünfzig Kilo, die konnte einen Schädel nur dann zerschmettern, wenn sie sich einen Mühlstein unter die Füße band. Und einen direkten Parricid traute Bronstein auch dem Junior nicht zu. Nein, wie er es auch drehte und wendete, sobald er wieder in Wien sein würde, galt es, sich die beiden braunen Gestalten vorzuknöpfen.

Na bitte, der Ausflug hatte sich schon gelohnt. Eine ganze Woche lang war er im Kreis gelaufen, ohne wirklich den Durchblick durch die ganze Angelegenheit zu gewinnen. Jetzt, hier am Semmering, wusste er mit einem Mal, was er zu tun hatte. Jetzt konnte er wirklich das Wochenende genießen, um dann am Montag einmal mehr unter Beweis zu stellen, dass er zu den besten Beamten der Wiener Polizei gehörte.

Zuerst musste er freilich noch eine andere Hürde nehmen. Er musste wieder von diesem Berg runter. Das würde alles andere als einfach, dazu brauchte es all seine Kraft. Bronstein zahlte sein Bier und ging unsicheren Schrittes nach draußen.

Je näher er dem Wald kam, umso vorsichtiger setzte er Schritt vor Schritt. Gott, mit diesem Tempo würde er im Morgengrauen im „Panhans“ ankommen. Was hatte er sich auch auf diese dumme Bergtour eingelassen! Und immer brav Schritt um Schritt.

Wenigstens hatte er den Samstag dazu genützt, sich gehörig von den Strapazen des Vortages zu erholen. Er war nach dem Frühstück auf die Terrasse geschlendert, hatte sich dort einen Liegestuhl gemietet und sich den gesamten Tag von der Bergsonne wärmen lassen. Nur zur Mittagszeit war es ihm gelungen, sich kurz zu erheben, und selbst da war er nach dem Essen auf sein Zimmer gegangen, um ein wenig auszuruhen, sich gleichsam vom Erholen zu erholen.

Am Nachmittag dann, als die Sonne allmählich hinter dem Hotel zu verschwinden begann, griff er erstmals wieder zu seinem Buch, doch er kam nicht recht voran und studierte stattdessen die anderen Gäste. Doch auch das wurde ihm bald langweilig, und so ging er vor dem Abendessen noch ein wenig spazieren, nahm dann sein Diner ein und zog sich, nachdem in der Hotelhalle neuerlich keine Person aufgetaucht war, nach deren Bekanntschaft es ihn verlangt hätte, früh auf sein Zimmer zurück.

Am Sonntag reiste er schon nach dem Frühstück wieder nach Wien zurück, um den Nachmittag noch für sich zu haben. Er ertappte sich später dabei, wie er in der Innenstadt so vor sich hin flanierte und dabei ganz zufällig vor das Haus der Demands gelangte. Nach kurzem Zögern trat er ein und lenkte seine Schritte zur Tür der Hausmeisterei. Er wartete neuerlich eine Weile, dann nahm er all seinen Mut zusammen und klopfte an.

Noch ehe er sich irgendeinen Satz hatte zurechtlegen können, ging die Tür auch schon auf und Eva blickte ihn mit großen Augen an. Er wollte sie begrüßen und ihr sagen, wie sehr er sich freue, sie endlich wiederzusehen, und wie er sich schäme, sie nicht schon früher kontaktiert zu haben, doch irgendetwas ließ ihn schweigen. War es das nervöse Zucken ihres rechten Auges? Freute sie sich denn gar nicht, ihn wieder bei sich zu haben? War er nur ein Durchlaufposten gewesen, einer von vielen? Bedeutete er ihr denn gar nichts?

„Wer is' denn?"

Das war die Stimme des Hausmeisters, die sich aus dem Schlafzimmer vernehmen ließ. Stumm zuckte Bronstein mit den Schultern und deutete mit der Hand ein schüchternes Winken an, ehe er den Rückzug antrat. „Ein Hausierer war's", hörte er Eva noch sagen, ehe die Tür ganz geschlossen war.

Bronstein ging in gebückter Haltung nach Hause und grub sich, obwohl es draußen noch hell war, schon in sein Bett ein. Wenigstens in seinem Fall hatte er einen wichtigen Fortschritt erzielt. Wenigstens da.

VIII.
Montag, 9. Juli 1934

Cerny war erstaunt, Bronstein schon an seinem Schreibtisch sitzen zu sehen, als er um Punkt acht Uhr das Büro betrat. „Morgen, Oberst, wie war's am Semmering?"

„Hervorragend. Mir sind da einige wichtige Ideen gekommen. Hör dir das an." Und Bronstein informierte Cerny in allen Details von seinen Überlegungen. Als er auf die Schuhe zu sprechen kam, erbleichte Cerny. Bronstein registrierte mit einer gewissen Zufriedenheit, dass auch seinem Kollegen der Umstand, auf die Überprüfung allfälliger Tatwerkzeuge vergessen zu haben, einigermaßen peinlich war. Umso dringender sei es jetzt, ans Werk zu gehen und Nägel mit Köpfen zu machen, meinte Bronstein, und Cerny blieb wenig mehr zu tun, als ihm zuzustimmen.

„Gut", erklärte Bronstein, „dann gönne ich mir jetzt noch eine Tasse Kaffee mit einer Zigarette, und dann gehen wir in die Firma und fühlen den beiden Herrschaften einmal auf den Zahn. Haben wir eine Zeitung hier?"

Cerny wusste um die Vorlieben seines Vorgesetzten und brachte ihm die „Wiener Zeitung". Bronstein schlug gleich die Sportseite auf, wollte er doch wissen, wie sich die Fußballmannschaften geschlagen hatten. Natürlich! Rapid war ausgeschieden! Das war ja zu erwarten gewesen! Immer dann, wenn es um etwas ging, dann verloren die Österreicher die Nerven. Das hatte man ja schon im Vormonat gesehen, wo die hoch favorisierte Nationalmannschaft sang- und klanglos bei der Weltmeisterschaft in Italien untergegangen war. Im Vorfeld hatte es noch geheißen, das Team um den Papierenen würde ganz sicher Weltmeister, und dann waren die elf Österreicher durch das Turnier gestolpert, als hätten sie eben erst mit dem Fußballsport begonnen. Mit Schrecken erinnerte sich Bronstein, wie Frankreich in der ersten Runde mit Hängen und Würgen in der Verlängerung niedergerungen worden war. Im Viertelfinale waren die Österreicher nur deswegen zum Erfolg getaumelt, weil sich die Ungarn durch einen Feldverweis selbst geschwächt hatten. Na und dann war ja ohnehin Endstation gewesen. Gegen die Italiener natürlich. So wie gestern, wo drei Treffer von Bimbo Binder nicht genügt hatten, um Bologna erfolgreich die Stirn zu bieten. Aber bitte, jetzt war er wenigstens in der richtigen Stimmung, um den beiden braunen Helden gehörig den Marsch zu blasen.

Als sich Cerny und Bronstein wenig später im Demand'schen Werk nach den Mitarbeitern Kotzler und Murer erkundigten, nickte der Werkmeister nur kurz, winkte einen Lehrbuben zu sich und hieß diesen, die beiden Gesuchten herbeizuschaffen. Als diese sich den Beamten näherten, verrieten ihre Mienen ein gewisses Erstaunen, das sich allerdings rasch in offene Feindseligkeit wandelte, nachdem sie der beiden Polizeimarken ansichtig geworden waren.

„Wos woits, Kiwara?", belferte der Ältere der beiden, dessen rechte Wange eine markante Narbe zierte.

„Sie sind die Herren Kotzler und Murer?"

„Naa, mia san Pat und Patachon", erwiderte der Ältere, um nach einer Pause hinzuzusetzen: „Sicher samma des, oder warum glaubts es, dass ma herkumma san?"

„Gut. Wir hätten da ein paar Fragen an Sie. Fangen wir ganz einfach an. Wo waren Sie in der Nacht vom 30. Juni zum 1. Juli?"

„In mein' Bett." Das Narbengesicht grinste.

„Ah ja, und kann das wer bestätigen, Herr ..."

„Murer, Josef Murer – Ja, mei Oide."

„Und Sie, Herr Kotzler?“

„I woa aa im Bett.“

„Und das kann auch Ihre Frau bestätigen, nehme ich an“, sagte Bronstein säuerlich.

„De sogt, wos i ihr sog, dass s’ sogn soi. Oiso habts ned vü davo“, tat Kotzler großspurig.

„Irrtum, Herr Kotzler, Sie haben nicht viel davon, denn das heißt, Sie haben kein Alibi“, bemerkte Cerny lakonisch.

„Wüst mi frotzln, Kiwara?“ Kotzlers Brust hob sich merklich, als er die Schultern zurück und sich selbst in Positur warf.

„Nein, da habe ich schon Besseres zu tun“, blieb Cerny sachlich.

Kotzler wollte auf Konfrontationskurs gehen, doch Murer hielt ihn zurück. Der Ältere riss das Gespräch wieder an sich.

„Liegt jetzt was vor gegen uns oder kömma wieder an unsere Arbeit gehen?“

„Zeigen Sie uns doch einmal Ihre Schuhe.“ Bronsteins Forderung stieß auf große Verwunderung seitens der Arbeiter, trotzdem schoben sie schließlich ihre Füße nach vorn. Beide trugen Goiserer.

„Die werden Sie uns leihweise überlassen müssen“, sagte Bronstein.

„Bist deppert?“, fuhr Kotzler hoch, „des san meine anzigen Schuach.“

„Tja, dann werden Sie uns leider aufs Revier begleiten und dort warten müssen, bis die Untersuchung Ihres Schuhwerks abgeschlossen ist.“

„Jetzt san s’ echt wo ang’rennt.“ Kotzler flüsterte mehr als er redete, und in seinem Gesicht machte sich wieder Erstaunen breit.

„Ich will Ihre despektierlichen Bemerkungen einmal überhört haben. Entweder Sie händigen uns nun Ihre Schuhe aus, oder Sie folgen uns aufs Revier.“

Murer folgte zögernd der behördlichen Aufforderung und schickte sich an, seine Schuhe auszuziehen. Kotzler sah ihm verwundert zu und tat es ihm, da ihm Murer zugenickt hatte, schließlich gleich. Die beiden gaben nun tatsächlich ein komisches Paar ab, da sie mit löchrigen Socken in der Werkshalle standen und unsicheren Blickes zu den beiden Kriminalisten hinlinsten.

„Sie hören von uns. Meine Herren." Mit einer jovialen Geste zog Bronstein ab, Cerny folgte ihm auf dem Fuß, an den Schnürsenkeln insgesamt vier Schuhe haltend. Als er sich und Bronstein außer Hörweite wusste, fragte er: „Glaubst du ihnen bezüglich ihrer Alibis?"

„Keine Sekunde."

„Warum hast du dann nicht nachgefragt, Oberst?"

„Weil es im Augenblick sinnlos wäre. Wir brauchen jemanden, der die beiden in der fraglichen Nacht irgendwo gesehen hat, dann kann man sie damit konfrontieren. Im Moment haben wir aber nichts gegen sie in der Hand."

Cerny schwieg. Er wusste, Bronstein hatte Recht. Fürs Erste musste man es dabei belassen.

„Weißt du was", meldete sich Bronstein in aufgeräumtem Ton bei Cerny zurück, „wir liefern das jetzt bei der Spurensicherung ab, und dann gönnen wir uns ein schönes Mittagessen."

„Gute Idee, so machen wir's."

Der kleine Amtsweg war schnell erledigt, und pünktlich um halb zwölf saßen die beiden am Wirtshaustisch und warteten auf ihre Atzung. Bronstein hatte Selchfleisch mit Kraut und Knödel bestellt, Cerny verlustierte sich an einem Rahmrindsbraten. Dazu tranken beide Bier. Man gönnte sich ja sonst nichts in so schweren Zeiten.

„Am Nachmittag", sagte Bronstein zwischen zwei Bissen, „werde ich noch einmal ins Haus der Demands gehen und fragen, ob die zwei Herrschaften jemand in der Tatnacht gesehen hat. In unseren Akten befinden sich doch hoffentlich amtliche Fotos?"

„Sicher. Sogar Murers Narbe ist deutlich darauf zu sehen. An die wird man sich gegebenenfalls sicher erinnern."

„Das will ich hoffen."

Bronstein schmeckte das Essen mit einem Mal noch besser. Er hatte einen Weg gefunden, auf legalem Wege noch einmal Eva aufzusuchen. Und wer weiß, vielleicht saß ihr Mann ja am Nachmittag beim Wirten, was die Möglichkeit inkludierte, die Befragung Evas mit anderen Mitteln fortzusetzen. Allein schon der Gedanke versetzte Bronstein in freudige Erregung, und er hatte Mühe, sich nichts anmerken zu lassen. Er starrte auf seinen Teller und versuchte, Cernys Vortrag über die Erfolge seiner Turnerriege wenigstens in Stichworten zu folgen. Doch wenn dieser von Felgaufschwüngen und ähnlichen Übungen sprach, so kamen Bronstein dennoch ganz andere Assoziationen.

„Was ist, nehmen wir noch eine Nachspeise?"

Cernys Frage kam für Bronstein unvermittelt.

„Ich nicht, ich bin voll." Bronstein hatte glatt gelogen, aber er wollte partout nicht länger im Gasthaus sitzen bleiben. Je schneller er zurück im Büro war, um dort die Fotos der beiden potenziellen Übeltäter zu holen, desto eher konnte er sich auf den Weg zu Eva machen. Und so zahlte er hurtig, hakte Cerny unter und schleppte ihn förmlich zurück aufs Präsidium. Dort ließ er sich von Cerny die Fotos aushändigen, raunte etwas von wenn es spät würde, käme er erst morgen wieder ins Büro, und war dahin.

Mit jedem Meter, dem er dem Haus näher kam, wuchs Bronsteins Aufregung. Er hastete förmlich durch den Hausflur und klopfte wild entschlossen an die Wohnungstür des Hausbesorgers. Prompt wurde die Tür geöffnet, und die vulgäre Visage des Hausmeisters starrte ihm entgegen. Am liebsten wäre

Bronstein sofort wieder gegangen, und er hoffte, die Enttäuschung stand ihm nicht allzu deutlich ins Gesicht geschrieben.

„Was woin S'?"

Umständlich kramte Bronstein die Fotografien aus seinem Fundus und hielt sie dem Hausbesorger unter die Nase: „Haben Sie die zwei Herrschaften schon einmal gesehen?"

Höller rieb sich das Kinn und wirkte wirklich so, als dächte er nach. Dann räusperte er sich und begann den Kopf zu schütteln: „Also, nicht dass ich wüsste. Da waren die jedenfalls nie. Vielleicht ..., der eine da, der mit der Narbe, der kommt mir irgendwie schon bekannt vor, ich weiß nur nicht, wo ich ihn hintun soll."

„Und die Frau Gemahlin?"

Bronstein hoffte, auf diese Weise Eva wenigstens zu Gesicht zu bekommen.

„Eva, komm her da!" Höllers Ton war schneidend und gebieterisch, kein Wunder, dass sich Eva nach Abwechslung sehnte. Als Bronstein sie zu Gesicht bekam, trocknete sie sich gerade die Hände. Dann blickte sie auf und erkannte ihr Gegenüber. Die Überraschung war ihr anzusehen.

„Schau da die Büdln an! Kennst an von denen?" Eva tat, wie ihr Mann ihr geheißen, und schüttelte dann tonlos den Kopf.

„Hab i mir eh denkt. Na, Herr Inspektor, da miassn S' andere suchen, wenn's bei uns was reißen woll'n. Weil wenn i die ned kenn, dann kennt die kaner do."

Bronstein nickte nur, deutete einen Gruß an und machte sich wieder auf den Weg zurück ins Präsidium, das mit einem Mal auf St. Helena lag.

Und wie Napoleon auf jenem kargen Eiland im Atlantik fühlte er sich reichlich einsam. Cerny war nicht im Büro, und auch sonst fand sich in den Gängen niemand, mit dem sich ein Gespräch gelohnt hätte. Bronstein rief bei der Spurensicherung an, ob die Schuhe der beiden Nazis schon untersucht worden seien, doch wie nicht anders zu erwarten, gab es noch kein Ergebnis. Bronstein starrte abwechselnd auf seinen Schreibtisch und auf die Wanduhr, doch nirgendwo ließ sich auch nur die kleinste Veränderung erkennen. Die Zeiger der Uhr schienen an ihren Positionen festgeschraubt, und der Aktenberg auf der Schreibfläche zeigte nicht das geringste Anzeichen von Erosion. Bronstein überlegte, ob er sich die Mappe mit den wirtschaftlichen Kennzahlen der Firma Demand zu Gemüte führen sollte, doch er wusste, er würde daraus ohnehin nicht schlau werden. Er zündete sich eine „Donau“ an und sah zum Fenster hinaus. Eigentlich ein schöner Tag, doch welchen Nutzen sollte er daraus ziehen? War eigentlich diese Uhr stehengeblieben? Es konnte doch unmöglich sein, dass der Dienstschluss immer noch so weit entfernt war! Bronstein versuchte sich wieder auf den Fall zu konzentrieren, doch seine Gedanken wollten sich nicht ordnen lassen, immer wieder schweiften sie ab und kreisten um wesentlich profanere Dinge als um die Ermittlungen in der Causa Demand.

So geht das nicht, sagte sich Bronstein schließlich und erhob sich schwerfällig aus seinem Stuhl. Er trat zur Tür, sah sich noch einmal um und verließ dann sein Büro. Der Tag war abgehakt, es blieb nur, ihn möglichst würdevoll abzuschließen. Er würde zum Volksgarten schlendern, dort beim Theseustempel die Rosen beschnuppern und sich ausmalen, wie es sein würde, wenn er erst einmal im Ruhestand war. Und dann würde er nach Hause gehen, eine weitere Flasche Erlauer öffnen und Vergessen suchen. Ob er zu viel trank in letzter Zeit? Ach was, die Leber wächst mit ihren Aufgaben.

IX.
Dienstag, 10. Juli 1934

Bronstein erfuhr es zunächst im Kaffeehaus und dann aus den Nachrichten im Radio. Der Kanzler hatte seine Regierung umgebildet. Innenminister Kerber wurde abgelöst, ebenso verloren der ehemalige Kanzler Ender und der gewesene Sozialminister Schmitz ihre Ämter. Am erstaunlichsten allerdings war, dass Emil Fey, der vermeintlich mächtige Mann der Wiener Heimwehr, nun auch noch als Sicherheitsminister gehen musste. Schon vor zwei Monaten hatte er seinen Vizekanzlerposten an seinen Intimrivalen Starhemberg verloren, jetzt ging er auch noch seines Ressorts verlustig. Fey blieb zwar Minister, aber er hatte kein Portefeuille mehr. Bronstein versuchte in Erfahrung zu bringen, wer nun für die öffentliche Sicherheit zuständig sein würde. Im Büro kursierte das Gerücht, Carl Karwinsky sei als Staatssekretär nun für die innere Sicherheit verantwortlich, erhalte aber keinen Ministerrang. Bronstein versuchte, den Namen für sich einzuordnen, kam aber zu keinem Ergebnis. Erst Cerny half ihm auf die Sprünge. Karwinsky war der Sicherheitsdirektor von Niederösterreich, mithin also ein Kollege. Er galt als ideologischer Scharfmacher, ein Tiroler mit geradezu missionarischem Drang, alles auszumerzen, was nicht bedingungslos der Idee des vaterländischen Ständestaates folgte. Bronstein konnte nicht behaupten, dass ihm diese Perspektive gefiel. Aber das war ja nichts Neues. Seit den Tagen Walter Breiskys – und die waren inzwischen zwölf Jahre her – war der jeweilige Nachfolger stets noch schlechter gewesen als sein Vorgänger. Doch derartige Überlegungen behielt man besser für sich. Nicht, dass sie eventuell der Karriere abträglich wären, nein, in Zeiten wie diesen konnten sie sogar der Gesundheit abträglich sein. Karwinsky, was sollte man von dem also halten? Am besten gar nichts, am besten, man hielt sich weiter an diejenigen, die tatsächlich das Sagen hatten. Minister kamen und gingen, die Präsidenten aber, die blieben auf ewig.

„Das gibt es doch nicht!"

Cernys Ausruf schreckte Bronstein aus seinen Gedanken. „Was gibt es nicht?"

„Ich hab den Bericht von der Spurensicherung geholt. Und jetzt stell dir einmal vor, was da passiert ist!"

„Na, was ist passiert?", replizierte Bronstein, der keine Lust auf Ratespiele hatte, ungeduldig.

„Die Schuhe von Kotzler weisen Blutspuren auf. Aber die Kollegen von der Spurensicherung haben keine Vergleichswerte von der Leiche. Daher kann man nicht sagen, ob das Blut vom Demand stammt. Aber es kommt noch schlimmer", begütigte Cerny Bronstein, der eben zu einem lautstarken Protest angesetzt hatte, „sie können nicht einmal mit absoluter Sicherheit sagen, ob es überhaupt Menschenblut ist."

„Ja sind denn die vollkommen meschugge geworden?"

„Sie sagen, erstens ist das Blut vollkommen eingetrocknet, das klebt mindestens schon zehn bis vierzehn Tage auf den Schuhen – was ja passen würde, sei hinzugefügt –, zweitens sind die Spuren so minimal, dass man sie nicht mit der nötigen Sicherheit analysieren kann, und drittens sind sie bearbeitet worden."

„Was heißt bearbeitet?"

„Na ja, der Kotzler dürfte in den letzten Tagen in so ziemlich jeden Dreck gestiegen sein, der irgendwo herumgelegen ist. Die Blutspuren sind mit Öl, Seife, Benzin, Alkohol und noch ein paar Substanzen vermischt worden, kontinuierlich, heißt es."

„Das hat der absichtlich gemacht", platzte es aus Bronstein heraus.

„Das sehe ich auch so“, nickte Cerny.

„Ich sag dir, der Kotzler ist unser Mann, den nehmen wir uns jetzt noch einmal ordentlich vor.“

Bronstein erhob sich und schickte sich an, zur Tür zu gehen, doch hielt er mitten in der Bewegung inne und setzte sich wieder: „Was meinst, sollen wir uns gleich einen Haftbefehl ausstellen lassen? Am Revier wird der sicher nicht so mutig sein wie in der Fabrikshalle in Gesellschaft seiner lieben Freunde.“

„Der Tatverdacht ist hinreichend, ja, ich tät sagen, ein Haftbefehl ist angebracht“, stimmte Cerny dem Obersten zu.

„Na, dann machen wir es so.“

Wenig später rückten Bronstein und Cerny mit einer Funkstreife aus, um Kotzler gleich vom Demand'schen Werk zur Elisabethpromenade zu bringen. Als Kotzler die uniformierten Beamten sah, verzichtete er auf jede Form von Widerstand und ließ sich willenlos abführen. Bronstein wertete dies als glattes Schuldeingeständnis. Kotzler wusste, dass er verloren hatte, und schickte sich nun ins Unvermeidliche. Doch kurz bevor sie das Ende der Halle erreicht hatten, drehte sich Kotzler noch einmal in Richtung seiner Kollegen, die die Szene schweigend mitverfolgt hatten, um und schrie: „So geht es einem in diesem Land. Vergesst das nicht! Deutschland muss leben, auch wenn wir sterben müssen!“

Bronstein verdrehte die Augen. Was für ein pathetischer Idiot. Sicher kam jetzt auch noch „Deutschland erwache!“

„Deutschland erwache!“ Kotzlers Ruf wurde durch einen unsanften Stoß seitens eines der Uniformierten eher zu einem Gurgeln, aber Bronstein durfte sich bestätigt fühlen. Vor dem Werk wurde Kotzler in den grünen Heinrich verfrachtet, und Bronstein wies die Polizisten an, ihn sofort in einen der Verhörräume des Untersuchungsgefängnisses zu bringen, wo er erst einmal eine Weile dunsten sollte. Natürlich konnte man ihn auch gleich in eine Zelle sperren, doch dort würde sich

Kotzler eher abreagieren können als in einem Verhörraum, wo er damit rechnen musste, jeden Augenblick befragt zu werden. Umso mehr würde seine Spannung steigen, wenn einfach niemand kam. Und wenn Kotzler dann kurz davor war, lautstark zu explodieren, dann würde man mit der Vernehmung beginnen und Kotzler gezielt provozieren. Alles Weitere war dann nur noch Routine. Kotzler würde einen Fehler nach dem anderen machen und sich tief in den Dreck reiten, aus dem er nicht mehr herausfinden würde. Sein Geständnis war dann nur noch eine Frage der Zeit. Und bei jemandem wie Kotzler würde es nicht allzu lange dauern.

Bronstein blickte auf die Uhr. Sie hatten es doch wirklich geschafft, die ganze Aktion von Kotzlers Verhaftung noch vor der Mittagspause erfolgreich zu einem Ende zu bringen. Da hatte man sich die Atzung wahrlich verdient.

„Ob wir den Murer auch im Auge behalten sollten?"

Bronstein schreckte aus seinen Gedanken auf. „Wie?"

„Der Murer! Soviel wir wissen, stecken die beiden doch permanent unter einer Decke. Dem wird das nicht sonderlich schmecken, dass wir den Kotzler kassiert haben. Und umso interessanter wäre es doch, seine weiteren Schritte zu beobachten."

„Meinst, wir sollten ihn observieren?"

„Schaden tät's nicht, oder?"

Bronstein dachte kurz nach. „Gut", sagte er dann, „den Kotzler lassen wir jetzt einmal dunsten. Dann nehm ich ihn mir einmal zur Brust. Und du erkundigst dich beim Werksleiter, wann der Murer heute Schichtende hat. Dann hängst du dich unauffällig an ihn dran. Und nach dem ersten Verhör lös ich dich dann ab. Du gibst in der Zentrale jeweils deinen Standort durch, da find ich dich dann schon. Und das heißt", schloss Bronstein, „wir gehen jetzt was Gutes essen, und danach gehst du heim und ruhst dich ein wenig aus." „Na", lachte Cerny, „da sag ich nicht nein."

Nachdem sich die beiden an einem überaus schmackhaften Rostbraten gelabt hatten, fuhr Cerny nach Hause, während Bronstein in aller Ruhe in die Elisabethpromenade schlenderte. Einmal dort angekommen, suchte er alte Freunde zu einem Plausch auf. Bei Kaffee und Zigaretten redete man über das Wetter, über Fußball und über die Anzahl der Tage, die einen noch von der Pension trennten. Man erkundigte sich nach dem Befinden der Verwandt- und Bekanntschaft und ließ auch einmal ein paar Minuten der Stille ins Land ziehen, damit das Gesprochene sich setzen konnte. Reichlich vier Stunden, nachdem Kotzler eingeliefert worden war, meinte Bronstein, es wäre allmählich an der Zeit, dem nazistischen Grobian ein wenig auf den Zahn zu fühlen. Er verabschiedete sich also von seinen Kollegen und ging langsam in das Stockwerk mit den Vernehmungszimmern. Schon aus geraumer Entfernung hörte er Kotzler stoßweise toben. Bronstein nickte den Uniformierten vor der Tür zu: „Wie macht er sich?"

„Am Anfang hat er g'schrien wie am Spieß. Dann hat er sich nach und nach beruhigt, und jetzt tobt er wieder", lautete die sachlich-lakonische Antwort.

„Na, dann wer' ma amoi schau'n", gab sich Bronstein leger und öffnete die Tür. Kotzler sprang auf und funkelte sein Gegenüber wütend an, wagte aber keine Aktion, da Bronstein von den beiden Polizisten flankiert war. Einer der beiden Beamten ging um den Tisch herum und drückte Kotzler langsam auf den Sessel. Als dieser saß, postierten sich die beiden Uniformierten links und rechts von ihm, während Bronstein auf der anderen Seite des Tisches Platz nahm. Er steckte sich eine Zigarette an und sog ihren Rauch in die Lungen, um ihn sodann Kotzler ins Gesicht zu blasen.

„Alsdann, leg nieder!", sagte Bronstein einen Augenblick später.

„Wos soll i niederlegn? I hob nix zum Derzähl'n."

„Kumm, kumm, Burli. Wir haben Demands Blut an deinen Schuhen gefunden. Wir wissen, dass du's warst. Es wär besser für di, wennst gestehst. Dann kommst vielleicht mit Totschlag davon. Zehn Jahr' statt lebenslang, des is doch immerhin a Perspektive."

Kotzler lehnte sich zurück: „Des schaut eich Kiwara wieder ähnlich. Hängt's ma an, dass a Jud g'mocht worden is. I hab g'oabeit' fia die Sau, des woa oba scho ois. Wer immer des Viech hamdraht hot, i woa's ned."

„Und wie kommt dann sein Blut auf deine Schuhe?"

„Wäu dei Behm und du des so draht habts." Kotzler bemühte sich sichtlich, gelassen zu wirken.

„Tja, wennst meinst. Helfen wird dir das aber nicht. Die Beweislast ist jedenfalls erdrückend. Dann wird's halt ein Mord. Lebenslänglich ist dir sicher, und, wer weiß, vielleicht baumelst sogar. Ist es das wirklich wert?"

Kotzlers Selbstsicherheit war mit einem Mal verschwunden. „Geh bitte, i woa des ned", quengelte er.

„Wenn nicht ein anderer deine Schuhe angehabt hat, dann schaut's gar nicht gut aus." Kotzler schlug die Hände vors Gesicht, und Bronstein war sich ziemlich sicher, dass der Mann eben zu weinen begonnen hatte.

Bronstein empfand eine unglaubliche Müdigkeit in sich aufsteigen. Diese treudeutschen Jammergestalten widerten ihn an. In der Masse fühlten sie sich wie Gott Thor persönlich, und kaum standen sie allein auf weiter Flur, da wurden sie zu feigen Memmen und zitterten wie Espenlaub.

„Schafft mir dieses Würschtl aus den Augen", wies er die Beamten an. Und zu Kotzler sagte er: „Ich geb dir eine Nacht Zeit, um zu überlegen, was du mir sagen willst. Und morgen erzählst du mir besser alles, sonst …" Bronstein beendete den Satz mit einer Geste der rechten Hand, die eine Schlinge um den Hals andeutete. Kotzler starrte ihn entsetzt an und wandte sein Gesicht nicht von ihm ab, bis er den Raum verlassen hatte. Bronstein seufzte und ging dann in die Portierloge zurück, wo er auf Cernys Anruf warten wollte.

Der kam kurz nach 19 Uhr. Cerny berichtete, dass Murer unmittelbar nach Feierabend in ein Gasthaus gegangen war, wo er seitdem ein Bier nach dem anderen trinke, ohne zu irgendjemandem Kontakt aufzunehmen: „Er sitzt einfach still da und lässt ein Krügel nach dem anderen die Kehle hinunterrinnen."

„Gut, meld dich wieder, wenn es etwas Neues gibt", sagte Bronstein nur, um sich sodann wieder den Debrezinern zuzuwenden, die der Portier aus der Gefängnisküche geholt hatte.

Zwei Stunden später war Cerny wieder am Telefon. Er berichtete, dass Murer weiterhin ein Bier nach dem anderen trinke, sodass es mittlerweile erstaunlich sei, dass er immer noch aufrecht an der Bar stehe. Bronstein erkundigte sich nach Cernys Standort und kündigte ihm dann an, er werde ihn in einer halben Stunde ablösen.

In der verrauchten Spelunke hatte Bronstein Mühe, sich zu orientieren. Für einen Augenblick fürchtete er, Murer würde ihn zuerst sehen und auch noch erkennen, doch der Mann lehnte einfach an der Schank und starrte wie betäubt auf die Glasreihen dahinter. Bronstein machte die Nische aus, in der sich Cerny vergraben hatte, und eilte auf diese zu.

„Wie schau' ma aus?"

„Ich hab noch nie jemanden gesehen, der so viel Bier verträgt. Er ist jetzt sicher schon beim achten oder neunten Krügel. Die ganze Zeit über hat er mit keinem einzigen Menschen auch nur ein Wort geredet. Selbst die neue Bestellung zeigt er tonlos an, indem er das leere Glas hochhebt. Vor allem aber war er nur ein einziges Mal am Pissoir."

„Na der muss eine Blase haben, habe die Ehre!"

„Ja, der Kerl ist offenbar ein echter Kampftrinker."

„Na ja, das ist ja die wesentliche Qualifikation für einen Nazi."

„Das – und effizientes Prügeln."

Bronstein grinste: „Da hast auch wieder Recht. Und jetzt schau, dass du nach Hause zu den Deinen kommst. Ich mach das da schon."

„Das ist wirklich nett, Oberst." Cerny erhob sich und drückte seinem Vorgesetzten die Hand. Dann griff er nach seinem Portemonnaie, doch Bronstein winkte nur ab: „Das geht auf Regimentskosten."

Cerny nickte ihm noch einmal zu und verließ dann das Lokal. Bronstein signalisierte dem Mann hinter der Schank, er wolle ein Bier, und steckte sich dann eine „Donau" an. Um sich die Zeit zu vertreiben, nahm er die Turf-Zeitung zur Hand, die hinter ihm an der Wand hing, doch er konnte nicht behaupten, dass ihn diese auch nur im Geringsten ansprach. Er würde nie verstehen, was jemand an diesem Kult um Pferderennen finden konnte. Sicher, es war nicht unnett, das eine oder andere Mal ein paar Groschen auf einen bestimmten Zieleinlauf zu setzen, doch ein solches Hobby derart akribisch zu betreiben, dass man im Vorfeld des Rennens dem Pferd gleichsam schon beinahe den Puls fühlte, war fraglos übertrieben. Entweder ein Gaul war schnell – oder er war es eben nicht. Und daran änderte auch der Umstand nichts, dass der Vater des Gauls selbst einmal Derbys gelaufen war. Für ihn jedenfalls nicht, dachte Bronstein. Aber das war wohl wie bei den Fußball-Wetten. Wenn er schon einmal einen Schilling springen ließ, dann setzte er nach Gefühl und nicht nach irgendwelchen statistischen Angaben. Ihm war herzlich egal, wie lange Rudolfshügel schon nicht mehr gegen die Vienna gewonnen hatte. Wenn er den Burschen eine Sensation zutraute, dann setzte er auf sie, sonst eben nicht. Aber letztlich war ihm das alles herzlich egal. Er hatte noch nie irgendwo eine Summe gesetzt, die den Preis für ein brauchbares Gabelfrühstück übertroffen hätte, und so konnte er es sich auch jederzeit leisten, den Einsatz zu verlieren. Und wenn er doch gewann, dann konnte er sich zur Feier des Tages eine Kleinigkeit gönnen, und das war es dann auch schon wieder. Auf diese Weise lief man niemals Gefahr, in ernste Probleme zu geraten.

Bronstein dämpfte die Zigarette aus und warf einen flüchtigen Blick zur Schank hin, wo Murer eben ein weiteres Bier orderte. Der Abend würde lang werden, dachte sich Bronstein und überprüfte, über wie viele Zigaretten er noch verfügte.

Wiewohl er sehr haushälterisch mit seinem Bier umgegangen war, verfügte er nach einer guten Weile über keinen einzigen Tropfen mehr. Doch Murer machte nicht die geringsten Anstalten, das Lokal zu verlassen. Also orderte Bronstein ein weiteres Glas, beglich bei dieser Gelegenheit allerdings gleich die gesamte Rechnung. Irgendetwas sagte ihm, dass Murer es nun nicht mehr lange machen würde. Und sein Gefühl hatte ihn nicht getrogen. Die Uhr zeigte zwanzig Minuten nach zehn Uhr abends, als Murer eine Hand voll Münzen auf die Schank warf, dem Wirten kurz zunickte und mit erstaunlich sicherem Schritt dem Ausgang zustrebte. Bronstein, der sich zur Sicherheit hinter der Turf-Zeitung versteckt hatte, wartete noch einen Augenblick, dämpfte dann seine Zigarette aus und folgte dem Mann ins Freie.

Vor dem Lokal blickte Bronstein nach links und nach rechts, doch er konnte Murer nirgendwo ausfindig machen. Rein intuitiv wandte er sich nach rechts – welche Richtung würde ein Nazi wohl einschlagen, dachte er bei sich – und stieß nach einigen Schritten auf einen Durchgang, der den Weg in eine kleine Seitengasse öffnete. Diese war überaus schlecht beleuchtet, und Bronstein hatte Mühe, sich zurechtzufinden. Er blieb stehen und lauschte. Auf dem Kopfsteinpflaster war nichts zu hören. So viel war nun einmal sicher, hier ging niemand. Und doch war er sich sicher, dass Murer hier irgendwo auf ihn lauerte.

Bronstein drückte sich an die linke Mauer und bewegte sich vorsichtig vorwärts. Dabei versuchte er, alle Seiten der Gasse im Auge zu behalten. Mit der linken Hand tastete er die Wand vor sich ab, während er gleichzeitig die rechte Seite der Gasse nach möglichen Verstecken absuchte. Er blickte kurz zurück, um sicherzugehen, dass Murer ihn nicht von hinten überraschte, und dann sofort wieder nach vorn. Seine linke Hand erfühlte einen Vorsprung, und instinktiv wandte Bronstein sein Gesicht dieser Seite zu. Gerade noch schnell genug, um die Faust auf sich zukommen zu sehen, aber nicht schnell genug, um ihr ausweichen zu können. Murers Rechte landete krachend auf Bronsteins Nase, sodass er selbst förmlich zurückgerissen wurde und Mühe hatte, sich auf den Beinen zu halten. „Hob i di, du Scheißkiwara!“ Murers Stimme hatte nichts Menschliches an sich.

Bronstein achtete nicht näher darauf, er war zu sehr damit beschäftigt, sich seine Nase zu halten, aus der ein Strahl hellen Blutes schoss. Er tastete das Riechorgan ab und stellte anhand der merkwürdigen Stellung des Nasenbeins fest, dass dieses gebrochen sein musste. Er wollte eben Murer energisch zur Rede stellen, als dieser, der mittlerweile an ihn herangetreten war, ansatzlos die Rechte in seinem Magen vergrub. Bronstein verspürte sofort eine fürchterliche Übelkeit und hatte das Bedürfnis, sich zu übergeben. Das Blut quoll nun nicht länger nur aus der Nase, es bahnte sich auch seinen Weg in die Mundhöhle, sodass Bronsteins Unwohlsein sich verdoppelte.

„G'schissener Itzig, glaubst, i lass da ois durchgehn?“

Und noch ein Hieb traf Bronstein, diesmal an der rechten Schläfe, sodass er links gegen die Wand anschlug. Das war der Punkt, an dem seine Beine nachzugeben begannen. Bronstein suchte verzweifelt irgendwo Halt, doch vermochte er seinen Fall nicht zu verhindern.

„Bei mir kannst abmarkieren mit der Hundsmarken, depperter Blunz'nstricker. Wenn i mit dir fertig bin, dann hast aus-g'schissen. Hast mi?"

Und Murer tat, als trete er einen Freistoß. Sein Fuß traf mit voller Wucht Bronsteins Schulter, und dieser kippte nach hinten. Er lag nun mit dem Rücken auf dem Straßenpflaster, während seine Beine merkwürdig verformt wirkten, da seine Füße unter seinem Hinterteil eingeklemmt waren. Bronstein wusste, es würde schwierig sein, aus dieser Lage wieder auf die Beine zu kommen.

„Jetzt brunzt di an, du Sau, gell!" Murers Gesicht tauchte bedrohlich über dem Bronsteins auf, sodass dieser förmlich den stinkenden Atem seines Widersachers spürte. Murer wich zurück, nahm kurz Schwung und trat Bronstein dann mit aller Kraft in die Seite. Bronstein wollte schreien, doch seinem Mund entrang sich nur ein Wimmern.

„Du wüst wiss'n, ob mia den Jud'n g'mocht hab'n? Na, wos glaubst? Woa' ma's?" Und Murer landete einen weiteren schweren Treffer im Bereich von Bronsteins Brustkorb. Der Schmerz hatte nun vollständig von Bronstein Besitz ergriffen. Er hatte keine Macht mehr über sich und war Murer völlig ausgeliefert. Er registrierte, wie alle Spannkraft aus seinem Körper wich und er wie ein nasser Sack dalag. Urinierte er bereits? Wenn ja, dann konnte er es nicht verhindern. Er war absolut machtlos. Und wieder zuckte sein Leib kurz zusammen, da Murer ein weiteres Mal auf ihn eingetreten hatte.

„Saujud, dreckiger! Am besten is, du verreckst."

Das war wirklich peinlich. Da war er ein Vertreter der Ordnungsmacht, und dann konnte er nicht einmal einem primitiven Schläger Einhalt gebieten. Dieser ungehobelte Kerl prügelte auf ihn ein, und er lag nur da wie … wie eine Leiche!

Mit einem Mal geriet Bronstein in Panik. So musste sich Demand gefühlt haben, ehe er gestorben war. Wahrscheinlich hatte sich der auch gedacht, jetzt werde er ziemlich verprügelt. Doch die Täter hatten nicht aufgehört, auf ihn einzudreschen, bis er tot war. Und was hielt Murer davon ab, mit ihm, Bronstein, dasselbe anzustellen? Jetzt war er sicher, dass er pinkelte. Und wieder landete Murers Schuhwerk in Bronsteins Seite.

„Ihr Scheißer glaubts, ihr könnts ois mit uns machen. Hinterlandstachinierer ihr! Wir hab'n uns den Oasch fia eich wegschiaßen lassen miass'n, und ihr raffts dawäu eicher Kapital an euch, ihr artfremdes G'sindel. Jetzt bist nimmer so groß, du Kiwara, ha? Jetzt hot si's ausschmarotzt, du Ostsau. Warst in dein Stetl blieb'n und hättst weiter bei die Russen g'wuchert. Aber na, du muasst ja unbedingt do her kommen und den großen Machatschek spiel'n. Waaßt wos, Itzig? Du kannst ma'n Hobel ausblos'n!"

Und wieder trat Murer gegen den Wehrlosen. Er schien alle Zeit der Welt zu haben, und wiewohl es noch nicht einmal elf Uhr abends war, kam weit und breit niemand daher, von dem Bronstein sich hätte Hilfe erwarten können.

„Euer Scheißsystem, das foat jetzt zur Hölle. Und du wirst mit ihm foan, des sog' i da."

Bronstein wollte etwas erwidern, wollte durch Reden wieder in die Situation hineinfinden, doch seine Stimmbänder gehorchten ihm nicht. Alles, was aus seinem Mund kam, war ein erschreckendes Gurgeln.

„Die Schuach hast ma wegg'nommen, du Sau. Meine anzigen Schuach. Borgen hob i ma wöche miassn, wegen dir, du Krepierl! I reiß da den Oasch auf, du Judensau!" Bronstein hörte einen Knochen knacken, doch er konnte nicht eruieren, um welchen es sich handelte. Er bekam keine Luft mehr, und das einzige Gefühl, zu dem er noch fähig war, war diese allumfassende Angst vor dem Sterben. Sein Leben durfte einfach nicht enden! Nicht jetzt! Nicht so! Es durfte nicht alles aus sein. Wenn du glaubst, es geht nicht mehr, kommt von irgendwo ein Lichtlein her, dachte Bronstein, ehe er sich abrupt und heftig übergeben musste. Es gelang ihm gerade noch, den Kopf so zur Seite zu drehen, dass er nicht sein eigenes Erbrochenes ins Gesicht bekam, dann fühlte er, wie die Ohnmacht von ihm Besitz ergriff. Wenn du jetzt wegdämmerst, dann bist du tot, versuchte Bronstein sich wach zu halten, doch umfing ihn eine große Müdigkeit. Schlafen, nur noch schlafen! Dann würde man auch diese Hiebe nicht mehr spüren. Was für ein Ende! Bronsteins Atem, der zuletzt nur noch stoßweise gegangen war, wurde wieder regelmäßiger, und die beklemmende Angst schien sich zu legen. Was sollte er noch herumzappeln und es sich unnötig schwer machen? Was kam, das kam. Er hatte dem Tod schon öfter ins Auge geblickt, nun war es halt so weit. Er war ohnehin fünfzig geworden, andere bissen mit achtzehn schon ins Gras. Und was hatte er schon zu verlieren? Er hatte keine Frau, keine Kinder, niemand würde um ihn weinen. Und wenn es schon sein musste, dann musste er wenigstens mit Würde abgehen. Sollte sich dieser dumme Nazi an ihm nur abreagieren, er würde nicht betteln oder winseln. Henker, tu deine Pflicht! Erstaunlich, was einem so alles in den Sinn kommt, wenn das letzte Stündlein gekommen ist. Bronstein hätte sich nie gedacht, dass er seinem Gehirn derart poetische Ergüsse würde entlocken können. Schon gar nicht, wenn sich irgendein Berserker an seinem geschundenen Leib abarbeitete. Beiläufig registrierte Bronstein einen weiteren Tritt gegen seine Hüfte, und wieder hörte er ein deutliches Knacken. Siehst du, dachte er, da hat sich ein weiterer Knochen verabschiedet. Anscheinend gehe ich auf Raten drauf. Ade, du schnöde Welt.

Scheiße, das hatte jetzt wirklich verteufelt wehgetan. Da hatte es irgendein inneres Organ erwischt, keine Frage, denn ihm war das letzte Bisschen Luft weggeblieben, das er noch hatte. Ob das ein Milzriss war? Oder ein Lungenpatschen? Es war wirklich sehr ungemütlich. Warum konnte das nicht alles schneller gehen, wie lange musste er sich noch quälen, bis er es hinter sich hatte? Wenigstens beschimpfte ihn dieser Grobian nicht mehr. Eigentlich schlug er ihn auch nicht mehr. Ja, eigentlich war da gar nichts mehr! Was war da los?

„Jessas Maria, wie is Ihnen? San S' überfallen worden? Soll i die Heh rufen?"

Bronstein bemühte sich, seinen Blick auf die Person zu fokussieren, die sich über ihn gebeugt hatte. Keine Frage, das war nicht Murer. Der musste Fersengeld gegeben haben, als dieser Passant des Weges kam.

„Hören S' mich? Die Polizei! Ich ruf die Polizei, ja?"

Bronstein bemühte sich um ein Nicken. „Murer", flüsterte er, und „Cerny weiß Bescheid". Dann brachen alle inneren Dämme. Bronsteins Leib sank endgültig in sich zusammen, und ihm war, als legte jemand in ihm einen Schalter um. Jetzt aber wirklich: einfach nur noch schlafen.

Noch ehe die Polizisten von der Streife am Tatort eintrafen, hatte Bronstein das Bewusstsein verloren. Ein flüchtiger Blick überzeugte den Revierinspektor davon, dass der Mann, der vor ihm auf dem Boden lag, schwer verletzt war, und so kontaktierte er auf schnellstem Wege die Ambulanz, und nur wenig später brachte ein Krankenwagen den ohnmächtigen Bronstein ins nächstgelegene Spital.

X.
Donnerstag, 12. Juli 1934

Bronstein wollte weiterträumen, doch irgendwie schien sein Körper keine Lust zu verspüren, noch länger vor sich hin zu schlummern. Nach einer kleinen Weile gab Bronstein seinen Widerstand auf und öffnete sorgsam und bedächtig ein Auge. Die Umgebung kam ihm alles andere denn bekannt vor. Wo war er? Er öffnete auch das zweite Auge, doch darob kam ihm der Ort um nichts weniger vertraut vor. Bronstein wollte den Kopf drehen, doch irgendetwas hinderte ihn daran. Zugleich verspürte er einen stechenden Schmerz in der Brust, und das Atmen fiel ihm bemerkenswert schwer. Hatte er zu viele Zigaretten geraucht? Bronstein versuchte sich aufzusetzen, doch durchdringender Schmerz im Kopf und an zahlreichen anderen Stellen seines Körpers hielt ihn augenblicklich von einem solchen Tun ab. Er schloss die Augen und stöhnte.

„Ah, sind wir munter geworden?“ Eine fremde Stimme flötete neben ihm. Wer war das?

Bronsteins verschleierter Blick suchte ein Gesicht zu den Tönen, die an sein Ohr gedrungen waren. Er hätte mit diesem Bemühen wohl keinen Erfolg gehabt, wenn sich nicht plötzlich ein Kopf über ihn gebeugt hätte. Anhand der merkwürdigen Haube, die auf diesem Schädel thronte, fräste sich in Bronsteins Gehirn der Gedanke ein, er könnte in einem Krankenhaus sein.

„Wo bin ich?“, flüsterte er.

„Sie wurden zusammengeschlagen, und jetzt erholen Sie sich hier bei uns im Spital“, antwortete der Kopf, „warten Sie, ich hole den Herrn Doktor, der wird Ihnen alles viel besser erklären können.“

Ehe Bronstein reagieren konnte, war der Schädel auch schon wieder aus seinem Gesichtsfeld verschwunden. Daher beschränkte sich Bronstein darauf, einfach noch einmal zu stöhnen und die Augen wieder zu schließen.

„Ah, begrüße Sie. Sind wir wieder unter den Lebenden, was?“ Die Stimme des Arztes klang beschwingt und fröhlich, so als hätte Bronstein nur eben ein Nickerchen gemacht oder wäre nach einer durchzechten Nacht endlich zu sich gekommen. Bronstein reagierte mit einem muffigen Grunzen.

Dies nahm der Arzt zum Anlass, ernst zu werden. „Sie haben großes Glück gehabt“, erklärte er, „es ist Ihnen weiter nichts geschehen, was nicht mit ein paar Tagen Bettruhe wieder aus der Welt geschafft wäre.“

„Was ist mir geschehen?“, krächzte Bronstein.

„Na, zum einen haben Sie eine kräftige Gehirnerschütterung. Die hat uns ehrlich gesagt auch am meisten Sorgen bereitet, weil diese Schwellung da oben“, dabei tippte sich der Arzt mit dem Finger an die Stirn, „auch sehr übel hätte ausgehen können. Doch das haben wir mittlerweile im Griff, das macht uns also keine Probleme mehr.“

„Mittlerweile?“, unterbrach ihn Bronstein, „wie lange bin ich denn schon hier?“

„Na, so gute sechsunddreißig Stunden werden es schon sein. Wir haben Donnerstagnachmittag.“

„Und was fehlt mir sonst noch?“ Bronstein klang immer noch tonlos.

„Zwei angeknackste Rippen, ein paar Prellungen, Quetschungen und Hautabschürfungen, aber alles in allem nichts Ernstes. In zehn bis zwölf Tagen sind Sie wieder auf dem Damm.“

„In zehn Tagen?“ Bronstein bemühte sich, die Augen aufzureißen und erschreckt auszusehen. „Ich habe einen Fall zu lösen!“

„Möglicherweise. Aber nicht jetzt. Absolute Bettruhe für mindestens eine Woche. Das ist unumgänglich. Und danach noch ein paar Tage häusliche Pflege. Sonst richten Sie weiß Gott was an, und dann kann Ihnen keine medizinische Kunst mehr helfen. Seien Sie lieber froh, dass Sie sich nichts gebrochen haben und dass keine Organe verletzt wurden."

Der Arzt klang so bestimmt, dass Bronstein keinen Widerspruch wagte. Er fühlte sich ohnehin so schwach, dass er am liebsten gleich wieder eingeschlafen wäre. Also nickte er nur und schloss wieder die Augen.

„Schönen Tag noch", murmelte der Arzt und verschwand wieder auf den Korridoren des Krankenhauses.

Als Bronstein neuerlich erwachte, war es tiefe Nacht. Er registrierte, dass sein fürchterliches Kopfweh ein wenig nachgelassen hatte. Außerdem verspürte er Hunger. Doch er war sich nicht sicher, ob er um diese Stunde nach einer Schwester klingeln durfte. Im matten Licht, das vom Korridor ins Zimmer drang, versuchte er, so etwas wie ein Nachtkästchen neben seinem Bett ausfindig zu machen, hoffend, darauf würde etwas Essbares platziert sein. Doch stellte er rasch fest, dass sein Kopf immer noch nicht so beweglich war, um die volle Drehung, die dazu nötig gewesen wäre, an die Wand hinter ihm zu spähen, vollführen zu können. Bronstein versuchte das Hungergefühl zu unterdrücken und schlief alsbald wieder ein.

Noch im Schlummern stiegen ihm intensive Gerüche in die Nase. Er öffnete die Augen und konnte die Krankenschwester diesmal schon deutlicher erkennen. Sie teilte offenbar gerade eine Mahlzeit aus, die der Patient neben ihm begierig entgegennahm. Bronstein stemmte seinen linken Arm in die Höhe und hüstelte, um die Aufmerksamkeit der Stationsschwester auf sich zu ziehen. Sein Krächzen ließ die Frau sich nach ihm umsehen, und Bronstein erntete für seine Bemühungen ein Lächeln.

„Sind wir vielleicht hungrig?“

Bronstein strengte sich an, um ein Nicken zustandezubringen.

Die Schwester fuhr ihr Wagerl an sein Bett, hob Bronstein vorsichtig an, sodass er annähernd in eine sitzende Position kam, was ihm dennoch Schmerzen verursachte, sodass er abermals leise stöhnte. Die Schwester sah ihn kurz an, kam dann aber zu dem Schluss, dass so weit alles in Ordnung sei, und stellte ein kleines Tischchen auf das Bett. Darauf platzierte sie einen Teller, auf dem sich, wie Bronstein allmählich erkennen konnte, etwas gedünstetes Gemüse und eineinhalb Schöpfer Erdäpfelpüree befanden. Schwerfällig hob er die Hand, deutete auf die Speisen und murmelte: „Etwas deftig für ein Frühstück.“

„Frühstück? In ein paar Minuten ist es zwölf Uhr. Da gibt's nun einmal Mittagessen.“

Bronstein überlegte. Hatte er wirklich so lange geschlafen?

„Aber es ist doch Freitag, oder?“

„Ja. Was glauben S', warum's kein Fleisch gibt? Essen S' das, und in zwei Stunden kommt dann der Herr Doktor zur Visite.“ Die Schwester schob ihren Wagen aus dem Zimmer, ohne sich weiter um den Patienten zu kümmern. Bronstein starrte eine Weile unverwandt auf das Essen, griff dann unsicher nach einem Karottenstück und schob es sich umständlich in den Mund. Nach den ersten vorsichtigen Kaubewegungen stellte er fest, dass er mit der Nahrungsaufnahme keinerlei Probleme hatte, und mit großer Gier begann er das Gericht zu sich zu nehmen. Viel zu schnell war der Teller leer. Bronstein verspürte nagenden Hunger und hätte einiges für einen Nachschlag gegeben. Er haderte mit sich selbst. Eigentlich hatte er besonnener vorgehen wollen, doch sein leerer Magen hatte ihn dazu getrieben, alles auf einmal aufzuessen, und so lag er nun da und wusste nicht, wie er es bis zum Abend ohne Nahrung schaffen sollte.

Immerhin aber, so stellte er nach einer weiteren Überlegung fest, war er so weit wiederhergestellt, dass er nicht sofort wieder einschlief. Keine Frage, er befand sich auf dem Weg der Besserung, wenn er auch immer noch überall Schmerzen verspürte. Doch er wertete es als gutes Zeichen, dass er Langeweile empfinden konnte. Ein wenig Lektüre hätte er in diesem Augenblick durchaus geschätzt, und wenn es auch nur ein „Rolf Torring"-Heft gewesen wäre. So aber musste er Löcher in die Luft starren und darauf warten, dass ihn am Nachmittag der Arzt besuchen kam.

Es war kaum zu glauben, wie langsam die Zeit verging, wenn man absolut nichts zu tun hatte. Wenn er wenigstens Besuch bekäme! Doch wusste überhaupt jemand, wo er sich befand? Der Gedanke durchzuckte ihn wie ein Blitz, und voller Schrecken läutete er nun doch nach der Schwester. Diese kam, ein wenig unwillig, nach einer Weile ins Zimmer. „Was gibt's?", kam es unwirsch aus ihrem Mund. Anscheinend verflog die Höflichkeit des Personals in dem Augenblick, da man als Patient aus der Reihe tanzte.

„Mir ist erst jetzt bewusst geworden", stammelte Bronstein, „dass ich ja schon drei Tage hier liege. Weiß mein Büro, wo ich bin?"

Die Schwester schien erleichtert darüber, dass der Mann keine absonderlichen Wünsche äußerte. „Ja, natürlich", beruhigte sie Bronstein, „wir haben das Sicherheitsbüro in dem Augenblick informiert, als wir Ihre Personalien festgestellt hatten, Herr Oberst. Ein Kollege von Ihnen, ein Herr Cerny, war auch schon zweimal da, gestern und heute am frühen Morgen. Aber der Herr Doktor meinte, es wäre besser, Sie schlafen zu lassen. Sie können also ganz beruhigt sein. Entspannen Sie sich wieder und warten Sie, bis der Herr Doktor kommt." Und nach einer kleinen Pause: „Wollen Sie vielleicht ein Glas Wasser? Und eine Rätselzeitschrift?"

Bronstein bemühte sich um ein Lächeln: „Beides wäre sehr nett. Danke."

Einige Minuten später brütete Bronstein über so essenziellen Fragen wie „Mörder Caesars, sechs Buchstaben" oder „Hauptstadt von Lettland, vier Buchstaben", wobei der erste Buchstabe der Hauptstadt gleichzeitig der zweite des Mörders war. Es wurde wirklich Zeit, dass der Doktor kam.

Bronstein hatte mit Müh und Not ein Kreuzworträtsel geschafft, als anhaltender Lärm am Korridor das Kommen der Visite ankündigte. Und schon schwebte der Arzt ins Zimmer, sodass sein weißer Mantel förmlich durch die Gegend flatterte. Wie schon tags zuvor gab sich der Mediziner betont locker und unbeschwert, schickte nach allen Seiten sein „Begrüße Sie" in die Welt und hielt sich ansonsten mit konkreten Aussagen weitgehend zurück.

„Ah, der Herr Oberkommissar, begrüße Sie, wie ist das werte Befinden?"

„Oberst tut's auch. Und, ja, es geht so."

„Trefflich, trefflich. Gegessen haben wir schon, hab ich gehört?"

„Ich habe gegessen. Wie das bei Ihnen ist, weiß ich nicht."

„Ja, sehr gut, wer wieder herumwitzeln kann, dem geht's schon wieder ganz gut. Wir werden schauen, dass die Gehirnerschütterung gut ausgeheilt wird, für die Ripperln haben wir ein kleines Korsetterl, und die übrigen Blessuren, da werden die Salben schon das ihrige tun, gell. Also Kopf hoch, alles wird gut. In einer Woche sind wir wieder daheim bei der Frau Mama, gell."

Bronstein empfand das Geschnatter des Arztes als unangenehm, doch er fühlte sich noch zu matt, um dem Gerede ernsthaft etwas entgegenzusetzen, und so nickte er nur, während sich der Arzt schon dem Bettnachbarn zuwandte, der, wie Bronstein zu vernehmen glaubte, wegen einer Darmverstimmung im Spital lag. Bronstein seufzte resigniert und nahm wieder sein Rätselheft zur Hand. Englischer Bühnenautor, elf Buchstaben.

Nach einer Weile war er es leid, sich mit derartigen Fragen zu belasten. Er spürte, wie sein Kopf allmählich wieder zu schmerzen begann, und so legte er die Zeitschrift beiseite und sich selbst wieder flach hin. Dabei glaubte er, nur einmal kurz die Augen geschlossen zu haben, doch als er sie wieder öffnete, da gab es auch schon das Abendessen. Bronstein verzog ob der Liptauerbrote mit Gurkerl den Mund, doch sein Hunger war stärker als seine mentale Reservation, und so aß er auch diese Mahlzeit schließlich mit großem Genuss. Dazu trank er den kredenzten Hagebuttentee und ertappte sich bei der Frage, was Cerny wohl gerade machte.

Ob man Murer erwischt hatte? Wussten sie im Sicherheitsbüro überhaupt, dass es Murer gewesen war, der ihn so zugerichtet hatte? Dunkel erinnerte sich Bronstein daran, den Namen gesagt zu haben, ehe er von seiner Ohnmacht überwältigt worden war. Doch ob sich diese Information wirklich bis zu den entscheidenden Stellen durchgesprochen hatte, das vermochte er freilich nicht zu sagen. Er hoffte inständig, dass am Wochenende auch Besuchszeit vorgesehen war und dass Cerny es einrichten mochte, ihn aufzusuchen, denn dann würde er endlich erfahren können, was es in der Causa Demand Neues gab.

XI.
Samstag, 14. Juli 1934

Die Zeit nach dem Frühstück empfand Bronstein als besonders quälend. Eigentlich hatte er das Gefühl, schon wieder gesund genug zu sein, um das Krankenzimmer zu verlassen, doch wurde ihm das seitens des Arztes striktest untersagt. Dieses Verbot traf Bronstein umso härter, als er erstmals seit drei Tagen wieder ein heftiges Verlangen nach einer Zigarette verspürte. Gerne wäre er auf den Korridor gegangen, um sich dort eine „Donau" anzuzünden. Doch offensichtlich befand er sich unter massiver Bewachung, und an Flucht war vorerst nicht zu denken.

Aber wenigstens endlich einmal aufstehen konnte man. Um sich zu reinigen. Zwar hatte ihn die Schwester, wie er sich noch deutlich erinnerte, am Vortag mit einem feuchten Lappen ein wenig gesäubert, doch ihm war das einfach nur peinlich gewesen, weshalb er sie bald von dieser Verrichtung abgebracht hatte. Doch nach nunmehr vier Tagen im Bett, so dachte er, wäre es wohl hoch an der Zeit, auch einmal die privaten Teile einer Waschung zu unterziehen. Links neben seinem Bett befand sich eine kleine Hygiene-Kabine, und just diese gedachte er nun aufzusuchen. Mit einer flotten Bewegung versuchte er, sich aus dem Bett zu schwingen, doch als hätte er einen schweren Schwinger direkt auf den Kiefer bekommen, sackte er augenblicklich zusammen und krümmte sich vor Schmerz. Jetzt erst wurde ihm bewusst, dass die Prellungen und Quetschungen mitnichten verheilt waren. Sie hatten sich nur nicht in sein Gedächtnis gerufen, solange er still im Bett gelegen war. Aber bei jeder größeren Bewegung machten sich die Folgen der nächtlichen Auseinandersetzung eindringlich bemerkbar. Und doch war Bronstein nicht gewillt, so schnell zu kapitulieren. Wie ein alter Mann wälzte er sich umständlich aus dem Bett und schlurfte dann, die Hände gegen seine Rippen gepresst, mit schmerzverzerrtem Gesicht zur Waschmuschel hin. Der Weg erschien ihm ewig, und er musste sich eingestehen, bis in den Spitalshof hätte er es ohnehin niemals geschafft. Anscheinend war die Prognose, er müsse noch eine ganze Woche das Bett hüten, nicht ohne Grund abgegeben worden.

Endlich in der Kabine, entledigte er sich mühsam seines Nachthemds und sah nun erstmals seit dem Überfall seinen nackten Körper. Die Farbenspiele, die sich seinem Blick darboten, waren abenteuerlich. Direkt unter der rechten Brust war ein handtellergroßer Fleck, der in einer merkwürdigen Mischung aus Violett, Grün und Gelb leuchtete. Kleinere Beulen, die den Oberkörper zierten, deutete er als Hämatome, und ab und zu zeugte eine Blutkruste davon, dass die Haut an jener Stelle aufgeplatzt gewesen war.

Bronstein war ganz allgemein mit seinem Erscheinungsbild nicht sonderlich zufrieden, doch so erbärmlich, befand er, hatte er noch nie ausgesehen. Seine Haut wirkte grau und ledern, sein Gesicht aufgedunsen und dennoch faltig. Sein Bauch wölbte sich unappetitlich über sein Schamhaar, und der kleine Herr Bronstein sah definitiv noch mitleiderregender aus als sonst. Bronstein zog instinktiv den Bauch ein, hielt die Luft an und bemühte sich, die Muskeln anzuspannen. Doch was ihm da aus dem Spiegel entgegenstarrte, das sah immer noch zum Heulen aus. Wann war er bloß so unansehnlich geworden? Sicher, auch früher wäre nie jemand auf die Idee gekommen, ihn einen Beau zu nennen, doch in einem derart katastrophalen Zustand war sein Leib niemals zuvor gewesen. Angeekelt griff sich Bronstein in seine Schwimmreifen und zerrte an ihnen, doch kaum ließ er sie los, da waberten sie zurück an ihren angestammten Platz, wo sie noch einen kleinen Moment wie frisch aus der Form geholter Pudding vor sich hin zitterten, ehe sie schließlich zur Ruhe kamen. Bronstein ignorierte den bedrohlichen Bauchumfang und blickte eine Etage tiefer. „Jetzt hast du auch Spiegeleier", flüsterte er, „und noch dazu sind das keine Hühner-, das sind bestenfalls Taubeneier."

Bronstein seufzte tief und fühlte sich nun erst recht hundeelend. Die kleine Kabine schien mit einem Mal ausnahmslos von Melancholie erfüllt, und mit trauervollem Blick griff er nach dem Waschlappen, um ihn, während er ihn unter den Wasserhahn hielt, mit Seife einzureiben. Dann schloss er die Augen und vermied so, sich dabei zuzusehen, wie er seinen alten, schlaffen Körper wusch, der ihm zutiefst zuwider war. So musste sich Napoleon am Abend nach der Schlacht von Waterloo gefühlt haben, dachte er, während seine Hand mit dem Lappen kleine Kreise auf dem Oberkörper vollführte. Doch Napoleon hatte davor eben auch Jena, Auerstädt, Austerlitz und Wagram gesehen. Er aber, Bronstein, war von Cannae nach Philippi getaumelt, ehe er in Waterloo gelandet war. Sein Leben war eine einzige Niederlage, und eine, wie sich jetzt herausstellte, schmerzvolle noch dazu. Bronstein sah zu, dass er die Waschung so schnell wie möglich beendete, dann zog er eilends sein Nachthemd wieder an, verließ die Kabine und kroch schwer geschlagen in sein Bett zurück.

Aus dieser Apathie riss ihn erst das Mittagessen, das wie stets schon recht früh serviert wurde. Bronstein fragte sich, ob er überhaupt Hunger hatte, doch letztlich obsiegte das Magenknurren über die Schwermut, und so labte er sich an den Fisolen und der abgebratenen Knackwurst. Er war eben dabei, das Zwetschkenkompott zu vertilgen, als er plötzlich Cernys Stimme hörte.

„Hallo, Oberst! Na du machst Sachen!"

Bronstein konnte erstmals an diesem Tage lächeln. „Cerny! Na das freut mich aber. Endlich ein nettes Gesicht!"

Cerny zwinkerte mit dem rechten Auge: „Die Krankenschwester ist doch eh ganz passabel."

„Glaub mir, das siehst du anders, wenn sie dir erst einmal ein Fieberthermometer in den Anus rammt."

Cerny kramte in seiner Aktentasche und holte ein Buch hervor: „Ich habe dir etwas mitgebracht. Ich weiß, die Tage können einem hier recht lang werden."

Bronstein nahm den Band entgegen und besah ihn sich. Es war Stefan Zweigs Biografie des französischen Polizeiministers Fouché. Bronstein lächelte. Seit dieses Buch vor rund fünf Jahren erschienen war, hatte er sich immer wieder vorgenommen, es zu lesen. Nun hatte er endlich die Gelegenheit dazu. Er nickte Cerny zu und war sichtlich gerührt.

„Ich weiß nicht, was ich sagen soll. Danke."

„Keine Ursache. Hab ich gern gemacht."

Bronstein kämpfte gegen seine Rührung an. Am ehesten, so wusste er, würde ihn der Fall ablenken, und so räusperte er sich: „Habt ihr dieses Schwein erwischt?"

„Ja, ja, er sitzt genauso wie sein feiner Freund auf der Elisabethpromenade. Natürlich nicht in derselben Zelle, da haben wir schon aufgepasst. Und selbstverständlich lassen wir die beiden dunsten, bis du wieder auf dem Damm bist, Oberst. Das Vergnügen nehmen wir dir nicht."

„Das ist nett von euch. Gibt es sonst eine neue Entwicklung in der Angelegenheit?"

„Eigentlich nicht. Ich hab die Sekretärin von der Firma noch einmal ins Gebet genommen, die war mehr als kooperativ."

„Kann ich mir denken", schmunzelte Bronstein, der sich lebhaft daran erinnerte, wie die Vorzimmerpflanze Cerny angehimmelt hatte. Doch dieser überging die anzügliche Anspielung und sprach einfach weiter: „Sie berichtete mir, dass der junge Demand und der Prokurist die ganze Zeit zusammensteckten, was einerseits nicht sonderlich verwunderlich, andererseits aber doch irgendwie verdächtig ist, also zumindest im Lichte unserer Ermittlungen."

„Wusste sie auch etwas über die wirtschaftlichen Schwierigkeiten der Firma?"

„Sie hat zumindest mitbekommen, wie sehr sich der alte Demand über die Eigenmächtigkeiten der beiden aufregte. Aber noch etwas ist in diesem Zusammenhang von Belang." Cerny machte eine dramatische Pause.

„Nämlich was?", erlöste ihn Bronstein aus seinem selbst gewählten Schweigen.

„Sie hat mitbekommen, wie der Alte den Jungen wegen dessen Intervention bei der jungen Demand angebrüllt hat. Der Alte habe geschrien, wenn er, also der Junge, noch einmal das Wienerl wegen irgendetwas angeht, egal ob beruflich oder privat, dann kündigt er ihm die Wohnung."

„Das heißt, das Fräulein Alwine dürfte die Wahrheit gesagt haben", resümierte Bronstein.

„Ja, das sehe ich auch so", entgegnete Cerny, „und für den jungen Demand haben wir dafür ein Motiv mehr."

„Richtig. Den sollten wir auch weiter im Auge behalten. Den und seinen feinen Prokuristen, denn ich glaube auch weiterhin nicht, dass die beiden blöden Nazischläger allein auf irgendwelche Ideen kommen."

„Ganz meine Meinung", pflichtete ihm Cerny bei.

„Sag, willst mir nicht helfen?" Bronstein hatte sich umständlich aufgerichtet und plötzlich das Thema gewechselt.

„Wobei?"

„Ich brauch jetzt einen Span."

Cerny hatte verstanden. Jemand, der seit Tagen keine Zigarette geraucht haben konnte, der war diesbezüglich mehr als überfällig. „Klar", sagte er daher nur und schickte sich an, Bronstein aus dem Bett zu helfen.

„Herr Major Cerny?"

Ohne dass es den beiden aufgefallen wäre, stand plötzlich die Krankenschwester hinter ihnen. Cerny drehte sich um: „Ja?"

„Da ist ein Anruf für Sie. Dringend, heißt es."

Cerny bedeutete Bronstein, er möge kurz warten, und folgte sodann der Schwester. Bronstein zog sich umständlich den Schlafrock an und kramte seine Zigaretten aus dem Nachtkästchen. Dann saß er erwartungsvoll am Bettrand.

Cerny kam zurück. Sein Gesicht wirkte sorgenvoll.

„Ein Mord, ein gewisser Kornelius Zimmer, von dem es heißt, er sei ein illegaler Nazi. Ich muss mir das leider anschauen. Net bös sein, Oberst. Ich komm wieder, sobald ich kann."

Bronstein bemühte sich, seine Enttäuschung zu verbergen. Er hatte sich schon so auf seine Zigarette gefreut. Doch die Pflicht ging natürlich vor. „Halt mich auf dem Laufenden", bat er Cerny deshalb, ehe er die Hand zum Gruß hob und ein Winken andeutete.

Die Zigaretten mussten also warten. Bronstein verstaute seinen Leib wieder im Bett und nahm das Buch zur Hand, das Cerny ihm gebracht hatte. Fouché war ohne Frage eine faszinierende Persönlichkeit gewesen, doch welchen Weg er genau gegangen war, das vermochte Bronstein nicht zu sagen. Mit umso größerem Interesse machte er sich an die Lektüre.

XII.
Sonntag, 15. Juli 1934

Bronstein klappte das Buch zu. Es war direkt spannend gewesen. Fouché hatte wirklich alle Register gezogen, ein Machtmensch, wie man ihn selten fand. Bronstein bedauerte es außerordentlich, dass er das Buch ausgelesen hatte, und er gestand sich ein, dass er gerne weitere Zweig-Biografien gelesen hätte, vorausgesetzt, sie waren so gut wie jene, die er eben beendet hatte. Zu dem Ungemach, nicht länger Zweigs gelungenen Ausführungen folgen zu können, kam hinzu, dass es ihm nun an jeglicher weiterer Lektüre gebrach. Auch das Rätselheft hatte er mittlerweile vollständig bearbeitet, sodass ihm nichts weiter zu tun blieb, als darauf zu warten, dass es Abend wurde. Vielleicht aber, so sagte er sich, wäre es ihm an diesem Tag gegeben, endlich eine Zigarette zu rauchen. Er griff also nach seinem Schlafrock, legte ihn an und wuchtete seinen Körper von der Bettstatt. Mit kleinen, schlurfenden Schritten näherte er sich der Zimmertür, als diese plötzlich von selbst aufging. Das Gesicht des Tuchhändlers Duft grinste ihm entgegen.

„Jo oj wej, Herr Bronschtejn, wos fir ar Unglick! Do is des Massl fir an Kotznsprung weg, schon is der Ganev do. Allerweil hofft man, as kejn Unglick soll nit treffen, cholileh, men soll nit sejn af Zores, ober amol helft kein Gebet oich nit, Gott soll nit stroffn far der Reid. Glejch, wie ich hob gehert, bin ich ahergekimmen. Der Herr Cerny – a woiler, a feiner Mensch, der Herr Cerny – er hot mir derzeilt wegen dem, wos Aich hot getroffen."

Bronstein prallte instinktiv zurück ob des Redeschwalls des Tuchhändlers, dem zu folgen er große Mühe hatte. Soviel er verstand, verdankte er Cerny den Besuch, der sich zudem wortreich darüber beklagte, dass ein Gebet mitunter auch folgenlos bliebe.

„Ja“, antwortete Bronstein schließlich, während er resigniert wieder zu seinem Bett zurückging, „es heißt zwar, die Hoffnung stirbt zuletzt, aber mitunter lässt man sie besser fahren.“ Doch wiewohl er sich insgeheim darüber ärgerte, abermals um seine Zigarette gebracht worden zu sein, freute sich Bronstein doch, in dieser langweiligen Lage Besuch zu bekommen. Daher bemühte er sich um ein Lächeln: „Aber es ist eine wahre Freude, Sie hier zu sehen, Herr Duft. Wirklich, wie komme ich zu dieser Ehre?“

„Nu, ich bet Aich. Es is doch a Selbstverständlechkejt, a giter Koineh asa wie Ihr, men frägt doch, men will wissen, wenn an anderen fehlt eppes ... und derzu noch, in a Zejt, wie es is jetzt, musn mir sich doch halten in einem. Mir alle! Kegn jene, no, Ihr wejßt doch wemen ich mejn. Ober genug gebraiet. Wuss mocht Ihr? Es tut Aich noch eppes weh, cholileh?“

Bronstein zuckte wieder einmal innerlich zusammen. Nicht nur, dass ihn die Nazis immer mehr ins jüdische Eck drängten, jetzt vereinnahmten ihn die Juden auch noch von sich aus. Er fühlte sich nach wie vor nicht als Teil irgendeiner jüdischen Schicksalsgemeinschaft, doch es war nicht die Zeit, darüber eine Debatte zu beginnen. Zumal nicht mit einem Menschen, der eben einige Mühe auf sich genommen hatte, eine Person im Spital zu besuchen, die ihm kaum bekannt war. Eine solch feine Geste erwiderte man nicht mit haarspalterischen Diskussionen. „Es geht schon ganz gut. Die blauen Flecken tun mir natürlich ein wenig weh, doch das geht auch vorüber. Der Arzt sagt, in ein paar Tagen bin ich wieder der Alte.“

„Seht Ihr, ot dos is doch die Hoiptsach. As man lebt, derlebt men, danken Gott. Ich hob sich derloibt, mein teirer Herr Bronschtejn, Aich eppes mitzunejmen a Kleinigkeit.“

Duft kramte in seinem Mantel und zog ein Buch heraus, das er Bronstein in die Hand drückte. Lektüre war etwas, das er hier gut brauchen konnte, und so nahm Bronstein das Präsent mit einem dankbaren Lächeln entgegen. Dann warf er einen Blick auf den Buchdeckel. „Praktische Grammatik der jiddischen Sprache von Salomo Birnbaum", las er laut, das „Wien 1918" registrierte er nur in Gedanken. Bronstein bemühte sich, das Lächeln beizubehalten, obwohl er sich eingestehen musste, enttäuscht zu sein. Er hätte sich viel lieber einen Kriminalroman gewünscht oder irgendeine Schilderung von Abenteuern, wie sie Jules Verne beschrieben hatte, doch dass er die Zeit im Krankenhaus mit Paukereien verbringen sollte, entsprach nicht unbedingt seinen Plänen. Noch dazu schenkte ihm der Herr Duft ein solches Buch sicher nicht ohne einschlägigen Hintergedanken: „Ihr gebt euch wirklich Mühe, mich zu eurem Volk zu bekehren, Herr Duft."

„Punkt wie Ihr sugt es, es is keinmal nit zu spät zu dermonen sich, fun wanen men kimmt. Men muss wissen, fun wanen die Fiß wachsen. Un seht Ihr, asa Grammatik, wuss kein sein besser zu varwejlen sich in a Spitol? Men hot Zeit zu lesen, men hot Zeit zu lernen, men hot Zeit zu varstehn."

Bronstein grinste: „Mir scheint, Ihr seid ein kleiner Philosoph."

„Wuss redt Ihr, ich bin nit kein Philosoph, ich bin nit mehr wie a kleiner Geschäftsmann, wuss er handelt mit Tuch, nebbich. Un wie aselcher winsch ich Aich a Refue schleime, ihr sollt weren inganzen gesund, ich soll bald wieder hoben den groußen Kuwed und Ihr wet kummen zu mir in Geschäft."

Jetzt musste Bronstein wieder raten, aber er ging davon aus, dass ihm eben baldige Besserung gewünscht worden war, damit Duft bald wieder die Ehre habe, ihn in seinem Geschäft willkommen zu heißen. Bronstein fragte sich, ob Duft sich eine Masche zugelegt hatte, um durch das Vortäuschen von

Geschäftsinteressen das allzu Persönliche nicht in den Vordergrund zu stellen. Es war eine nette Geste von Duft gewesen, ihn zu besuchen, und absolut keine Selbstverständlichkeit, wie Duft es eben behauptet hatte.

Doch das Grammatikbuch würde wohl dennoch ungelesen bleiben. Er war einfach zu alt, um noch einmal zu lernen, vor allem, er war zu alt, um umzulernen. Seine Welt, das waren Wagner, Schiller und Friedrich, und die ließ er sich nicht nehmen von irgendwelchen ungehobelten Flegeln, die meinten, die deutsche Kultur qua Geburt in den Adern zu haben. Die Nazis, dieser „Oiswurf“, würden spektakulär scheitern, und dann würde alles wieder so sein, wie es früher war.

Diese Aussicht beruhigte Bronstein, und er kramte, kaum dass er und Duft sich voneinander verabschiedet hatten, wieder seine Zigaretten hervor, um einen neuen Versuch, in den Hof zu gelangen, zu starten.

„Ja, Herr Oberst, wo wollen wir denn hin?“ Die Krankenschwester war fast in ihn hineingelaufen.

„In den Hof. Eine rauchen.“

„Nix da. In zehn Minuten gibt’s Essen. Sie bleiben schön da.“

Bronstein seufzte theatralisch. Wenn das hier so weiterging, dann war er am Ende seines Spitalsaufenthalts frischgebackener Nichtraucher.

XIII.
Mittwoch, 18. Juli 1934

Bronstein konnte sich beim besten Willen nicht mehr daran erinnern, wie er die letzten Tage überstanden hatte. Deren einsamer Höhepunkt war der Montagnachmittag gewesen, als es ihm endlich gelungen war, in den Hof zu gelangen. Er hatte die warme Sommerluft genützt, sich auf eine Bank gesetzt und sich von der Sonne bescheinen lassen, während er glücklich eine „Donau“ zwischen die Zähne klemmte. Er kostete den Augenblick aus, wartete, so lange er nur konnte, darauf, die Zigarette auch tatsächlich anzuzünden, wollte diesen raren Moment des Glücks nicht vorschnell vergehen lassen. Unwillkürlich musste Bronstein an einen Liebesakt denken, wo er ebenfalls stets darum bemüht war, die Wonne möglichst auszudehnen und zu verlängern. Zu früh zu kommen brachte einen um das Vergnügen, und in seiner Lage war fraglos eine Zigarette das größte Vergnügen, das er sich selbst bereiten konnte. Und wie im Bett kam der Punkt, an dem er es einfach nicht mehr aushielt. Er riss das Feuerzeug nach oben, entflammte es und hielt es unter die Zigarette. Diese glomm auf, und Bronstein sog den Rauch gierig in seine Lungen. Ah! Glückseligkeit! Bronstein wartete lange, ehe er ausblies, und es kam ihm wirklich vor, als entwiche nun endlich all die Anspannung, die sich in den letzten Tagen in ihm angesammelt hatte. Und auch dieser Umstand schien ihm durchaus mit der entspannenden Wirkung der körperlichen Liebe vergleichbar – besonders nach langem Entzug.

Bronstein hatte diesen Augenblick jedenfalls so genossen, dass er die Zigarette richtiggehend marterte und sie erst ausdämpfte, als sie schon beinahe bis zu seinen Lippen heruntergebrannt war. Und wie immer nach Phasen langer Abstinenz zündete er sich gleich eine zweite Zigarette an, um schließlich erst nach der dritten festzustellen, dass er nun zur Ruhe gekommen war. Dann erst streckte er seine Beine weit von sich und nahm ein intensives Sonnenbad, dessen wohlige Wirkung er alsbald an sich konstatierte. Erstmals schmerzte sein Körper nicht mehr, und Bronstein wähnte sich praktisch ganz gesund.

Dieser Eindruck hatte sich am folgenden Tag verfestigt, an dem er schon beinahe in normalem Gang in den Hof gelangt war. Natürlich haperte es noch ein wenig mit der Kondition, doch auch das würde sich geben. Er unternahm einen kleinen Spaziergang durch den Spitalspark und mischte sich am Abend erstmals unter die Leute, die im Gemeinschaftsraum dem Kartenspiel frönten. Er fand sogar einen Patienten, der ein Schachspiel organisiert hatte, und zum ersten Mal, seit er im Spital gelandet war, verbrachte Bronstein einen angenehmen Abend, der genau darum auch viel zu schnell entschwand. In jeder Faser seines Körpers spürte er nun, wie es mit ihm aufwärts ging, eine Beobachtung, die auch der Arzt teilte, als er am Mittwoch zur Visite kam. Zwei Nächte würde man ihn sicherheitshalber noch hierbehalten, doch wenn keine neuen Fakten zutage träten, dann spräche absolut nichts dagegen, ihn am Freitagmorgen in häusliche Pflege zu entlassen.

Bronstein erklärte natürlich, zu Hause gut versorgt zu sein, und begann augenblicklich, die Stunden bis zum übernächsten Morgen zu zählen. Bei „Lage 42“ stand Cerny im Zimmer.

„Grüß dich, Oberst. Wie ist die Lage?“

„Ich kann mich wirklich nicht mehr beklagen. Die blauen Flecken sind fast abgeklungen, die Gehirnerschütterung ist weg, und nur die Knochen zieren sich noch ein wenig. Aber der Arzt sagt, übermorgen kann ich heim.“

„Na, das sind doch gute Neuigkeiten.“

„Ja, in der Tat. Am Wochenende werde ich mich noch ein wenig erholen, und am Montag bin ich dann in alter Frische wieder im Sicherheitsbüro. Da können wir uns dann die beiden Schurken in aller Ruhe vorknöpfen. Was gibt es übrigens Neues in unserem Fall?"

„Im Fall selbst gibt es eigentlich nichts Neues. Ich bin mir mittlerweile sicher, dass wir die junge Demand als Verdächtige ausscheiden können. Ich war noch einmal im Demand'schen Wohnhaus, und selbst die Ehefrau des jungen Demand hat die Darstellung ihres Mannes für mich völlig überzeugend bestätigt. Ich nahm sogar das Dienstmädchen der jungen Witwe, eine Tschechin übrigens, was mir die Sache sehr erleichterte, zur Seite und befragte sie. Und sie erzählte mir, dass sie praktisch während allen Treffen zwischen dem jungen Demand und seiner Stiefmutter die meiste Zeit im Zimmer war und dieses nur verließ, wenn sie aus der Küche neuen Tee oder neues Gebäck holen musste. Ich bin mir sicher, die beiden hätten sich anders verhalten, wenn da wirklich etwas zwischen ihnen wäre."

„Ja", antwortete Bronstein, „das glaube ich auch. Das Motiv in diesem Fall ist entweder wirtschaftlicher oder politischer Natur."

„Weil du von Politik sprichst – kannst du dich daran erinnern, dass ich am Samstag wegmusste, weil es einen Mord gegeben hatte?"

„Ja." Bronstein setzte sich auf und wurde sofort neugierig. „Was ist das für ein Fall?"

„Anscheinend ein durch und durch politischer. Der Tote hieß Kornelius Zimmer, und wir haben mittlerweile herausgefunden, dass er ein aktiver Nationalsozialist war. Kurz vor seiner Ermordung hat er das Bezirkskommissariat Innere Stadt kontaktiert und in sehr aufgeregtem Ton erklärt, er müsse die Polizei warnen vor einem Attentat, das den gesamten Staat in Aufruhr versetzen werde. Auf entsprechende Rückfrage des

Beamten habe Zimmer geantwortet, er könne es mit seinem Gewissen nicht vereinbaren, was seine Parteigenossen da planten. Der diensthabende Beamte ging vorschriftsmäßig vor und forderte Zimmer auf, zu ihm aufs Kommissariat zu kommen, was Zimmer aber aus Gründen der persönlichen Sicherheit ablehnte. Zu diesem Zeitpunkt war sich der Beamte eigentlich sicher, es mit einem Spinner zu tun zu haben, und legte den Fall, nachdem er die übliche kurze Aktennotiz gemacht hatte, ab. Nachdem wir den Toten gefunden hatten, erinnerte sich der Revierinspektor jedoch an den Vorfall, da Zimmer von einem Telefon in irgendeiner Hotellobby mit ihm gesprochen hatte und am Ende des Telefonats deutlich eine dritte Stimme zu vernehmen gewesen sei, die den Anrufer gefragt habe, ob er Kornelius Zimmer sei. Kurz danach sei die Verbindung unterbrochen worden."

„Das ist in der Tat sehr verdächtig", erklärte Bronstein kategorisch. „Wissen wir mehr darüber, was der Tote gemeint haben könnte?"

„Zum gegenwärtigen Zeitpunkt leider nicht. Wir können nicht einmal einschätzen, ob man seine Informationen ernst nehmen sollte oder nicht. Aber im Zuge unserer Nachforschungen sind wir auf ein interessantes Detail gestoßen. Dieser Zimmer gehörte einer SA-Gruppe an, die sich regelmäßig im 7. Bezirk trifft. Und jetzt rate einmal, Oberst, wer, nach Auskunft unserer Konfidenten, ebenfalls dort recht oft verkehrt?"

„Kotzler und Murer?"

„Erraten. Das scheint mir doch ein sehr bemerkenswerter Zufall zu sein."

„Na wenigstens für diese Tat haben beide ein Alibi", lächelte Bronstein.

Für einen Augenblick sprach keiner der beiden Männer ein Wort. Cerny blickte auf die Uhr und sagte dann: „Du, Oberst, ich geh dann wieder. Wir haben da einen Hinweis wegen dem Zimmer, dem ich heute noch nachgehen will. Aber der Fall Demand gehört ganz dir. Sobald du am Montag wieder einsatzfähig bist, nehmen wir uns die beiden vor, einverstanden?"

„Ja, ja. Ich bin mir sicher, wir sind der Lösung der Causa schon recht nah. Das Verhör wird die entscheidenden Hinweise liefern. Für mich ist eigentlich klar, dass die beiden darin verwickelt waren. Die offene Frage ist nur noch, ob Juniorchef und Prokurist gemeinsam die Hintermänner der Tat waren oder doch nur einer von den beiden. Und genau das werden wir am Montag herausfinden."

„Das glaub ich auch."

„Na dann", erklärte Bronstein aufgeräumt, „schönes Wochenende!"

„Einen Moment noch", Cerny holte aus seiner Tasche ein Buch, „jetzt bist du ja schon so weit, dass dir die Zeit hier wirklich ziemlich lang sein muss, und da wollt ich dir eine standesgemäße Lektüre mitbringen."

Bronstein lächelte. „St. Petri-Schnee von Leo Perutz", las er laut.

„Ich weiß, es ist schon im Vorjahr erschienen, aber ich dachte mir, das hast du sicher noch nicht gelesen", ergänzte Cerny.

Nein, er hatte es noch nicht gelesen. Er hatte überhaupt noch nichts von Perutz gelesen, wiewohl es hieß, dieser schreibe Kriminalromane. Doch wenn er aus diesem Grunde auch völlig unbelastet an die Lektüre des Buches hätte herangehen können, so irritierte ihn dennoch der Umstand, dass der Autor weithin dafür bekannt war, Jude zu sein. Erging sich jetzt auch schon Cerny in Anspielungen?

„Weißt, Oberst", sagte Cerny wie in Beantwortung von Bronsteins Gedanken, „bei den Manns, den Hauptmanns und den Falladas, da war ich mir einfach nicht sicher, was du schon alles gelesen hast, und da dachte ich mir, so ein Perutz, der ist ganz unterhaltsam, und ich laufe sicher nicht Gefahr, ein Buch zu schenken, dass der Oberst schon kennt."

Der Oberst nickte dankbar: „Es wird mir die letzten Stunden in diesem Etablissement verkürzen, worüber ich ehrlich froh bin. Kreuzworträtsel kann ich keine mehr sehen, und die Grammatik, die mir der Herr Duft mitgebracht hat, ist auch nicht gerade meine Kragenweite. Somit ist dieses Buch genau das richtige."

„Na das freut mich. Und weißt eh, was s' uns als Kinder immer g'sagt haben?"

„Was denn?"

„Na, zweimal noch schlafen gehen, und dann kommt das Christkind." Dabei lächelte Cerny spitzbübisch. Bronstein schmunzelte gleichfalls: „Ja, hoffentlich. Aber für Kotzler und Murer kommt in fünf Tagen der Krampus. Und zwar gleich in doppelter Ausführung."

„In diesem Sinne, schönen Tag noch, Oberst."

„Ja, dir auch. Und bis Montag."

Bronstein riskierte, kaum dass Cerny das Zimmer verlassen hatte, einen Blick nach draußen und registrierte, dass sich das Wetter ungebrochen von seiner schönsten Seite zeigte. Er beschloss, die Lektüre des Buches im Freien zu beginnen, und begab sich ein weiteres Mal in den Hof, bewaffnet mit einem Perutz, einem silbernen Feuerzeug und schätzungsweise fünfzehn „Donau", die kapitelweise immer weniger wurden.

XIV.
Freitag, 20. Juli 1934

Bronstein stellte die kleine Tasche ab, in der sich die wenigen Habseligkeiten befanden, die er im Spital bei sich gehabt hatte. Dann blickte er sich in seiner Wohnung um. Alles war beim Alten geblieben. Nur auf dem Zimmertisch lag nun ein dickes Aktenbündel. Bronstein hatte sich von Cerny ausbedungen, man möge ihm den gesamten Akt zum Fall Demand zukommen lassen, damit er sich nach der unfreiwilligen Pause über das Wochenende wieder in die Materie einarbeiten könne. Cerny hatte dankenswerterweise auch Bronsteins Haushälterin benachrichtigt, und so fand Bronstein eine wohl aufgeräumte Wohnung vor, wobei in der Küche sogar eine kleine Jause gerichtet war. Endlich wieder etwas Richtiges zu essen, dachte sich Bronstein und verzehrte die vorbereiteten Speisen mit größter Hingabe. Danach stellte er Kaffee zu und rauchte eine „Donau“, während er darauf wartete, dass die Espressomaschine das gewünschte Produkt lieferte.

Unwillkürlich dachte er dabei zurück an das Krankenhaus. Die Nacht hatte er praktisch kein Auge zugetan, weil er es nicht mehr erwarten konnte, endlich wieder in die eigenen vier Wände zu kommen. Am Morgen hatte er das wie üblich äußerst kärgliche Frühstück eingenommen, dann alle seine Sachen schon zusammengepackt, um im Anschluss auf die Visite zu warten, die den endgültigen Sanktus für seine Entlassung geben musste. Bronstein hatte keine Sekunde gefürchtet, der Arzt könnte eine Verlängerung seines Spitalsaufenthalts über das Wochenende verfügen, denn in diesem Fall hätte er sich selbst entlassen. Er war einfach nicht mehr willens gewesen, noch eine einzige

Stunde in diesem Gefängnis zu bleiben, und so war er förmlich, kaum dass er die nötigen Papiere ausgefolgt bekommen hatte, durch den Hauptausgang des Spitals ins Freie gelaufen, um dort in das erste Taxi zu springen und dem Fahrer seine Adresse zu nennen. Nun war er endlich wieder zu Hause, und das charakteristische Gurgeln der Kaffeemaschine bedeutete ihm, dass er sich nun eine Schale eingießen konnte. Er zündete sich eine weitere „Donau“ an, atmete tief durch und versenkte sich dann in den vor ihm liegenden Aktenstapel.

Es dunkelte bereits, als Bronstein, völlig erschöpft und verspannt, den Aktendeckel zuklappte. Für ihn stand außer Frage, wie die ganze Sache gelaufen war. Kotzler und Murer, die beiden Nazischläger, hatten Demand ermordet. Und zwar auf Geheiß von Holzer, der ob seiner betrügerischen Machinationen um seine berufliche Zukunft hatte fürchten müssen. Hatte sich Holzer lange Zeit darauf verlegt, einfach abzuwarten, bis die Firma ihm von selbst in den Schoß fiel, so musste er wegen Demands gewachsenen Argwohns seine Taktik ändern. Der Weg zu den alten Kameraden, denen er wahrscheinlich eine entsprechende Entlohnung und längerfristig eine bessere Stellung im Betrieb versprochen hatte, war da naheliegend.

Je länger Bronstein darüber nachdachte, umso mehr schloss er eine Verwicklung des Sohnes in die Affäre aus. Man konnte mit seinem Vater unterschiedlicher Meinung sein, man konnte sich mit ihm streiten, wahrscheinlich konnte man ihn sogar hassen. Aber es war, zumal in diesen Kreisen, doch äußerst unwahrscheinlich, dass der Sohn den Vater ermorden ließ. Wenn schon, dann geschahen solche Dinge aus eigener Hand und im Affekt. Vor Bronsteins geistigem Auge entstand ein Bild, in dem der junge Demand mit gezücktem Dolch auf den Vater einstach, dabei immer wieder „Ich hasse dich, ich hasse dich!“ rufend. Nein, kein Sohn aus gutem Hause ging einfach zu einem Schläger und heuerte den an, er möge Papa aus dem Weg räumen. Noch dazu, und das schien ihm im Lichte der eigenen Erfahrungen, die er im Zuge dieser Ermittlungen gemacht hatte, der entscheidende Punkt zu sein, war für die Kotzlers und Murers ja nicht nur der alte Demand ein „Saujud". Das musste folgerichtig auch für den Sohn gelten. Also würden sich die beiden nicht mit dem jungen Demand abgegeben haben. „Kauft nicht bei Juden" hieß ja wohl auch „Lasst euch nicht von Juden kaufen". In Nazikreisen stieg man wahrscheinlich in der allgemeinen Achtung, wenn man einen Juden getötet hatte. Aber nur, wenn man diese Tat nicht im Auftrag eines anderen Juden vollführt hatte. Selbst wenn der junge Demand ihnen viel Geld geboten hätte, die beiden hätten es nicht riskiert, in den eigenen Reihen verfemt zu werden.

Bronstein streckte sich durch. Für ihn war der Fall abgeschlossen. Kotzler und Murer waren die Täter, und Holzer hatte sie gedungen. Jetzt galt es nur noch, ihnen das im Zuge des Verhörs auch nachzuweisen.

Und das wiederum bedeutete, dass man sich bis Montag gedulden musste. Bis dahin würde nichts getan werden können. Umso besser, dachte Bronstein, wenigstens konnte er sich auf ein freies Wochenende freuen.

XV.
Montag, 23. Juli 1934

Richtiggehend vergnügt erschien Bronstein Punkt acht Uhr morgens an seinem Arbeitsplatz. Er hatte, immer noch hochzufrieden mit seiner Theorie, ein traumhaft schönes Wochenende verbracht. Am Samstag war er nach Baden gefahren, wo er das anhaltend schöne Sommerwetter dazu benutzt hatte, ein wenig im Kurpark zu spazieren und sich eines der dortigen Konzerte anzuhören, und am Sonntag war er die Prater Hauptallee entlanggewandelt, um schließlich, wie schon vor drei Wochen, im Lusthaus einzukehren.

Und genau dort hatte er erkannt, dass durch den Zwischenfall mit Murer doch einiges in seinem Leben verändert worden war. Er hatte sich nicht mehr nach irgendwelchen Frauen umgesehen, er war einfach dagesessen, hatte seinen Kaffee getrunken und die Wolken beobachtet, wie sie ihre Bahnen am Firmament zogen. Und in diesem Moment wurde ihm bewusst, dass er seit einer Ewigkeit keine Zeitung mehr gelesen hatte. Er war gleichsam auf Entzug gewesen und nun trocken. Unwillkürlich war ihm ein Gedicht von Eugen Roth eingefallen, das ihm einmal irgendwo in einem Journal untergekommen war: „Ein Mensch, der Zeitung liest, erfährt: ‚Die Lage völlig ungeklärt'. Da dies seit Adams Zeiten so gewesen, wozu dann noch die Zeitung lesen?" Bronstein überlegte sogar, ob es die Verse dieses Münchners auch als Buch gab, doch dann dachte er daran, dass diese Entwicklung sein gesamtes morgendliches Ritual ändern würde. Was sollte er im Café Herrenhof am Morgen tun, wenn er nicht mehr zur Zeitung griffe? Er gab sich selbst die Antwort. Künftig würde er stets ein gutes Buch bei sich führen und auf die Lektüre der diversen Morgenblätter verzichten. Es gab ohnehin so viele Werke, die es noch zu lesen galt – erst unlängst hatte ihm Cerny einen tschechischen Romantiker, hieß er nicht Hynek Mácha?, empfohlen –, und so nahm er sich, während er vom Lusthaus wieder nach Hause wanderte, vor, gleich am nächsten Arbeitstag ein Buch statt einer Zeitung zur Hand zu nehmen.

Im „Herrenhof“ hatte der Ober sichtlich gestaunt – wenngleich er kein Wort darüber verlor –, dass der Oberst die bereitgelegten Zeitungen keines Blickes würdigte. Bronstein genoss diesen Überraschungseffekt und vertiefte sich in den Fontane, den er am Morgen aus seiner kleinen Bibliothek geholt hatte.

Und als er an seinem Schreibtisch Platz nahm, da legte er den Band demonstrativ neben sich auf die Schreibfläche. Sollte Cerny ruhig sehen, dass sein jahrelanges Bemühen, aus ihm einen Intellektuellen zu machen, endlich Früchte trug. Bronstein konnte es kaum erwarten, dass Cerny im Büro erschien. Einen Augenblick überlegte er sogar, ob er nicht einfach die Lektüre fortsetzen sollte, damit Cerny ihn lesend antraf. Doch das wäre, dachte Bronstein, vielleicht doch des Guten etwas zu viel. Immerhin war er Beamter, und als solcher las man in der Dienstzeit ausnahmslos Akten. Also ließ er das Buch dort, wo er es hingelegt hatte, und vertiefte sich in das Dossier über Kotzler und Murer.

Als Cerny zehn Minuten später eintraf, ging er an seinen Platz, setzte sich und wartete, bis ihn der Oberst ansprach. Dieser wiederum registrierte enttäuscht, dass Cerny offenbar nichts bemerkt hatte. Am liebsten hätte er an dieser Stelle das Buch genommen, es in der Luft hin- und hergeschwenkt und gerufen: „Siehe, ich lese!“ Doch ein solches Verhalten war natürlich unmöglich. Nein, derlei musste auf delikatere Weise ins Werk gesetzt werden. Bronstein wusste nur noch nicht, wie.

„Wann machen wir denn das Verhör?“ Cerny durchbrach die Stille.

„Von mir aus jederzeit“, antwortete Bronstein und widerstand der Versuchung, „damit ich schneller wieder zu meinem Fontane komme“, hinzuzufügen.

„Gut, dann rufe ich gleich einmal an, dass sie uns die beiden Spitzbuben ins Verhörzimmer bringen. Dort sollen sie einmal ein wenig dunsten, bis wir sie uns dann vornehmen.“

Bronstein nickte und unterdrückte ein Lächeln. Er würde, wenn sie das Büro verließen, das Buch mitnehmen und es beim Versuch, es in die Sakkotasche zu stecken, unglücklicherweise fallen lassen. Cerny als fleischgewordene Höflichkeit würde es ihm aufheben und dann unabwendbar etwas sagen müssen. Bronstein war rundum zufrieden mit seinem Plan und dachte gar nicht weiter an das Verhör. Vielmehr wartete er einfach darauf, dass Cerny das Zeichen zum Aufbruch geben würde.

Wenig später war alles geregelt. „Also gemma“, sagte Bronstein aufgeräumt und erhob sich. Er nahm das Buch, ging ein paar Schritte und tat dann so, als würde er es bei sich verstauen wollen und ließ es wirklich, wie eben geplant, tollpatschig fallen. Wie erwartet war Cerny spornstreichs bei ihm, bückte sich, hob den Gegenstand vom Boden auf und drückte ihn Bronstein in die Hand, ohne auch nur ein einziges Wort darüber zu verlieren. Bronstein stand einen Augenblick irritiert im Raum, dann folgte er seinem Kollegen auf den Flur. Auf seinem Gesicht machte sich grenzenlose Enttäuschung breit.

Die Fahrt zum Untersuchungsgefängnis dauerte keine fünf Minuten. Die beiden verließen ihren Wagen im Innenhof der Kaserne und begaben sich ins Stiegenhaus. Eine Treppe höher wandten sie sich nach links, wo sie bereits erwartet wurden.

„Herr Oberst! Herr Major! Es ist alles für sie in Verhörraum 2 vorbereitet. Falls Sie noch etwas brauchen sollten, Sie kennen ja das Procedere.“

„Zur Genüge. Danke.“

Cerny nickte dem Wachebeamten zu und öffnete die Tür. Er trat an den Tisch, an dessen anderer Seite Murer und Kotzler saßen. Es war nicht klar auszumachen, in welcher Stimmung sich die beiden befanden. Kotzler schien in der Tat schon etwas mürbe geworden zu sein, doch aus Murers Augen flackerte blanker Hass. Bronstein war Cerny in den Raum gefolgt und überließ, wie sie es zuerst besprochen hatten, zunächst Cerny die Initiative.

„Murer, du weißt, ein paar Wochen bist du auf jeden Fall wieder unser Gast. Dein Überfall auf den Herrn Oberst wird entsprechende Folgen haben, denen du nicht entgehen wirst. Aber das wird ein Kinderspiel sein gegen das, was dich noch erwartet.“

„A so, wos denn?“

„Du hast für die Nacht auf den 1. Juli kein Alibi. Wie auch dein sauberer Spezi da.“

„Mia woan im Bett und ham büselt, des kennan unsere Oiden bestätigen“, wiederholte Murer, was er schon bei der ersten Begegnung erklärt hatte.

„Stell dir vor, Murer, die haben das auch schon bestätigt. Beide. Sie haben jeweils ausgesagt, dass ihr zwischen zwei und drei Uhr morgens nach Hause gekommen seid. Der Mord an Herrn Demand geschah aber um Mitternacht. Und genau für diesen Zeitraum habt ihr beide kein Alibi.“

„Ihr woits uns do wos auhängan, wäu s' z' deppat seids, dass in richtichen Mörder findts“, brauste Kotzler auf, „oba wir woarn des ned. Wia hom wos Besser's z'tuan ois an Jud'n moch'n. Merk da des, Behm, deppater.“

Cerny überging die Beleidigung: „Ach ja, und was, bitteschön?“

„Des geht di an Dreck aun, Kiwara.“ Dieser Satz kam wieder von Murer.

„Tja, dann werdet ihr euch keine Gedanken mehr darüber machen müssen, wie ihr den Rest eures Lebens das Geld für die Miete auftreibt. Das lebenslange Logis in Stein ist nämlich fast gratis. Es kostet euch nur ... das Leben."

„Spinnst jetzt ganz, du Spinatwachter? Mia war'n des ned und aus."

„Das Gericht wird das anders sehen. Alle Indizien sprechen gegen euch, und ihr habt, wie gesagt, kein Alibi."

Kotzler erhob sich langsam von seinem Sessel und sah Cerny hasserfüllt an: „Jetzt sog i da einmal was, Kiwara. Jetzt red' i, wia ma so schön sagt, Tacheles! Der Saujud, der elendige, is so wos von wurscht, der is ned amoi a Schas im Woid, vastehst. Mia san a Teu von wos vü Greßern, do hamma ka Zeit, irgendan Scheiß-Itzig oz'krageln, vastehst. Dei G'schicht kaunst da am Huat pick'n, die glaubt da eh kaner. Ich kenn mi aus, Schwurgericht und so. Du glaubst do ned wirkli, dass uns irgendwer verurteiln tät ... weg'n an Jud'n."

Bronstein beobachtete die Szene, immer noch hinter Cerny an der Wand lehnend. So Unrecht hatte der kleine Nazi leider nicht. Die Bevölkerung, davon hatte er sich in den letzten Tagen selbst überzeugen können, war keineswegs in Liebe zu den jüdischen Mitbürgern entflammt, und wenn man einen Täter nicht wirklich hieb- und stichfest eines Mordes überführen konnte, dann bestand in der Tat die Gefahr, dass die Geschworenen ihn laufen lassen würden. Umgekehrt würde die Sache natürlich ganz anders aussehen. Ein angeklagter Jude, dem etwa vorgeworfen wurde, eine rein arische Mutter dreier Kinder ermordet zu haben, würde derzeit wohl selbst dann zur Höchststrafe verurteilt, wenn die Indizien auch nur möglicherweise gegen ihn sprachen.

„Ihr habt also Wichtigeres zu tun. Und was sollte das sein?" Bronstein wurde aus seinen Gedanken gerissen, als Cerny die nächste Frage stellte.

„Des wirst scho nu sehn“, trompetete Kotzler.

„Ach ja, wahrscheinlich wirst du in die Geschichte deiner Bewegung eingehen“, spottete Cerny.

„Ganz sicher“, kam es postwendend von Kotzler zurück, „mia wer'n der Geschichte in den Arm fallen.“

Bronstein registrierte, wie Murer Kotzler hinter dem Tisch zurückzuhalten versuchte, doch dieser hatte sich offenbar in Rage geredet.

„Bald wird's aus sein mit dem verrotteten System da. Das deutsche Volk erhebt sich, der Schand- und Knebelvertrag von Wersai und von Säu Schermäu wird von unserem geliebten Führer zerrissen werden, Deutschland ist erwacht, und da werden wir ganz sicher nicht abseits stehen.“

Bronstein erkannte, dass Kotzler nun dazu übergegangen war, Parolen zu zitieren, die er auf irgendwelchen Naziversammlungen aufgeschnappt haben musste, denn er war unmerklich vom breiten Dialekt in eine Art österreichisches Hochdeutsch, das dabei möglichst preußisch klingen sollte, gewechselt. Bronstein fiel auch auf, dass Kotzlers Augen, die eben noch so voller Hass gewesen waren, jetzt eine Art fanatisierte Ekstase aufwiesen. Als wäre er der Versammlungsredner auf irgendeinem Gauparteitag, schwadronierte Kotzler weiter, nicht auf Murers Bemühen, ihm Einhalt zu gebieten, achtend: „Viel zu lange schon ist unsere Heimat widernatürlich getrennt von den übrigen deutschen Brüdern. Das deutsche Volk hat alles Recht auf Erden, und das wird es sich auch nehmen. Bald sind wir die Herren, und auf die Gräber der Judenknechte, die dem Bankhaus Rothschild untertan sind, werden wir bestenfalls noch spucken. Die Demokratie, die ja nur eine jüdische Plutokratie ist, hat ausgedient. Jetzt kommen wir, und zwar schon bald.“

Während Bronstein noch dachte, dass die Demokratie schon vor geraumer Zeit ausgedient hatte, setzte Cerny nach: „Und wie bald ist bald?“

„Schon morgen ...", rief Kotzler emphatisch, ehe er brüsk von Murer zurück auf den Sessel gerissen wurde. „Bist deppat?", hörten Cerny und Bronstein den Älteren zischen, und instinktiv spürten beide Ermittler, dass sie der Zufall auf eine Spur geführt hatte, die zwar nicht mit dem Fall Demand in Zusammenhang stand, die aber nach oben weiterzuleiten durchaus angezeigt war.

Angezeigt war.

Bronstein war so vom Donner gerührt, dass er sich doch tatsächlich mit der Hand auf die Stirn schlug. Was hatte er da am Morgen auf seinem Schreibtisch achtlos beiseite gelegt. Irgendeine Aktennotiz eines Beamten des Bezirkskommissariats Innere Stadt. Da ging es doch auch um eine Aktion der Nazis. Was war das noch gleich?

Bronstein spürte, wie er unruhig wurde. Er wäre dieser Sache gerne auf den Grund gegangen, doch hielt ihn das Verhör vorläufig hier fest.

Andererseits würden im Augenblick, nach einer derartigen Entladung, ohnehin keine weiteren Ergebnisse zu erwarten sein. Mittlerweile wusste auch Kotzler, dass er einen Fehler begangen hatte, und die beiden feinen Herren würden jetzt wohl nur noch schweigen. Zumindest für eine Weile, bis es Cerny abermals gelang, einen der beiden, vermutlich wieder Kotzler, neuerlich aus der Reserve zu locken.

„Machen wir eine Pause", sagte Bronstein und nickte in Richtung der Tür. Cerny erhob sich und folgte seinem Vorgesetzten auf den Gang. „Was meinst du, Oberst? Waren sie's?"

„Na ja, im Hause Demands will sie niemand gesehen haben, aber das will nichts heißen. Die Frage ist eher, warum sie, wenn sie es denn getan haben, einen solchen Weg gewählt haben. Es war doch klar, dass wir ihnen auf die Schliche kommen würden – bei ihrer kriminellen Vorgeschichte und ihrer politischen Sozialisierung."

„So weit haben die beiden vielleicht gar nicht gedacht, denn, und davon bin ich weiterhin überzeugt, die beiden haben die Tat sicherlich nicht aus eigenem Antrieb begangen – wenn sie sie begangen haben."

Bronstein rieb sich die Schläfen. „Gott, das ist alles so kompliziert. Wir haben eine Theorie, die besagt, dass die beiden da drinnen ausführendes Organ eines Mordkomplotts waren, das von Holzer oder vom jungen Demand oder von beiden ausgeheckt wurde. Die Frage ist, ob es irgendeine andere Variante des Tathergangs geben könnte, die wir bislang außer Acht gelassen haben. Derzeit ist meine Antwort darauf: Nein. Denn irgendwelche Eifersüchteleien scheiden für mich aus. Eine Frau tötet anders. Und ..."

„Eine Frau ja. Vielleicht aber gab es einen eifersüchtigen Ehemann."

Bronstein stutzte und sah dann Cerny an: „Was meinst du damit?"

„Nun", begann Cerny, „bislang sind wir stets davon ausgegangen, dass die junge Demand allfällige Liebhaber hatte, und fragten uns, ob dieser Umstand irgendeine Rolle in dem Fall spielen könnte. Was wir uns aber noch gar nicht gefragt haben, ist, ob nicht auch der alte Demand selbst noch aktiv war."

Bronstein blickte den Major ratlos an.

„Na ja", fuhr Cerny fort, „immerhin hat er sich, wiewohl schon lange verheiratet, für eine Jüngere interessiert und diese dann auch geheiratet. Aber wie wir die Frau Alwine kennen, war sie weit weniger von ihrem Mann angetan, als dieser sich das vielleicht wünschte. Andererseits war der alte Herr Demand ein recht betuchter Mann und wohl auch nicht ohne Einfluss. Er könnte also durchaus auf so manches Frauenzimmer immer noch attraktiv gewirkt haben. Und wenn einem die eigene Ehefrau nicht so zu Willen ist, wie man das als Fabrikant gewohnt ist, dann sucht man sich sein Vergnügen vielleicht wieder außerhalb des ehelichen Bettes."

„Und du meinst, dann geht so einer nicht zu Huren, sondern ..."

„... sondern hält sich eine Geliebte. Ja, das wäre doch standesgemäß, meinst du nicht, Oberst?"

„Ja, aber standesgemäß wäre es dann auch, dass ein allfälliger eifersüchtiger Ehemann den Widersacher einfach erschießt, ihn stellt, ihn zum Duell fordert. Aber kein gehörnter Gatte lauert dem Rivalen im Flur seines Hauses auf und trampelt ihn dort zu Tode."

„Ein Mann von Welt sicher nicht. Aber so attraktiv war der alte Herr Demand nun auch wieder nicht, dass er bei der Gräfin Mariza gelandet wäre. Seine Möglichkeiten waren schon ziemlich begrenzt, das dürfen wir nicht vergessen. Er war mit einer jungen Frau in dritter Ehe verheiratet, sodass davon auszugehen war, dass er sich nicht sofort wieder scheiden lassen würde, um eventuell eine noch jüngere Dame zur vierten Ehefrau zu machen. Er war außerdem finanziell nicht mehr so liquid, um eine Dame von Welt einfach über einen längeren Zeitraum auszuhalten, und mit seiner Herkunft war er in weiten Kreisen der Bevölkerung kein sonderliches Renommee mehr."

„Du meinst, er musste kleinere Brötchen backen?"

„Na ja, wenn er unter diesen Umständen noch zum Zug kommen wollte, dann musste er sich nach der Decke strecken. Und in einem solchen Fall blieben dann nur noch Personen übrig, die nicht gerade zu den oberen Zehntausend dieser Stadt zählen, die aber auch nicht der Unterwelt zuzuzählen sind, denn in beiden Fällen erweist sich eine Liaison üblicherweise als reichlich kostspielig."

„Wer kommt dann in Frage?"

„Was weiß ich, die Sekretärin in der Firma vielleicht."

„Dann hätte der Ehemann aber wohl eher in der Firma für klare Verhältnisse gesorgt."

Cerny dachte einen Moment nach, dann erhellte sich sein Gesicht: „Die Zofe! Wie wir wissen, ist der Mörder immer der

Butler. Vielleicht hat die Zugehfrau nicht nur der Frau Alwine unter die Arme gegriffen, sondern auch dem Herrn Demand Erleichterung verschafft. Und ihr ehelicher Gespons, darauf aufmerksam geworden, hat den Arbeitgeber seiner Frau ultimativ zur Rede gestellt."

Bronstein zündete sich eine „Donau" an. „Es ist wahr", sagte er dann, „die Zofe haben wir noch gar nicht unter die Lupe genommen. Genauso wenig übrigens wie das eventuell sonst vorhandene Privatleben des Opfers. Das ist ein Punkt, der bedacht sein will." Bronstein dachte an Eva. Wenn er die Zofe ins Gebet nahm, dann ergab sich vielleicht eine Gelegenheit, der Hausmeisterin wieder einen privaten Besuch abzustatten. Seit seinem letzten Stelldichein war doch eine nicht unbeträchtliche Spanne Zeit vergangen, und der kleine Herr Bronstein hätte gegen ein wenig weibliche Zuwendung wahrlich nichts einzuwenden. Er könnte zuerst der Zofe ein wenig auf den Zahn fühlen, sich dann mitfühlend mit Frau Alwine unterhalten, um am Ende der Ermittlungen die Frau Eva ins Gebet – und danach vielleicht in die Arme zu nehmen. Je länger er die Sache bedachte, umso mehr gewann sie an Attraktivität. Bronstein blies den Rauch seiner Zigarette aus und wandte sich wieder Cerny zu, um ihn seinen Entschluss wissen zu lassen.

„Weißt du was, Oberst", begann Cerny, noch ehe Bronstein etwas sagen konnte, „wir sollten uns die Aufgaben aufteilen. Ich gehe noch einmal in das Demand'sche Haus und klopfe dort auf den Busch, und du nimmst dir noch einmal die zwei Helden da drinnen vor, um zu überprüfen, ob sie nicht doch von Holzer angeheuert wurden. Sie haben jetzt einmal ein paar Nettigkeiten von mir zu hören bekommen, das war gleichsam das Vorgeplänkel, und jetzt kommst du, die schwere Artillerie. Damit wird die Sache sicher an Fahrt gewinnen."

Innerlich musste Bronstein über die schiefe Metapher lächeln, doch seine Belustigung hatte ein jähes Ende, als er den Inhalt der Aussagen Cernys erfasste. Er sollte sich mit diesem menschlichen Auswurf abgeben, während Cerny, der Feschak, gleich mit drei hübschen Frauen würde turteln können. Drei, nun ja, eigentlich nur eine hübsche, dazu eine erfahrene und schließlich eine ... Bronstein erinnerte sich nicht mehr, wie das Hausmädchen überhaupt ausgesehen hatte.

„Ich weiß nicht“, begann er zögernd, „du bist schon so intensiv in dem Verhör drinnen, während ich ... außerdem kennen die mich alle in dem Haus, da würde ich ...“

„Eben“, insistierte Cerny, „die hier kennen dich kaum, die im Haus kennen mich kaum. Daher werden beide Seiten verwirrt sein, wenn sie sich plötzlich auf einen neuen Gegner einstellen müssen. Gerade in solchen Situationen macht man Fehler.“

„Wir aber auch“, wandte Bronstein zaghaft ein.

„Ja, aber wir sind im Vorteil. Wir wissen jetzt, was wir wollen.“ Cerny versprühte Zuversicht. Bronstein hingegen fand die Situation eigentlich absurd. Er war der Vorgesetzte, er konnte anordnen, dass Cerny mit dem Verhör fortsetzte, während eben er ins Demand'sche Haus ging. Aber irgendetwas hielt ihn davon ab. Es erschien ihm nicht recht zu sein, da er letztlich ganz genau wusste, welche Motive ihn zu einer solchen Order treiben würden.

„Na gut“, schickte er sich schließlich ins Unvermeidliche, „machen wir es so. Wie spät haben wir überhaupt?“

„Bald wird's elf.“

„Dann macht das Verhör jetzt einmal Pause. Ich geh was essen.“ Bronstein schickte sich an, das Haus zu verlassen. „Ich knöpf mir die beiden am Nachmittag noch einmal vor, dazwischen lassen wir sie in ihrer Zelle dunsten. Wir treffen uns gegen fünf im Büro. Und wenn nicht, dann machen wir morgen gleich um acht Uhr morgens Lagebesprechung.“ Cerny nickte: „Ich veranlasse das Nötige.“

„Ja, aber sie sollen natürlich nicht wissen, dass sie in zwei Stunden wieder abgeholt werden. Das wird eine kleine Überraschung." Cerny bestätigte die Anweisung mit einer abermaligen Kopfbewegung und ging auf die uniformierten Beamten zu. Bronstein überlegte noch einmal kurz, worum es bei der Aktennotiz gegangen war, die er in der Früh auf seinem Schreibtisch gefunden hatte, beschloss dann aber, diese Frage vorerst zu vertagen. Das Mittagessen hatte jetzt unbedingten Vorrang.

Dass Bronstein den ganzen Nachmittag über immer missmutiger wurde, hatte nichts mit der Qualität des Mittagessens zu tun, auch wenn diese durchaus zu wünschen übrig gelassen hatte. Viel mehr ärgerte er sich darüber, dass es ihm nicht gelang, aus den beiden Verdächtigen brauchbare Informationen herauszulocken. Dabei hatte er ihnen sogar die sprichwörtliche Rutsche gebaut und ihnen erklärt, als Auftragstäter kämen sie besser weg, wenn sie ihre Hintermänner preisgäben. Es sei vielleicht juristisch kein großer Unterschied zwischen Haupt- und Beitragstäter, aber es könnte sich herausstellen, dass genau dieser den Unterschied zwischen Höchst- und gerade noch akzeptabler Strafe ausmache, hatte er ihnen erklärt, doch hatte Bronstein zur Kenntnis nehmen müssen, dass sein Vortrag weder Kotzler noch Murer in irgendeiner Weise beeindruckte.

Er hatte daraufhin seine Taktik geändert und die beiden einzeln verhört. Da er sich bei Kotzler größere Chancen ausrechnete, ließ er sich diesen zuerst holen.

„Wos wüst denn no, Kiwara? Du host nix in da Hand, und damit baba."

Bronstein lächelte schmal: „Du glaubst doch nicht ernsthaft, dass es eine Rolle spielt, ob ich etwas in der Hand habe oder nicht. Wir leben doch in einem Unrechtssystem, wie du selbst sagst. Da glaubst du doch nicht, dass dir Gerechtigkeit widerfahren wird?"

Kotzler gab sich gelassen: „Na und! Dieses System ist so morsch, da spüt des ka Rolle, ob's ma was anhängt's oder net. Mia wern g'winna, und daun sad's es dran."

Bronstein behielt sein Lächeln bei: „Kann sein. Aber wenn du jetzt zum Tod verurteilt wirst, kann der Sieg deiner nationalsozialistischen Helden dich nur noch posthum zum Blutzeugen der Bewegung adeln. Was hast du davon?"

An dieser Stelle hatte Bronstein erwartet, dass Kotzler ins Schwitzen geraten und Angst um seinen Hals bekommen würde. Doch interessanterweise blieb der Mann völlig ruhig und gelassen.

„I glaub ned, dass i verurteilt wer'. Ich glaub net amoi, dass an Prozess geb'n wird."

„Den wird es geben. Und wenn du weiter so verstockt und unkooperativ bist, dann wirst du baumeln. Dir wird von einem Moment auf den nächsten die Luft zum Atmen fehlen. Du wirst mit deinen Füßen sinnlos herumstrampeln, dich anbrunzen und dann wird es aus sein mit dir. Dann bist du nur noch ein Stück totes Fleisch, das zu verfaulen beginnt. Meinst du nicht auch, dass du dafür noch zu jung bist? Hängen ist kein schöner Tod, das kannst du mir glauben. Das dauert oft ganz schön lange, bis du endlich hin bist."

Bronstein hatte gehofft, dass diese drastische Schilderung Kotzler aus der Reserve locken würde, doch der zeigte immer noch keine Regung.

„Klar, waun's mi jetz ins Pendel hauts, dann schau i oid aus. Aber z'lang diafts eich nimmer Zeit lassen."

Da war schon wieder diese Anspielung. Was wusste Kotzler, dass er auch in einer solchen Situation völlig entspannt blieb? Unwillkürlich fiel Bronstein wieder diese Aktennotiz ein. Irgendein Zusammenhang bestand an dieser Stelle, dessen war er sich mittlerweile sicher. Wenn er sich doch nur an den Inhalt dieser Notiz erinnern könnte!

Er versuchte, sich wieder auf das Wesentliche zu konzentrieren: „Du bist also nicht vom Holzer auf den alten Demand angesetzt worden?"

„Zum hundertsten Moi: naa!"

„Und du hast den Holzer auch nicht abfällig über den alten Demand reden hören?"

Kotzler schien einen Moment zu überlegen, ob er auf diese Frage gefahrlos antworten konnte, und sagte dann langsam: „Des scho. Oba des haaßt goa nix, weu de oide Sau hot kana meg'n, ned amoi sei eigana Bua."

„Könnte es also sein, dass Holzer jemanden engagierte, um den alten Demand loszuwerden?"

„Merk da, Kiwara, i bin ka Judas. Waunst wen zum Tratschen suachst, dann setz di in an Beichtstui. I woa's ned, und wer's woa, is ma wuascht. A Jud weniger auf dera Wöd. Na und?"

„Die Indizien sprechen aber ganz klar gegen dich und Murer. Auf euren Schuhen haben wir Blut gefunden, das zum Opfer passt."

„Ah, und wia woits des beweisen, ha? Mia hom an dem Wochenend beim Schlachtigen g'hoifn. Und ob des Bluat von an Viech oda an Menschen is, des kennts es nie feststö'n."

Bronstein wusste, dass Kotzler Recht hatte. Auf diese Weise kam er nicht weiter. Und wenn er schon Kotzler nicht knacken konnte, dann würde ihm das mit Murer erst recht nicht gelingen. Es war nur noch darauf zu hoffen, dass Cerny mehr Erfolg haben würde.

„Das werden wir schon noch sehen", knurrte er in Richtung Kotzler und läutete dann nach den Wachebeamten, die diesen abführen sollten.

Das Verhör mit Murer verlief wie erwartet noch frustrierender. Der Mann saß einfach nur da, starrte geradeaus und reagierte weder auf Drohungen noch auf Schmeicheleien. Er sagte lediglich: „I woa des ned, und mehr sog i ned“, und ab diesem Zeitpunkt schien es, als hätte Murer jedwede Empfindungs- und Artikulationsfähigkeit verloren. Bronstein plagte sich über eine halbe Stunde, dem Mann wenigstens die allerkleinste Information zu entlocken, doch der schwieg, als wäre er ein steinernes Denkmal. Bronstein versetzte dieses Verhalten in nicht geringe Wut, doch selbst wenn er sich dazu hätte hinreißen lassen, gegen Murer Gewalt anzuwenden, so wäre der immer noch schweigsam geblieben. Murer war ein Steher, und daran würden auch keine Prügel etwas ändern. Aussagen würde man von den beiden also keine bekommen, man konnte nur hoffen, sie auf irgendeine Art zu überführen. Doch dann war immer noch nicht bewiesen, dass sie nicht allein gehandelt hatten. Wie immer man die Sache auch betrachtete, Holzer und der junge Demand hatten in jedem Fall überaus gute Karten. Mehr noch, die einzigen, die in diesem Spiel schlechte Karten hatten, waren Bronstein und Cerny – sofern Cerny nicht eben einen Joker an Land zog.

Bronstein blickte auf die Uhr. Ihm war gar nicht aufgefallen, dass er sich mit Murer und Kotzler derart lange aufgehalten hatte. Für das Büro war es nun möglicherweise schon zu spät. Aber Bronstein tröstete sich mit dem Gedanken, dass ihn Cerny schon angerufen hätte, wenn wirklich eine bedeutsame Wende in dem Fall eingetreten wäre. Also konnte er beruhigt nach Hause gehen.

Er war schon fast bei seiner Wohnung angelangt, als ihm die Notiz wieder einfiel, die ihn an diesem Tage schon mehrmals beschäftigt hatte. Worum war es da nun wirklich gegangen? Bronstein war zwischen Neugier und Bequemlichkeit, zwischen Pflichtgefühl und dem Bedürfnis nach Wohlbefinden hin- und hergerissen. Er wusste genau, wie sehr er sich ärgern würde, wenn ihn eine vage Erinnerung an ein paar handschriftliche Zeilen zurück ins Büro triebe, um dann unverrichteter Dinge wieder nach Hause zurückzukehren, weil ihn sein Gefühl hinsichtlich der Bedeutung besagter Mitteilung getrogen hatte. Er würde eine Stunde verloren haben, die er weit besser nutzen konnte als mit einem überflüssigen Spaziergang. Wäre, so tröstete sich Bronstein, die Notiz wirklich so wichtig, wie er es sich einbildete, dann hätte man ihn sicher tagsüber kontaktiert. Da dies unterblieben war, handelte es sich um eine Nebensächlichkeit, die zu behandeln fraglos auch am nächsten Tag noch Zeit genug sein würde. Bronstein betrat seine Wohnung und freute sich auf das Abendessen.

Nachdem er das Geschirr in der Spüle verstaut hatte, begab sich Bronstein ins Wohnzimmer. Er sah den Schillerband auf dem Tisch liegen und trat an seinen Plattenschrank heran, um wieder einmal Wagner aufzulegen. „Der Ring" war immer noch die allerbeste Musik, die je komponiert worden war, dessen schien sich Bronstein sicher. Doch irgendetwas in ihm ließ ihn dennoch innehalten. Es war ihm, als besäße er nicht länger die Herrschergewalt über sich, denn seine Finger glitten über Wagner hinweg und griffen automatisch nach einer Platte mit Klaviersonaten. Felix Mendelssohn-Bartholdy. Bronstein musste sich eingestehen, dass er über diese Wahl überrascht war. Und so überrascht nun auch wieder nicht. Auf seinem Gesicht begann sich ein Lächeln abzuzeichnen, und geradezu schwungvoll landete die Platte auf dem Abspielgerät. Während Bronstein das charakteristische Knistern vernahm, welches den ersten Takten der Musik üblicherweise vorausging, ertappte er sich dabei, wie er aus dem Bücherregal einen Band Lessing herausgezogen hatte: „Nathan der Weise". Er ließ sich auf seinen Lehnstuhl nieder und suchte die „Ringparabel". Oft schon hatte er von ihr gehört, und er wusste, dass viele Antifaschisten ihr eine besondere Bedeutung beimaßen, doch er konnte sich nicht erinnern, je eine Zeile Lessing gelesen zu haben. Vielleicht war ja jetzt der richtige Zeitpunkt dazu gekommen.

Ermattet schlug Bronstein das Buch zu. Die Musik war bereits längst an ihr Ende gekommen, und er vermochte auch nicht zu sagen, welcher der drei Ringe nun der echte sei. Er fühlte sich auch zu müde, um lange darüber nachzudenken. Standen die drei Söhne für die drei großen Religionen, das Christentum, das Judentum und den Islam? Wahrscheinlich. Aber darüber nachzusinnen blieb ihm auch am nächsten Abend noch Zeit genug. Bronstein richtete sich zur guten Nacht, und ehe er das Licht seiner Nachttischlampe löschte, huschte noch ein Schmunzeln über sein Gesicht: „Von Wagner und Schiller zu Mendelssohn und Lessing. Was bin ich doch für ein Schmock!“

XVI.
Dienstag, 24. Juli 1934

Das Schrillen des Telefons riss ihn aus dem Schlaf. Mühsam rieb er sich die Augen und versuchte, die Zeit vom Zifferblatt seines Weckers abzulesen. Ein paar Minuten nach drei Uhr morgens. Wer um Himmels Willen konnte mitten in der Nacht etwas von ihm wollen? Das Telefon läutete immer noch, und so quälte sich Bronstein umständlich aus dem Bett und schlurfte ins Vorzimmer. „Ja, ja, ich komme ja schon“, murmelte er verschlafen, so als könnte der Anrufer diese Botschaft vernehmen und sich dementsprechend in Geduld üben. Endlich erreichte Bronstein den Apparat und nahm ab.

„Oberst Bronstein“, keuchte er.

„Du, Oberst, komm schnell ins Sicherheitsbüro. Ich glaube, wir haben den Fall gelöst!“

„Gelöst? Was sagst du da?“ Bronstein hatte um einen Moment zu spät reagiert, und so hatte Cerny schon wieder eingehängt. Er hatte in der Tat sehr aufgeregt gewirkt, der Cerny, dachte er sich, und so kam er zu dem Schluss, dass es vermutlich wirklich besser war, sich ins Büro zu begeben. Bronstein fluchte leise und begann seine Kleidung zusammenzusuchen.

Während er bemüht war, eine halbwegs passende Kombination zusammenzustellen, die dem Anlass wie der frühen Stunde adäquat war, erwachten nun nicht nur seine Lebensgeister, sondern vor allem auch seine Neugier. Sein Gehirn kam in Schwung. Was hieß, der Fall sei gelöst? Noch dazu im Sicherheitsbüro. Das würde ja bedeuten, dass Kotzler und Murer mit der Sache nichts zu tun hatten, denn die saßen ja wohl nach wie vor auf der Elisabethpromenade. War es doch jemand aus dem Demand'schen Wohnhaus gewesen? Saß jetzt die heulende und zähneknirschende Frau Alwine im Vernehmungszimmer und rang um Worte, um nicht gestehen zu müssen, mit ihrem Stiefsohn ein Mordkomplott geschmiedet zu haben? Oder hatte das Dienstmädl ein Techtelmechtel mit dem Alten gehabt, das ihren Ehegatten oder ihren älteren Bruder zu solch tödlicher Handlung anstiftete? Bronsteins Gedanken liefen nun schneller als seine Beine, und er ärgerte sich maßlos darüber, nicht schon längst angekleidet, was heißt, nicht schon längst im Sicherheitsbüro zu sein. Eilig trat er vor den Spiegel, der im Vorzimmer hing. Die graue Flanellhose war für die Jahreszeit entschieden die falsche Wahl, aber sie konnte hingehen neben dem weißen Hemd, zumal es zu solcher Stunde draußen noch empfindlich kühl sein mochte. Bronstein schnappte sich noch seinen Rock, verstaute seine Kokarde und seine Brieftasche darin, griff nach den Schlüsseln und verließ beinahe überstürzt seine Wohnung. Tatsächlich schlug ihm kalter Wind entgegen, als er die Straße betrat, doch Bronstein vermochte nicht zu sagen, ob es wirklich einen Temperatursturz gegeben hatte oder ob sein Frösteln nur dem Schlafmangel geschuldet war. Für seine Verhältnisse erstaunlich flink wandte er sich nach rechts, um jene wenigen Meter zurückzulegen, die sein Wohnhaus vom Taxistandplatz bei der Oper trennten. Innig hoffte er, dass dieser um die frühe Morgenstunde auch besetzt sein möge, denn er verspürte wenig Lust, bei dieser Kälte die ganze Wegstrecke zu Fuß zurückzulegen.

Bronstein atmete auf, als er einen Wagen parken sah, in dem der Taxichauffeur friedlich vor sich hinschlummerte. Er klopfte gegen die Fensterscheibe, worauf ein merklicher Ruck durch den Fahrer ging. Dieser richtete sich auf und öffnete den Verschlag, sodass Bronstein einsteigen konnte.

„Zum Sicherheitsbüro“, sagte er nur.

„Waun S' meinen, Sie san der Chef", gab der Taxler kurz zurück und startete den Motor. Der Mann umkurvte die Oper und bog nach rechts in die Ringstraße ein. Vorbei am Burggarten, der Hofburg und dem Volksgarten erreichte das Taxi schon nach wenigen Augenblicken das Burgtheater. Um diese frühe Stunde gab es praktisch keinen Verkehr, und so konnte Bronstein den Fahrer bezahlen und das Taxi verlassen, noch ehe er die erste „Donau" zu Ende geraucht hatte. Er blickte kurz die Fassade des Gebäudes hoch, während er noch schnell zwei Züge von der Zigarette machte. Dann warf er sie zu Boden, trat sie aus und auf das Portal zu.

Bronstein brauchte eine Weile, bis er in Erfahrung gebracht hatte, wo sich Cerny aufhielt, doch als Cerny seiner Präsenz im Haus gewahr wurde, eilte er dem Obersten sofort entgegen. Er hatte sogar noch eine Tasse Kaffee organisiert, und so saßen Bronstein und Cerny wenige Augenblicke später einander in ihrem Büro gegenüber und nippten an ihren Kaffeetassen. Bronstein zündete sich eine weitere „Donau" an, dann hielt er die Spannung nicht mehr aus.

„Also, was heißt, wir haben den Fall gelöst? Wer sitzt da unten im Vernehmungszimmer?"

Cerny grinste breit, er genoss die Situation sichtlich: „Immer mit der Ruhe, Oberst, alles schön der Reihe nach. Ehe ich dir sage, wer da unten sitzt, erzähle ich dir erst einmal, was ich gemacht habe, seit wir uns gestern in der Kaserne getrennt haben."

Bronstein, wiewohl er schier vor Neugier platzte, gönnte Cerny seinen Triumph. Er blies den Rauch aus, bemühte sich um ein Lächeln und sagte dann: „Ich bitte darum."

„Also. Wie du dir vorstellen kannst, bin ich direkt ins Demand'sche Haus gefahren. Dort ließ ich mich der Frau Alwine anmelden, die mich auch sofort empfangen hat. Nach einigen Präliminarien kam ich zur Sache. Ich bemühte mich, so taktvoll wie möglich in Erinnerung zu rufen, dass wir sie kurzzeitig in Verdacht gehabt hätten, irgendeine Liebelei begonnen zu haben, wofür wir uns natürlich nochmals auf das Aufrichtigste entschuldigen wollten. Sie schien die Entschuldigung anzunehmen, was ich wiederum zum Anlass nahm, ihr zu sagen, dass wir allerdings bislang noch nicht die Frage geklärt hätten, ob vielleicht ihr Mann in irgendwelche Affären verstrickt gewesen sein könnte, zumal mit irgendjemandem aus dem Haus, dem Dienstmädchen zum Beispiel."

„Und wie hat sie reagiert, was hat sie gesagt?", platzte es aus Bronstein heraus.

Cerny ließ sich mit seiner Antwort Zeit. Er nippte an der Kaffeetasse, schluckte aber die Flüssigkeit nicht gleich hinunter, als käme es darauf an, dass sie erst im Mund das volle Aroma entwickle.

„Nun", sagte er dann, „sie wirkte wirklich und ehrlich erstaunt. Sie brauchte eine geraume Weile, um überhaupt eine Replik zu formulieren. Es sei, meinte sie dann endlich, ein offenes Geheimnis, dass ihr Mann recht bald das Interesse an ihr verloren hatte. Doch bislang sei sie eher davon ausgegangen, dass ihr Mann jegliche Begeisterung für die Sexualität eingebüßt hatte. So sei es ihr nie zu Ohren gekommen, dass er sich in zwielichtigen Bars oder, schlimmer noch, in Stundenhotels oder gar Bordellen herumgetrieben hätte. Sie schließe auch aus, dass ihr Mann sich eine Geliebte gehalten habe, denn das widerspräche so gänzlich seinem Naturell, dessen sei sie sich sicher."

Wieder nahm Cerny einen Schluck Kaffee, während Bronstein sich beinahe die Finger an der völlig aufgerauchten Zigarette verbrannt hätte. Er dämpfte sie ungelenk aus und zündete sich sofort eine neue an. Mit einer Geste der rechten Hand forderte er Cerny auf, endlich weiterzusprechen.

„Es schien also, dass wir mit unserer neuen Theorie auf dem Holzweg waren. Dennoch hakte ich nach und fragte dezidiert nach dem Hausmädchen. Frau Alwine kicherte nur amüsiert bei diesem Gedanken. Gleich danach klingelte sie nach der Bediensteten, die auch prompt erschien. Die Herrin des Hauses fragte das arme Ding auf den Kopf zu, ob ihr der Gemahl irgendwann einmal Avancen gemacht habe. Allein schon dieser Satz brachte das gute Mädchen an den Rand einer Ohnmacht, und ebenso worte- wie händeringend wies es auch nur den Anflug eines Gedankens an ein solches Tun derart kategorisch von sich, dass ich ihm eigentlich augenblicklich glaubte. Sie sei noch Jungfrau, betonte die Bedienstete dann, und das könne ihr Arzt gerne bestätigen."

„Dienstboten können sich auch schon Frauenärzte leisten? Unser Land macht ja echt Fortschritte. Aber weiter im Text, was geschah dann?"

„Nachdem also das Dienstmädchen ausschied, fragte ich es auf den Kopf zu, ob es vielleicht bei Demand etwas Diesbezügliches bemerkt habe. Telefonate, Visitkarten, parfümierte Briefe, etwas in der Art, doch das Mädel meinte nur, die Herrschaft sei ihm immer vorgekommen wie ein Mönch. Es habe nie auch nur die kleinste schlüpfrige Bemerkung vom Herrn Demand vernommen, selbst zu seiner eigenen Ehefrau habe er kein Wort verlauten lassen, das in eine Richtung zu deuten gewesen wäre, die ich mit meiner Frage intendiert hätte."

„Intendiert? Die hat aber nicht wirklich so geredet, die Waschmamsell, oder?"

„Nein, natürlich nicht. Ich fasse ja nur das Gespräch zusammen", schrak Cerny auf. Er war sichtlich irritiert vom Einwurf Bronsteins und brauchte geraume Zeit, bis er den Faden wieder gefunden hatte, und Bronstein sagte sich, es wäre wohl besser, Cerny nicht nochmals zu unterbrechen.

„Ich fragte natürlich auch die Frau Alwine nochmals, ob es zwischen ihr und ihrem Mann sexuell konnotierte Gespräche gegeben habe. Die Witwe antwortete mir in leicht sarkastischem

Unterton, dass es in ihrer Ehe gar nichts gegeben habe, was sexuell konnotiert gewesen sei. Selbst in der Hochzeitsnacht habe der alte Herr Demand darauf verzichtet, die Ehe zu vollziehen."

Bronstein vergaß seinen Vorsatz: „Der hat nicht einmal in der Hochzeitsnacht mit ihr ...?"

„Anscheinend nicht. Aber das tut ja nur bedingt zur Sache. Die Frau Alwine erklärte jedenfalls, ihr Mann habe sich wirklich und wahrhaftig von seinen Geschlechts- und Standesgenossen unterschieden. Es gebe weder anstößige Literatur im Haus, noch habe er Derartiges jemals zur Sprache gebracht oder gar körperlich umgesetzt."

„Des glaub i net", entfuhr es Bronstein in breitem Dialekt, „der war ja no net tot, bevor er tot war."

„Ehrlich, Oberst, ich habe es ihr auch nicht geglaubt. Ein Mann, der sich so gar nicht für die körperliche Liebe interessiert, der wäre ein Heiliger, und die Heiligen sind bekanntlich mit Savonarola und Giordano Bruno ausgestorben. Aber ich glaubte ihr, dass sie völlig ahnungslos war. Andererseits schien sie so überzeugt davon zu sein, dass ihr Mann nicht in einschlägig beleumundeten Etablissements verkehrte, dass ich diese Möglichkeit nicht ernsthaft in Betracht zog. Ich gebe zu, an dieser Stelle war ich ratlos."

Wieder führte Cerny die Tasse zum Mund. Bronstein fühlte sich an die Fortsetzungsromane in den Zeitungen erinnert, die auch immer an der spannendsten Stelle abbrachen, um mit dem lapidaren „Fortsetzung folgt" zu schließen. „Na red' schon", forderte er Cerny auf, „offensichtlich warst du ja erfolgreich, wen hast du also geschnappt und wie?"

Cerny setzte die Tasse kurz ab. „Immer mit der Ruhe, Oberst, immer mit der Ruhe." Und abermals ein Schluck.

Als Bronstein knapp davor war, aus der Haut zu fahren, griff Cerny den Erzählfaden wieder auf.

„Was, wenn der alte Herr Demand den Damenbesuch zu Hause empfing, und zwar stets nur dann, wenn das Dienstmädchen Ausgang und die Frau anderweitige Verpflichtungen hatte? Wenn er selbst die Spuren seines Stelldicheins beseitigte, dann mochte vielleicht tatsächlich niemand Verdacht schöpfen. Zumindest niemand aus seiner eigenen Wohnung. Aber derartiges Treiben entgeht nie allen, und daher galt es zu überlegen, wer solche Amouren beobachtet haben oder wer zumindest von ihnen wissen konnte. Nach kurzem Überlegen kam ich auf die Hausmeisterin."

„Die Eva", entfuhr es Bronstein.

„Ja genau. Woher weißt du denn ihren Vornamen?"

„Äh, im Zuge der Vernehmung. Routinekontrolle der Papiere", stammelte Bronstein.

Cerny ließ seinen Blick eine kleine Weile auf Bronstein ruhen, entschloss sich dann aber dazu, nicht weiter auf diesem Thema zu insistieren.

„Ich ging also zur Hausbesorgerwohnung und klopfte an. Wie erhofft war nur die Hausmeisterin da, ihr Gatte war wieder einmal beim Wirten. Hörst, Oberst, warum macht dich der Teil der Geschichte so nervös, zu zitterst ja richtig. Hast vielleicht schon eine Ahnung?"

„Nix, nervös bin i, weil ich endlich hören will, wen du g'fangt hast."

Bronstein irritierte Cernys Grinsen nachhaltig. Wusste er etwas, hatte Eva sich verplappert? „Jetzt red' schon weiter!"

Cerny räusperte sich. „Was soll ich dir sagen. So schnell, wie die aufgemacht hat, war die schon die längste Zeit hinter der Tür auf Posten. Umso besser, denk ich mir, wenn die das immer macht, dann weiß sie sicher, ob der alte Demand ... und mit wem. Und wie die Tür aufgeht und ich mich vorstellen will, da steht die im Nachthemd da. Einem durchsichtigen noch dazu. Du hast praktisch alles g'sehen. Kein schöner Anblick, kann ich dir sagen."

Bronstein unterdrückte mühsam seine Empörung: „Wieso? Die schaut doch eh noch ganz patent aus, die Dame."

„Das glaubst aber auch nur du, Oberst. Das hättest du sehen müssen. Die Haut, so weiß wie gestockte Milch, die Brüste der beste Beweis für die Existenz der Schwerkraft. Na und die Krähenfüße, so viele von denen überwintern in Russland nicht, wie in der ihrem Gesicht zu sehen sind."

„Cerny, jetzt mach aber einmal einen Punkt. So kann man ja nicht über eine Dame reden. Und schon gar nicht, wenn sie vielleicht eine wichtige Zeugin ist."

„Kann man wohl. Vor allem, wenn sich die DAME so an mich heranpirscht. Wirklich widerlich war das. ... Und andererseits auch wieder wirklich wichtig."

„Wichtig? Wieso denn wichtig? Sag bloß, du bist über sie drüberg'stiegen? Cerny! Du bist verheiratet! Ja Sakrament noch einmal, du wirst doch nicht ..."

Bronsteins Empörung erreichte ungeahnte Intensität. Wer um die näheren Umstände nicht Bescheid wusste, der mochte Bronstein für einen wahren Moralapostel halten, doch ihm selbst war tief im Innersten klar, was ihn so erregte. SEINE Eva hatte ihn betrogen. Noch dazu mit Cerny! Warum musste der immer alles haben? Er war verheiratet, hatte Kinder, ein erfülltes Privatleben, war ein stattlicher Mann von klassischer Schönheit, gebildet, weltgewandt, sportiv, ein echter Mann von Welt. Und jetzt bekam er auch noch eine abgetakelte alte Hausfrau, die sich nie wieder mit einem dicken alten Kieberer abgeben würde, nachdem sie erstmals gesehen hatte, welche Wonnen ihr ein junger Kieberer verschaffen konnte. Es war doch wirklich zum Auswachsen.

„Aber wo denkst du denn hin, um Himmels Willen. Glaubst, ich betrüge meine Jelena für so eine? Ich betrüge meine Jelena überhaupt nicht. Dazu liebe ich sie viel zu sehr!"

Auch das noch. Dachte Bronstein. Sagte es aber nicht.

„Obwohl, Oberst, du denkst anscheinend instinktiv in die richtige Richtung."

Wie das?

„Wie das, wirst du dich wahrscheinlich jetzt fragen. Nun, ich erinnerte mich daran, dass du einmal anmerktest, ein gewisser Typ Frau hätte eine Schwäche für mich, was man im Ermittlungsprozess ruhigen Gewissens einsetzen könnte. Also schluckte ich meine Selbstachtung und meinen Ekel hinunter und bemühte mich um ein Lächeln. Ob ich denn eintreten dürfte, fragte ich artig. Nun, ich durfte. Dabei drehte sich diese Person so, dass mich ihr Busen förmlich anrempelte, als ich in ihre Küche trat. Wie auch immer, sie fragte mich jedenfalls, was ich wissen wolle, und so erkundigte ich mich nach dem Liebesleben des alten Demand. Das habe es gegeben, antwortete sie eilig, doch das Thema an sich sei doch viel spannender zu formulieren, ergänzte sie. Wie es denn mit meinem Liebesleben aussehe? Als ich ihr versicherte, dieses lasse nichts zu wünschen übrig, zog sie, als wäre sie noch fünfzehn, ein Schnoferl und meinte nur, das wäre schade, denn ihr Liebesleben sei leider unter aller Sau. So drückte sie sich aus. Unter aller Sau. Ihr Mann, dieser Versager, kriege ohnehin keinen mehr hoch, und die paar Liebhaber, die sich zu ihr verirrten, seien samt und sonders alte Trottel, die eh gleich abspritzten, wenn sie es überhaupt schafften, sich Zutritt zu ihrer Lustgrotte zu verschaffen. ... Es tut mir wirklich leid, Oberst, ich verwende dieses Vokabular alles andere als gern, aber so hat sie sich nun einmal ausgedrückt, die Dame. Was hast denn, ist dir schlecht?"

„Na, na, es geht schon, es ist nur, es ist noch so früh, da sollt ich wohl weniger rauchen."

„Ja, das könnt sein. Na jedenfalls sagt sie mir, es sei ewig her, dass sie jemand befriedigt hätte, und das sei echt ungerecht, weil sie sei eigentlich noch ganz herzeigbar. Und in dem Augenblick ist sie aufgestanden, und so schnell hab ich gar nicht schauen können, hat sie das Nachthemd ausgezogen gehabt. Ich sage dir, eine Situation, wie sie bizarrer nicht hätte sein können. Ich sitze da und versuche verzweifelt, einen weiteren Stein in unser Mosaik zu bekommen, und auf einmal steht da eine dicke Alte so wie Gott sie schuf vor mir und macht auf Rubensmodell. Ich war natürlich ziemlich verstört."

Das konnte Bronstein nachvollziehen. Er war es auch.

„Sie wüsste was, fuhr sie fort, von dem sie überzeugt sei, dass es mich interessieren würde. Und wenn ich ein wenig nett zu ihr wäre, dann würde sie mir alles, aber auch wirklich alles sagen, was es zu dem Fall zu sagen gäbe. Na, ich will natürlich nur wissen, ob sie mir was über den alten Demand erzählen kann, und wie sich genau dieser Gedanke in mir breitmacht – das mit dem alten Demand nämlich –, da fällt mir ein beziehungsweise auf, dass sie von den Alten geredet hatte, die es nicht mehr so ganz bringen, und so frage ich sie spontan, ob der alte Demand denn auch Zutritt zu ihrer ... Lustgrotte gesucht habe."

Jetzt war Bronstein in doppelter Hinsicht gespannt – als Kriminalist und als offensichtlich doch nicht so genialer Liebhaber. Er suchte nach einer gelungenen Formulierung, um sein Interesse nicht allzu zweideutig zum Ausdruck zu bringen, doch seiner Kehle entrang sich nur ein „Und?"

„Im ersten Augenblick war sie schockiert. Sie hatte offenbar tatsächlich damit gerechnet, dass ich mich ob ihres Anblicks vergessen würde. Wer weiß, vielleicht funktioniert die Nummer ja wirklich bei irgendwelchen verzweifelten alten Narren. Was ist, Oberst, hast du dich verschluckt? Nix? Na, gut. Jedenfalls überlegte sie sichtlich einen Augenblick, wie sie sich verhalten sollte, doch anscheinend siegte die Lust über den Stolz, denn sie versuchte daraufhin, mich doch weiter aufzureizen, indem sie auf mich zuging, mir ihre Körpermitte förmlich vor das Gesicht und ihr Knie auf meinen Oberschenkel drückte. Dabei kicherte sie richtig blöde und meinte, scheinbar ganz beiläufig, der alte Trottel habe ernsthaft geglaubt, er sei ihr Liebhaber, nur weil sie ihn ein paar Mal drübergelassen habe. Gelohnt habe sich das aber nicht. Weder sexuell, weil er immer gleich gekommen sei, noch finanziell, weil die paar Geschenke, die er ihr gemacht habe, bei weitem nicht dazu gereicht hätten, den alten B'suff – und damit meinte sie offenbar ihren Mann – endlich loszuwerden. Sie schilderte diesen Umstand übrigens in wesentlich derberen Worten und leider auch ziemlich wortreich, während sie versuchte, meine Haare zu fassen zu kriegen. Ich war eben dabei, sie endlich und unmissverständlich abzuwehren, um sie sodann ernsthaft ins Gebet zu nehmen, denn immerhin war das ja eine möglicherweise nicht irrelevante Information, denn wenn der alte Demand bei der Hausmeisterin abstieg, dann konnte es ebenso gut sein, dass er sich auch wo anders verlustierte, also ich war gerade dabei, ihrem Treiben ein Ende zu setzen, als ..."

Bronstein war knapp daran, die Nerven zu verlieren. Cerny überspannte den Bogen. Wie konnte er es wagen, an just dieser Stelle die Erzählung zu unterbrechen und nach der Kaffeetasse zu greifen? Jetzt linste er in das Gefäß und stellte offenbar fest, dass es leer war. Bronstein begann zu kochen. Wenn Cerny jetzt auf die Idee kam, zu sagen, er habe keinen Kaffee mehr und hole deshalb neuen, dann würde er, so wahr ihm Gott helfe, Cerny an die Gurgel springen.

„Hörst, Oberst, ich hab keinen Kaffee mehr. Ich hol mir noch einen. Soll ich dir auch noch einen bringen?"

Bronstein zündete sich die vierte Zigarette des Tages an, obwohl es noch nicht einmal vier Uhr morgens war und sich draußen erst die allererste Andeutung einer Dämmerung abzeichnete. Während er den Rauch einsog, fand er jene Ruhe, die er brauchte, um Cerny zu antworten: „Nein, danke, ich habe noch."

„Na gut, ich bin gleich wieder da."

Bronstein wartete, bis Cerny die Tür geschlossen hatte. Dann zählte er ganz langsam bis zehn. Erst danach griff er nach dem Locher und schleuderte ihn mit aller Wucht gegen die Wand, sodass sich dort Verputz löste und knirschend zu Boden rieselte. Eine halbe Zigarette später war Cerny endlich wieder im Zimmer.

„Also“, griff Bronstein den Gesprächsfaden wieder auf, „sie ist gerade dabei, dich zu vernaschen, als …“

„Ich bin eben dabei, genau das zu verhindern, als …“

„Wie auch immer. Was passierte dann?“

„Als plötzlich die Tür auffliegt und der Hausmeister im Vorzimmer steht! Was für eine Situation! Ich in die Enge gedrängt von einem überbordenden Frauenzimmer, das außer seiner Körperbehaarung nichts am Leibe trägt, belagert, und als Entsatzheer erscheint ausgerechnet ein sturzbetrunkener Tunichtgut mit latentem Hang zu unkontrollierter Aggression.“

„Cerny! Red’ weiter, verdammt noch einmal. Wegen dir krieg ich einen Herzkasperl!“

„Zuerst hat er nur unartikuliert aufgebrüllt. Sie ist von mir gesprungen, als wär sie dreißig Kilo leichter und ebenso viele Jahre jünger, und hat ihn nur entsetzt angesehen. Dann sagt der Blödian noch, ob ihr die G’schichte mit dem Demand nicht gereicht habe, ehe er sich anschickt, auf mich mit Fäusten und Füßen loszugehen.“

„Und?“

„Das ist witzig, Oberst, fällt dir das eigentlich auf? Das ist wie bei Platons Dialogen. Ich bin Sokrates, der die Welt erklärt, und du bist der Dialogpartner, der immer nur ein, zwei Worte sagen darf, damit dann Sokrates umso bedeutungsvoller mit seiner Rede fortfahren kann.“

„Cerny, ich sage dir, ich vergesse mich gleich. Man kann es ganz entschieden übertreiben. Ich gönne dir deinen Triumph von ganzem Herzen, aber entweder sagst du mir jetzt endlich, wie die Geschichte ausgeht, oder ... oder ich vergesse mich!“

„Ja, ja, deswegen brauchst du ja nicht so zu brüllen, ich bin ja nicht taub. Und außerdem komme ich ohnehin gerade zum Ende meiner Erzählung. Wenn du dich nicht so aufregen würdest, dann wüsstest du ja ohnehin schon ...“

„Cerny!“

„Ist ja gut. Er geht also auf mich los. Er hat einen leichten Startvorteil, wie es aussieht, weil ich hinter dem Tisch eingeklemmt bin. Doch er ist schwer betrunken und daher in seinen Reaktionen beeinträchtigt. Ich trete also, noch ehe er mich zu fassen bekommt, den Tisch in seine Richtung, was seine Vorwärtsbewegung abrupt stoppt. Er hat Schwierigkeiten, das Gleichgewicht zu halten. Ich springe auf und verpasse ihm einen Faustschlag direkt auf die Nase. Er taumelt, Blut schießt aus seiner Nase. Ich setze nach. Ein rechter Kinnhaken, und er geht zu Boden. Versucht noch, sich irgendwo anzuhalten, doch da ist nichts. Prack, da liegt er. Ich auf ihn drauf, die Achter aus der Hose geholt, und einen Augenblick später ist er gut verpackt und fertig für die Reise ins Sicherheitsbüro.“

Bronstein wusste nicht, was er sagen sollte, also beschränkte er sich auf einen Pfiff.

„Gegen zwei Uhr morgens hat er dann gestanden. Er hat den alten Demand mit seiner Frau im Bett erwischt. Seine Frau habe ihn verhöhnt und gesagt, sie würde es schon eine ganze Weile mit dem Hausherrn treiben, weil er, also der Hausmeister, ja kein Mann sei, sondern ein Eunuch. Der alte Demand hat natürlich schreckliche Angst gehabt und wollte den Hausmeister mit Geld beschwichtigen. Demand habe sich angezogen, seine Brieftasche aus dem Sakko geholt und dem Hausmeister hundert Schilling angeboten. Und da seien ihm die Sicherungen durchgebrannt, sagte der Hausmeister. Er habe begonnen, wüst auf Demand, der daraufhin natürlich auf den Gang flüchtete, einzuschlagen, und er habe auch nicht aufgehört, als dieser schon auf dem Boden lag. Im Gegenteil, er sei dann dazu übergegangen, den Wehrlosen mit Tritten zu traktieren. So lange, bis der sich endgültig nicht mehr gerührt habe. Seine Frau sei die ganze Zeit danebengestanden und habe ihn sogar noch angefeuert. Gib's ihm, dem alten Inkontinenzler, habe sie gerufen, und er, also der Hausmeister, habe sich mit einem Mal wieder jung und stark und schön gefühlt. Mit einem Mal, so der Hausmeister, sei alle Last dieses bedrückenden Lebens von ihm gefallen, und er habe eine gottähnliche Macht verspürt. In seine Tritte habe er all die Jahre gelegt, in denen er vor Leuten wie Demand habe buckeln müssen. Jede Demütigung, jede Erniedrigung sei mit einem Schlag – oder eben deren mehreren – verschwunden. Er habe in diesen Augenblicken das Empfinden gehabt, er vergelte Gleiches mit Gleichem, und so habe er auch nicht mit den Schlägen aufgehört, als der alte Demand schon sehr lange kein Wimmern mehr von sich gab. Von dem Widersacher habe er mithin erst abgelassen, als er zu müde gewesen sei, um noch die Kraft für einen weiteren Tritt aufzubringen. Damit hätte es vielleicht sein Bewenden gehabt, erzählte der Hausmeister dann weiter, denn er sei hundemüde gewesen und habe nur noch ins Bett gewollt. Doch seine Frau habe ihm keine Ruhe gegeben. Sie sei ganz aufgeregt gewesen und habe gemeint, der alte Demand müsse in jedem Fall ganz totgemacht werden, weil sonst die Konsequenzen fürchterlich wären. Also sei er, der Hausmeister natürlich, noch einmal auf den Flur getreten und habe überprüfen wollen, ob der alte Demand noch lebe, doch zu diesem Zeitpunkt sei der Tod schon eingetreten gewesen. Er sei Soldat gewesen, er kenne sich aus, wenn jemand tot sei. Er habe den Puls Demands gefühlt – und zwar am Hals – und da sei nichts mehr gewesen. Im Übrigen habe er zuvor ein wenig getrunken gehabt, und so habe er sich danach einfach ins Bett gelegt, um auszuschlafen. Doch wieder sei es seine Frau gewesen, die ihm keine Ruhe gelassen habe. Er brauche in jedem Fall ein Alibi, denn der Tod eines Demand werfe sicher Fragen auf, und so habe sie ihn überredet, trotz seines Zustandes ins Wirtshaus zurückzukehren, und dort habe er dann wirklich, wie er es uns am Anfang der Ermittlungen gegenüber behauptet habe, bis in den Morgen Karten gespielt. Außerdem habe ich seine Schuhe konfisziert und zur Spurensicherung bringen lassen. Die Blutspuren, die sich darauf befinden, konnte ich mit freiem Auge klar erkennen. Da werden die Bazi von der Spurensicherung leichtes Spiel haben, dessen bin ich mir sicher."

Bronstein blies Luft aus und sackte in sich zusammen. „Na servas", sagte er dann. „Und das alles in einer Nacht."

Cerny nickte bedächtig: „Das alles in einer Nacht. Als er sein Geständnis unterschrieben hatte, rief ich dich gleich an. Die Formalitäten sind erledigt. Wenn du nichts mehr von ihm wissen willst, dann können wir ihn auf die Elisabethpromenade kutschieren lassen."

Bronstein schüttelte langsam den Kopf: „Nein, ich will nichts mehr wissen. Schick ihn nur hin. Der Fall ist erledigt. Schreiben wir den Bericht, und um alles andere soll sich dann das Gericht kümmern."

Cerny schien zu zögern: „Was meinst du, wie sollen wir die Rolle der Hausmeisterin einschätzen? Sie käme als Beitragstäterin in Frage."

„Verhören sollten wir sie vielleicht", räumte Bronstein ein, „aber ich denke, das überlassen wir der Staatsanwaltschaft, da sollten wir uns gar nicht weiter einmischen."

Eine unbeschreibliche Müdigkeit machte sich in ihm breit. Er sah Cerny an und fühlte sich noch älter als er ohnehin war. Draußen begannen die Vögel zu zwitschern, und ganz fein zeichneten sich die Konturen der Häuser auf der anderen Straßenseite ab. Es sprach einiges dafür, dass es ein schöner Tag werden würde, aber Bronstein war sich ziemlich sicher, dass er davon recht wenig merken würde. „Jetzt könnte ich doch noch einen Kaffee vertragen“, sagte er dann. „Wie spät ist es überhaupt?“

Cerny blickte auf die Uhr: „Gleich dreiviertel fünf.“

Mit den Fingern massierte sich Bronstein die Schläfen und die Nasenwurzel, danach versuchte er, mit der rechten Hand gleichsam seine Müdigkeit aus dem Gesicht zu wischen. Umständlich erhob er sich und schickte sich an, Kaffee zu holen, als sein Blick auf die Notiz fiel, die ihm am Vortag mehrmals in den Sinn gekommen war. Er setzte sich wieder nieder und las, was dort geschrieben stand. Cerny fiel dieses Verhalten auf, und er machte sich erbötig, das Holen des Kaffees zu übernehmen. Bronstein meinte nur, das wäre nett, und während sich Cerny zur Teeküche begab, vertiefte er sich in den vor ihm liegenden Aktenvermerk.

Was er da las, gab ihm zu denken. Ein Kriminalinspektor Marek, der ihm trotz seiner langen Dienstzeit nur flüchtig bekannt war, berichtete von Anzeichen einer nationalsozialistischen Verschwörung, die darauf abziele, die Regierung zu eliminieren. Nähere Details seien zum gegenwärtigen Zeitpunkt noch nicht bekannt, abgesehen davon, dass offenbar geplant sei, einen Anschlag auf den Ministerrat zu verüben, der am Dienstag zu seiner regulären Sitzung zusammentreten werde. Marek habe die diesbezügliche Meldung von einem Konfidenten erhalten, der in die 89. SS-Standarte eingeschleust worden sei. Dieser Mann habe sich zuletzt am Montagmorgen bei ihm gemeldet und ihm weitere Informationen angekündigt, sobald er um die Details der Verschwörung wisse. Marek ließ in seinem Schreiben weiters verlauten, dass er die Aktennotiz auf den Dienstweg weitergeleitet habe, dass er aber auch ihm, Bronstein, eine Kopie habe zukommen lassen, da er wisse, dass in dessen gegenwärtigem Fall gleichfalls Nationalsozialisten involviert seien oder sein könnten. Gegebenenfalls, so ersuchte Marek in einer handschriftlichen Ergänzung seines Aktenvermerks, möge sich Bronstein mit ihm ins Einvernehmen setzen, um den jeweiligen Wissensstand abgleichen zu können.

Mittlerweile betrat Cerny wieder den Raum: „Ich hab dir auch gleich die Morgenblätter mitgebracht. Die liest du doch immer so gern."

„Aa nimmer so."

„Ach wirklich? Wieso denn das?"

„Weißt eh, variatio delectat." Bronstein wollte nicht darauf eingehen, weshalb er mit einem Mal keine Zeitungen mehr las. Er hätte Cerny sonst eingestehen müssen, wie sehr ihn Murers Angriff in seinem Innersten erschüttert hatte.

„Was machen wir jetzt mit Kotzler und Murer?" Als hätte Cerny Bronsteins Gedankengang erraten, sprach er in genau diesem Moment jenes heikle Thema an, dem Bronstein seit dem Bericht Cernys aus dem Weg gegangen war. Bronstein sah auf. Jetzt war es also da, das Thema. Und er konnte nicht sagen, dass ihn das sonderlich freute. Aber er musste sich ihm stellen: „Tja. Die müssen wir wohl jetzt laufen lassen, diese beiden Ungustln."

„Na ja, den Murer könnten wir schon noch eine Weile hierbehalten. Immerhin hat er dich im wahrsten Sinn des Wortes spitalsreif geschlagen."

Bronstein zuckte unmerklich zusammen. Die Erinnerung an die zugefügten Schmerzen, vor allem aber an die erlittene Demütigung war noch zu frisch, um sie einfach wegstecken zu können. Der Oberst flüchtete sich in vermeintliche Gelassenheit. „Ach was, wenn wir den auf freiem Fuß anzeigen, dann reicht das auch. Und außerdem, wer weiß, wenn wir sie auslassen und gleichzeitig unter Beobachtung halten, dann führen sie uns vielleicht zu einem viel größeren Fisch, als sie selbst es sind."

„Meinst?"

„Was weiß man. Um sechs rufst in der Promenade an, die soll'n die zwei Lumpenbazi an die Luft setzen, und zwar umgehend."

„Geht in Ordnung. Dann schreib ich einmal meinen Bericht." Cerny spannte ein Blatt Papier in die Schreibmaschine ein und begann alsbald, relativ flott auf die Typen einzudreschen. Der dadurch entstandene Lärmpegel nervte Bronstein fürchterlich. Draußen war es mittlerweile vollkommen hell geworden. Bronstein überlegte, wann das „Herrenhof" seine Pforten öffnen würde.

„Haben wir hier irgendwo ein Café, das schon um diese Zeit geöffnet hat? Ich könnt ein Frühstück vertragen."

„Ja, Oberst, das Votivpark in der Kolingasse, das sperrt um sechs auf."

„Hörst, des ist ja noch fast eine Stunde."

„Nicht einmal mehr fünfundzwanzig Minuten. Rauchst halt noch eine, und dann spazierst in aller Ruhe hinüber. Dann bist pünktlich dort und bekommst das erste Frühstück, das serviert wird."

Bronstein seufzte und steckte sich eine weitere „Donau" an. „Kannst du mir einen Gefallen machen? Lies die zehn Minuten was. Das Geklapper halt ich nicht aus. Nicht um die Zeit."

Cerny grinste. Einen Moment sah es so aus, als wollte er etwas erwidern, doch dann verkniff er sich den Spruch, griff zur „Wiener Zeitung" und begann darin zu schmökern. Bronstein sah in die Luft, rauchte und dachte erstmals an diesem Morgen an nichts.

Endlich, um zehn Minuten vor sechs, wollte er nicht länger warten. Er erhob sich, nickte Cerny zu, raunte, er werde in einer Stunde wieder da sein, und marschierte in Richtung Ausgang. Und obwohl er sich im absoluten Schneckentempo bewegte, war das Café noch geschlossen, als er vor dessen Tür stand. Wenigstens brannte im hinteren Teil des Lokals schon Licht, und da er nicht noch länger warten wollte, klopfte er einfach an die Glasscheibe. Ein missmutiger Kellner kam zum Eingang, drehte am Schlüssel und öffnete die Tür einen Spaltbreit. „Wir sperren erst in einer halben Stund' auf. So lang müssen S' noch warten, tut mir leid."

Bronstein zückte seine Kokarde: „Muss ich nicht. Polizei."

Instinktiv erbleichte der Kellner. „Aber i hob nix ang'stellt, ehrlich", stammelte er.

„Des wirst aber gleich. Mach mir zwei Spiegeleier mit Speck, dazu will i a krachfrische Semmel und an Einspänner. Und des glei."

Der Kellner wusste, er saß auf dem kürzeren Ast, und so schickte er sich an, die Bestellung zu erledigen. Zehn Minuten später konnte Bronstein endlich seinen Hunger stillen. Er hatte das Gefühl, schon lange nicht mehr so gut gegessen zu haben, und rauchte sich genussvoll eine weitere „Donau" an, wobei er mit Schrecken feststellte, dass dies schon die zehnte Zigarette des Tages war. Wenn er in dem Tempo weiterrauchte, dann würde er wohl auf mehr als zwei Packungen kommen, ehe es wieder Nacht wurde. Bronstein verscheuchte diesen Gedanken: „Noch einen Verlängerten."

In Ermangelung geeigneter Lektüre wurde es Bronstein schließlich langweilig, allein in diesem Kaffeehaus zu sitzen, und so rief er wenige Minuten nach sieben Uhr nochmals den Kellner.

„Zahlen, bitte!"

Der Kellner schien ehrlich überrascht. Offenbar war er davon ausgegangen, dass sich der Polizist nicht nur kraft amtlicher Autorität Zutritt zum Lokal verschafft hatte, sondern sich auch die Konsumation schenken lassen würde, was tief blicken ließ, wie Volkes Stimme die Polizei sah, dachte sich Bronstein.

„Natürlich zahle ich. Ich bin ja der Hüter des Gesetzes und nicht dessen Brecher." Der Kellner zog die Augenbrauen hoch.

„Oder glaubst, i bin korrupt? Des wär dann Beamtenbeleidigung."

„Na, na, eh net. A so a feiner Herr, was Sie sind. Aber wissen S' eh, ma erlebt vü, und es ist net ollas Gold, was glänzt. Sie san oba ganz sicher a Ausnahm', des sieht ma sofort."

Bronstein gab sich gönnerhaft und legte fünfzig Groschen Trinkgeld drauf. Auf der Straße war es nun bereits merklich wärmer, und Bronstein meinte, er könnte nun bald einen ersten Versuch starten, Marek an seiner Dienststelle zu erreichen.

Beim dritten Versuch klappte es. Marek hob ab.

„Ja, guten Morgen, Bronstein hier. Ich habe Ihren Aktenvermerk gelesen. Ist der noch von Relevanz?"

„Und wie. Ich habe eben die Nachricht bekommen, dass ein Verdächtiger sich beim Bezirkskommissariat Innere Stadt gemeldet hat. Der Mann heißt Hudl und machte Andeutungen, die sich mit jenen meines Konfidenten decken. Angeblich wollen die Nazis die ganze Regierung als Geiseln nehmen. Genaueres wusste aber dieser Hudl anscheinend auch nicht ... oder die Kollegen haben zu wenig nachgefragt, denn der Mann bekam dann, so heißt es in dem Bericht, schnell kalte Füße und hat aufgelegt."

„Aufgelegt?"

„Ja, er hatte angerufen."

„Und Ihr Mann?"

„Von dem habe ich seit gestern Mittag nichts mehr gehört. Aber er meinte, die wollten den Ministerrat überfallen."

„Ja, und wie wahrscheinlich ist das?"

„Was weiß ich. Nur die Tatsache, dass wir zwei unabhängig voneinander vorgebrachte Warnungen haben, sollte uns zu denken geben. Sie wissen über Ihre G'schichte nicht zufällig was?"

Bronstein dachte einen Augenblick nach, ehe er antwortete: „Irgendwie ist das merkwürdig. Wir hatten zwei Verdächtige da sitzen, die wir in unserem Fall verhörten, und die ergingen sich in nebulosen Drohungen, wonach ohnehin bald alles ganz anders sein würde. Ich hatte aber nicht das Gefühl, dass sich diese Reden auf ein konkret zu erwartendes Ereignis bezogen, sondern eher eine chiliastische Heilserwartung in Form eines deutschen Einmarsches in der näheren Zukunft zum Ausdruck brachten." Bronstein war stolz auf seine Formulierung.

„Habt ihr die noch?"

Bronstein hielt die Hand auf die Muschel und sah Cerny an: „Sind Kotzler und Murer schon freigelassen worden?"

„Jeden Moment", entgegnete Cerny, ohne von seinem Bericht aufzusehen.

„Dann ruf dort noch einmal an und sag, die beiden sollen beschattet werden." Dann nahm Bronstein wieder die Hand vom Hörer: „Ich habe eben ihre Beschattung angeordnet."

„Sehr gut, wir werden uns da akkordieren."

„Und noch etwas", setzte Bronstein nach, „ich rufe im Bundeskanzleramt an und klopfe dort einmal auf den Busch. Dann melde ich mich wieder und berichte Ihnen, was ich in Erfahrung bringen konnte."

Bronstein hörte Marek am anderen Ende der Leitung lachen: „Sehen Sie, da hätte ich selbst auch draufkommen können. Danke für die Hilfe. Aber sind Sie nicht eingespannt mit Ihrem Fall?"

„Den hat der Kollege Cerny schon gelöst. Er schreibt gerade den Bericht, ich stehe also ganz zu Ihrer Verfügung."

„Hervorragend. Vielen Dank, wir bleiben in Verbindung."

Als Nächstes wählte Bronstein die Nummer des Kanzleramtes und ließ sich mit der dortigen Wachstube verbinden. Als Erstes stellte er die Frage, wann der Ministerrat beginne.

„Gar nicht."

„Was heißt ‚gar nicht'?"

„Gar nicht heißt, dass er auf morgen verschoben wurde. Beginn elf Uhr."

„Aha, und warum?" Bronstein vermutete, dass sich die Aktivitäten der Nationalsozialisten schon bis ins Kanzleramt durchgesprochen hatten, weshalb dort entsprechend reagiert worden war.

„Irgendeine Terminkollision. Mehr weiß ich auch nicht. Heute ist jedenfalls niemand da."

Bronstein bedankte sich und hängte ein. Dann rief er Marek noch einmal an.

„Anscheinend blinder Alarm. Dort findet gar keine Regierungssitzung statt. Wahrscheinlich hat sich dieser Hudl nur wichtiggemacht. Irgendwelche Neuigkeiten von Ihrem Mann?"

„Nein. Der hat sich seit gestern nicht mehr bei mir gemeldet. Und bei seinem Stammwirten ist er auch nicht. Vielleicht hat er kalte Füße bekommen …"

„Oder die eigenen Leute haben ihn beiseite geschafft", Bronstein fiel der Fall Zimmer wieder ein.

„Wie auch immer", gab sich Marek gelassen, „fürs Erste können wir, glaube ich, durchatmen. Wo keine Regierung, da auch kein Attentat." „Das ist wahr", entgegnete Bronstein, „aber wir sollten wachsam bleiben. Ich halte die Überwachung vorerst aufrecht, und Ihre Leute lösen meine Leute beizeiten ab, einverstanden?"

„Ja, das klingt gut. Wir bleiben in Verbindung."

Bronstein legte den Hörer wieder auf die Gabel und atmete tief durch. Anscheinend war das Vaterland doch nicht in Gefahr, und da der Fall Demand auch endlich gelöst war, konnte er sich nun endlich ein wenig Ruhe gönnen. Und die hatte er bitter nötig, denn sein alter Körper war nach dem Angriff Murers noch lange nicht wieder in Normalform.

„Wie steht's mit dem Bericht?" Er sah Cerny fragend an.

„In einer halben Stunde bin ich fertig. Wenn du willst, können wir ihn dann beim Essen durchgehen, und wenn's passt, zeichnest du ihn ab, und wir leiten ihn weiter."

„Ja, das ist keine schlechte Idee", nickte Bronstein, „Seydel wird froh sein, dass die ganze Geschichte ein vertrackter Eifersuchtsmord ist."

„Ja", ergänzte Cerny lachend, „und erst der Steinhäusl!"

„Der sowieso!"

Während Cerny noch sein Resümee schrieb, begann Bronstein schon, den Akt zu lesen, und so gingen die beiden beim Rindsschnitzel mit Saft nur noch letzte Details durch. Zurück im Büro, unterfertigten sie ihren Bericht mit schwungvollen Unterschriften, dann klingelten sie nach dem Bürodiener und trugen ihm auf, das Original zum Präsidenten, die Durchschriften aber zum Vizepräsidenten und zum Abteilungsleiter zu befördern. Sie sahen zuerst dem Bediensteten nach, der eilend in den Gängen entschwand, und dann einander in die Augen. Mit einem Nicken bestätigten sie sich, diese wichtige Sache zu einem Abschluss gebracht zu haben.

Bronstein zündete sich eine „Donau" an: „Es war ein langer Tag, auch wenn es gerade einmal zwei Uhr vorbei ist. Ich denke, wir haben das Vaterland gerettet und unseren Fall gelöst. Es ist daher nur recht und billig, wenn wir uns den Rest des Tages freinehmen. Cerny, geh nach Haus und ruh dich aus. Wir sehen uns morgen dann in aller Frische."

Der Major sah in der Tat schon ziemlich ramponiert aus, sodass er entgegen seiner sonstigen Angewohnheit nicht protestierte. „Ja, ich denke, ich kann etwas Schlaf gut gebrauchen."

Er war schon bei der Tür, als er sich noch einmal zu Bronstein umwandte: „Und was wirst du machen, Oberst?"

„Hm, wir haben schönes Wetter. Und außerdem ist heute der Todestag meines Vaters. Ich denke, ich werde nach Dornbach hinausfahren und sein Grab besuchen. Dort war ich schon lange nicht mehr."

Cerny nickte teilnahmsvoll: „Ja, das ist eine gute Idee. Und etwas frische Luft wird dir sicher guttun."

Nachdem die letzten Schreibarbeiten erledigt waren, verließ Bronstein in leicht melancholischer Stimmung das Sicherheitsbüro und ging die paar Schritte vor zum Schottentor, wo er in die Straßenbahn einstieg. Durch die Alser Straße und die Jörgerstraße ging es ruckelnd und zuckelnd in die Hernalser Hauptstraße. An der letzten Station vor der Dornbacher Straße stieg Bronstein aus. Rechts vor ihm sah er den Fußballplatz des Wiener Sportclubs, dem er die Daumen hielt, seit er vor über dreißig Jahren mit Fußball in Berührung gekommen war. Kein Wunder, er hatte damals nur einen Steinwurf weit vom Sportplatz entfernt gewohnt und viele der Kicker persönlich gekannt. Noch heute konnte er sich darüber ärgern, dass die Dornbacher die erste Meisterschaft nur ganz knapp verpasst hatten. Unwillkürlich dachte er an die Helden der Frühzeit, an Schmieger, Braunsteiner und Mayringer, und er dachte an das legendäre 14:0 gegen Troppau, das jedem, der dabei war, wohl auf ewig Tränen in die Augen trieb.

Nachdem er die Alszeile überquert hatte, begann der Anstieg zum Friedhof. Das Grab seiner Eltern befand sich an einem guten Platz, man hatte einen schönen Rundblick über Dornbach und Hernals, sodass die Stelle, wenn sie nicht so morbid gewesen wäre, direkt zum Verweilen eingeladen hätte. Bronstein stellte zufrieden fest, dass die letzte Ruhestätte seiner Eltern gut gepflegt war. Das durfte er auch erwarten, immerhin zahlte er der Friedhofsgärtnerei eine hübsche Summe Geldes für ihre diesbezügliche Mühe. Die Schrift auf dem Grabstein war immer noch hervorragend zu lesen, auch die Goldeinlage glitzerte immer noch in der Nachmittagssonne. Salomon Bronstein hatte fraglos in bewegten Zeiten gelebt. Geboren just im März 1848, an jenem Tag, an dem Metternich Fersengeld gegeben hatte, gestorben am Tag des Waffenstillstands im Jahre 1918. Bronstein fand auch heute noch, dass es ein Glück gewesen war für seinen Vater, nicht mehr davon hören zu müssen, dass Österreich den Krieg verloren hatte. Und als eingefleischtem Anhänger der Habsburger hätte ihm die Abdankung Karls wohl ohnehin das Herz gebrochen. Sein Tod allerdings hatte wiederum Bronsteins Mutter das Herz gebrochen, denn sie war nur ein halbes Jahr nach ihrem Mann in das kühle Grab gesunken, keine sechzig Jahre alt.

Aus der leichten Melancholie wurde mit einem Mal eine abgrundtiefe Traurigkeit. Jetzt, da er vor dem Grab seiner Eltern stand, wusste Bronstein nicht, was er tun sollte. Er war nie sonderlich religiös gewesen, und es erschien ihm hoffärtig, jetzt damit zu beginnen. Auch konnte er nicht behaupten, an ein Leben nach dem Tod zu glauben, insofern war es auch widersinnig, mit den Eltern sprechen zu wollen. Er stand einfach da und starrte auf den Grabstein, wobei er danach nicht zu sagen vermochte, wie lange er in dieser Haltung verharrt war. Schließlich seufzte er leise und blickte sich nach links und nach rechts um. Dann, er wusste selbst nicht, warum, hob er plötzlich einen Kieselstein auf und legte ihn auf den Grabstein. Beinahe schmunzelnd machte er sich daraufhin auf den Weg zurück. Der Herr Duft hätte seine Freude an dieser Geste gehabt, dachte er sich.

XVII.
Mittwoch, 25. Juli 1934

Am nächsten Morgen wurde Bronstein abermals vom Telefon aus dem Schlaf gerissen. Es war Kriminalinspektor Marek, von dem am Montag die Aktennotiz bezüglich eines möglichen Naziputschs gekommen war. Bronstein war, noch schlaftrunken, leicht ungehalten. „Lieber Marek, es ist sieben Uhr morgens! Wo brennt's denn, dass Sie mich um diese Zeit aus den Federn klingeln?"

„Können Sie sich noch erinnern, worüber wir gestern geredet haben?"

„Na sicher, ich bin ja nicht verblödet. Aber das war ja blinder Alarm – oder net?"

„Nun ja, wie's ausschaut, wollen die ihre Operation heute durchziehen. Ihr Ziel scheint es immer noch, die Regierung gefangen zu nehmen. Und weil es gestern keinen Ministerrat gab, ist die ganze Sache einfach um 24 Stunden verschoben worden."

„Sagt das dieser Hudl?"

„Ja, aber nicht nur er. Wir haben mittlerweile einen zweiten Konfidenten, der uns die Richtigkeit dieser Angaben bestätigt hat. Ich sag Ihnen, Bronstein, da braut sich was zusammen."

„Ja, und was soll ich da machen?"

„Mein Problem ist, die kennen mich. Sie aber sind unbekannt, vielleicht könnten Sie dort nach dem Rechten sehen."

„Was heißt dort?"

„Nach unseren Auskünften versammeln sich die Nazis im 7. Bezirk in einer Turnhalle. Vielleicht könnten Sie sich auf deren Fersen heften und mir dann telefonisch Bescheid geben."

„Wo sind Sie?“

„In meinem Stammcafé. Ich hab eben den Herrn Dr. Stepan von der Vaterländischen Front angerufen, um ihn zu warnen. Aber der schläft noch. Ich hab ihm ausrichten lassen, er soll mich zurückrufen.“

Bronstein musste trotz seiner Müdigkeit schmunzeln. Stepan war eine der Größen des autoritären Staates. Und da glaubte Kriminalinspektor Marek wirklich, ein Mann wie Stepan würde sich bei ihm melden. Das nannte er, Bronstein, Optimismus.

„Und wissen wir wenigstens, wo sich die Nazis versammeln?“

„Derzeit noch nicht, aber ich rechne jede Minute mit einer diesbezüglichen Information.“

„Wissen S’ was, Marek, ich geh jetzt einmal ins Büro, und dann ruf ich Sie noch einmal an. Wenn’s dann wirklich brennt, dann kommt die Feuerwehr.“ Bronstein wartete nicht auf Widerspruch, sondern legte auf. Er blickte nochmals auf die Uhr und kam zu dem Schluss, dass es ohnehin Zeit war, sich ins Büro zu verfügen. Er kleidete sich an, ging dann in die Küche, nahm noch ein Brioche zu sich und sah zu, dass er an seinen Schreibtisch kam.

Er hatte sich noch nicht einmal niedergesetzt, als sein Apparat läutete. Ein ziemlich hektischer Marek meldete sich: „Ich konnte nicht länger warten“, platzte es aus ihm heraus, „ich bin jetzt im Café Weghuber. Dort habe ich die Geschichte dem Kassier der VF erzählt, und der hat es dem Fey weitergesagt.“

„Dem Minister?“ Bronstein klang ungläubig.

„Ja, genau dem. Und wissen S’ was, Bronstein? Dem war das irgendwie auch schon bekannt mit den Naziaktivitäten. Daher wissen wir jetzt auch, wo sich die sammeln. In der Siebensterngasse. Können Sie dort einmal vorbeischauen? Ich muss da auf weitere Instruktionen warten!“

Bronstein war unwillig. Einerseits fand er die Sachlage natürlich nicht unspannend, andererseits wollte er sich nicht die

Füße in den Bauch stehen. Und schon gar nicht hatte er Lust, sich gleich wieder in Gefahr zu begeben.

„Wieso denn ich? Haben S' denn niemanden anderen für eine solche Aufgabe?"

„Ganz ehrlich", Mareks Stimme klang nun gedämpft, und es schien, als zögerte er, so, als ob er nun jedes Wort einzeln abwägen müsse, „es heißt, es seien auch jede Menge Polizisten in die Verschwörung involviert. Angeblich vom Steinhäusl abwärts, wenn Sie verstehen, was ich meine. Und darum wende ich mich an Sie, denn Ihnen kann ich auf jeden Fall trauen."

„Wieso wissen S' denn das?"

„Weil Sie ...", Marek stockte. Bronstein verdrehte die Augen: „Ich weiß schon, weil ich ein Jud bin."

Marek beeilte sich, dem Satz Bronsteins die Schärfe zu nehmen, doch der wiegelte ab: „Schon gut, ich bin mittlerweile dran gewöhnt. Geben S' mir einfach Ihre Nummer. Ich fahr einmal in die Siebensterngasse, dann sehe ich weiter."

Just in diesem Augenblick betrat Cerny das Amtszimmer.

„Cerny, gut dass du da bist. Ich habe Außendienst. Halte du hier die Stellung. Ich melde mich später."

Als Bronstein die Siebensterngasse erreichte, war es wenige Minuten nach zehn Uhr. Die Gasse lag verlassen da, kein Wagen war weit und breit zu sehen. In dem entsprechenden Straßenabschnitt gab es auch keine nennenswerten Geschäfte oder Handwerksbetriebe, sodass man meinen konnte, man habe ein ausgestorbenes Dorf vor sich. Langsam und vorsichtig näherte sich Bronstein der Turnhalle, doch auch hier gab es nicht das geringste Anzeichen menschlichen Treibens. Der Ministerrat, so viel hatte er zuvor noch in Erfahrung gebracht, begann um elf Uhr, dass die Nazis zu Beginn der Sitzung zuschlagen wollten, schien vor diesem Hintergrund ausgeschlossen. Weit wahrscheinlicher war nun ein Überfall mitten im Verlauf der Tagung. Bronstein sah ein kleines Kaffeehaus schräg gegenüber der Turnhalle, das über einen Schanigarten verfügte. Er erkundigte sich beim Kellner, ob es im Lokal ein Telefon gebe, und nachdem dieser die Frage bejaht hatte, bestellte Bronstein passenderweise, wie ihm schien, einen kleinen Braunen, zündete sich eine Zigarette an und wartete ab.

Er saß so schon eine Stunde, als plötzlich ein Lastwagen vorfuhr und gegenüber der Turnhalle parkte. Anscheinend, so dachte Bronstein, hatte sich die Regierung nun doch entschlossen, den Aufstand im Keim zu ersticken, denn der LKW trug die Insignien des Bundesheeres. Gleich darauf kam ein zweiter LKW angebraust, der gleichfalls den Beständen des Heeres zugehörig schien. Auf beiden Wägen befanden sich, soweit Bronstein das beurteilen konnte, etwa zwanzig bis dreißig Mann, allesamt Soldaten, und aus der nahe gelegenen Stiftskaserne kam ein dritter Zug mit einer ähnlichen Zahl an Soldaten. Bronstein hatte genug gesehen. Er ging in das Café und rief Marek an.

„Marek? Hier ist alles in Ordnung. Nazis gibt es da weit und breit keine, dafür aber jede Menge Bundesheer. Der Zehner hat anscheinend schon einen Tipp gekriegt und entsprechend reagiert. Wenn sich hierher doch noch irgendein Nazi verirren sollte, dann läuft er in die Arme von hundert Soldaten."

Nun schien Marek beruhigt. Er erzählte Bronstein, dass Fey im Kanzleramt von der bevorstehenden Aktion berichtet und entsprechende Vorkehrungen getroffen habe. Kurz nach Mittag würde die Wache des BKA durch frische Truppen verstärkt, und dann sei das Gebäude praktisch uneinnehmbar. Außerdem habe Seydel die Polizei in erhöhte Alarmbereitschaft versetzt, die entsprechenden Einheiten warteten am Michaelerplatz auf weitere Instruktionen.

„Na, dann passt ja alles. Ich glaube, ich kann wieder an meinen Schreibtisch zurückkehren. Was meinen Sie?"

Marek stimmte Bronstein zu, und so verabschiedete man sich voneinander: „Man sieht sich bei Gelegenheit."

„Ja, unbedingt. Immerhin haben wir beinahe die Republik gerettet“, lachte Marek.

„Sind wir das überhaupt noch?“, spöttelte Bronstein daraufhin. „Egal, was wir sind, aber nun sind wir's auf jeden Fall auch noch morgen“, entgegnete Marek.

„Genau. Auf bald.“

Bronstein zahlte seine zwei Kaffee und trat dann wieder auf den Gehsteig. Eben fuhren die Armeelaster an ihm vorbei. Eigentlich achtete er nicht sonderlich auf sie, ebenso wenig, wie die Soldaten auf ihn achteten. Doch dann kam ihm plötzlich ein Gesicht bekannt vor. Er fasste es genauer in den Blick, und mit einem Mal war ein Zweifel nicht mehr möglich: Da saß Murer. Und direkt neben ihm Kotzler.

Wieso konnten die da sitzen? Wurden die denn nicht mehr beschattet? Und wenn sie es denn waren, wie kamen die zum Heer? Oder war das am Ende gar kein Heer? Bronstein sah sich die Soldaten auf dem dritten Lastwagen genauer an und stellte rasch fest, dass die Adjustierung der Männer nicht stimmig war. Hier war etwas oberfaul, dachte sich Bronstein und ging nochmals ins Café zurück. Eilig wählte er nochmals Mareks Nummer.

Doch der hob nicht mehr ab. Anscheinend hatte er seinen Posten bereits verlassen. Bronstein überlegte, was er nun tun sollte, und beschloss dann, die Verfolgung aufzunehmen. Er lief, so schnell es sein Körper vermochte, die Stiftgasse entlang zur Mariahilfer Straße, wo er ein Taxi anhielt: „Zum Kanzleramt“, keuchte er, während er sich im Fond niederließ. Der Wagen fuhr hinab zur Ringstraße und bog dort nach links ab. Kurz vor dem Burgtheater lenkte der Fahrer scharf nach rechts und landete so in der Löwelstraße, wo Bronstein erstmals wieder die drei LKW sehen konnte, die gleichfalls auf das BKA zuhielten. Bronstein forderte den Fahrer auf, Gas zu geben. Das Auto war noch nicht gänzlich zum Stillstand gekommen, als Bronstein dem Taxilenker den Fahrpreis in die Hand drückte und aus dem Wagen sprang. Eben fuhr der dritte LKW durch die Einfahrt des Kanzleramtes. Bronstein hielt seine Kokarde hoch, rief den Namen des Kommandanten der Wachstube und verschaffte sich so Zugang zum Gebäude. Der Stehposten wollte ihn zurückhalten, als auch schon die vermeintlichen Soldaten von den LKW sprangen und die Polizisten im Kanzleramt überwältigten. Bronstein tauchte instinktiv ab und kroch ins Stiegenhaus. Dort lief er in gebückter Haltung in den ersten Stock, wo er das Ministerratszimmer vermutete. Keuchend kam er am Treppenabsatz an, wo er einen Augenblick nur verharren wollte, als unten auch schon das Geschrei und das Getrappel der Putschisten zu vernehmen war. Bronstein blickte nach unten und starrte in einige Karabiner. Hektisch drehte er sich wieder nach vorne und begann neuerlich zu laufen. Er kam keine zwei Meter weit, als ihn ein Amtsdiener beinahe niederrannte, der einen panisch wirkenden kleinen Mann mit sich führte, in dem Bronstein den Kanzler erkannte.

„In die Richtung geht's nicht weiter, da kommen die Nazis", schrie Bronstein und fuchtelte dabei mit den Armen. Der Bürodiener und Dollfuß blieben verdutzt stehen.

„Wos moch ma denn jetzt?", stammelte der Kanzler beinahe tonlos.

„Ah, nix, ondare Richtung", gab der Amtsdiener vor, „durch des Zimmer da."

Die drei Personen durchquerten laufend den Raum und rüttelten an der gegenüberliegenden Tür. „So a Schas", entfuhr es dem Beamten, „versperrt. Mir miassn z'ruck." Wie die beiden anderen drehte sich auch Bronstein um, als ein Trupp Aufständischer ebenfalls das Zimmer betrat. Deren Anführer hob die Pistole und drückte zweimal ab. Bronstein hörte neben sich den Kanzler leise aufschreien und dann wimmernd zusammenbrechen. Die Kleidung des Regierungschefs verfärbte sich augenblicklich rot.

Bronstein gestand sich ein, vollkommen ratlos zu sein. Sein Ehrgefühl sagte ihm, er müsse sich zur Wehr setzen, müsse den verwundeten Kanzler verteidigen oder den toten zumindest rächen, doch angesichts der Waffe, in deren Lauf er starrte, hob er wie der Bürodiener einfach nur die Arme und ließ sich willenlos nach nebenan abführen, während ein paar andere Putschisten den halbtoten Dollfuß zurück in sein Büro schleiften.

Man brachte Bronstein in die Säulenhalle, wo er sich mit dem Gesicht zur Wand aufstellen musste. Trotz der überaus realen Gefahr, in der er sich befand, konnte er sich ein Grinsen nicht verkneifen, als er erkannte, wer da neben ihm die Wand anatmete. Direkt neben ihm stand Sicherheitsminister Fey, einen Meter weiter schwitzte der zuständige Staatssekretär Karwinsky Blut und Wasser. Wenn er wirklich sterben musste, dann würde er dies in würdiger Gesellschaft tun, dachte Bronstein.

Er wusste nicht, wie lange er schon so dagestanden war, als endlich Bewegung in die Bewacher kam. „Scheiße", hörte er einen fluchen, „wir sind eingeschlossen. Was ist denn schiefgelaufen?" Ein anderer beruhigte den ersten und meinte, es werde schon noch alles gut.

„Ah, do schau her", vernahm Bronstein plötzlich, und erstmals packte ihn die nackte Panik, „der saubere Herr Bronstein. So siacht ma si wieda." Bronstein wusste genau, das war Murer. Jetzt ging es für ihn wirklich um Leben oder Tod.

„Eigentlich sollt i di jo okrageln, du Jud'nsau. Aber weilst so nett warst und uns so g'hoifen host, derfst no leb'n bleib'n, bis ma endgültig g'wonnen ham."

Bronstein versuchte, seine Ruhe wiederzufinden und hielt sich nach Möglichkeit bedeckt.

„Du fragst di jetzt sicher, was mant der mit g'hoifen", fuhr Murer fort. „Du Trottel host den Höller Meier g'mocht. Was

Besser's hätt uns gar net passieren können. Der Oasch woa nämlich der Spitzel von die Kriminesa."

Bronsteins Zittern wurde nahezu unkontrollierbar, doch seine Gedanken rasten darob umso wilder. Marek hatte ihm erzählt, sein Konfident hätte sich seit Montag Mittag nicht mehr bei ihm gemeldet. Es konnte gut sein, dass Höller derjenige gewesen war, der Marek die Informationen zugespielt hatte, und wenn dies der Wahrheit entsprach, dann hatte er, Bronstein, diesen Putsch durch sein Agieren mitverschuldet.

„Aber wenn's di beruhigt, er woar's eh. Des mit dem Demand nämlich. Den hot wirklich er g'mocht, der Trottel. Aber des is jetzt aa wurscht. G'winnen mir, dann is er morgen hin, der Oasch. Und g'winn ma ned, daun hängt's ihr eam irgendwaun auf. So oder so, der is hi, und es ist ka Schod um eam." Und nach einer kurzen Pause: „Und es is aa ka Schod um di."

Bronstein wagte nicht, nach hinten zu blicken, aber er hatte den Eindruck, als würde Murer mit einer Waffe auf ihn anlegen. Unwillkürlich biss Bronstein die Zähne zusammen und wartete auf das unausweichliche Ende.

„Hobts es g'heat? Im Radio sog'n s', da Rintelen is verhaftet."

In die Wachmannschaft kam Verwirrung, und auch Murer ließ seinen Arm sinken. „Haaßt des, mir hom verluan?" Offenbar, so dachte Bronstein, spielte der ehemalige steirische Landeshauptmann eine besondere Rolle in der Ranküne der Nazis, und dass ausgerechnet der nun von der Regierung verhaftet worden war, bedeutete wohl einen schweren Schlag für die Nazis. Diese Ansicht bekam er dadurch bestätigt, dass unter den Wächtern hörbare Panik ausbrach. „Die hängen uns alle auf!", rief einer, und ein anderer betonte die Notwendigkeit sofortiger Flucht. Es bedurfte einiger Mühe eines Befehlshabers, wieder einigermaßen Ruhe herzustellen. „Wir haben", verkündete er den eigenen Leuten und damit auch den Gefangenen um Bronstein, „den deutschen Gesandten mit Verhandlungen in unserem Sinne beauftragt. Wir bekommen freien Abzug nach Deutschland, das garantiere ich euch. Wir haben diese Schlacht zwar nicht gewonnen, aber wir kommen in unser geliebtes Reich, wo wir uns für künftige Kämpfe rüsten können. Der Sieg wird unser sein, wenn nicht heute, so morgen. Sieg Heil!“

Reflexartig schrien die Aufständischen wie aus einer Kehle gleichfalls „Sieg Heil“, sodass die ganze Säulenhalle bebte, und die gefangenen Beamten begannen wieder zu hoffen, den Tag doch zu überleben. Als Bronstein vorsichtig hinter sich lugte, da war Murer nicht mehr da. Der hatte nun offensichtlich auch andere Sorgen, als ihn, Bronstein, vom Leben zum Tode zu befördern.

Das Warten schien kein Ende zu nehmen. Bronstein schmerzte jeder Muskel, er wusste nicht mehr, wie lange er sich noch aufrecht würde halten können. Er hatte furchtbaren Durst und musste eigentlich dringend auf den Abort. Doch die Wachen hinter ihm schienen so nervös zu sein, dass ein falsches Wort schon eine Katastrophe auslösen konnte. Bronstein fand sich damit ab, sich jeden Augenblick anzupinkeln, und es tröstete ihn wenig, dass dies einigen Beamten bereits passiert war. Bronstein beugte sich ganz langsam und unmerklich nach vor, und nach einer kleinen Ewigkeit berührte seine Stirn die Wand. Auf diese Weise konnte er sich wenigstens in einem kleinen Teilbereich entspannen. Bronstein riskierte einen Seufzer.

„Hurra!“ Auf der Treppe erschien wieder der Nazibefehlshaber, der seine Leute anfeuerte. „Wir haben es geschafft. Wir bekommen freien Abzug. Alle Mann sammeln sich sofort im Eingangsbereich. Der Letzte sichert hier den Abzug.“ Dann war er auch schon wieder weg, und den Hauch eines Augenblickes später waren die Gefangenen allein. Bronstein wagte es als Erster, sich zu bewegen. Vorsichtig blickte er nach hinten. Da war tatsächlich niemand mehr. „Sie sind weg“, sagte er leise und registrierte beiläufig, wie die Beamten des Kanzleramtes links und rechts neben ihm stöhnend zu Boden gingen. Er selbst schlich sich zur Tür und hörte das Lärmen der sich formierenden Nazis. Er linste um die Ecke und sah die gut hundert Mann in Reih und Glied stehen, offensichtlich darauf wartend, dass ihnen das Tor geöffnet würde. Die Wächter, die eben noch so nervös und abgespannt gewirkt hatten, vermittelten nun einen beinahe fröhlichen Eindruck. Bronstein sah gleichsam eine Schulklasse in Erwartung des Ausflugs vor sich, und schon ertönte der Ruf „Öffnet das Tor!“

Was folgte, war eine Art Wiederholung der Ereignisse vom Mittag, nur diesmal mit umgekehrten Rollen. Diesmal waren es die Nazis, die überrumpelt wurden. Und während sich Bronstein endlich aufrichten und strecken konnte, war in der Einfahrt auch schon alles vorbei. Die Nazis waren überwältigt, der Putsch endgültig niedergeschlagen. Schon liefen echte Soldaten und Polizisten zum Stiegenhaus, um das Gebäude zu sichern.

„Servus Bronstein!“ Kriminalinspektor Marek baute sich vor dem Oberst auf. „Na, da is’ ja jetzt doch noch einmal rundgangen.“ „Des kannst laut sagen, Marek, des woa net lustig. Aber ich war die ganze Zeit dabei. Über meine Aussage werden sich die Herrschaften da freuen.“

„Sehr gut, die haben nie wieder was zu lachen, des sag ich dir. Apropos, weißt du, wo der Kanzler ist?“

„Ja, den haben s’ ang’schossen. Der liegt oben in seinem Amtszimmer.“

So ist das also. Merkwürdig, ich hätte gedacht, man würde den Schmerz fühlen, ihn ganz stark empfinden. Doch es ist weniger schlimm als beim Zahnarzt. Eigentlich habe ich gar nichts gespürt, als die Kugel in mich eingedrungen ist. Trotzdem sind mir die Beine weggesackt, das ist wahr. Aber als ich auf die Knie gefallen bin, hat das mehr wehgetan als die Wunde selbst. Aber vielleicht lag das auch daran, dass alles so bizarr ablief. Plötzlich stand dieser ungeschlachte Kerl im Raum und hob ohne jede Vorwarnung seine Pistole. Ich hab gar nichts dagegen unternehmen können. Wie ich ihn gesehen habe, hat er auch schon geschossen. Ich bin mir relativ sicher, dass ich aufgeschrien habe. Aber nicht, weil die Kugel in meinen Körper eindrang, sondern aus lauter Überraschung, dass der Mensch da wirklich schießt. Irgendwie schon eine Ironie der Geschichte. Da steht man jahrelang an der Front und sieht dem Tod ins Auge, und dann trifft man ihn im Bundeskanzleramt, geführt von einem verblendeten Narren.

Ich muss ohnmächtig gewesen sein, denn als ich die Augen wieder aufmachte, da lag ich auf einem Diwan. Und darauf liege ich immer noch. Ich habe Kopfschmerzen, und mich dürstet. Doch ich denke nicht, dass diese Kerle mir Wasser geben würden. Sie beschimpfen mich in einem fort. Dabei habe ich doch nur nach einem Priester verlangt. Es ist mir einerlei, ob sie einen Arzt holen oder nicht, wenn es Gottes Wille ist, dass ich in sein Reich eingehe, dann soll sein Wille geschehen. Aber ich will nicht ohne die Tröstungen der heiligen Mutter Kirche diesen Ort verlassen, das müssen die doch verstehen. Was schimpft denn der immer noch?

Dieser grobe, ungeschlachte Kerl, er redet und redet, doch ich verstehe kaum, was er sagt. Ich hätte die Nationalsozialisten aus der Heimat vertrieben? Wovon spricht der? Ich habe doch immer nur versucht, das Beste zu tun, habe doch nur den Frieden gewollt, also warum lassen die mich nicht in Ruhe?

Merkwürdig, mir ist ganz furchtbar kalt, obwohl draußen die Sonne so richtig vom Himmel brennt. Eine Decke, das wäre jetzt eine Erleichterung. Aber es ist sehr unwahrscheinlich, dass sie mir eine solche Erleichterung gewähren, denn sie reden immer noch auf mich ein. Ich, so sagen sie, hätte es in der Hand gehabt, Frieden mit Deutschland zu machen. Wie blauäugig, als ob das möglich gewesen wäre. Doch was will man von diesem Pöbel, die sind ja alle noch viel zu jung, um etwas von Politik zu verstehen. Die verstehen überhaupt nichts, denn sonst würden sie endlich damit aufhören, mich anzubrüllen.

Dieser Durst. Diese Kälte. Ich glaube, ich verliere wieder das Bewusstsein. Aber das wäre ohnehin eine Erlösung, wenigstens müsste ich dann dieses Gekeife nicht mehr ertragen. Schlafen, einfach schlafen. Ruhen, Frieden finden. Amen.

Warum rüttelt man mich? Mein ganzer Körper schmerzt. Wer ist das? Ah, der Fey. Was sagt er? Es geht zu Ende? Was geht zu Ende? Was? Ich? Mit mir geht's zu Ende? Mit mir geht's vielleicht zu Ende? Was wird aus meiner Frau, aus meinen Kindern? Der Benito! Er soll dem Mussolini sagen, er soll sich um meine Familie kümmern! Was heißt da Nachfolge? Die denken wirklich, dass ich ...

Ich ... nein, das kann nicht sein. Bin ich wirklich so schwer verwundet? Das müsste ich doch ... spüren. Aber ... alles voller Blut. ... Mein Blut ... wirklich ... muss durchhalten ...!

Einen Priester. Ich brauche einen Priester. Wie lange liege ich schon hier? Und was will denn der Fey noch, sieht er nicht, dass ich ... fertig bin? Mir ist so kalt, und ich bin so müde, so unendlich müde. Ich will nur noch beichten und dann schlafen. Von mir aus auch für immer, denn ich werde im Paradies erwachen. ... Oh mein Gott, du kannst mir doch ... einen Deiner Diener ... nicht ... vorenthalten! Vor Gott ... bekenne ich ... meine Sünden ... Herr, erbarme Dich ... meiner. ... Keine Angst ... sie retten mich ... ich höre schon, wie das Bundesheer ... nur noch ein wenig durchhalten ... durchhalten ... nicht nachgeben ... nicht.

GLOSSAR

Wienerisch:
aa: auch
abkrageln: töten
abmarkieren: abtreten
Achter: Handschellen
anbraten: eine Liaison anbahnen
ausg'schamt: unverschämt
Bassenatratschn: allzu gesprächige Person
Bazi: Freund, Kamerad
Büdln: Bilder
büseln: schlafen
dazöhn: erzählen
Deckel: Kontrollkarte für Prostituierte
Diener: Verbeugung
eh: ohnehin
Einedrahrer: Angeber
Elisabethpromenade (heute Rossauer Lände): Standort des Polizeigefangenenhauses
es: ihr
Gabelfrühstück: vormittägliche Zwischenmahlzeit
gemma: gehen wir
g'mant: gemeint
g'mocht: ermordet
Göd: 1) Firmpate, 2) Geld
großer Brauner: schwarzer Kaffee, mit Obers (Sahne) serviert
grüner Heinrich: Polizeiwagen
Gspusi: Liebschaft
Gugelhupf: Napfkuchen
Haderlump: Tunichtgut
hamdrahn: töten
hamma: haben wir

Heh, Höh: Polizei
Hieb: Bezirk
ins Pendel haun: aufhängen
Kieberer, Kiwara: Polizist
kleiner Brauner: halbe Menge des großen Braunen
Kombinäsch: Unterkleid
kömma: können wir
Kracherl: Limonadengetränk (nach dem Geräusch beim Öffnen der Flasche)
Krepierl: lebensuntüchtiger Mensch
Krippelg'spü: lebensuntüchtiger Mensch
kujonieren: schikanieren, behelligen
Lavoir: Waschschüssel
Liptauer: Aufstrich aus Frischkäse und Paprika
Lungenpatschen: Pneumothorax, Atemnot
ma: 1) mir, 2) wir, 3) man
maa: meine Güte!
Machatschek: geschäftiger Mensch
Mazzesinsel: 2. Wiener Gemeindebezirk
Muffensausen: Angst, mulmiges Gefühl
niederlegen: gestehen
oid, Oida: alt, Alter
ois wia: wie; ohne Vergleichswort etwa: wie verrückt
Paradeiser: Tomate
pempern: koitieren
Pick (einen P. haben): gegen jemanden Vorbehalte, Antipathie hegen
pomali: (tschech.) langsam, gemächlich
pudern: koitieren
Pülcha: schlechter Mensch
samma: sind wir
Saubart(e)l: unanständiger Mensch
Schale Gold: wie großer Brauner, nur mit mehr Obers

Schlei: Schilling
schmähstad: sprachlos
Schmähtandler: Geschichtenerzähler
Schnoferl: Schnute
sierig: geizig
Span: Zigarette
Speiskoatn: Vorstrafenregister
Spinatwachter: (abfällig für) Polizist
Verlängerter: Kaffee mit doppelter Menge Wasser
verlustieren (sich): sich gütlich tun, sich vergnügen
warat: wäre
waun: wann; wenn
wengerl: wenig, bisschen
woits: wollt ihr
Zugehfrau: Haushälterin, Haushaltshilfe

Jiddisch:
Bascheffer: Schöpfer
cholileh: Gott bewahre
dermonen: besinnen
Ganev: Gauner, Ganove
gebraiet: geschwätzt
gefinen: finden
giter Koineh: guter Kunde
grouße Kuwed: große Ehre
Jerusche vun de Ovess: Erbe der Ahnen
Massl: Glück
meschugge: verrückt
Minjen: Gottesdienst (für den zehn Männer erforderlich sind)
mirtse Schem: so Gott will
nebbich: unbedeutend
Oubeschter: Gott
poschet: einfach

Refue schleime: baldige Besserung
Scheigez: lasterhafter, sittenloser Bursche
Schickse: lasterhafte, sittenlose Frau, lasterhaftes Mädchen
Schil: Synagoge
Schma Israel: „Höre, Israel!“
Schmock: eitler Mensch
Soff: Schluss, Ende
Tanach: Heilige Schrift des Judentums,
bestehend aus Thora, Nevi’im und Ketuvim
weiterdig: weiterhin
woiler: ansehnlich

Andreas Pittler rollt die Geschichte der Ersten Republik ebenso spannend wie lebendig auf.

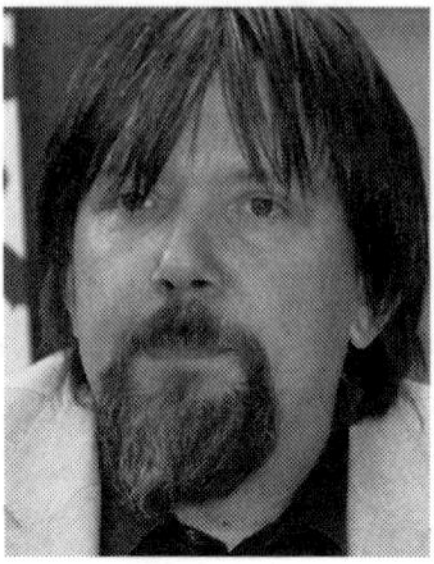

© DEST

Andreas Pittler studierte Geschichte und Politikwissenschaften in Wien. Seit 1985 erschienen 23 Sachbücher zumeist historischen Inhalts (u. a. Biografien über Bruno Kreisky und Samuel Beckett), 9 Romane und 2 Bände mit Kurzgeschichten.

Bisher liegen vier Bände der Kriminalsaga um David Bronstein und außergewöhnliche Mordfälle im Wien der Zwischenkriegszeit vor.

Wien, Juli 1927. Nach dem Freispruch im Prozess um die Mörder von Schattendorf eskaliert die Lage.

Andreas Pittler
Ezzes
ISBN 978-3-902672-08-7
288 Seiten, € 9,90

Oberstleutnant Bronstein ermittelt im Mord an einem als geizig und menschenverachtend verrufenen Greißler und überlegt schon bald, ob er nicht Schicksal spielen soll …

Mehr Informationen unter www.echomedia-buch.at

Mit freundlicher Unterstützung von